OSSOS PERDIDOS

KATHY REICHS

OSSOS PERDIDOS

Tradução de
Marcos Maffei

EDITORA RECORD
RIO DE JANEIRO • SÃO PAULO
2014

CIP-BRASIL. CATALOGAÇÃO NA FONTE
SINDICATO NACIONAL DOS EDITORES DE LIVROS, RJ

Reichs, Kathy
R283o Ossos perdidos / Kathy Reichs; tradução de Marcos Maffei. – 1. ed. – Rio de Janeiro: Record, 2014.
il.

Tradução de: Cross Bones
ISBN 978-85-01-09193-2

1. Ficção americana. I. Maffei, Marcos. II. Título.

14-14414 CDD: 813
CDU: 821.111(73)-3

TÍTULO ORIGINAL EM INGLÊS:
Cross Bones

Publicado mediante acordo com a editora original Scribner, uma divisão de Simon & Schuster, Inc.

Texto revisado segundo o novo Acordo Ortográfico da Língua Portuguesa.

Editoração eletrônica: Abreu's System

Direitos exclusivos de publicação em língua portuguesa somente para o Brasil
adquiridos pela
EDITORA RECORD LTDA.
Rua Argentina, 171 – Rio de Janeiro, RJ – 20921-380 – Tel.: 2585-2000,
que se reserva a propriedade literária desta tradução.

Impresso no Brasil

ISBN 978-85-01-09193-2

Para Susanne Kirk, editora, Scribner, 1975-2004
e
para o Dr. James Woodward, reitor,
Universidade da Carolina do Norte, Charlotte, 1989-2005

Obrigada por anos de apoio e encorajamento.

Aproveitem a aposentadoria!

AGRADECIMENTOS

COMO SEMPRE, FICO PROFUNDAMENTE agradecida a muitos de meus colegas, familiares e amigos pelo seu tempo, expertise e conselhos.

O Dr. James Tabor, diretor do Departamento de Estudos Religiosos da Universidade da Carolina do Norte, Charlotte, acendeu a faísca inicial para *Ossos perdidos*, compartilhou seus resultados de pesquisa e anotações pessoais, conferiu milhares de detalhes e gentilmente me acompanhou a Israel.

O Dr. Charles Greenblatt e Kim Vernon, do Grupo de Ciências e Antiguidades da Universidade Hebraica de Jerusalém, e o Dr. Carney Matheson, do Laboratório de Paleo-DNA da Universidade Lakehead, me deram informações sobre DNA antigo. O Dr. Mark Leney, coordenador de DNA, CILHI, do Joint POW-MIA Accounting Command, e o Dr. David Sweet, diretor do Gabinete de Odontologia Forense, Universidade da Colúmbia Britânica, responderam questões sobre DNA moderno.

Azriel Gorsky, chefe emérito do Laboratório de Fibras e Polímeros da Divisão de Identificação e Ciência Forense da Polícia Nacional de Israel, me assessorou em relação à análise de fibras e pelos e quanto ao funcionamento do combate ao crime em seu país.

O Dr. Elazor Zadok, general de brigada, diretor da Divisão de Identificação e Ciência Forense da Polícia Nacional de Israel, me permitiu uma visita às instalações da perícia forense. O Dr. Tzipi Kahana, inspetor-chefe e antropólogo forense da Divisão de Identificação e Ciência Forense da Polícia Nacional de Israel, familiarizou-me com o sistema de medicina legal do país.

O Dr. Shimon Gibson, da Unidade Arqueológica de Jerusalém, levou-me a sítios em todo o estado de Israel e respondeu a muitas perguntas sobre sua pátria.

Debbie Sklar, Autoridade de Antiguidades de Israel, proporcionou-me uma visita particular ao museu Rockefeller.

O agente Christopher Dozier, do Departamento de Polícia de Charlotte-Mecklenburg, e o *sergent-détective* Stephen Rudman, *Superviseur, Analyse* et *Liaison,* Communauté Urbaine de Montréal Police (aposentado), forneceu informações sobre a obtenção de registros de ligações telefônicas.

Roz Lippel ajudou-me a manter o hebraico correto. Marie-Eve Provost fez o mesmo quanto ao francês.

Agradecimentos especiais vão para Paul Reichs por seus comentários úteis sobre o manuscrito.

É preciso dar créditos para os dois livros mencionados no texto: *Masada: Herod's Fortress and the Zealots' Last Stand* de Yigael Yadin, George Weidenfield & Nicholson Limited, 1966; *The Jesus Scroll,* de Donovan Joyce, Dial Press, 1973.

Por último, mas não menos importante, um agradecimento de coração à minha editora, Nan Graham. Seus conselhos fizeram de *Ossos perdidos* um livro muito melhor. Obrigada também à minha editora do outro lado do oceano, Susan Sandon.

E, é claro, a Jennifer Rudolph Walsh, codirigente do Worldwide Literary Department, vice-presidente executiva e uma das duas primeiras mulheres a integrar o quadro de diretores da William Morris Agency. É isso aí, garota! E obrigada por continuar sendo a minha agente.

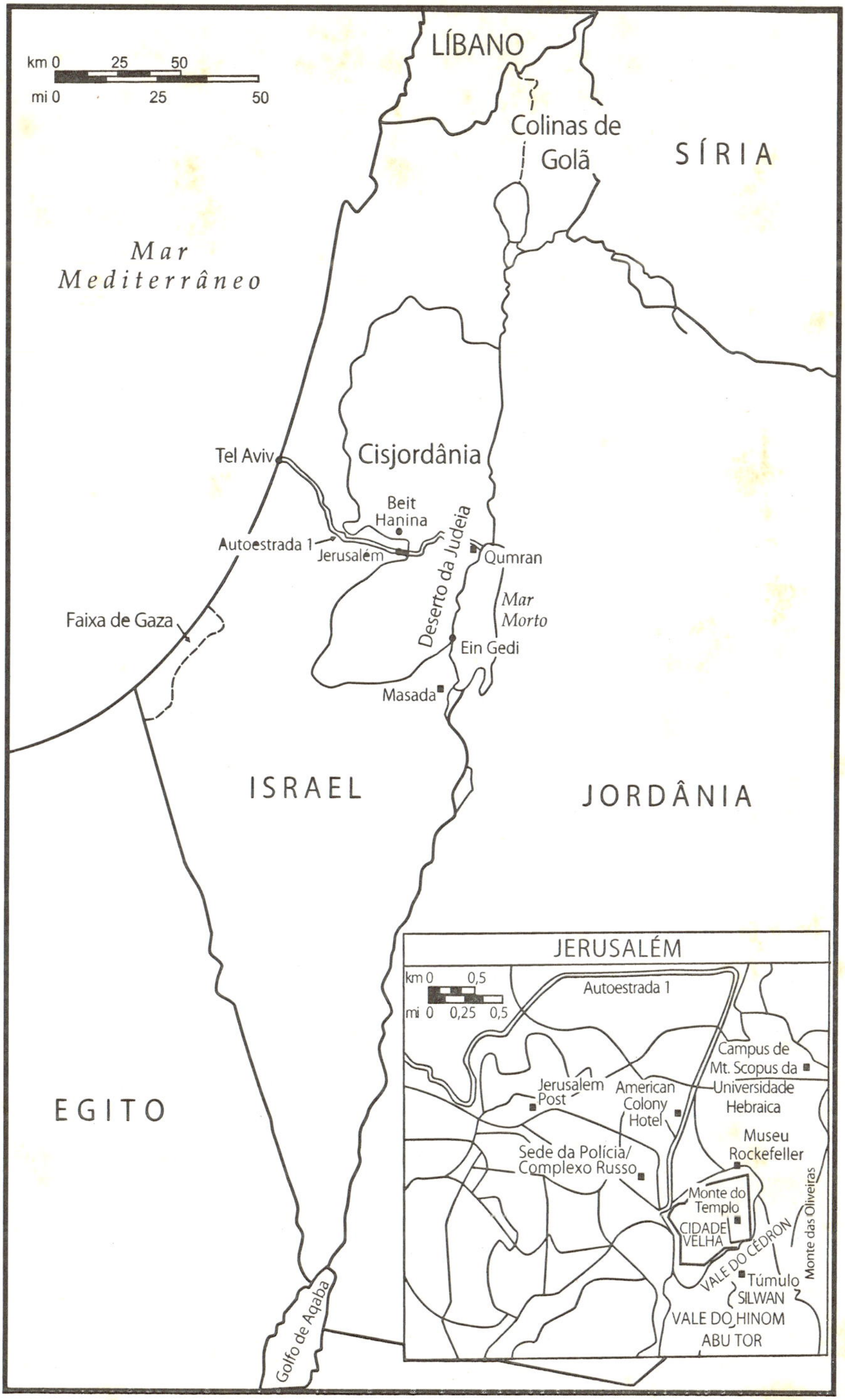

km 0 25 50
mi 0 25 50
LÍBANO
Colinas de Golã
SÍRIA
Mar Mediterrâneo
Cisjordânia
Tel Aviv
Beit Hanina
Autoestrada 1
Jerusalém
Deserto da Judeia
Qumran
Mar Morto
Faixa de Gaza
Ein Gedi
Masada
ISRAEL
JORDÂNIA
EGITO
Golfo de Aqaba
JERUSALÉM
km 0 0,5
mi 0 0,25 0,5
Autoestrada 1
Campus de Mt. Scopus da Universidade Hebraica
Jerusalem Post
American Colony Hotel
Museu Rockefeller
Sede da Polícia/ Complexo Russo
Monte das Oliveiras
Monte do Templo
CIDADE VELHA
VALE DO CÉDRON
Túmulo
SILWAN
VALE DO HINOM
ABU TOR

OSSOS PERDIDOS

Aparta-te do mal, e faça o bem: procura a paz e segue-a.

— Sagrada Escritura Judaica
Salmo 34,14

O fruto da justiça semeia-se na paz para aqueles que praticam a paz.

— Novo Testamento, Tiago 3,18

Não tomeis (o nome de) Alá como desculpa, em vosso juramento, para não serdes benevolentes, devotos e reconciliardes os homens, porque Alá é Oniouvinte, Sapientíssimo.

— Corão 2,224

OS FATOS

- De 1963 a 1965, Masada, o local de uma rebelião judaica contra os romanos no século I, foi escavada pelo arqueólogo israelense Yigael Yadin e uma equipe de voluntários internacionais. Os colaboradores de Yadin recuperaram os restos fragmentados e misturados de aproximadamente 25 esqueletos de um complexo de cavernas, denominado Loci 2001/2002, localizado sob a muralha de uma casamata na extremidade sul do cume. Diferentemente dos outros restos mortais humanos encontrados no principal complexo de ruínas no lado norte de Masada, a existência desses ossos não foram imediatamente informados à imprensa.

  Na década de 1990, veio à tona uma foto de um único esqueleto intacto que também tinha sido recuperado do Loci 2001/2002 durante a escavação de 1963-1965. Esse esqueleto nunca havia sido mencionado ou descrito pelo antropólogo físico do projeto, Nicu Haas. Tampouco Yadin se referira a ele em seus relatórios publicados ou entrevistas.

- Registros formais de campo não foram mantidos durante a escavação em Masada, mas Yadin dava instruções orais regularmente à sua equipe. Transcrições dessas sessões estão arquivadas no campus do monte Scopus da Universidade Hebraica. As páginas referentes ao período da descoberta e da investigação do Loci 2001/2002 estão faltando.

- Nem os ossos dos 25 indivíduos misturados nem o esqueleto articulado ou o conteúdo do Loci 2001/2002 estão descritos nos seis volumes da publicação final sobre a escavação de Masada.

- Embora Nicu Haas tenha ficado com os ossos por mais de cinco anos, ele nada publicou sobre os esqueletos misturados ou sobre o completo que haviam sido recuperados no Loci 2001/2002. As anotações de Haas, incluindo um inventário completo dos ossos, indicam que ele nunca recebeu o esqueleto completo.

- No final da década de 1960, Yigael Yadin declarou em entrevistas à imprensa que a datação através do carbono-14 raramente era feita e que não cabia a ele providenciar tais testes. O periódico *Radiocarbon* indica que Yadin mandou amostras para datação através de carbono-14 provenientes de outras escavações em Israel naquele período. Mesmo permanecendo a incerteza quanto à idade dos restos mortais do Loci 2001/2002, Yadin nunca enviou amostras para datação por carbono-14.

- Em 1968, os restos do esqueleto de um "homem crucificado" foram descobertos durante a construção de uma estrada ao norte da Cidade Velha de Jerusalém. O falecido, Yehochanan, morreu aproximadamente aos 25 anos, durante o século I. Fragmentos de um prego e de madeira foram encontrados num dos ossos do calcanhar de Yehochanan.

- Em 1973, o jornalista australiano Donovan Joyce publicou *The Jesus Scroll* (Dial Press). Joyce afirmava ter visitado Israel, encontrado um dos voluntários da equipe de escavação de Yadin e visto um manuscrito do século I roubado, proveniente de Masada, contendo a última vontade e o testamento de "Jesus, filho de Tiago". Segundo Joyce, o manuscrito foi contrabandeado para fora de Israel, presumivelmente para a URSS.

- Em 1980, operários que construíam uma estrada descobriram um sepulcro em Talpiot, ao sul da Cidade Velha de Jerusalém. O sepulcro continha ossuários inscritos com os nomes Mara (Maria), Yehuda, filho de Yeshua (Judas, filho de Jesus), Matya (Mateus), Yeshua, filho de Yehosef (Jesus, filho de José), Yose (José) e Marya (Maria). A coexistência dos nomes num só sepulcro é rara. Amostras dos esqueletos foram submetidas a testes de DNA.

- Em 2000, o arqueólogo americano James Tabor e sua equipe descobriram um sepulcro recentemente saqueado no Vale de Hinom, nos arredores de Jerusalém. O sepulcro continha vinte ossuários, todos despedaçados, exceto um. A câmara inferior continha uma mortalha envolvendo um esqueleto humano fragmentado e cabelo. Testes de carbono-14 mostraram que a mortalha era do século I. Exames microscópicos revelaram que o cabelo estava limpo e sem parasitas, indicando que o falecido era de classe alta. A análise antropológica determinou que os restos mortais eram de um homem adulto. O sequenciamento de DNA demonstrou uma relação familiar entre a maioria dos outros indivíduos enterrados no sepulcro.

- Em 2002, o colecionador de antiguidades israelense Oded Golan revelou a existência de um ossuário do século I com a inscrição "Tiago, filho de José, irmão de Jesus". No outono daquele ano, o ossuário foi levado a público. Embora os especialistas concordem que a pequena urna de pedra seja do século I, há controvérsias quanto à autenticidade da inscrição. Indícios circunstanciais sugerem que o ossuário veio da região de Hinom, possivelmente do sepulcro de Tabor.

  Um requerimento formal foi submetido à Autoridade de Antiguidades de Israel para testes de DNA do material ósseo encontrado no ossuário de Tiago. O sequenciamento do DNA permitiria a comparação dos restos no ossuário com aqueles recuperados no sepulcro de Tabor em Hinom. O requerimento foi indeferido.

Quando este livro foi para o prelo:

- Em janeiro de 2005, acusações foram feitas contra Oded Golan e vários outros por falsificação de antiguidades. O Sr. Golan afirma ser inocente e continua a insistir que o ossuário de Tiago é autêntico. Os especialistas permanecem divididos.

CAPÍTULO 1

Depois de um almoço de Páscoa com tender, ervilhas e batatas ao creme, Charles "Le Cowboy" Bellemare surrupiou uma nota de vinte da irmã, dirigiu até uma boca de fumo em Verdun e desapareceu.

Naquele verão a casa onde funcionava a boca de fumo foi vendida para pessoas mais afluentes. No inverno, os novos proprietários ficaram frustrados com a obstrução da chaminé da lareira. No dia 7 de fevereiro, uma segunda-feira, o homem da casa abriu o fumeiro e enfiou um cabo de ancinho chaminé acima. Uma perna dessecada despencou na lareira.

O pai da família chamou os tiras. Os tiras chamaram os bombeiros e o Bureau du Coroner. O legista ligou para o nosso laboratório forense. Pelletier ficou com o caso.

Pelletier e dois técnicos do necrotério estavam no jardim da casa uma hora após a queda da perna. Dizer que a cena era confusa seria o mesmo que dizer que o Dia D foi agitado. Pai ultrajado. Mãe histérica. Filhos tensos. Vizinhos impressionados. Policiais aborrecidos. Bombeiros perplexos.

O Dr. Jean Pelletier era o mais velho dos cinco patologistas do Laboratoire de Sciences Judiciaires et de Médecine Légale, o laboratório central de criminalística e medicina legal de Quebec. Ele tinha problemas nas articulações e na prótese dentária e tolerância zero a qualquer coisa ou qualquer um que o fizesse perder tempo. Pelletier deu uma olhada e pediu uma bola de demolição.

A parede exterior da chaminé foi reduzida a pó. Um cadáver bem defumado foi extraído, preso a uma maca e transportado para o nosso laboratório. No dia seguinte Pelletier olhou de relance os restos mortais e disse "*ossements*". Ossos.

Eu entro, Dra. Temperance Brennan, antropóloga forense da Carolina do Norte e Quebec. La Belle Province e Dixie? É uma longa história, começando com um intercâmbio entre professores da minha universidade, a UNC-Charlotte, e a McGill. Quando o ano de intercâmbio terminou, voltei para o sul, mas continuei a prestar consultoria para o laboratório em Montreal. Uma década depois, ainda estou nessas idas e vindas e posso me candidatar ao posto de viajante com maior número de milhas da companhia aérea.

A *demande d'expertise en anthropologie* de Pelletier estava em minha mesa quando cheguei a Montreal para minha estadia de fevereiro.

Agora era quarta-feira, 16 de fevereiro, e os ossos da chaminé formavam um esqueleto completo em minha mesa. Embora a vítima não acreditasse em check-ups regulares, o que eliminava os registros dentários como opção, todos os indicadores batiam com Bellemare. Estimativas de idade, sexo, raça e altura, junto com pinos cirúrgicos na fíbula e tíbia direitas, me diziam que eu estava olhando para o Cowboy há tanto tempo desaparecido.

Fora a fratura fina na base do crânio, provavelmente causada pelo mergulho não planejado na chaminé, não encontrei indícios de trauma.

Eu estava pensando em como e por que um homem sobe no telhado e cai numa chaminé quando o telefone tocou.

— Parece que preciso de seu auxílio, Temperance.

Só Pierre LaManche me chamava pelo meu nome completo, enfatizando a última sílaba, fazendo-a soar como "ônce" em vez de "ence". Ele havia se encarregado de um cadáver que, segundo minhas suspeitas, poderia apresentar problemas de decomposição.

— Putrefação avançada?

— *Oui*. — Meu chefe fez uma pausa. — E outros agravantes.

— Agravantes?

— Gatos.

Essa não.

— Estou indo.

Depois de salvar o relatório sobre Bellemare no disco rígido, saí do meu laboratório, passei pelas portas de vidro que separavam a seção de medicina legal do restante do andar, entrei num corredor lateral e apertei o botão de um elevador. Exclusivo para os dois andares de acesso restrito que constituíam o LSJML e o escritório do legista no décimo primeiro, este elevador agora tinha um só destino: o necrotério.

Ao descer para o subsolo, relembrei o que eu soube durante a reunião da equipe naquela manhã.

Avram Ferris, um judeu ortodoxo de 56 anos, tinha desaparecido há uma semana. O corpo dele foi descoberto na noite anterior, num quartinho de depósito no andar superior da sede de sua empresa. Nenhum sinal de invasão. Nenhum sinal de luta. A funcionária disse que ele vinha agindo de forma estranha. Morte por ferimento autoinfligido provocado por arma de fogo foi a avaliação feita no local. A família do homem rejeitou a ideia de suicídio de forma inflexível.

O legista pediu uma necropsia. Os parentes e o rabino de Ferris se opuseram. As negociações ficaram acaloradas.

Eu estava prestes a saber a que acordo chegaram.

E o que os gatos haviam aprontado.

Do elevador, virei à esquerda e então à direita, em direção ao necrotério. Ao me aproximar da porta da ala de necropsia, ouvi sons vindos da sala destinada aos familiares, uma melancólica saleta reservada para aqueles que são convocados a identificar os mortos.

Soluços baixos. Uma voz feminina.

Visualizei o pequeno espaço soturno, com suas plantas de plástico, cadeiras de plástico e janela com cortinas discretas, e senti a dor habitual. Não fazíamos necropsias de mortes naturais no LSJML. Nada de doenças terminais do fígado. Nada de câncer no pâncreas. Nossa pauta é feita de assassinatos, suicídios, acidentes súbitos, inesperados. A sala destinada aos familiares recebia aqueles que acabavam de ficar presos na armadilha do impensável e do imprevisível. O luto deles nunca deixava de me comover.

Abri uma porta de um azul vivo e segui por um corredor estreito, passando por computadores, secadores e carrinhos de aço inoxidável à minha direita e mais portas azuis à minha esquerda, cada uma delas com a placa SALLE D'AUTOPSIE. Na quarta porta, respirei fundo e entrei.

Além dos esqueletos, fico com os queimados, os mumificados, os mutilados e os decompostos. Meu trabalho é restaurar a identidade que a morte apagou. Frequentemente uso a sala quatro porque ela é equipada com ventilação especial. Naquela manhã o sistema mal dava conta do odor da decomposição.

Algumas necropsias são desempenhadas para uma plateia vazia. Outras ficam lotadas. Apesar do fedor, no post-mortem de Avram Ferris só havia lugar em pé.

LaManche. Sua assistente de necropsia, Lisa. Um fotógrafo da polícia. Dois policiais de uniforme. Um detetive da Sûreté du Québec que eu não conhecia. Cara alto, com sardas, mais pálido que tofu.

Um detetive da SQ que eu *de fato* conhecia. Bom. Andrew Ryan. Um metro e oitenta e sete. Cabelo louro bem claro. Olhos azuis de viking.

Trocamos um cumprimento com a cabeça. Ryan, o policial. Tempe, a antropóloga.

Como se os personagens oficiais não fossem numerosos o suficiente, quatro estranhos formavam ombro a ombro uma muralha de desaprovação aos pés do cadáver.

Esquadrinhei-os rapidamente. Todos homens. Dois com mais ou menos 50 anos, dois talvez chegando aos 70. Cabelos escuros. Óculos. Barbas. Ternos pretos. Solidéus.

A muralha me perscrutou com olhos avaliadores. Oito mãos permaneciam cruzadas atrás de quatro costas rígidas.

LaManche baixou sua máscara e me apresentou ao quarteto de observadores.

— Dadas as condições do corpo do Sr. Ferris, precisamos de uma antropóloga.

Quatro olhares perplexos.

— A especialidade da Dra. Brennan é anatomia do esqueleto — explicou LaManche em inglês. — Ela está inteiramente a par de suas necessidades especiais.

Exceto pela meticulosa coleta de todo o sangue e tecidos, eu não fazia a menor ideia de quais eram essas necessidades especiais.

— Sinto muito pela sua perda — eu disse, pressionando minha prancheta contra o peito.

Quatro meneios de cabeça sombrios.

A perda deles estava no centro das atenções, com plástico estendido entre seu corpo e o aço inoxidável. Mais plástico tinha sido estendido no piso embaixo e em volta da mesa. Tubos de ensaio, frascos e recipientes estavam a postos num carrinho.

O corpo fora despido e lavado, mas nenhuma incisão havia sido feita. Dois sacos de papel estavam no balcão. Eu pressupus que LaManche já tinha completado os exames externos, incluindo testes para pólvora e outros indícios nas mãos de Ferris.

Oito olhos me acompanharam quando fui em direção ao falecido. O observador número quatro cruzou as mãos novamente, agora diante dos genitais.

Avram Ferris não tinha a aparência de quem havia morrido na semana passada. Ele parecia ter morrido na época de Clinton. Seus olhos estavam pretos, a língua púrpura, a pele uma mistura de verde-oliva e berinjela. A barriga estava distendida, o escroto inflado do tamanho de bolas de praia.

Olhei para Ryan em busca de explicação.

— A temperatura no armário estava chegando a 92 graus Fahrenheit.

— Por que tão quente?

— Nós supomos que um dos gatos tenha encostado no termostato — disse Ryan.

Fiz um cálculo rápido. Noventa e dois graus Fahrenheit. Cerca de 35 graus Celsius. Nenhuma surpresa que Ferris estivesse batendo o recorde em decomposição.

Mas o calor tinha sido apenas um dos problemas do cavalheiro.

Quando famintas, mesmo as pessoas mais dóceis ficam mal-humoradas. Entramos em desespero. O id vence a ética. Nós comemos. Nós sobrevivemos. Esse instinto comum guia animais de manada, predadores, caravanas e times de futebol.

Até mesmo os cachorrinhos mais fofos viram carniceiros.

Avram Ferris cometera o erro de bater as botas preso com dois gatos domésticos de pelo curto e um siamês.

E um suprimento limitado de Friskies.

Dei a volta na mesa.

Os ossos temporais e parietais esquerdos estavam curiosamente afunilados. Embora eu não pudesse ver o occipital, era óbvio que a parte de trás de sua cabeça tinha sido atingida.

Pus luvas, enfiei dois dedos sob o crânio e apalpei. O osso cedia como lodo. Só o tecido do couro cabeludo estava mantendo o interior unido.

Apoiei novamente a cabeça de Ferris na mesa e examinei a face.

Era difícil imaginar que aparência ele tinha quando vivo. Sua bochecha esquerda estava macerada. Marcas de dentes haviam atingido o osso subjacente, e fragmentos reluziam leitosos em meio à massa vermelha.

Embora inchada e marmorizada, a face de Ferris estava praticamente intacta do lado direito.

Eu me endireitei e considerei o padrão da mutilação. Apesar do calor e do cheiro de putrefação, os gatos não tinham se aventurado pelo lado direito do nariz de Ferris nem pelo restante de seu corpo.

Compreendi por que LaManche precisava de mim.

— Havia uma ferida aberta no lado esquerdo do rosto dele? — perguntei.

— *Oui*. E outra na parte de trás do crânio. A putrefação e o ataque dos gatos tornaram impossível determinar a trajetória do projétil.

— Vou precisar de um conjunto completo de raios X — eu disse para Lisa.

— Alguma orientação específica?

— Todos os ângulos. E vou precisar do crânio.

— Impossível. — O observador quatro voltou de novo à vida. — Temos um acordo.

LaManche ergueu a mão enluvada.

— Eu tenho a responsabilidade de determinar a verdade neste assunto.

— O senhor nos deu sua palavra de que não haveria retenção de amostras. — Embora o rosto do homem fosse cor de aveia, uma mancha rosada se formava em cada uma das bochechas.

— A menos que fosse absolutamente inevitável. — LaManche usava todo o seu bom senso.

O observador quatro virou-se para o homem à sua esquerda. O observador três ergueu o queixo e olhou para baixo.

— Deixem-no falar. — Imperturbável. O rabino aconselhava paciência.

LaManche voltou-se para mim.

— Dra. Brennan, prossiga com sua análise deixando o crânio e todos os ossos não traumatizados no lugar.

— Dr. LaManche...

— Se isso se provar inviável, retome o protocolo normal.

Não gosto que me digam como fazer o meu serviço. Não gosto de trabalhar sem o maior número de informações disponíveis ou sem seguir o procedimento ideal.

Eu *gosto* de Pierre LaManche e o respeito. Ele é o melhor patologista que já conheci.

Olhei para meu chefe. O velho assentiu quase imperceptivelmente. *Ajude-me com isso,* era o que ele dizia.

Desviei meu olhar para os rostos que pairavam sobre Avram Ferris. Em cada um deles vi a disputa antiquíssima entre o dogma e o pragmatismo. O corpo como templo. O corpo como dutos e gânglios e urina e bile.

Em cada um deles eu via a angústia da perda.

A mesma angústia que eu entreouvira minutos antes.

— É claro — eu disse em voz baixa. — Chame-me quando estiver pronto para retirar o couro cabeludo.

Olhei para Ryan. Ele piscou. Ryan, o policial, deixando escapar um pouco de Ryan, o amante.

A mulher ainda chorava quando saí da ala de necropsias. Sua acompanhante estava agora em silêncio.

Hesitei, sem querer me intrometer em sua tristeza pessoal.

Era isso mesmo? Ou era só uma desculpa para me proteger?

Testemunho o luto com muita frequência. Volta e meia presencio o choque dos sobreviventes diante da percepção de que suas vidas mudaram. Refeições que nunca mais serão compartilhadas. Conversas que nunca ocorrerão. Pequenos livros dourados que nunca serão lidos em voz alta.

Vejo a dor, mas não tenho ajuda a oferecer. Sou alguém de fora, uma voyeur depois do acidente, depois do incêndio, depois do tiroteio. Faço parte das sirenes estridentes, da fita amarela estendida, do zíper fechado no saco preto para cadáveres.

Não posso diminuir a tristeza avassaladora. E odeio minha impotência.

Sentindo-me uma covarde, entrei na sala destinada aos familiares.

Duas mulheres estavam sentadas lado a lado, juntas mas sem se encostar. A mais jovem podia ter 30 ou 50 anos. Tinha pele clara, sobrancelhas espessas e cabelos escuros encaracolados presos para trás na altura do pescoço. Usava uma saia preta e um suéter azul comprido com uma gola alta que roçava em seu queixo.

A mulher mais velha era tão enrugada que me lembrou as bonecas com rostos de maçã seca, típicas do artesanato das montanhas da Carolina. Ela usava um vestido que ia até o tornozelo, cuja cor ficava em algum lugar entre o preto e o roxo. Fiapos soltos se espiralavam no local onde deveriam estar os três botões superiores.

Eu pigarreei.

Vovó maçã olhou para cima, lágrimas brilhando no rosto de 10 mil rugas.

— Sra. Ferris?

Os dedos retorcidos dobravam e desdobravam um lenço.

— Sou Temperance Brennan. Estou ajudando na necropsia do Sr. Ferris.

A cabeça da idosa caiu para o lado, deslocando sua peruca para um ângulo estranho.

— Por favor, aceite minhas condolências. Sei o quanto é difícil para a senhora.

A mulher mais jovem ergueu dois olhos lilases de tirar o fôlego.

— Sabe?

Boa pergunta.

A perda é difícil de compreender. Sei disso. Minha compreensão da perda é incompleta. Sei disso também.

Perdi meu irmão por leucemia quando ele tinha 3 anos. Perdi minha avó quando ela tinha vivido mais de 90 anos. A cada vez, o luto foi como uma coisa viva, invadindo meu corpo e se instalando profundamente em minha medula e terminações nervosas.

Kevin mal deixara de ser um bebê. Vovó estava vivendo em meio a memórias que não me incluíam. Eu os amava. Eles me amavam. Mas não eram o foco da minha vida, e ambas as mortes eram previsíveis.

Como as pessoas lidam com a perda súbita de um cônjuge? De um filho?

Eu não queria imaginar.

A mulher mais jovem insistiu.

— Você não pode supor que compreende a tristeza que sentimos.

Desnecessariamente confrontadora, pensei. Condolências desajeitadas ainda são condolências.

— Claro que não — eu disse, o olhar movendo-se da mulher mais nova para a mais velha. — Foi presunçoso da minha parte.

Elas não disseram nada.

— Sinto muito por sua perda — conclui.

A mulher mais jovem demorou tanto que eu achei que ela não fosse responder.

— Sou Miriam Ferris. Avram é... era o meu marido. — A mão de Miriam se ergueu e se deteve, como que hesitante em sua tarefa. — Dora é a mãe de Avram.

A mão fez um gesto tênue em direção a Dora e então desceu para juntar-se à outra.

— Imagino que nossa presença durante a necropsia seja irregular. Não há nada que possamos fazer. — A voz de Miriam soava embargada pelo luto. — É tudo tão... — Suas palavras se interromperam, mas seus olhos permaneceram fixos em mim.

Tentei pensar em algo consolador, ou animador, ou mesmo só tranquilizador, para dizer. Nenhuma palavra veio à minha cabeça. Caí de novo nos clichês.

— Eu realmente entendo a dor de perder um ente querido.

Um espasmo fez a bochecha direita de Dora tremer. Seus ombros se encolheram e sua cabeça afundou.

Eu me aproximei dela, me agachei e peguei suas mãos.

— Por que Avram? — Ela soluçou. — Por que meu único filho? Uma mãe não devia enterrar o seu filho.

Miriam disse alguma coisa em hebraico ou iídiche.

— Quem é esse Deus? Por que ele faz isso?

Miriam falou de novo, dessa vez num tom discreto de recriminação.

Os olhos de Dora se focalizaram nos meus.

— Por que não me levou? Sou velha. Estou pronta. — Os lábios enrugados tremeram.

— Não tenho como responder a isso, senhora. — Minha própria voz soou embargada.

Uma lágrima pingou do queixo de Dora em meu polegar.

Olhei para aquela gota solitária.

Engoli em seco.

— Posso fazer um pouco de chá para a senhora, Sra. Ferris?

— Vamos ficar bem — disse Miriam. — Obrigada.

Apertei a mão de Dora. A pele era seca, e os ossos frágeis.

Sentindo-me inútil ali, eu me levantei e entreguei a Miriam um cartão.

— Estarei lá em cima por algumas horas. Se houver qualquer coisa que eu possa fazer, por favor, não hesite em me ligar.

Ao sair da sala, percebi que um dos observadores de barba que haviam estado na sala de necropsia assistia do outro lado do hall.

Quando passei por ele, o homem deu um passo à frente, colocando-se no meu caminho.

— Isso foi muito gentil da sua parte. — A voz dele tinha um tom rascante peculiar, como Kenny Rogers cantando "Lucille".

— Uma mulher perdeu o filho. Outra, o marido.

— Eu a vi lá dentro. É obvio que a senhora é uma pessoa dotada de compaixão. Uma pessoa dotada de honra.

Aonde ele queria chegar com isso?

O homem hesitou, como se discutisse alguns últimos pormenores consigo mesmo. Então pôs a mão num bolso, retirou um envelope e o entregou para mim.

— Essa é a razão de Avram Ferris estar morto.

CAPÍTULO 2

O ENVELOPE CONTINHA UMA única fotografia em preto e branco. Nela havia um esqueleto em decúbito dorsal, crânio torcido, mandíbulas escancaradas num grito congelado.

Virei a foto. No verso havia a data, outubro de 1963, e uma anotação borrada, *H de 1 H*. Talvez.

Olhei interrogativamente para o cavalheiro de barba que bloqueava meu caminho. Ele não fez nenhuma menção de explicar aquilo.

— Sr...?

— Kessler.

— Por que está me mostrando isso?

— Eu acredito que essa seja razão de Avram Ferris estar morto.

— Foi o que me disse.

Kessler cruzou os braços. Descruzou-os. Esfregou as palmas das mãos nas calças.

Eu aguardei.

— Ele disse que estava em perigo. — Kessler bateu com quatro dedos na foto. — Disse que se alguma coisa acontecesse seria por causa disso.

— O Sr. Ferris deu isso ao senhor?

— Sim. — Kessler espiou por cima do ombro.

— Por quê?

A resposta dele foi um gesto de indiferença.

Meus olhos voltaram para a foto. O esqueleto estava estendido por inteiro, seu braço e quadril direitos parcialmente obscurecidos por uma pedra ou viga. Um objeto estava na terra junto ao joelho esquerdo. Um objeto familiar.

— De onde isso veio? — Ergui os olhos. Kessler estava de novo dando uma olhada ao redor.

— Israel.

— O Sr. Ferris receava que a vida dele estivesse em perigo?

— Estava aterrorizado. Disse que se a foto se tornasse pública faria um estrago e tanto.

— Que tipo de estrago?

— Não sei. — Kessler ergueu as palmas das mãos. — Olhe, eu não faço ideia do que seja a foto. Não sei o que quer dizer. Concordei em ficar com ela. É tudo. Esse foi o meu papel.

— Qual é a sua conexão com o Sr. Ferris?

— Eu fazia negócios com ele.

Estendi a foto. Kessler estendeu as mãos ao longo do corpo.

— Diga ao detetive Ryan o que me contou — eu disse.

Ele deu um passo para trás.

— Agora já sabe o que eu sei.

Nesse momento meu celular tocou. Eu o tirei do cinto.

Pelletier.

— Recebi outro telefonema sobre Bellemare.

Kessler se afastou de mim e seguiu na direção da sala destinada aos familiares.

Acenei com a foto. Kessler balançou a cabeça e se apressou pelo hall.

— Você está pronta para liberar o Cowboy?

— Estou subindo.

— *Bon.* A irmã está subindo pelas paredes para fazer o enterro.

Quando desliguei e me virei, o hall estava vazio. Ótimo. Eu daria a foto a Ryan. Ele teria uma cópia da lista de pessoas que estavam na sala de necropsia. Se quisesse averiguar, teria o contato de Kessler.

Apertei o botão do elevador.

Por volta do meio-dia eu havia terminado meu relatório sobre Charles Bellemare, concluindo que, por mais insólitas que fossem as circunstâncias, a última aventura do Cowboy tinha sido resultado de sua própria extravagância. Acenda o baseado. Dê uma tragada. Curta o barato. Ou a queda, no caso de Bellemare. O que ele estaria fazendo lá em cima?

No almoço, LaManche me informou que houve dificuldades para ver os ferimentos na cabeça de Ferris *in situ*. Os raios X mostravam apenas um fragmento de bala e indicavam que a parte de trás do crânio e o lado esquerdo do rosto estavam despedaçados. Ele também me informou que minha análise seria crucial, pois a mutilação pelos gatos distorcera os padrões dos traços metálicos observáveis nos raios X.

Além disso, Ferris caíra com as mãos embaixo do corpo. A decomposição fizera com que os testes de resíduos de pólvora fossem inconclusivos.

À uma e meia desci de novo para o necrotério.

O torso de Ferris estava agora aberto da garganta ao púbis, e seus órgãos estavam em cubas cobertas. O fedor na sala já havia chegado ao pior nível possível.

Ryan e o fotógrafo estavam lá, junto com dois dos quatro observadores da manhã. LaManche esperou cinco minutos e então fez um sinal para que sua assistente de necropsia seguisse em frente.

Lisa fez incisões atrás das orelhas de Ferris e em sua cabeça. Usando o bisturi e os dedos, ela afastou o couro cabeludo, indo da parte de cima para a parte de trás do crânio, parando periodicamente para posicionar a etiqueta do caso para as fotografias. Quando os fragmentos se soltavam, La Manche e eu observávamos, fazíamos um esboço deles e os coletávamos em recipientes.

Quando terminamos com a parte de cima e de trás da cabeça de Ferris, Lisa recuou a pele de seu rosto, e LaManche e eu repetimos o procedimento, examinando, fazendo esboços, tirando fotos. Lentamente, extraímos os destroços do que tinham sido os ossos maxilar, zigomático, nasal e temporal.

Por volta das quatro, o que restava do rosto de Ferris estava novamente no lugar, e uma costura em forma de Y fechava sua barriga e seu peito. O fotógrafo tinha cinco rolos de filme. LaManche tinha um maço de desenhos e anotações. Eu tinha quatro tubos de ensaio com fragmentos ensanguentados.

Eu estava limpando os fragmentos de ossos quando Ryan apareceu no corredor do lado de fora do meu laboratório. Eu o vi chegando através da janela localizada sobre a minha pia.

Rosto de traços marcantes, olhos azuis demais para o próprio bem dele.

Ou para o meu.

Ao me ver, ele pressionou as palmas da mão e o nariz no vidro. Eu espirrei água nele.

Ryan recuou e apontou para a porta. Eu disse "aberta" sem emitir nenhum som e acenei para ele entrar, um sorriso bobo se abrindo em meu rosto.

Ok. Talvez Ryan não seja assim tão mau para mim.

Mas eu tinha chegado a essa conclusão só recentemente.

Por quase uma década Ryan e eu batemos cabeça em um não relacionamento que ia e voltava. Altos e baixos. Sim e não. Quente e frio.

Quente e quente.

Eu me senti atraída por ele desde o começo, mas havia mais obstáculos a serem enfrentados nessa atração do que signatários na Declaração de Independência.

Acredito na separação entre trabalho e diversão. Nada de romance pelos corredores para esta *señorita*. Sem essa.

Ryan trabalha com homicídios. Eu trabalho no necrotério. A cláusula de exclusão profissional se aplica. Obstáculo um.

Então há o próprio Ryan. Todo mundo conhecia a história dele. Nascido na Nova Escócia, de pais irlandeses, o jovem Andrew acabou no lado errado da garrafa de Budweiser quebrada de um motoqueiro. Depois de sair do lado negro, o rapaz se alistou para fazer parte dos mocinhos e subiu até a patente de tenente-detetive na polícia provincial. O Ryan adulto é gentil, inteligente e muito honesto no que se refere ao trabalho.

E amplamente conhecido como o Don Juan da divisão. A cláusula de garanhão gentil se aplica. Obstáculo dois.

Mas Ryan encontrou brechas com sua fala suave e, depois de anos de resistência, finalmente cedi. Então o obstáculo três veio com tudo no Natal.

Lily. Uma filha de 19 anos, versão completa, com iPod, piercing no umbigo e mãe boêmia, uma lembrança em carne e osso do passado rebelde de Ryan.

Embora perplexo e um tanto intimidado com as perspectivas, Ryan acolheu o produto de seu passado e tomou algumas decisões sobre o futuro. No último Natal ele se comprometeu a ser pai à distância. Naquela mesma semana ele me pediu para ir morar com ele.

Calma aí. Esse plano eu vetei.

Embora eu ainda divida a casa com meu companheiro felino Birdie, Ryan e eu estamos pensando em um esboço preliminar de um arranjo que funcione.

Até agora tem sido bom.

E estritamente pessoal. Mantemos isso apenas entre nós.

— Como vai, docinho? — perguntou Ryan ao entrar.

— Bem. — Acrescentei um fragmento aos que estavam secando no painel de cortiça.

— Esse é o presunto da chaminé? — Ryan olhou para a caixa que continha Charles Bellemare.

— Bons ventos levem o Cowboy — eu disse.

— O cara foi golpeado?

Eu balancei a cabeça.

— Parece que ele se inclinou para trás quando devia ter se inclinado para a frente. Não faço ideia de por que ele estava sentado na beira da chaminé. — Tirei as luvas e espremi sabonete líquido nas mãos. — Quem era o cara louro lá embaixo?

— Birch. Vai trabalhar no caso Ferris comigo.

— Novo parceiro?

Ryan balançou a cabeça.

— Empréstimo. Você acha que Ferris se matou?

Eu me virei e disparei um olhar do tipo "você-sabe-que-isso-não-é-pergunta-que-se-faça".

Ryan me devolveu uma expressão de colegial inocente.

— Não estou tentando apressá-la.

— Fale-me sobre ele — pedi ao tirar as toalhas de papel da toalheira.

Ryan afastou Bellemare e apoiou o quadril em minha mesa de trabalho.

— A família é ortodoxa.

— É mesmo? — Surpresa fingida.

— O Quarteto Fantástico estava aqui para garantir uma necropsia kosher.

— Quem eram? — Passei por ele e joguei fora as toalhas de papel.

— Rabino, integrantes do templo, um irmão. Quer os nomes?

Balancei a cabeça.

— Ferris era um pouco mais secular que o resto. Tinha uma firma de importação num armazém perto do aeroporto Mirabel. Disse à esposa que ia ficar fora da cidade quinta e sexta-feira. De acordo com... — Ryan tirou do bolso e olhou um bloco espiral.

— Miriam. — Forneci a informação.

— Isso. — Ryan me lançou um olhar curioso. — De acordo com Miriam, Ferris estava tentando expandir o negócio. Ele ligou por volta das quatro na quarta-feira, disse que estava de partida, que estaria de volta tarde na sexta. Quando o sol se pôs e ele não chegou, Miriam imaginou que ele tivesse se atrasado e preferido não dirigir no Shabat.

— Isso já tinha acontecido antes?

Ryan assentiu.

— Ferris não tinha o hábito de ligar para casa. Quando ele não apareceu na noite de sábado, Miriam começou a ligar para algumas pessoas próximas. Ninguém da família o tinha visto. Nem a secretária dele. Miriam não sabia quais eram os planos do marido, de modo que decidiu esperar. Na manhã do domingo, ela foi até o armazém. Na tarde de domingo, ela registrou o desaparecimento. Os policiais disseram que iam investigar se o marido não aparecesse na segunda de manhã.

— Homem adulto estendendo sua viagem de negócios?

Ryan deu de ombros.

— Acontece.

— Ferris nem chegou a sair de Montreal?

— LaManche acha que ele morreu não muito depois da ligação para Miriam.

— A história de Miriam confere?

— Até agora sim.

— O corpo foi encontrado num armário?

Ryan assentiu.

— Sangue e cérebro por todas as paredes.

— Que tipo de armário?

— Com pequeno espaço para armazenagem numa sala do andar superior.

— Por que os gatos estavam com ele?

— A porta tem uma dessas entradinhas para gatos. Ferris mantinha a comida e a bandeja higiênica lá dentro.

— Ele juntou os gatos para se matar?

— Talvez eles estivessem lá dentro quando ele recebeu o tiro, talvez tenham entrado depois. Ferris pode ter morrido sentado num banquinho, e então caído. De algum jeito seus pés bloquearam a portinha dos gatos.

Pensei nisso por um instante.

— Miriam não olhou no armário quando esteve lá no sábado?

— Não.

— Ela não ouviu aranhões ou miados?

— Ela não é do tipo que gosta de gatos. Por isso Ferris os mantinha no trabalho.

— Ela não percebeu nenhum cheiro?

— Aparentemente Ferris não era muito meticuloso com a toalete felina. Miriam disse que se sentiu algum cheiro deve ter achado que era a bandeja dos gatos.

— Ela não achou o prédio quente demais?

— Não. Mas se um gato esbarrou no termostato depois da visita dela, Ferris ainda assim teria ficado cozinhando de domingo a terça-feira.

— Ele tinha algum outro empregado além da secretária?

— Não. — Ryan consultou as anotações em seu bloco. — Courtney Purviance. Miriam a chama de secretária. Purviance prefere o termo "sócia".

— A esposa a está rebaixando ou a funcionária está se promovendo?

— Mais provável que seja o primeiro caso. Parece que Purviance desempenhava um papel bem grande na administração do negócio.

— Onde ela estava na quarta-feira?

— Saiu cedo. Sinusite.

— Por que ela não encontrou Ferris na segunda?

— Era feriado judaico. Purviance tirou o dia de folga para plantar árvores.

— Tu B'Shvat.

— *Et tu, Brute.*

— A festividade das árvores. Alguma coisa estava faltando?

— Purviance insiste que não há nada lá que valha a pena roubar. O computador é velho. O rádio é ainda mais velho. O estoque não é valioso. Mas ela está verificando.

— Há quanto tempo ela trabalha para Ferris?

— Desde 1998.

— Há algo de suspeito no passado dele? Sócios conhecidos? Inimigos? Dívidas de jogo? Namorada desprezada? Namorado?

Ryan balançou a cabeça.

— Algo que sugerisse comportamento suicida?

— Estou averiguando, mas até agora nada. Casamento estável. Levou a esposa para Boca em janeiro. O negócio não era espetacular, mas produzia uma renda estável. Especialmente desde que Purviance foi contratada, um fato que ela não hesita em mencionar. De acordo com a família, não havia sinais de depressão, mas Purviance achou que ele estava excepcionalmente mal-humorado nas últimas semanas.

Eu lembrei de Kessler e tirei a foto do meu avental de laboratório.

— Um presente de um dos membros do Quarteto Fantástico. — Eu a entreguei. — Ele acha que é a razão pela qual Feris está morto.

— E o que isso quer dizer?

— Ele acha que é a razão pela qual Ferris está morto.

— Você pode ser um verdadeiro pé no saco, Brennan.

— Faço o melhor que posso.

Ryan examinou a foto.

— Qual membro do Quarteto Fantástico?

— Kessler.

Erguendo uma sobrancelha, Ryan deixou a foto na mesa e virou uma página em seu bloco.

— Tem certeza?

— Esse foi o nome que ele me deu.

Quando Ryan ergueu os olhos a sobrancelha voltou ao lugar.

— Ninguém chamado Kessler foi autorizado a estar presente na necropsia.

CAPÍTULO 3

— TENHO CERTEZA DE que Kessler foi o nome que ele deu.

— Ele era um observador autorizado? — perguntou Ryan.

— Em vez de mais um da multidão de judeus ortodoxos que assombram estas salas?

Ele ignorou meu sarcasmo.

— Kessler disse por que estava aqui?

— Não. — Por alguma razão as perguntas de Ryan estavam me irritando.

— Você o tinha visto antes na sala de necropsia?

— Eu...

Eu havia ficado abalada após o encontro com Miriam e Dora Ferris e tinha me distraído com a ligação de Pelletier. Kessler tinha óculos, uma barba e um terno preto. Minha cabeça optara por um estereótipo cultural.

Eu não estava irritada com Ryan. Eu estava irritada comigo mesma.

— Só pressumi que sim.

— Vamos repassar do começo.

Contei a Ryan sobre o incidente no corredor no andar de baixo.

— Então Kessler estava no hall quando você saiu da sala destinada aos familiares.

— Sim.

— Você viu de onde ele veio?

— Não.

— Para onde ele foi?

— Achei que ele ia se juntar a Dora e Miriam.

— Você de fato o viu entrar na sala dos familiares?

— Eu estava falando com Pelletier. — Saiu mais tenso do que eu pretendia.

— Não fique na defensiva.

— Não estou na defensiva — eu disse, claramente na defensiva, e dei um puxão com as duas mãos para soltar o meu avental. — Só adicionei um detalhe.

Ryan pegou a foto de Kessler.

— O que é isso?

— Um esqueleto.

Ele revirou os olhos.

— Kessler... — Fiz uma pausa. — O misterioso desconhecido de barba me disse que veio de Israel.

— A foto *veio de* Israel ou foi tirada lá?

Outro deslize meu.

— A foto tem mais de quarenta anos. Provavelmente não quer dizer nada.

— Quando alguém diz que isso causou uma morte, algum significado deve ter.

Eu fiquei vermelha.

Ryan olhou o verso da foto, como eu tinha feito antes.

— O que é *M de 1 H*?

— Você acha que é um *M*?

Ryan ignorou minha pergunta.

— O que estava acontecendo em outubro de 1963? — perguntou ele, mais para si mesmo do que para mim.

— Os pensamentos de Oswald estavam em JFK.

— Brennan, às vezes você realmente pode ser...

— Já falamos sobre isso.

Fui até Ryan, virei a foto e apontei para o objeto localizado à esquerda dos ossos da perna.

— Está vendo isso? — perguntei.

— É um pincel.

— É um indicador para o norte.

— O que isso quer dizer?

— Um velho truque usado por arqueólogos. Se você não tem um marcador oficial para indicar a escala e a orientação, coloque algum objeto no quadro e aponte-o para o norte.

— Você acha que a foto foi tirada por um arqueólogo?

— Sim.

— Em que sítio?

— Um sítio com sepulturas.

— Agora sim estamos chegando a algum lugar.

— Olhe, esse Kessler é provavelmente um maluco. Encontre-o e o pressione. Ou fale com Miriam Ferris. — Bati a mão na foto. — Talvez ela saiba por que o marido dela ficou fora de si com essa coisa. — Tirei meu avental. — Se é que ele *ficou* fora de si com essa coisa.

Ryan examinou a foto por um minuto. Então ergueu os olhos e disse:

— Você comprou as calcinhas caleçon?

Minhas bochechas ficaram vermelhas.

— Não.

— Cetim vermelho. Diabolicamente sexy.

Semicerrei os olhos, uma advertência no estilo "aqui não".

— Vou encerrar por hoje.

Fui até o armário, pendurei meu avental de laboratório e esvaziei os bolsos. Esvaziei minha libido.

Quando voltei, Ryan estava de pé, olhando novamente para a foto de Kessler.

— Acha que algum de seus amigos paleólogos pode reconhecer isso?

— Vou dar uns telefonemas.

— Mal não vai fazer.

Na porta, Ryan se virou e arqueou as sobrancelhas.

— Te vejo mais tarde?

— Quarta-feira é a minha noite de tai chi.

— Amanhã?

— Fechado.

Ryan apontou um dedo e piscou.

— Calcinhas caleçon.

Meu apartamento em Montreal se localiza no andar térreo de um prédio de poucos andares em formato de U. Um quarto, um escritório, dois banheiros, sala de estar e jantar, uma cozinha estreita o bastante para que uma pessoa esteja em frente à pia e consiga alcançar a geladeira para pegar alguma coisa.

De uma das entradas em arco da cozinha, atravesso o hall até as portas francesas que se abrem para um pátio central. Da outra, atravesso a sala de estar até as portas francesas que dão num pequeno pátio privado.

Lareira de pedra. Boa madeira. Amplos armários. Estacionamento subterrâneo.

Nada de extravagante. O maior atrativo do prédio é ficar bem no centro. Centre-Ville. Tudo o que preciso está a dois quarteirões da minha cama.

Birdie não apareceu ao som das minhas chaves.

— Oi, Bird.

Nada do gato.

— Crrác.

— Oi, Charlie.

— Crrác. Crrác.

— Birdie?

— Crrác, Crrác. Crrác. Crrác. Crrác. — Um assobio.

Enfiei meu casaco no armário, deixei o laptop no escritório, coloquei minha lasanha pronta na geladeira e segui até a arcada mais afastada.

Birdie estava em sua pose de esfinge, as pernas recolhidas, a cabeça para cima, as patas da frente dobradas. Quando me juntei a ele em sua caminha, ele me olhou de relance e voltou a se concentrar na gaiola à sua direita.

Charlie inclinou a cabeça e me olhou entre as grades.

— Como estão meus meninos? — perguntei.

Birdie me ignorou.

Charlie pulou para sua tigela de sementes e deu outro assobio seguido por um "crrác".

— O meu dia? Cansativo, mas sem desastres. — Não mencionei Kessler.

Charlie inclinou a cabeça e fixou em mim o olho esquerdo.

Nada do gato.

— Fico contente que vocês dois estejam se dando bem.

E eles estavam.

O periquito-australiano tinha sido presente de Ryan no último Natal. Embora eu não tivesse ficado nada entusiasmada por causa do meu estilo de vida viajante, Birdie se apaixonou à primeira vista.

Quando rejeitei a sugestão de Ryan de morarmos juntos, ele propôs dividirmos a custódia. Quando eu estivesse em Montreal, Charlie seria meu. Quando eu estivesse em Charlotte, Charlie e Ryan se virariam juntos. Birdie geralmente viajava comigo.

Esse arranjo estava funcionando, e gato e periquito pareciam firmemente unidos.

Fui para a cozinha.

— Viagem de carro — grasnou Charlie. — Não esqueça o pássaro.

Fui medíocre no tai chi daquela noite, mas depois dormi como uma pedra. Ok, lasanha não é o melhor para a posição "agarrar o pardal pela cauda" ou "garça branca abre suas asas", mas é o máximo para "quietude interna".

Estava de pé às sete na manhã seguinte, e no laboratório às oito.

Passei a primeira hora identificando, marcando e inventariando os fragmentos da cabeça de Avram Ferris. Ainda não era um exame em profundidade; eu apenas observava detalhes, e uma imagem estava se formando. Uma imagem surpreendente.

A reunião da equipe naquela manhã percorreu a lista usual de acontecimentos insensatos, brutais e tristemente banais.

Um homem de 27 anos eletrocutou a si mesmo urinando nos trilhos do metrô Lucien-L'Allier.

Um carpinteiro de Boisbriand massacrou a esposa de 30 anos durante uma briga sobre quem ia sair para pegar lenha.

Um maluco de 59 anos morreu de overdose numa hospedaria que mais parecia uma espelunca perto de Chinatown.

Nada para a antropóloga.

Às nove e vinte, voltei para o meu escritório e liguei para Jacob Drum, um colega da UNC-Charlotte. A secretária eletrônica atendeu. Deixei um recado pedindo para ele me ligar.

Eu já tinha passado mais uma hora com os fragmentos de osso quando o telefone tocou.

— Ei, Tempe.

Ao cumprimentar, nós que viemos do sul dizemos "ei" em vez de "oi". Para alertar, chamar a atenção ou mostrar objeção, também dizemos "ei", mas o "e" é mais prolongado. Este foi um "ei" normal.

— Ei, Jake.

— Não vai fazer mais do que dez graus aqui em Charlotte hoje. Está frio aí em cima?

No inverno, o pessoal do sul se diverte ao perguntar como está o clima no Canadá. No verão, o interesse despenca.

— Está frio. — A máxima prevista era um número negativo.

— Estou indo para um lugar onde o clima combina com as minhas roupas.

— Está indo escavar? — Jake era um arqueólogo bíblico que vinha escavando no Oriente Médio há quase três décadas.

— Sim, senhora. Uma sinagoga do século I. Venho planejando isso há meses. A equipe está definida. Tenho o pessoal de sempre em Israel e encontrarei o supervisor de campo em Toronto no sábado. Estou finalizando os últimos detalhes da viagem agora. Um pé nas bolas. Você faz ideia do quanto essas coisas são raras?

Pé nas bolas?

— Há sinagogas do século I em Masada e Gamla — continuou ele. — E só.

— Parece ser uma oportunidade incrível. Escute, estou contente de tê-lo encontrado. Eu gostaria de pedir um favor.

— Manda.

Descrevi a foto de Kessler, deixando de fora os detalhes de como a obtive.

— A foto foi tirada em Israel?

— Disseram-me que veio de lá.

— Datada da década de 1960?

— "Outubro de 1963" está escrito no verso. E uma espécie de anotação. Talvez com um endereço.

— Bastante vago.

— É.

— Será um prazer dar uma verificada.

— Vou escanear a imagem e mandar por e-mail.

— Não fique otimista.

— Agradeço sua disposição em dar uma olhada.

Eu sabia o que viria em seguida. Jake reprisava o assunto como um anúncio de cerveja ruim.

— Você devia vir escavar com a gente, Tempe. Voltar às suas raízes na arqueologia.

— Não há nada que eu queria mais do que isso, mas não posso partir agora.

— Um dia desses.

— Um dia desses.

Depois da ligação, corri até a seção de imagens, escaneei a foto de Kessler e transferi o arquivo .jpg para o computador do meu laboratório. Voltei em seguida, me conectei e mandei a imagem para o e-mail de Jake na UNCC.

De volta à cabeça destroçada de Ferris.

Fraturas cranianas apresentam uma variabilidade tremenda de padrões. A interpretação bem-sucedida de um desses padrões se baseia na compreensão das propriedades biomecânicas dos ossos, combinada com um conhecimento dos fatores internos e externos envolvidos na fratura.

Simples, não? Como física quântica.

Embora ossos pareçam rígidos, eles na realidade têm certo grau de elasticidade. Quando submetido à pressão, o osso cede e muda de forma. Quando seus limites de deformação elástica são excedidos, ele é fraturado.

Essa é a parte biomecânica.

Na cabeça, há menor resistência a fraturas, determinadas por fatores como a curvatura da abóbada, os ossos de sustentação e as suturas, as junções entre os ossos.

Esses são os fatores internos.

Os fatores externos incluem o tamanho, velocidade e ângulo do objeto de impacto.

Pense da seguinte maneira. O crânio é uma esfera com protuberâncias, curvas e aberturas. De forma previsível, essa esfera cede quando atingida por um objeto impactante. Tanto uma bala de calibre .22 quanto um cano de duas polegadas são objetos de impacto. A bala apenas se move muitíssimo mais rápido e atinge uma área menor.

Deu para entender a ideia.

Apesar do dano maciço, eu sabia que estava vendo um padrão atípico na cabeça de Ferris. Quanto mais eu olhava, mais inquieta eu ficava.

Eu estava colocando um fragmento occipital sob o microscópio quando o telefone tocou.

Era Jake Drum. Dessa vez não houve um "ei" tranquilo.

— Onde você disse que conseguiu essa foto?

— Não disse. Ela...

— Quem a deu para você?

— Um homem chamado Kessler. Mas...

— Você ainda a tem?

— Sim.

— Até quando você fica em Montreal?

— Vou fazer uma viagem rápida para os Estados Unidos no sábado, mas...

— Se eu me desviar do meu caminho e for para Montreal amanhã, você poderia me mostrar o original.

— Sim. Jake...

— Preciso ligar para as companhias de aviação. — A voz dele soava tão pesada que poderia servir de âncora para o *Queen Mary*. — Enquanto isso, esconda essa foto.

Ouvi o tom de chamada encerrada.

CAPÍTULO 4

Fiquei olhando para o telefone.

O que poderia ser tão importante para Jake mudar os planos que vinha fazendo há meses?

Coloquei a foto de Kessler no centro da minha mesa.

Se eu estivesse correta quanto ao pincel, o corpo estava na direção norte-sul com a cabeça voltada para leste. Os pulsos estavam cruzados na barriga. As pernas inteiramente estendidas.

Exceto por algum deslocamento dos ossos da pelve e dos pés, tudo parecia anatomicamente correto.

Correto demais.

Cada patela estava perfeitamente posicionada na ponta de cada fêmur. Os ossos do joelho nunca ficam assim no lugar.

Algo mais estava errado.

A fíbula direita estava no lado interno da tíbia direita. Deveria estar no lado externo.

Conclusão: a cena tinha sido manipulada.

Teria um arqueólogo arrumado os ossos para uma foto ou o reposicionamento teria algum outro significado?

Levei a foto até o microscópio, baixei a lente e posicionei a luz de fibra ótica.

O solo em volta dos ossos estava marcado por pegadas. Com a ampliação, eu podia distinguir ao menos dois padrões de solas.

Conclusão: mais de uma pessoa estivera presente naquela cena.

Tentei descobrir o sexo.

As cavidades orbitais do crânio eram grandes, a mandíbula, quadrada. Só o lado direito da pelve estava visível, mas a cavidade ciática parecia estreita e funda.

Conclusão: o indivíduo era do sexo masculino, muito provavelmente.

Passei à idade.

A dentição superior parecia relativamente completa. A dentição inferior tinha aberturas e dentes mal-alinhados. A sínfise púbica direita, uma das superfícies em que as metades da pelve se encontram na frente, estava inclinada para a lente. Embora a foto fosse granulosa, a sínfise parecia lisa e plana.

Conclusão: o indivíduo era um adulto, entre jovem e de meia-idade. Possivelmente.

Incrível, Brennan. Um adulto morto com dentes ruins e ossos remanejados. Possivelmente.

— Agora sim estamos chegando a algum lugar — imitei Ryan.

O relógio mostrava uma e quarenta. Eu estava faminta.

Tirei meu avental, desliguei a luz de fibra ótica e lavei as mãos. Na porta, hesitei.

Voltando ao microscópio, catei a foto e a escondi sob uma agenda na gaveta de minha mesa.

Por volta das três da tarde os fragmentos de osso de Ferris não faziam mais sentido para mim do que ao meio-dia. Se havia alguma mudança, era o aumento no meu nível de frustração.

As pessoas só alcançam determinadas partes do corpo. Elas podem atirar em si mesmas na testa, na têmpora, na boca, no peito. Elas não atiram na própria coluna ou na nuca. É muito difícil posicionar o cano nesses lugares e manter um dedo no gatilho. De modo que a trajetória do projétil pode com frequência ser usada para distinguir um suicídio de um homicídio.

Ao perfurar o osso, uma bala desloca pequenas partículas no perímetro do orifício que ela cria, chanfrando o trauma internamente ao entrar e externamente ao sair.

Bala entra. Bala sai. Trajetória. Modo da morte.

Então qual era o problema? Teria Avram Ferris dado um tiro na cabeça ou alguma outra pessoa teria feito as honras?

O problema era que as partes afetadas do crânio de Ferris pareciam peças de um quebra-cabeça despejadas de uma caixa. Para considerar o chanfro, eu teria primeiro que determinar o lugar certo de cada peça.

Horas montando o quebra-cabeça tinham me permitido identificar uma deformidade oval atrás da orelha direita de Ferris, perto da junção das suturas parietal, occipital e temporal.

Dentro do alcance de Ferris? Precisaria forçar a barra, mas podia ser.

Outro problema. O orifício estava chanfrado tanto na superfície endocraniana quanto na superfície externa do crânio.

Esqueça o chanfrado. Precisarei me basear na sequência da fratura.

Um crânio é concebido para abrigar um cérebro e uma quantidade muito pequena de fluido. E é só. Não há espaço para convidados.

Uma bala na cabeça provoca uma sequência de eventos, e seus vestígios podem estar presentes, ausentes ou combinados com outros fatores no crânio.

Primeiro, um orifício é criado. Quando isso acontece, fraturas se ramificam por todo o crânio. A bala faz um túnel pelo cérebro, empurrando matéria cinza para os lados e criando espaço onde não deveria haver. A pressão intracraniana sobe, fraturas concêntricas se desenvolvem perpendiculares às que irradiam do orifício de entrada, e placas de osso são arremessadas para fora. Se as fraturas que irradiam do ferimento e as rupturas concêntricas encontrarem um ponto de intersecção, blam! Essa parte do crânio se despedaça.

Outro cenário. Sem despedaçamento, mas a bala sai do outro lado do crânio. Fraturas irrompem a partir do orifício de saída e colidem com as que circundam o orifício de entrada. A energia se dissipa ao longo das rupturas provocadas pela entrada do projétil, e as fraturas de saída não se expandem.

Pense da seguinte maneira. Uma bala no cérebro imprime energia. Essa energia aprisionada precisa ir para algum lugar. Como nós todos, ela procura a saída mais fácil. Num crânio, isso significa as suturas ou rachaduras preexistentes. Moral da história: as fraturas criadas pela saída de uma bala não se cruzam com aquelas criadas pela entrada. Encontre uma solução e você tem uma sequência de eventos.

Mas encontrar uma solução para um beco sem saída requer reconstrução.

Não ia ter outro jeito. Eu tinha que juntar as peças de novo.

Precisaria de tempo e paciência
E um monte de cola.

Peguei minhas tigelas de aço inoxidável, minha areia e minha Elmer's. Par a par, juntei fragmentos e os segurei até que se fixassem. Então eu colocava as minirreconstruções sobre a areia, posicionadas de modo a secarem sem deslize ou distorção.

O aparelho de som dos técnicos do laboratório foi desligado.

As janelas escureceram.

Uma campainha tocou, indicando que os telefones tinham entrado no modo de serviço noturno.

Continuei trabalhando, selecionando, manipulando, colando, equilibrando. O silêncio se instalou ao meu redor, tornando-se mais ostensivo no vazio do "prédio-grande-depois-da-hora-do-expediente".

Quando ergui os olhos, o relógio indicava seis e vinte.

Por que havia algo de errado nisso?

Ryan ia chegar em meu apartamento às sete!

Voei para a pia, lavei as mãos, arranquei meu avental, agarrei minhas coisas e saí a toda.

Lá fora, caía uma chuva fria. Não, isso seria uma gentileza. Caía granizo fino. Gelo sujo que aderia à minha jaqueta e queimava meu rosto.

Gastei dez minutos para desfazer a geleira sobre o meu para-brisa, outros trinta para um percurso de carro que normalmente demorava quinze.

Quando cheguei, Ryan estava encostado na parede ao lado da minha porta, um saco de compras junto aos pés.

Existem algumas leis indissolúveis da natureza. Sempre que encontro Andrew Ryan, estou com a minha pior aparência.

E Ryan tem a aparência de algo concebido por um comitê de planejamento de imagem de um ídolo de matinê. Sempre.

Naquela noite ele estava com uma jaqueta de aviador, cachecol de lã listrado e jeans desbotados.

Ryan sorriu quando me viu, com a bolsa escorregando de um ombro, laptop na mão esquerda, uma pasta na direita. Minhas bochechas estavam ensopadas, meu cabelo molhado e grudado no rosto. A água da chuva havia transformado minha maquiagem num estudo impressionista feito de lodo.

— Os cachorros fizeram o trenó virar?

— Chuva de granizo.

Ryan desencostou da parede, livrou-me do computador com uma das mãos e com a outra afastou para o lado os cachos do meu cabelo. Vários mantiveram-se no mesmo lugar, como grumos sólidos.

— Você caiu num pote de gel?

— Eu estava colando peças. — Catei as chaves.

Ryan ia fazer um comentário, mas mudou de ideia. Inclinando-se, pegou o saco de compras e me seguiu para dentro do apartamento.

— Crrác?

— Charlie, meu menino — respondeu Ryan.

— Crrác. Crrác. Crrác. Crrác. Crrác.

— Você e Charlie tratem de se divertir juntos — eu disse. — Vou tirar a cola de mim.

— Calcinhas caleçon...

— Eu nem mesmo as comprei, Ryan.

Em vinte minutos eu tinha tomado banho, lavado a cabeça, secado o cabelo e aplicado uma maquiagem sutil, mas elegante. Vesti calças de veludo rosa, um top moldando o corpo e Issey Miyaki atrás de cada orelha.

Nada de calcinhas caleçon, mas um fio dental de matar. Rosa terracota. Não era do tipo que minha mãe teria usado.

Ryan estava na cozinha. O apartamento cheirava a tomate, anchovas, alho e orégano.

— Fazendo o seu mundialmente famoso puttanesca? — perguntei, ficando na ponta dos pés para beijá-lo no rosto.

— Uau. — Ryan me envolveu nos braços e me beijou na boca. Ao pôr o dedo no cós da minha calça, ele o esticou um pouco e espiou por trás das minhas costas.

— Nada de calcinhas caleçon. Mas nada mal.

Eu o empurrei, as duas mãos no peitoral dele.

— Você realmente não as comprou?

— Eu realmente não as comprei.

Birdie apareceu, com ar de desaprovação, e foi até sua tigela.

Durante o jantar, descrevi minha frustração com o caso Ferris. Durante a sobremesa e o café, Ryan me atualizou quanto à sua investigação.

— Ferris era um importador de trajes religiosos. Solidéus, talits.

Ryan entendeu errado a minha expressão.

— Talit é o xale de orações.

— Fico impressionada que você saiba disso. — Como eu, Ryan tinha sido criado como católico.

— Eu pesquisei. Por que essa cara?

— Parece ser um mercado muito restrito.

— Ferris também lidava com artigos religiosos para o lar. Menorás, mezuzás, velas do Shabat, taças para *kiddush*, panos para cobrir *challah*. Pretendo buscar mais informações sobre esses itens.

Ryan me ofereceu o prato de doces. Havia um *mille feuille* sobrando. Eu o queria. Balancei a cabeça. Ryan o pegou.

— Ferris vendia para Quebec, Ontário e as províncias marítimas. Não era um Wal-Mart, mas dava para viver.

— Você falou de novo com a secretária?

— Parece que Purviance é realmente mais do que uma secretária. Cuida dos livros contábeis, inventaria o estoque, viaja para Israel e para os Estados Unidos para avaliar produtos, pressionar fornecedores.

— Israel não é um lugar fácil hoje em dia.

— Purviance viveu um tempo num kibutz na década de 1980, de modo que sabe se virar. E ela fala inglês, francês, hebraico e árabe.

— Impressionante.

— O pai era francês, a mãe tunisiana. Em todo caso, Purviance conta a mesma história. Os negócios iam bem. Nenhum inimigo no mundo, embora ela realmente achasse que Ferris estava mais mal-humorado do que o habitual nos dias anteriores à morte dele. Vou dar a ela um dia para terminar com o armazém, e aí vamos conversar de novo.

— Você encontrou Kessler?

Ryan foi até o sofá e tirou um papel do bolso da jaqueta. Voltando à mesa, ele o entregou a mim.

— Essas foram as pessoas autorizadas a assistir a necropsia.

Eu li os nomes.

Mordecai Ferris
Theodore Moskowitz
Myron Neulander
David Rosenbaum

— Nada de Kessler — declarei o óbvio. — Você localizou alguém que conheça o cara?

— Falar com a família é como falar com uma pedra. Estão cumprindo o *aninut*.

— *Aninut?*

— O primeiro estágio do luto.

— Quanto tempo dura?

— Até o enterro.

Visualizei os fragmentos de crânio tomando forma em minhas tigelas de areia.

— Pode demorar.

— A mulher de Ferris me disse para voltar quando a família terminasse de respeitar o *shiva*. Isso dura uma semana. Eu insinuei que passaria lá antes.

— Deve ser um pesadelo para ela.

— Detalhe suplementar interessante: Ferris estava segurado em 2 milhões, com uma cláusula dobrando o valor em caso de morte acidental.

— Miriam?

Ryan assentiu.

— Eles não tinham filhos.

Contei a Ryan sobre minha conversa com Jake Drum.

— Não consigo imaginar por que ele está vindo para cá.

— Acha que realmente vai aparecer?

Eu mesma tinha me perguntado isso.

— A hesitação me diz que você tem lá suas dúvidas — disse Ryan. — Esse cara não é confiável?

— Não é que Jake não seja confiável. Só que ele é diferente.

— Diferente?

— Jake é um arqueólogo brilhante. Trabalhou em Qumran.

Ryan me lançou um olhar interrogativo.

— Os manuscritos do Mar Morto. Ele é capaz de traduzir de um zilhão de línguas.

— Alguma que seja falada hoje em dia?

Joguei um guardanapo em Ryan.

Após tirarmos a mesa, Ryan e eu nos esticamos no sofá. Birdie se instalou perto do fogo.

Falamos de assuntos pessoais.

A filha de Ryan em Halifax. Lily estava saindo com um guitarrista e considerando uma mudança para Vancouver. Ryan temia que esses dois itens tivessem relação entre si.

Katy. Em seu décimo segundo e último semestre na Universidade de Virginia, minha filha estava tendo aulas de cerâmica e esgrima e um curso sobre a mística feminina no cinema moderno. Seu projeto experimental envolvia entrevistar clientes de pubs.

Birdie ronronou. Ou roncou.

Charlie grasnou um verso de "Hard-Hearted Hannah".

O fogo crepitava e estalava. O gelo batia nas janelas.

Depois de um tempo todos deixaram-se ficar em silêncio.

Ryan estendeu a mão e desligou o fio da luminária. A luz âmbar fez dançar as formas familiares da minha casa.

Nós estávamos deitados como dois dançarinos de tango, minha cabeça aninhada sob o ombro dele. Ryan cheirava a sabonete e à lenha que havia carregado para a lareira. Seus dedos acariciaram meus cabelos. Meu rosto. Meu pescoço.

Eu me senti satisfeita. Calma. A um milhão de quilômetros de esqueletos e crânios despedaçados.

Ryan é feito de linhas sinuosas, como cordas. Longas. Por fim eu senti uma das linhas se tornar ainda mais longa.

Deixamos Birdie encarregado da lareira.

CAPÍTULO 5

Ryan saiu cedo na manhã seguinte. Algo sobre pneus para todos os climas e balanceamento e um aro amassado. Não sou uma boa ouvinte às sete da manhã. Tampouco tenho o mínimo interesse por pneus.

O que me interessa são as rotas aéreas entre Charlotte e Montreal. Sou capaz de recitar todos os horários de voos da US Airways. Ciente de que o voo direto diário havia sido suprimido, eu tinha certeza de que Jake não chegaria antes do meio da tarde. Virei de lado e voltei a dormir.

Um bagel e um café por volta das oito e fui para o laboratório. Eu ficaria fora por cinco dias, e sabia que a família Ferris estava ansiosa por informações.

E pelo corpo.

Passei outra santa manhã colando as dúzias de segmentos que eu havia reconstruído no dia anterior. Como quem junta átomos até virarem moléculas e estas até se tornarem células inteiras, fui montando seções cada vez maiores da abóbada.

Os ossos faciais eram outra história. O estilhaçamento tinha sido abrangente, fosse por causa dos gatos ou simplesmente pela natureza frágil dos próprios ossos. Não haveria como reconstruir o lado esquerdo da face de Ferris.

Mesmo assim, um padrão emergiu.

Embora as linhas fossem complexas, parecia não haver rachaduras cruzando a fratura estrelada que se irradiava do orifício atrás orelha direita de Ferris. O sequenciamento das fraturas indicava aquele ferimento como a entrada.

Mas por que as bordas do orifício estavam chanfradas no lado externo do crânio? Um local de entrada deveria estar chanfrado do lado interno.

Só me ocorria uma explicação, mas faltavam fragmentos da área imediatamente acima e à esquerda da deformidade. Para ter certeza, eu precisaria desses fragmentos.

Às duas, escrevi um bilhete para LaManche explicando o que faltava. Eu o relembrei que ia para a reunião anual da Academia Americana de Ciências Forenses em Nova Orleans e que voltaria a Montreal quarta-feira à noite.

Durante as duas horas seguintes me ocupei com providências. Banco. Lavanderia. Ração de gato. Sementes para pássaros. Ryan havia concordado em ficar com Birdie e Charlie, mas ele tinha opiniões peculiares quanto aos cuidados com animais de estimação. Eu queria aumentar as probabilidades de uma alimentação adequada.

Jake ligou quando eu estava entrando na minha garagem subterrânea. Ele estava no hall externo. Corri escada acima, abri a porta de entrada para ele e o conduzi pelo corredor até meu apartamento.

Enquanto seguíamos, lembrei da primeira vez que pus os olhos em Jake Drum. Eu era nova na UNCC e conhecia poucos integrantes do corpo docente fora da minha disciplina. Nenhum deles vinha do Departamento de Estudos Religiosos. Jake apareceu em meu laboratório tarde da noite, numa época em que agressões a alunas tinham feito com que advertências quanto à segurança fossem divulgadas por todo o campus.

Fiquei tão nervosa quanto um rato olhando um píton do outro lado de um tanque.

Meus medos não tinham fundamento. Jake tinha uma pergunta sobre preservação de ossos.

— Chá? — ofereci agora.

— Com certeza. Só me serviram pretzels e Sprite no avião.

— A louça está atrás de você.

Observei Jake escolhendo canecas, pensando no péssimo criminoso que ele seria. O nariz dele é fino e proeminente, suas sobrancelhas castanhas espessas e bem em cima dos olhos negros de Rasputin. Tem quase 2 metros de altura, pesa 77 quilos e raspa a cabeça.

Testemunhas lembrariam de Jake exatamente como ele é.

Hoje eu suspeitava de que ele fizera os transeuntes na calçada passarem bem longe. A agitação dele era palpável.

Falamos trivialidades enquanto esperávamos a chaleira.

Jake tinha se hospedado num hotelzinho no limite oeste do campus da Universidade McGill. Ele alugara um carro para ir a Toronto na manhã seguinte. Na segunda-feira partiria para Jerusalém, onde ele e sua equipe israelense iriam escavar sua sinagoga do século I.

Ele fez novamente seu convite habitual para que eu fosse escavar. Manifestei minha gratidão e os lamentos de sempre.

Quando o chá ficou pronto, Jake se instalou na mesa da sala de jantar. Eu trouxe uma lente e a foto de Kessler e os coloquei sobre o vidro.

Jake olhou para a foto como se nunca tivesse visto uma antes.

Depois de um minuto inteiro, ele pegou a lente. Enquanto esquadrinhava a imagem, seus movimentos se tornaram contidos e deliberados.

Num aspecto Jake e eu somos muito parecidos.

Quando aborrecida, torno-me grosseira, rude, contra-ataco com sarcasmo. Quando brava, lívida de ira e ardendo de fúria, fico mortalmente calma.

Jake também. Eu sei. Eu já o ouvira discutindo problemas no Conselho Universitário.

A fachada gélida é também a minha reação ao medo. Eu suspeitava de que isso também era verdade quanto a Jake. A mudança em sua atitude fez com que um arrepio atravessasse minha mente.

— O que é? — perguntei.

Jake ergueu a cabeça e olhou para além de mim, perdido, eu imaginei, em lembranças de espátulas de pedreiro e do cheiro de terra revolvida.

Então ele tocou a foto com um dedo longo e esguio.

Um pensamento aleatório. Não fosse pelos calos, as mãos de Jake poderiam ter sido as de um pianista clássico.

— Você conversou com o homem que lhe deu isso?

— Só brevemente. Estamos tentando localizá-lo.

— O que exatamente ele disse?

Hesitei, debatendo internamente o que eu poderia revelar dentro da ética. A morte de Ferris tinha sido noticiada pela mídia. Kessler não pedira confidencialidade.

Expliquei o tiro, a necropsia, e o homem que chamara a si mesmo de Kessler.

— Supostamente a foto veio de Israel.

— E veio — disse Jake.

— Isso é um chute?

— Isso é um fato.

Eu franzi o cenho.

— Tem certeza?

Jack recostou-se.

— O que você sabe sobre Masada?

— É uma montanha em Israel onde um monte de gente morreu.

Os lábios de Jake formaram algo próximo de um sorriso.

— Por favor, desenvolva, Sra. Brennan.

Escavei em minha memória. Bem fundo.

— No século I antes de Cristo...

— Politicamente incorreto. Usa-se agora "antes da Era Comum".

— ...toda a área entre a Síria e o Egito, conhecida antigamente como a terra de Israel, que os romanos chamavam de Palestina, ficou sob domínio de Roma. Evidentemente, os judeus ficaram p. da vida. Durante o século seguinte, algumas rebeliões eclodiram para expulsar os romanos filhos da mãe. Todas fracassaram.

— Nunca ouvi a história com essas palavras. Prossiga.

— Por volta de 66 depois de Cristo, desculpe, da Era Comum, mais uma rebelião judaica assolou a região. Essa fez os romanos temerem por suas sandálias, e o imperador deslocou tropas para suprimir os insurgentes. — Eu me esforcei para lembrar das datas. — Uns cinco anos após o início da revolta, o general romano Vespasiano conquistou Jerusalém, saqueou o templo e aniquilou os sobreviventes.

— E Masada?

— Masada é um rochedo gigante no Deserto da Judeia. No começo da guerra um grupo de zelotes judeus subiu até o topo e se refugiou lá. O general romano chamado... me deu branco.

— Flavius Silva.

— Esse mesmo. Ele não achou graça. Aquele era um bolsão de resistência que ele não iria tolerar. Silva cercou o perímetro, construiu uma muralha em volta e uma enorme rampa na encosta de Masada. Quando suas tropas finalmente empurraram um aríete pela rampa e invadiram a fortaleza, encontraram todo mundo morto.

Não mencionei a minha fonte, mas eu lembrava isso tudo de uma minissérie da década de 1980 sobre Masada. Peter O'Toole como Flavius Silva?

— Excelente. Embora em seu relato falte certa percepção da escala do conflito. Silva não deslocou só alguns pelotões para Masada. Sua operação foi massiva, incluindo toda a Décima Legião, suas tropas auxiliares e milhares de prisioneiros de guerra judeus. Silva não pretendia sair dali enquanto os rebeldes não fossem subjugados.

— Quem estava no comando na montanha?

— Eleazar ben Ya'ir. Os judeus ficaram lá em cima sete anos e estavam tão decididos a permanecer quanto Silva a expulsá-los.

Mais fragmentos da minissérie. Décadas antes, Herodes fizera consideráveis melhorias em Masada, erigindo uma muralha de casamata em volta do topo, torres de defesa, depósitos, casernas, arsenais e um sistema de cisternas para coletar e armazenar a água da chuva. Setenta anos depois da morte do velho rei, os depósitos ainda estavam estocados, e os zelotes tinham tudo de que precisavam.

— A principal fonte sobre Masada é Flavius Josephus — prosseguiu Jake. — Joseph ben Matatyahu, em hebraico. No começo da revolta de 66, Josephus servia como um comandante judeu na Galileia. Mais tarde ele se bandeou para os romanos. Independentemente de suas lealdades ou traições, o cara era um historiador brilhante.

— E o único repórter presente na época.

— Sim. Mas as descrições de Josephus são incrivelmente detalhadas. De acordo com o relato dele, na noite em que a fortaleza foi invadida, Eleazar ben Ya'ir reuniu seus seguidores.

Jake se debruçou e criou a cena.

— Imagine o seguinte. A muralha estava queimando. Os romanos iam entrar em massa ao amanhecer. Ben Ya'ir argumentou que era preferível ter uma morte gloriosa a uma vida de escravidão. A sorte foi lançada, e dez homens foram eleitos para matar todos os outros. Outros fatores determinaram quem entre os dez iria matar seus colegas assassinos, e, por fim, a si próprio.

— Não houve quem discordasse?

— Se houve, essas opiniões foram vencidas. Duas mulheres e várias crianças se esconderam e sobreviveram. A maior parte das informações de Josephus vem deles.

— Quantos morreram?

— Novecentos e sessenta homens, mulheres e crianças — disse Jake, num tom de voz baixo. — Os judeus consideram Masada como um dos mais dramáticos episódios de sua história. Especialmente os judeus israelenses.

— O que Masada tem a ver com a foto de Kessler?

— O destino dos restos mortais dos zelotes judeus sempre foi um mistério. Segundo Josephus, Silva estabeleceu uma guarnição no cume logo após a conquista do local.

— Com certeza Masada foi escavada.

— Por anos, todos os escavadores do planeta babaram por uma autorização. Um arqueólogo israelense chamado Yigael Yadin finalmente conseguiu obtê-la. Yadin trabalhou em campo por duas temporadas com uma equipe de voluntários. A primeira foi de outubro de 1963 até maio de 1964, a segunda de novembro de 1964 até abril de 1965.

Eu tive a minha primeira suspeita quanto a onde Jake queria chegar.

— A equipe de Yadin recuperou restos humanos?

— Três esqueletos. No andar inferior do palácio na fortaleza de Herodes.

— Fortaleza?

— As insurreições periódicas deixavam o velho nervoso, de modo que ele fortificou Masada como um refúgio seguro caso ele e sua família alguma vez precisassem fugir. E Herodes não gostava de falta de conforto. Além da muralha e das torres defensivas, ele encomendou um palácio completo, com colunatas, mosaicos, afrescos, terraços, jardins, a coisa toda.

Eu apontei para a foto.

— Esse é um dos três?

Jake balançou a cabeça.

— De acordo com Yadin, um era o esqueleto de um homem de 20 e poucos anos. Não muito longe estavam os ossos de uma mulher jovem, suas sandálias e couro cabeludo perfeitamente preservados. Não estou brincando. Vi as imagens. O cabelo da mulher parece ter sido penteado na manhã em que ela foi exumada.

— A aridez é ótima para preservação.

— Sim. Embora os restos mortais não fossem exatamente o que Yadin havia interpretado.

— O que você quer dizer?

— Não importa. De acordo com Yadin, o terceiro esqueleto era de uma criança.

— E quanto a esse cara? — De novo apontei para a foto de Kessler.

— Esse cara. — Os músculos do queixo de Jake se contraíram, relaxaram. — Esse cara não era nem para estar lá.

CAPÍTULO 6

— NÃO ERA NEM para estar lá?

— Essa é a minha teoria.

— Alguém a compartilha?

— Algumas pessoas, sim.

— Quem é ele?

— Esse é o enigma.

Eu me recostei e assumi uma postura de ouvinte.

— Logo depois da vitória, as tropas de Silva deveriam ter jogado os corpos dos zelotes sobre os rochedos ou enterrado os cadáveres em uma cova coletiva em algum lugar no cume. A equipe de Yadin chegou a escavar algumas trincheiras, mas não encontrou indícios de uma sepultura de massa. Espere um segundo.

Jake tirou dois itens de uma valise de couro gasta e os colocou na mesa. O primeiro era um mapa.

Aproximei a minha cadeira e ambos nos debruçamos sobre ele.

— Masada tem a forma de um caça Stealth, com uma asa apontando para o norte, a outra para o sul, e a cabine voltada para o oeste.

Em minha mente se formou uma imagem estilo Rorschach de uma ameba, mas eu nada disse.

Jake indicou a parte superior do cume, perto da ponta da asa sul de seu Stealth.

— Há uma rede de cavernas aqui, alguns metros abaixo da muralha da casamata.

Jake deslizou o segundo item de debaixo do mapa.

Fotografia preto e branco antiga. Ossos humanos. Terra marcada por botas.

Déjà-vu Kessler.

Mas não exatamente.

Nessa foto os ossos de muitas pessoas estavam espalhados e amontoados. Além disso, essa tinha um marcador oficial do norte e da escala e, no lado superior direito, podiam ser vistos um braço e um joelho de um escavador limpando alguma coisa na terra.

— A equipe de Yadin encontrou restos de esqueleto numa das cavernas no sul do cume — adivinhei, sem tirar meus olhos da foto. — Essa foto foi tirada durante a escavação.

— Sim. — Jake indicou um local no diagrama de Masada. — O *locus* foi denominado Caverna 2001. Yadin o menciona em seu relatório preliminar sobre o projeto Masada e inclui uma breve descrição por Yoram Tsafrir, supervisor da escavação.

— Número mínimo de indivíduos na caverna? — perguntei, contando ao menos cinco crânios.

— Depende de como você lê Yadin.

Ergui os olhos, surpresa.

— Não devia ser algo tão difícil assim de determinar. Um antropólogo físico examinou os ossos?

— O Dr. Nicu Haas, da Universidade Hebraica. Com base na avaliação dele, em seu relatório da primeira temporada, Yadin calculou um total de 25 indivíduos: 14 homens, seis mulheres, quatro crianças e um feto. Mas, se você ler com cuidado a maneira como ele escreveu, perceberá que ele tratou um homem muito velho em separado dos outros.

— Levando o seu total efetivo a 26.

— Exatamente. Em seu famoso livro...

— O que saiu em 1966?

— Isso. *Masada: Herod's Fortress and the Zealots Last Stand.* Nessa publicação, Yadin faz basicamente a mesma coisa, dizendo que Haas encontrou 14 homens com idades entre 22 e 60 anos, um homem com mais de 70, seis mulheres, quatro crianças e um feto.

— Então não fica claro se o total foi 25 ou 26?

— Você é rápida.

— Como um raio. Poderia ser um erro não intencional.

— Poderia — A voz de Jake sugeria que ele não acreditava nisso.

— Idades das mulheres e crianças?

— As crianças tinham entre 8 e 12 anos. As mulheres eram todas jovens, entre 15 e 22.

Súbita intuição.

— Você acha que o nosso amigo aqui é o septuagenário? — Bati com os dedos na foto de Kessler.

— Chegarei a ele num minuto. Por ora, deixe-me concentrar na caverna. Em seus relatórios, nem Tsafrir nem Yadin indicam quando a Caverna 2001 foi descoberta ou quando acabaram de examiná-la.

— Poderia ser só descuido na...

Ele me interrompeu.

— A descoberta nunca foi anunciada para a mídia.

— Talvez tenha sido por respeito aos mortos.

— Yadin convocou uma entrevista coletiva quando os três esqueletos do palácio foram encontrados. — Jake balançou a cabeça, dedos abertos como o E.T. — Grande comoção. Temos restos mortais dos defensores judeus de Masada. Isso foi no fim de novembro de 1963. A Caverna 2001 foi descoberta e examinada em outubro de 1963, um mês *antes* daquela entrevista coletiva. — O dedo indicador de Jake bateu na foto. — Yadin sabia sobre os ossos da caverna e nunca os tornou públicos.

— Se as datas não vieram à público, como você sabe quando a caverna foi descoberta ou escavada?

— Falei com um voluntário que trabalhou no sítio. O cara é de confiança, e ele não tinha razões para mentir. E acredite, pesquisei a cobertura da imprensa. Não foi só *aquela* entrevista coletiva. Durante as duas temporadas de escavações a mídia reportou regularmente o que estava sendo encontrado em Masada. O *Jerusalem Post* mantém arquivos organizados por assunto, e eu passei horas vendo o material deles sobre Masada. Os artigos mencionam mosaicos, manuscritos, a sinagoga, os *mikvehs*, os três esqueletos do palácio ao norte. Não há uma única palavra sobre os restos mortais da Caverna 2001. — Jake estava a toda. — E não estou falando só do *Post*. Em outubro de 1964 o *Illustrated London News* publicou uma matéria abrangente sobre Masada, com fotos e tudo. Os esqueletos do palácio são mencionados, não houve qualquer respeito pelos mortos quanto a isso, mas nada se falou sobre os ossos da caverna.

Charlie escolheu aquele momento para imitar um canto tirolês.

— O que diabos é isso?

— Meu periquito-australiano. Ele não faz isso normalmente, só se você lhe der cerveja.

— Você não está falando sério. — Jake soou chocado.

— Claro. — Levantei e peguei nossas canecas. — Charlie fica muito sentimental quando bebe. Mais chá?

Jake sorriu.

— Por favor.

Quando voltei, ele estava contorcendo o pescoço. Lembrou-me um ganso.

— Deixe-me entender direito — eu disse. — Yadin falou livremente sobre os esqueletos do palácio, mas nem uma vez abordou os ossos da caverna em público?

— A única menção que achei sobre a Caverna 2001 foi na cobertura da entrevista coletiva de Yadin depois da segunda temporada de escavações. No *Jerusalem Post* de 28 de março de 1965, Yadin é citado lamentando que apenas 28 esqueletos tenham sido encontrados em Masada.

— Vinte e cinco na caverna, e três no palácio ao norte.

— Se eram 25...

Repassei isso em minha cabeça.

— Yadin achou que esses restos mortais sepultados na caverna eram de quem?

— Zelotes judeus.

— Com base em quê?

— Duas coisas. Artefatos e similaridade dos crânios ao tipo encontrado nas cavernas de Bar Kochba em Nahal Hever. Na época, acreditava-se que esses sepultamentos eram de judeus mortos na segunda revolta judaica contra Roma.

— E eram?

— No fim das contas, os ossos eram calcolíticos.

Fichário mental. Calcolítico. Ferramentas de pedra e cobre. Quarto milênio antes de Cristo, depois do neolítico, antes da Idade do Bronze. Cedo demais para Masada.

— Antropólogos físicos não confiam muito na tipologia de crânios — eu disse.

— Eu sei. Mas essa foi a conclusão de Haas, e Yadin a aceitou.

Houve um longo e pensativo silêncio. Eu o interrompi.

— Onde estão os ossos agora?

— Supostamente estão todos enterrados em Masada de novo.

— Supostamente?

A caneca de Jake bateu no tampo da mesa.

— Deixe-me avançar um pouco. Em seu famoso livro, Yadin menciona brevemente os restos mortais encontrados na Caverna 2001. Shlomo Lorinez, um membro ultraortodoxo do Knesset, leu aquilo e surtou. Ele não tinha visto a única matéria da imprensa de 1965 em que os esqueletos eram mencionados. Lorinez armou um protesto no Knesset, alegando que os cínicos arqueólogos e pesquisadores médicos estavam violando a lei judaica. Ele exigiu saber onde os restos mortais estavam e insistiu num sepultamento adequado para os defensores de Masada.

"Houve uma acalorada controvérsia pública. O ministro dos Assuntos Religiosos e os principais rabinos propuseram a colocação dos ossos de Masada num cemitério judaico no Monte das Oliveiras. Yadin protestou e sugeriu o enterro dos três esqueletos do palácio em Masada e que os sujeitos da Caverna 2001 fossem enterrados novamente no local onde tinham sido encontrados. Yadin foi derrotado, e em julho de 1969, todos os restos mortais voltaram para perto do início da rampa romana."

Eu estava achando tudo muito confuso. Por que Yadin teria se oposto ao enterro no Monte das Oliveiras? Por que sugerir que os esqueletos do palácio fossem enterrados novamente em Masada e os demais retornassem à caverna? Seria uma questão de manter os esqueletos da caverna fora de uma terra consagrada? Ou ele se sentia desconfortável com a ideia de os ossos da caverna e os do palácio compartilharem a mesma sepultura?

Charlie interrompeu a minha linha de raciocínio com um verso de "Hey, Big Spender".

— Algo mais apareceu junto com os ossos da caverna? — perguntei.

— Um monte de utensílios domésticos. Panelas, lamparinas, cestos.

— Sugerindo que alguém havia morado nas cavernas.

Jake assentiu.

— E quem?

— Era tempo de guerra. Jerusalém estava perdida. Todo tipo de refugiados pode ter ido lá para cima. Alguns podem ter vivido separados da comunidade zelote.

Ah, sim

— Então aqueles na caverna poderiam não ter sido judeus?

Assentimento solene.

— Não é algo que Israel queira tornar público.

— De forma alguma. Masada tornou-se um símbolo sagrado. Os judeus tomando a sua última posição, optando pelo suicídio em vez de se render. O sitio era uma metáfora para o novo Estado. Até recentemente, as forças armadas israelenses tinham cerimônias especiais que promoviam soldados para suas unidades de elite no topo de Masada.

— Uau.

— De acordo com Tsafrir, os ossos da caverna estavam em desordem, com fragmentos de roupas misturados entre eles, como se os corpos tivessem sido jogados — disse Jake. — Não é o padrão típico de um sepultamento judaico.

Birdie escolheu aquele momento para pular em meu colo.

Eu fiz as apresentações. Jake coçou a orelha do gato e então retomou o fio da meada.

— Até o presente momento, a Israel Exploration Society publicou cinco volumes sobre a escavação de Masada. O volume três informa que as cavernas foram demarcadas e escavadas mas, fora isso e um mapa com um desenho da Caverna 2001, não há em nenhum lugar menção de qualquer coisa que tenha sido encontrada naquele *locus*, sejam restos humanos ou artefatos. — Jake inclinou-se e pegou sua caneca. Pousou-a de novo. — Espere. Deixa eu me corrigir. Há um adendo no fim do volume quatro. Um relatório sobre carbono-14 de artefatos têxteis encontrados na caverna. Esses testes foram feitos anos depois. Mas isso é tudo.

Coloquei Birdie no chão e tirei a foto de Kessler debaixo do mapa de Masada de Jake.

— Então, onde esse cara se encaixa?

— É aí que as coisas ficam realmente esquisitas. A Caverna 2001 continha os restos de um esqueleto intacto completamente separado dos ossos misturados. O indivíduo estava deitado de costas, com as mãos cruzadas, a cabeça virada para o lado. — O olhar de Jake me encarou. — Nenhum relatório faz qualquer menção a esse esqueleto articulado.

Presumo que você tenha descoberto sobre o esqueleto pelo mesmo voluntário que trabalhou na caverna nos anos 1960.

Jake assentiu.

— E essa é a parte em que você me conta que o esqueleto articulado não foi enterrado novamente com os outros — adivinhei.

— Exatamente. — Jake esvaziou a caneca. — A cobertura que a imprensa fez do novo enterro refere-se a 27 indivíduos, três do palácio ao norte e 24 da caverna.

— Não 25 nem 26. Talvez tenham deixado o feto de fora.

— Estou convencido de que eles deixaram de fora o feto *e* o esqueleto articulado.

— Deixa eu entender melhor. Você está dizendo que um escavador voluntário, uma testemunha, disse pessoalmente a você que ele e Tsafrir recuperaram um esqueleto inteiramente articulado da Caverna 2001. Mas nenhum esqueleto assim jamais foi mencionado na cobertura da imprensa ou no relatório oficial ou no livro.

Jake assentiu.

— E você acha que esse esqueleto não foi enterrado de novo com o restante dos ossos da caverna e do palácio?

Jake fez outro gesto de assentimento.

Toquei na foto de Kessler.

— Esse voluntário lembra se fotos foram tiradas?

— Ele próprio as tirou.

— Com quem os restos mortais ficaram durante seus cinco anos sobre a terra? — perguntei.

— Haas.

— Ele publicou alguma coisa?

— Nada. E Haas geralmente escreve relatórios exaustivos, incluindo desenhos, tabelas, medidas, até reconstruções faciais. Sua análise dos sepultamentos em Giv'at ha-Mivtar são incrivelmente detalhados.

— Ele ainda está vivo?

— Haas levou um tombo feio em 1975. Ficou em coma. Morreu em 1987 sem recuperar a consciência. Ou escrever um relatório.

— Então Haas não irá esclarecer o número de corpos ou o mistério do esqueleto intacto.

— Não sem uma sessão espírita.

— *Hey, Big Spender...* — Charlie continuava a se ater ao sucesso.

Jake mudou a perspectiva.

— Deixa eu perguntar o seguinte. Você é Yadin. Você encontrou esses estranhos ossos na caverna. Qual é a primeira coisa que você faz?

— Hoje?

— Na década de 1960.

— Eu ainda estava perdendo meus dentes de leite.

— Colabore comigo.

— Testes de carbono-14. Estabelecer a antiguidade.

— Fui informado de que naquela época não se fazia datação por carbono-14 em Israel. Então inclua isso no roteiro. Em suas arengas no Knesset, Lorinez insistiu que alguns dos esqueletos de Masada tinham sido enviados para o exterior.

— Lorinez era o parlamentar ultraortodoxo que exigia um novo enterro?

— Exato. E o que Lorinez dizia faz sentido. Por que Yadin não iria requerer a datação por carbono-14 dos restos da caverna?

— Então você acha que Lorinez estava certo — eu disse.

— Acho. Mas de acordo com Yadin, nenhum osso de Masada saiu do país.

— Por que não?

— Numa entrevista ao *Post* li que Yadin disse que não era atribuição dele providenciar tais testes. No mesmo artigo um antropólogo atribuiu isso ao custo.

— Datação por carbono não é assim tão cara. — Mesmo há muito tempo, no começo da década de 1980, o teste custava por volta de 150 dólares por amostra. — É surpreendente que Yadin não a tenha pedido, considerando a importância do sítio.

— Não tão surpreendente quanto a falha de Haas em registrar os ossos da caverna — disse Jake.

Deixei as coisas se sedimentarem um pouco em minha cabeça.

— Você suspeita de que o grupo da caverna poderia não fazer parte do grupo zelote principal?

— Sim.

Peguei a foto de Kessler.

— E esse é o esqueleto articulado não incluído nos relatórios.

— Sim.

— Você acha que esse esqueleto pode ter sido mandado para fora de Israel, e não enterrado novamente com os outros.

— Sim.

— Por que não?

— Essa é a pergunta de 1 milhão de dólares.

Peguei a foto.

— Onde estará esse sujeito agora?

— Essa, Dra. Brennan, vale mais 1 milhão.

CAPÍTULO 7

A CADA ANO, UMA cidade desavisada abriga a festinha da Academia Americana de Ciências Forenses. Por uma semana, engenheiros, psiquiatras, dentistas, advogados, patologistas, antropólogos e uma miríade de ratos de laboratório convergem para o evento como traças num tapete enrolado. Nova Orleans havia tirado o palito curto esse ano.

Segunda, terça e quarta-feira ficam para as reuniões do conselho, comitês e reuniões de negócio. Na quinta e sexta-feira, as sessões científicas oferecem informações fundamentadas em teorias e técnicas de última geração. Quando universitária, eu assistia a essas apresentações com o zelo ardoroso de uma fanática religiosa. Agora, prefiro trocas informais de informações com velhos amigos.

Qualquer que seja a abordagem, entretanto, a conferência é exaustiva.

Em parte, por minha culpa. Eu me apresento como voluntária para coisas demais. Traduzindo: não sei resistir muito bem a pressões.

Passei o domingo trabalhando com um colega como coautora de seu artigo para publicação no *Journal of Forensic Sciences.* Os três dias seguintes passaram num borrão de Robert's Rules, *rémoulade* e rodadas de drinques. *Hurricanes* para os meus colegas parceiros da bebida. Perrier para mim.

As conversas centravam-se em dois tópicos: aventuras anteriores e casos estranhos. No topo da lista do que havia de mais bizarro e inacreditável naquele ano estavam as pedras de rim calcificadas no tamanho de bolinhas de cereal, um suicídio na prisão com um cabo de telefone e um policial sonâmbulo que meteu uma bala no próprio cérebro.

Eu fiz circular uma descrição do caso Ferris. As opiniões diferiam quanto ao chanfrado peculiar. A maioria concordava com o roteiro que eu estava considerando.

Minha agenda não permitia que eu assistisse às exposições de trabalhos científicos. Quando peguei um táxi para o aeroporto de Nova Orleans na quarta-feira, estava um caco.

Problema mecânico. Atraso de quarenta minutos. Bem-vindo às viagens aéreas nos Estados Unidos. Faça o check-in com um minuto de atraso, e o seu voo já terá partido. Faça o check-in uma hora mais cedo e seu voo estará atrasado. Problemas mecânicos, problemas de tripulação, problemas meteorológicos, problemas problemáticos. Eu conhecia todos eles.

Uma hora depois terminei de digitar minutas dos comitês em meu laptop, e meu voo das quatro e quarenta e cinco estava marcado para as oito da noite.

A conexão via Chicago já era.

Frustrada, me arrastei até o balcão da linha aérea, fiquei na fila e obtive uma nova rota. A boa notícia: eu chegaria a Montreal naquela noite. A má notícia: eu ia aterrissar pouco antes de meia-noite. A má notícia adicional: eu passaria por Detroit no caminho.

Ficar irritada traz pouco resultado nessas situações, a não ser o aumento da pressão arterial.

Na livraria do aeroporto, só uns poucos milhões de exemplares do best-seller do ano bloqueavam meu caminho. Peguei um na pilha de livros. A orelha anunciava um mistério que desvendaria uma "verdade explosiva sobre a Antiguidade".

Como Masada?

Por que não? O resto do universo também estava lendo aquilo.

Quando os trens de pouso tocaram o chão, eu tinha lido quarenta capítulos. Ok, eram curtos. Mas a história era intrigante.

Eu me perguntei se Jake e seus colegas estariam lendo o livro, e em caso afirmativo, que nota estariam dando para a premissa.

O despertador de quinta-feira foi tão bem-vindo quanto uma conjuntivite. E quase tão dolorido quanto.

Ao chegar ao décimo segundo andar do L'édifice Wilfrid Derome, o prédio que serve de nau capitânia da polícia provincial e dos laboratórios forenses, corri para a reunião da equipe.

Apenas duas necropsias. Uma ficou para Pelletier, a outra para Emily Santangelo.

LaManche me informou que, atendendo ao pedido que eu tinha feito em meu bilhete, ele havia solicitado a Lisa para voltar à cabeça de Ferris. Ela recuperara fragmentos adicionais e os enviara do necrotério para os andares superiores. Ele perguntou quando eu previa terminar a minha análise. Estimei que ela estaria concluída no começo da tarde.

E de fato lá estavam sete lascas ao lado da pia em meu laboratório. O número do LSJML deles correspondia ao designado para o cadáver de Ferris.

Depois de pôr um avental de laboratório, ouvi meus recados telefônicos e retornei duas ligações. Então me dediquei às minhas tigelas de areia e comecei a tentar encaixar os fragmentos recém-chegados em meus segmentos reconstruídos.

Dois iam para o parietal. Um se alojava no occipital direito. Um ficou sobrando.

Três preenchiam as bordas do orifício oval deformado.

Era o suficiente. Eu tinha a minha resposta.

Eu estava lavando as mãos quando meu celular vibrou. Era Jake Drum com um sinal horroroso.

— Parece que você está ligando de Plutão.

— Não tem serviço lá... — a linha crepitou e engasgou — ...desde que Plutão foi rebaixado de planeta para...

Rebaixado para o quê? Satélite?

— Você está em Israel?

— Paris... mudança de planos... o Musée de l'Homme.

Ouvi uma longa série de erupções e ruídos transatlânticos.

— Você está falando de um celular?

— ...alizado um número de catálogo... extraviado... desde ...etenta.

— Jake, me liga de um telefone fixo. Eu mal consigo ouvi-lo.

Aparentemente Jake não conseguia me ouvir também.

— ...tinuar procurando... igo de um telefone fixo.

Meu telefone emitiu um bipe e ficou mudo.

Desliguei.

Jake tinha ido para Paris. Por quê?

Para visitar o Musée de l'Homme. Por quê?

Tapa mental na testa.

Levei a foto de Kessler para o microscópio, virei-a e olhei a anotação ampliada.

Outubro, 1963. M de l'H.

O que eu tinha achado que era um número era na verdade um "L" minúsculo. E Ryan acertara. O primeiro "H" era na verdade um "M" borrado. *M de l'H. Musée de l'Homme.* Jake devia ter reconhecido a abreviatura, voado para Paris, visitado o museu e descoberto um número de catálogo para o esqueleto de Masada.

LaManche usa sapatos de solas macias e não carrega moedas ou chaves no bolso. Nada de rangidos. Nada de tilintares. Para um homem do tamanho dele, ele se move com um silêncio extraordinário.

Minha cabeça estava articulando um "por quê?" quando meu nariz enviou a ela a fragrância de Flying Dutchman.

Eu me voltei. LaManche tinha entrado no laboratório de histologia e estava parado atrás de mim.

— Pronta?

— Pronta.

Nós nos sentamos, e coloquei os fragmentos reconstruídos entre nós.

— Vou pular o básico.

LaManche sorriu condescendente. Mordi a língua.

Pegando o segmento que compreendera a parte posterior direita do crânio de Ferris, apontei minha caneta.

— Uma deformidade com fraturas irradiadas.

Indiquei as rachaduras em formato de teia de aranha fazendo intersecções naquele segmento e nos outros dois.

— Fraturas concêntricas em relevo.

— Então a entrada é atrás da orelha direita? Embaixo dela? — Os olhos de LaManche permaneceram nos segmentos.

— Sim. Mas é complicado.

— O chanfrado. — LaManche acertou direto no problema.

— Sim.

Voltando ao primeiro fragmento, apontei para o chanfrado externo adjacente ao orifício oval.

— Se o cano da arma está em contato firme com o crânio, o chanfrado na superfície externa pode ser criado pelo acúmulo de gases — disse LaManche.

— Não acho que seja esse o caso aqui. Observe o aspecto da deformidade.

LaManche se aproximou.

— Uma bala que entra perpendicular à superfície do crânio usualmente produz uma deformidade circular — eu disse. — Uma bala que entra tangencialmente produz uma perfuração irregular, em geral com formato mais oval.

— *Mais, oui*. Uma deformidade em forma de fechadura.

— Exatamente. Uma parte da bala na realidade se destacou e se perdeu fora do crânio. Por isso o chanfrado externo na entrada.

LaManche ergueu os olhos.

— Então a bala entrou atrás da orelha direita e saiu pelo malar esquerdo.

— Sim.

LaManche considerou isso.

— Uma trajetória assim é incomum, mas possível num suicídio. Monsieur Ferris era destro.

— Há mais. Olhe mais de perto.

Entreguei a LaManche uma lupa. Ele a aproximou e a afastou da deformidade oval.

— O lado mais arredondado parece recortado. — LaManche examinou o orifício por mais trinta segundos. — Como se o círculo tivesse sido superposto ao oval.

— Ou o contrário. A borda da deformidade circular está limpa na superfície externa do crânio. Mas olhe o interior.

Ele girou o segmento.

— Chanfrado endocranial. — LaManche percebeu imediatamente. — É uma entrada dupla.

Assenti.

— A primeira bala acertou direto o crânio de Ferris. Como nos manuais. Borda externa limpa, borda interna chanfrada. A segunda atingiu o mesmo local, mas de um ângulo diferente.

— Produzindo uma deformidade em forma de fechadura.

Assenti.

— Ou a cabeça de Ferris se moveu ou a mão do atirador se desviou.

Fadiga? Tristeza? Resignação? LaManche deixou cair os ombros quando expressei minha conclusão.

— Avram Ferris recebeu dois tiros na nuca. Como em uma execução.

* * *

Naquela noite Ryan cozinhou em minha casa. Salmão, aspargos, e o que, em Dixie, chamamos de batatas amassadas. Ele assou os legumes, descascou-os e amassou-os com um garfo, acrescentando cebolas e azeite de oliva.

Eu assisti assombrada. Já me chamaram de perspicaz. Até brilhante. Quando se trata de cozinhar, sou muito limitada. Mesmo com uma eternidade para pensar no caso, meu cérebro jamais iria conceber uma receita para purê de batatas que não passasse por jogá-las numa panela.

Birdie apreciava imensamente os *fruits de mer* de Ryan e passou a noite nos rondando para ganhar uns petiscos. Por fim, ele se instalou na lareira. Seu ronronar dizia que uma vida felina dificilmente poderia ser melhor.

Durante o jantar, compartilhei minha conclusão sobre a causa da morte no caso Ferris. Ryan já sabia. A investigação era agora oficialmente de homicídio.

— A arma é um Jericho nove milímetros — disse ele.

— Onde ela estava?

— Bem atrás num canto do closet, sob uma caixa.

— A arma pertencia a Ferris?

— Se pertencia, ninguém sabia dela.

Eu me servi de mais salada.

— O SIJ recuperou uma bala de nove milímetros do closet — prosseguiu Ryan.

— Só uma? — Isso não se encaixava na teoria da entrada dupla.

— Num painel do forro.

Isso também não.

— O que a bala estava fazendo acima da cabeça dele?

— Talvez Ferris tenha atacado o atirador, eles lutaram, a arma disparou.

— Talvez o atirador tenha colocado a arma na mão de Ferris e puxado o gatilho.

— Suicídio simulado? — perguntou Ryan.

— Todo mundo que vê TV sabe que você precisa ter resíduos de pólvora.

— LaManche não encontrou nenhum.

— O que não quer dizer que não estavam lá.

Mastiguei enquanto pensava.

LaManche recuperara um fragmento de bala da cabeça da vítima. O pessoal do SIJ da Polícia de Montreal extraíra um projétil do teto. Onde estava o restante das provas balísticas?

— Você disse que Ferris poderia estar sentado num banquinho quando recebeu os tiros? — perguntei.

Ryan assentiu.

— De frente para a porta?

— Que provavelmente estava aberta. O SIJ está examinando o escritório e os corredores. Você não ia acreditar na quantidade de tralha empilhada naquele lugar.

— E quanto às cápsulas?

Ryan balançou a cabeça.

— O atirador deve ter recolhido.

Isso também não fazia sentido.

— Por que deixar a arma, mas voltar e recolher as cápsulas da bala?

— Uma pergunta sagaz, Dra. Brennan.

Eu não tinha uma resposta sagaz.

Ofereci salada para Ryan. Ele declinou.

Ele mudou de assunto.

— Visitei a viúva de novo hoje.

— E?

— Ela não vai ficar em primeiro lugar no concurso de Miss Simpatia.

— Ela está de luto.

— É o que ela diz.

— Você não acredita?

— Minha intuição diz que há algo roendo-a por dentro.

— Péssima metáfora. — Pensei nos gatos.

— Tem razão.

— Algum suspeito?

— Vários. Uma pletora.

— Bela palavra — eu disse. — Sexy.

— Calcinhas caleçon — lembrou Ryan.

— Palavras não tão belas.

Durante a sobremesa, contei a Ryan minhas descobertas sobre a foto de Kessler.

— Drum realmente se desviou da rota e foi para Paris?

— Aparentemente.

— Ele está convencido de que a foto mostra o esqueleto de Masada?

— E Jake não é do tipo que se empolga fácil.

Ryan me lançou um olhar esquisito.

— Você conhece bem esse Jake?

— Há mais de vinte anos.

— A pergunta referia-se à profundidade do conhecimento, não à duração.

— Somos colegas.

— Só colegas?

Olhar para o teto.

— Está levando para o lado pessoal?

— Humm.

— Humm.

— Estou achando que talvez devêssemos unir nossos esforços.

Eu não fazia ideia do que ele queria dizer.

— Também tive outra conversinha com Courtney Purviance — disse Ryan. — Senhora interessante.

— Simpática?

— Até a discussão chegar a Ferris ou detalhes do negócio. Então ela se fecha como um cofre de banco.

— Protegendo o patrão?

— Ou com medo de acabar no olho da rua. Acho que ela não gosta muito de Miriam.

— O que ela disse?

— Não foi o que ela disse. — Ryan pensou por um instante. — Foi mais a atitude dela. Em todo caso, consegui extrair dela que Ferris negociava artefatos de vez em quando.

— Provenientes da Terra Santa? — adivinhei.

— Obtidos e transportados legalmente, é claro.

— Há um mercado negro gigantesco para antiguidades ilegais — eu disse.

— Colossal — concordou Ryan.

Sinapse.

— Você acha que Ferris estava envolvido com os ossos de Masada?

Ryan deu de ombros.

— E isso fez com que ele fosse morto?

— Kessler acha isso.

— Você localizou Kessler?
— Vou localizá-lo.
— Pode ser tudo coincidência.
— Pode.
Eu achava que não.

CAPÍTULO 8

Ryan me acordou logo depois das seis para um momento a dois antes do nascer do sol. Birdie saiu do quarto. Lá no hall, Charlie cantou um verso de "Strokin'", de Clarence Carter.

Enquanto eu tomava banho, Ryan torrava bagels e fazia café. Durante a refeição discutimos o processo de re-educação do periquito.

Embora não tivesse sido mencionado por ocasião de nossa troca de presentes natalina, eu imediatamente havia percebido o *répertoire noir* pouco ortodoxo de Charlie. Quando questionado, Ryan admitira que nosso queridinho de penas chegara até ele em uma batida numa casa de tolerância. O gosto das senhoras era um tanto lascivo, e a ave tinha assimilado isso.

Há meses eu vinha trabalhando para redirecionar os talentos oratórios e musicais de Charlie. Com resultados duvidosos.

Às oito, coloquei um CD de treinamento de periquitos no carro, e Ryan e eu fomos juntos para o L'édifice Wilfrid Derome. Ele foi para a sala da divisão de *crimes contre la personne* no primeiro andar, e eu peguei o elevador do LSJML para o décimo segundo andar.

Depois de tirar fotos em close e compor um relatório sumário, eu disse a LaManche que os restos que estavam comigo podiam ser liberados para a família Ferris. Embora o enterro tivesse ocorrido enquanto eu estava em Nova Orleans, haviam sido tomadas providências para a colocação dos fragmentos cranianos numa cova ao lado do caixão.

Às dez e meia, telefonei para Ryan. Ele disse que me encontraria no lobby em cinco minutos. Esperei dez. Entediada, dei um pulo na cafeteria para comprar uma Diet Coke. No balcão, por impulso comprei também um pacote de biscoitinhos amanteigados escoceses. Nunca se sabe.

Ryan estava esperando quando voltei para o lobby. Abri o refrigerante e enfiei os biscoitos na bolsa.

Durante 27 anos Avram Ferris administrara seu negócio de importação de um parque industrial na Autoroute des Laurentides, a meio caminho entre a ilha de Montreal e o aeroporto Mirabel.

Construído na década de 1970, o Mirabel foi concebido como a joia única e definitiva da aviação de Montreal. Embora a cinquenta quilômetros de distância, uma linha ferroviária de alta velocidade iria conectar o aeroporto ao centro da cidade. Vapt-vupt. Logo os passageiros chegariam ao portão de embarque!

A linha ferroviária nunca saiu do papel.

No começo da década de 1990 o percurso tinha se tornado intolerável e ainda piorava. Sessenta e nove dólares por um táxi até o centro.

Frustradas, as autoridades finalmente jogaram a toalha e rebaixaram o Mirabel em favor de seu rival geograficamente mais viável. O Mirabel agora recebe carga e voos charter. Todos os outros voos domésticos, norte-americanos e internacionais decolam e aterrissam em Dorval, recentemente rebatizado de Aeroporto Internacional Pierre Elliot Trudeau.

Avram Ferris não se importou. Começara Les Imports Ashkenazim perto do Mirabel, e era lá que pretendia mantê-lo.

E foi lá que ele morreu.

Ele morava em Côte-des-Neiges, um bairro residencial de classe média que se esconde atrás do Jewish General Hospital, bem a noroeste de Centre-Ville.

Ryan pegou a Décarie, entrou à direita na Van Horne e então à esquerda na Plamondon para Vézina. Depois de estacionar junto à calçada, apontou para um caixote de tijolos vermelhos de dois andares em uma fileira de caixotes de tijolos vermelhos de dois andares.

Examinei o quarteirão.

Os prédios eram idênticos, o lado direito da rua uma imagem espelhada do esquerdo. Portas com esquadrias de madeira se destacavam nas fachadas, sacadas se projetavam das janelas nos andares superiores. Todas as calçadas estavam limpas. Todos os arbustos estavam cercados. Nas portas das garagens, vans Chevy e Ford aguardavam sob os abrigos feitos de esquadrias de metal e cobertura de plástico.

— Não é a turma do Jaguar e dos utilitários esportivos — eu disse.

— Parece que os proprietários fizeram uma reunião e proibiram qualquer esquadria que não fosse branca.

Ryan apontou com o queixo a construção logo em frente.

— O apartamento de Ferris é no andar de cima à direita. O irmão dele mora no debaixo, a mãe e outro irmão no duplex ao lado.

— As idas de Ferris para o trabalho deviam ser terríveis.

— Provavelmente ele ficou aqui por amor à arquitetura personalizada.

— Você disse que Avram e Miriam não tinham filhos?

Ryan assentiu.

— Eles se casaram tarde. A primeira esposa tinha problemas de saúde, morreu em 1989. Ferris casou de novo em 1997. Até agora, nenhum filho.

— Isso não é contra as regras?

Ryan me dirigiu um olhar interrogativo.

— O *mitzvot*.

O olhar se manteve.

— A lei judaica. Você precisa ter filhos. Não desperdiçar a sua semente.

— Isso parece coisa de revista de jardinagem.

Ryan e eu fomos até a entrada da casa.

Ele subiu um degrau e tocou a campainha do apartamento superior.

Nós aguardamos.

Ryan tocou de novo.

Aguardamos mais um pouco.

Uma velha senhora passou atrás de nós com o carrinho de compras chocalhando junto com suas botas.

— A viúva não tem supostamente que ficar em casa? — perguntou Ryan, tocando a campainha pela terceira vez.

— O *shiva* dura apenas uma semana.

— E depois?

— Você recita o *kaddish* diariamente, não faz a barba nem a corta ou apara por um tempo. Mas basicamente segue em frente.

— Como você sabe disso tudo?

— Meu primeiro namorado era judeu.

— Um amor que estava escrito nas estrelas?

— Ele se mudou para Altona.

Ryan abriu a porta telada e bateu.

A mulher do carrinho parou e se virou e seus olhos nos encararam despudoradamente sobre o cachecol que dava três voltas em seu pescoço.

À direita, uma cortina se moveu. Toquei o braço de Ryan e inclinei a cabeça.

— Dora está em casa.

Ryan deu um amplo sorriso.

— Avram é um bom menino judeu que ficou oito anos sem se casar. Talvez ele e a mamãe fossem próximos.

— Talvez ele contasse coisas a ela.

— Ou ela percebesse as coisas por conta própria.

Ocorreu-me uma ideia.

— Velhas senhoras adoram biscoitinhos.

— São conhecidas por isso.

Enfiei a mão na bolsa e tirei os biscoitos que eu havia comprado.

— Mamãe pode simpatizar com a gente, ter vontade de conversar.

— Puxa. — Ryan se virou. — Somos bons nisso.

Mas Dora não abriu a porta. Foi Miriam quem nos atendeu. Estava usando calças pretas, uma blusa de seda preta, um cardigã preto e pérolas.

Como em nosso primeiro encontro, fiquei impressionada com os olhos de Miriam. Havia olheiras agora, mas não fazia diferença. Aquelas íris lilases eram de parar o trânsito.

Miriam tinha consciência do efeito que seus olhos provocavam nos homens. Após olhar de relance para mim, ela se desviou para Ryan e se inclinou ligeiramente para a frente com uma das mãos na cintura, a outra fechando o cardigã no pescoço.

— Detetive. — Baixinho. Levemente ofegante.

— Bom dia, Sra. Ferris — disse Ryan. — Espero que esteja se sentindo melhor.

— Obrigada.

A pele de Miriam estava fantasmagórica. Ela parecia mais magra do que eu me lembrava.

— Há alguns aspectos que eu gostaria de esclarecer.

O foco de Miriam deslocou-se para um ponto além de nós. O carrinho da velha senhora fez barulho.

Ela se concentrou de novo em Ryan, e sua cabeça inclinou-se levemente.

— Não seria possível deixar para mais tarde?

Ryan deixou a pergunta ficar suspensa no espaço triangular entre nós.

— Quem é? — Uma voz trêmula pairou de dentro da casa.

Miriam se voltou e disse alguma coisa em iídiche ou hebraico, e então voltou-se para nós.

— Minha sogra não está bem.

— Seu marido está morto — disse Ryan, não muito delicadamente. — Não posso retardar uma investigação de assassinato em respeito ao luto.

— Eu vivo com esse pensamento a cada minuto do dia. Então acha que é assassinato?

— Assim como a senhora, imagino. Está me evitando, Sra. Ferris?

— Não.

Olhos lilases e azuis se confrontaram. Nenhum cedeu.

— Eu gostaria de voltar a perguntar à senhora sobre um homem chamado Kessler.

— E eu volto a responder que não o conheço.

— Talvez a sua sogra?

— Não.

— Como sabe disso, Sra. Ferris? Kessler alegou conhecer seu marido. A senhora falou sobre ele com a sua sogra?

— Não, mas ela nunca mencionou esse nome. Os negócios de meu marido o colocavam em contato com muitas pessoas.

— Uma delas pode ter descarregado duas balas na cabeça dele.

— Está tentando me chocar, detetive?

— A senhora sabia que seu marido negociava antiguidades?

As sobrancelhas de Miriam baixaram quase imperceptivelmente.

— Quem lhe disse isso?

— Courtney Purviance.

— Sei.

— Essa afirmação é falsa?

— A Sra. Purviance tem uma tendência a exagerar o papel dela nos assuntos do meu marido. — A voz de Miriam estava cortante como uma foice.

— A senhora está sugerindo que ela mentiria?

— Estou sugerindo que ela tinha pouco na vida além do emprego.

— A Sra. Purviance sugeriu que o comportamento do seu marido tinha mudado antes da morte.

— Isso é ridículo. Se Avram estivesse com problemas, eu com certeza teria notado.

Ryan retomou o assunto.

— Não é verdade que seu marido negociava antiguidades?

— Antiguidades constituíam uma parte muito pequena do comércio de Avram.

— A senhora tem certeza disso?

— Sim, tenho certeza.

— A senhora me disse que pouco sabia sobre os negócios dele.

— Isso eu sei

O dia estava claro, com uma temperatura um pouco acima do gélido.

— Poderiam estar incluídos entre essas antiguidades restos mortais humanos? — perguntou Ryan.

Os olhos violeta se arregalaram.

— Por Deus, não.

A maioria das pessoas fica desconfortável com o silêncio durante uma conversa. Sentem-se compelidas a preenchê-lo. Ryan usa esse impulso. Foi o que fez agora. Ele esperou. Funcionou.

— Isso seria *chet* — prosseguiu Miriam.

Ryan continuou esperando.

Miriam estava abrindo a boca para dizer mais alguma coisa quando a voz de novo tremulou por trás dela. Ela voltou o rosto para responder por cima do ombro.

Quando virou-o de volta, a luz do sol se refletiu na umidade acima de seu lábio superior.

— Preciso ajudar a minha sogra a se preparar para o Shabat.

Ryan entregou um cartão a Miriam.

— Se me ocorrer qualquer coisa eu ligarei. — De novo, os olhos arregalados. — Eu realmente quero que o assassino de Avram seja levado à Justiça.

— Tenha um bom dia — retrucou Ryan.

— *Shabbat shalom* — eu disse.

Quando nos viramos para ir embora, Miriam estendeu a mão e tocou o braço de Ryan.

— Qualquer que seja a sua opinião, detetive, eu de fato amava meu marido. — Havia uma desolação de arrepiar na voz dela.

Eu e Ryan nada dissemos até estarmos de volta ao carro.

— E então? — perguntou ele.

— Não sei.

Ambos pensamos a respeito

— *Chet*? — perguntou Ryan.

— Algo como pecado.

— Ela não parece acreditar no feminismo.

— Ela agiu como se eu não estivesse lá — concordei.

— Mas você estava.

— Foi o que eu achei — respondi.

— Ela definitivamente não é uma das fãs de Purviance.

— Não.

Ryan deu partida no motor e manobrou para a rua.

— Eu diria que sou bastante bom em analisar o caráter de uma pessoa — comentou ele.

— Eu diria que essa é uma avaliação justa — concordei.

— Mas não consigo entender Miriam. Num momento ela está de luto. No seguinte, ostenta essa atitude "vá-se-foder". Protegendo algo?

— Ela estava transpirando.

— Num dia frio.

Chegamos a uma esquina.

— E agora? — perguntou Ryan.

— Você é o detetive — respondi.

— A arma é impossível de ser rastreada. Minhas averiguações com os vizinhos de Ferris no parque industrial não deram em nada. Idem quanto aos depoimentos da família e clientes e fornecedores do negócio. Ainda estou esperando os registros telefônicos e de impostos do armazém. Informações sobre Kessler estão sendo procuradas em todas as sinagogas da cidade.

— Pelo visto você andou fazendo seu trabalho com muita seriedade, detetive.

— Investiguei tudo que pude, mas com pouco progresso — disse Ryan.

— E agora?

— O SIJ ainda está trabalhando na cena. Purviance ainda está verificando se algo foi roubado. O que resta é almoçar.

Eu mal tinha pegado meu Whopper quando meu celular vibrou. Era Jake Drum. Dessa vez a recepção estava boa.

— Você realmente mudou seus planos para ir a Paris? — perguntei, então fiz com a boca o nome "Jake Drum" para Ryan.

— Nada de mais. Em vez de ir de carro a Toronto e pegar um voo para Tel Aviv, estou fazendo escala no Charles de Gaulle.

— O esqueleto é assim tão importante?

— Pode ser enormemente importante.

— O que você ficou sabendo?

Ryan desembrulhou parcialmente o meu hambúrguer e o entregou para mim. Eu dei uma mordida usando a outra mão.

— Meu palpite estava correto — disse Jake. — Um esqueleto de Masada chegou ao Musée de l'Homme em novembro de 1963. Localizei uma ficha de espécime e um número de catálogo.

— Prossiga.

— O que você está comendo?

— Whopper.

— Fast-food é um sacrilégio numa cidade como Montreal.

— É rápido.

— É a escória gastronômica.

Agravei a blasfêmia tomando um gole de Diet Coke

— Os ossos ainda estão aí?

— Não. — Jake soou frustrado.

— Não?

Dei outra mordida no hambúrguer. Ketchup escorreu pelo meu queixo. Ryan o limpou com um guardanapo.

— Encontrei uma mulher chamada Marie-Nicole Varin que ajudou a inventariar a coleção no começo da década de 1970. Varin lembra de ter visto um esqueleto de Masada. Mas não está no museu agora. Procuramos em toda a parte.

— Ninguém mais o viu desde a década de 1970?

— Não.

— Não são mantidos registros da movimentação de cada espécime?

— Deveriam ser. O restante do arquivo sumiu.

— Qual é a explicação do museu?

— *C'est la vie.* Poucos dos funcionários atuais estavam lá naquela época. Varin fez o inventário com um estudante universitário chamado Yossi Lerner. Ela acha que Lerner talvez ainda esteja em Paris. E eis uma reviravolta interessante. Varin acha que Lerner é ou americano ou canadense.

Isso fez o Whopper parar a meio caminho da minha boca.

— Estou tentando localizá-lo — concluiu ele.

— *Bonne chance* — eu disse.

— Vou precisar de mais do que sorte.

Contei a Ryan o que Jake dissera.

Ele ouviu sem fazer comentários.

Terminamos nossas batatas fritas.

De volta a Van Horne, observamos um homem com um sobretudo comprido, chapéu preto, calças e meias claras passar por um garoto de jeans e uma jaqueta dos Blue Jays.

— O Shabat vai começar logo mais — eu disse.

— Provavelmente não irá melhorar o ânimo com que temos sido acolhidos por aqui.

— Provavelmente não.

— Alguma vez já ficou de tocaia?

Balancei a cabeça.

— Acelera o sangue nas veias — disse Ryan.

— Ouvi falar — eu disse.

- Miriam talvez saia.

— Deixando Dora sozinha.

— Eu ainda não consegui falar com Dora sozinha.

— Poderíamos providenciar flores — sugeri.

Fomos a uma floricultura e voltamos ao duplex dos Ferris em quarenta minutos.

Uma hora depois, Miriam saiu pela porta da frente de Dora.

CAPÍTULO 9

DORA ATENDEU NO SEGUNDO toque da campainha. Na luz brilhante do sol, sua pele enrugada parecia quase translúcida.

Ryan nos apresentou novamente. A velha senhora nos olhou sem expressão. Eu me perguntei se ela estaria tomando algum medicamento.

Ryan mostrou seu distintivo.

Dora olhou para ele com uma expressão passiva. Era óbvio que não sabia quem nós éramos.

Eu ofereci o buquê e os biscoitos.

— *Shabbat shalom* — eu disse.

— *Shabbat shalom* — retrucou ela, mais um reflexo do que um cumprimento.

— Sentimos muito quanto ao seu filho, Sra. Ferris. Eu estive fora, ou teria vindo visitar antes.

Dora aceitou meus presentes e se inclinou para cheirar as flores. Endireitando-se, inspecionou os biscoitos e então os devolveu para mim.

— Desculpe, senhorita. Não são kosher.

Sentindo-me uma tonta, coloquei os biscoitos em minha bolsa.

Os olhos de Dora flutuaram para Ryan, e então de volta para mim. Eram muito pequenos, úmidos e foscos pela idade.

— Você estava na necropsia do meu filho. — Leve sotaque. Talvez europeu oriental.

— Sim, senhora, eu estava.

— Não há ninguém aqui.

— Gostaríamos de falar com a senhora, Sra. Ferris.

— Comigo? — Surpresa. Um pouco de medo.

— Sim, senhora.

— Miriam foi fazer compras.

— Não vamos demorar mais do que um momento.

Ela hesitou e então se virou e nos conduziu através de uma entrada com espelho embaçado até um conjunto de sala estofado coberto de plástico numa pequena sala de estar ensolarada.

— Vou achar um vaso. Por favor, sentem-se.

Ela desapareceu por um corredor à direita da entrada. Eu olhei em volta.

O lugar era um atestado do mau-gosto da década de 1960. Estofamento de cetim branco. Mesas de carvalho laminado. Papel de parede estampado. Carpete dourado em todo o chão.

Uma dúzia de cheiros disputava a atenção. Desinfetante. Alho. Aromatizador de ar. De algum lugar, um armário ou uma cômoda, vinha um toque de cedro.

Dora voltou e passamos alguns instantes arrumando as flores.

Em seguida, abandonando-se numa cadeira de balanço de madeira com almofadas presas no assento e no encosto, ela esticou os pés e ajeitou o vestido. Tênis azuis espiaram debaixo da bainha.

— As crianças estão com Roslyn e Ruthie na sinagoga.

Imaginei que essas eram as noras dos outros apartamentos.

Dora cruzou as mãos no colo e olhou para eles.

— Miriam voltou ao açougueiro para buscar alguma coisa que esqueceu.

Ryan e eu nos entreolhamos. Ele assentiu, indicando que eu devia começar.

— Sra. Ferris, eu sei que já conversou com o detetive Ryan.

O olhar embaçado ergueu-se, firme e sem piscar.

— Detestamos incomodá-la de novo, mas estávamos nos perguntando se algo veio à sua mente desde a nossa conversa.

Dora balançou a cabeça lentamente.

— Seu filho recebeu visitas inesperadas nas semanas antes da morte dele?

— Não.

— Seu filho discutiu com alguém? Queixou-se de alguém?

— Não.

— Ele estaria envolvido em algum movimento político?

— A vida de Avram era sua família. Seu negócio e sua família.

Eu sabia que eu estava repetindo as mesmas perguntas que Ryan fizera. Interrogatório para iniciantes. Às vezes o truque funciona, desperta lembranças previamente esquecidas ou detalhes inicialmente considerados irrelevantes.

E essa era a primeira vez que Dora estava sendo interrogada sozinha.

— Seu filho tinha inimigos? Alguém que quisesse fazer algum mal a ele?

— Somos judeus, senhorita.

— Eu estava pensando num indivíduo específico.

— Não.

Novo rumo.

— A senhora conhecia os homens que assistiram à necropsia do seu filho?

— Sim. — Dora puxou uma orelha e fez um som gorgolejante na garganta.

— Quem escolheu aqueles indivíduos?

— O rabino.

— Por que só dois homens voltaram à tarde?

— Deve ter sido uma decisão do rabino.

— A senhora conhece um homem chamado Kessler?

— Eu conheci um Moshe Kessler.

— Ele estava presente na necropsia de seu filho?

— Moshe morreu durante a guerra.

Meu celular escolheu aquele momento para tocar.

Olhei a tela.

Número confidencial.

Ignorei a ligação.

— A senhora sabia que seu filho vendia antiguidades?

— Meu filho vendia muitas coisas.

Meu telefone tocou de novo.

Pedindo desculpas, eu o desliguei.

Impulso. Frustração. Inspiração. Um nome em minha cabeça como um jingle indesejado. Não sei por que fiz a pergunta seguinte.

— A senhora conhece um homem chamado Yossi Lerner?

Os sulcos nos cantos dos olhos de Dora se aprofundaram. Os lábios enrugados se contraíram.

— Esse nome quer dizer alguma coisa para a senhora, Sra. Ferris?

— Meu filho tinha um amigo chamado Yossi Lerner.

— É mesmo? — Mantive a expressão neutra, a voz calma.

— Avram e Yossi se conheceram quando estudavam na McGill.

— Quando foi isso? — Eu não olhei para Ryan.

— Há alguns anos.

— Eles mantiveram contato? — Casual.

— Não faço ideia. Ah, não. — Dora encheu os pulmões de ar. — Yossi está envolvido nisso tudo?

— Claro que não. Só estou repassando nomes. A senhora sabe onde o Sr. Lerner mora agora?

— Não vejo Yossi há anos.

A porta da frente se abriu, fechou. Segundos depois Miriam apareceu na sala de estar.

Dora sorriu.

Miriam nos encarou, tão despida de expressão que poderia estar estudando musgos. Quando falou, dirigiu-se a Ryan.

— Eu disse que minha sogra não estava bem. Por que a estão incomodando?

— Estou be... — Dora começou a dizer.

Miriam a interrompeu.

— Ela tem 84 anos e acaba de perder o filho.

Dora fez um *tsc.*

Como antes, Ryan ofereceu um silêncio a Miriam, esperando que ela o preenchesse. Dessa vez ela não o fez.

Dora, sim.

— Está tudo bem. Estamos tendo uma conversa interessante. — Dora fez um gesto conciliador com a mão.

— Sobre o que estão conversando? — O olhar de Miriam permaneceu fixo em Ryan, como se Dora não tivesse falado.

— Eurípides — disse Ryan.

— Isso é para ser engraçado, detetive?

— Yossi Lerner.

Observei Miriam atentamente. Se eu esperava alguma reação, não houve nenhuma.

— Quem é Yossi Lerner?

— Um amigo do seu marido.

— Não o conheço.

— Dos tempos de faculdade.

— Isso foi antes da minha época.

Olhei para Dora. O olhar da velha senhora tinha ficado enevoado, como se ela estivesse enxergando memórias fora da sala.

— Por que estão falando sobre esse homem? Esse Yossi Lerner? — Miriam tirou as luvas.

— O nome dele veio à tona.

— Em sua investigação? — Os olhos violeta mostraram a mais leve das surpresas.

— Sim.

— Em qual contexto?

De lá de fora, eu ouvi o *bipe bipe bipe* de um alarme de carro. Dora não se moveu.

Ryan olhou para mim. Eu assenti.

Ele contou a Miriam sobre Kessler e a foto.

O rosto de Miriam não deixou transparecer nada enquanto ela escutava. Era impossível adivinhar quais seriam suas emoções ou seu interesse.

— Há alguma conexão entre esse esqueleto e a morte do meu marido?

— Prefere que eu seja direto ou que eu floreie um pouco a história?

— Direto.

Ryan erguia os dedos enquanto enumerava os tópicos.

— Um homem é assassinado. Um sujeito aparece com uma foto, alega que o esqueleto nessa foto é a razão para ele ter sido morto. Esse sujeito está agora desaparecido.

O dedo mindinho de Ryan se juntou aos demais.

— Há indícios de que o esqueleto na foto tenha vindo de Masada.

Polegar.

— A vítima negociava antiguidades israelenses.

Ryan começou de novo com o indicador.

— O esqueleto esteve nas mãos de um tal Yossi Lerner. A vítima foi outrora amiga desse tal Yossi Lerner.

— O outro era um padre.

Todos nós nos voltamos para Dora.

Ela não se dirigiu a ninguém em especial.

— O outro rapaz era um padre — repetiu ela. — Mas ele veio depois. Ou não?

— Que outro rapaz? — perguntei delicadamente.

— Avram tinha dois amigos. Yossi, e depois esse outro rapaz. — Dora tocou o queixo com o punho. — Ele era padre. Era sim, com certeza.

Miriam foi até a sogra, mas não a tocou.

O que me lembrou da cena na sala do necrotério destinada às famílias. As mulheres tinham ficado lado a lado, mas distantes. Não se tocaram. Não se abraçaram. A mais jovem não compartilhara sua força com a mais velha. A mais velha não procurara consolo na mais jovem.

— Eles eram muito próximos — continuou Dora.

— Seu filho e os amigos dele? — encorajei.

Dora sorriu, a primeira vez que eu via um sorriso no rosto dela.

— Mentes tão inquisitivas. Sempre lendo. Sempre perguntando. Discutindo. A noite toda, às vezes.

— Qual era o nome do padre? — perguntei.

Dora meneou a cabeça num gesto tenso.

— Ele era de Beauce. Eu lembro disso. Ele nos chamava de *zayde* e *bubbe*.

— Onde o seu filho conheceu esse padre?

— Universidade Yeshiva.

— Em Nova York?

Dora assentiu.

— Avram e Yossi tinham acabado de se formar na McGill. Avram era muito mais religioso naquela época. Ele estava estudando para se tornar rabino. O padre estava fazendo cursos sobre religiões do Oriente Próximo, ou algo assim. Eles acabaram se aproximando por serem os únicos canadenses, suponho.

Os olhos de Dora se desviaram.

— Ele já era padre na época? — perguntou ela, mais para si mesma do que para nós. — Ou ele se tornou padre depois? — Os dedos de Dora se crisparam. A mão dela tremeu. — Ah, puxa. Que coisa.

Miriam deu um passo na direção de Ryan.

— Detetive, eu realmente preciso intervir.

Ryan olhou para mim. Ambos nos levantamos.

Miriam se despediu de Ryan com um *adieu* semelhante ao anterior.

— Encontre quem fez isso, detetive, mas, por favor, não perturbe minha sogra quando ela estiver sozinha.

— Em primeiro lugar, ela pareceu mais estar se entregando a recordações do que perturbada. E em segundo lugar, não posso admitir esse tipo de limitação em minha investigação. Mas vou fazer o possível para ser gentil.

Nada para mim.

De volta ao carro, Ryan perguntou por que eu mencionara Lerner.

— Não faço ideia — eu disse.

— Bom impulso — elogiou ele.

— Bom impulso — concordei.

Nós também concordamos que Lerner merecia ser averiguado.

Enquanto Ryan dirigia, ouvi meus recados.

Três.

Todos de Jake Drum.

Consegui informações para contatar Yossi Lerner. Me ligue.

Conversei com Yossi Lerner. Me ligue.

Novidades incríveis. Me ligue.

Cada "me ligue" era mais agitado que o anterior.

Contei a Ryan.

— Liga pro cara — disse ele.

— Você acha?

— Sim. Quero saber mais sobre esse Lerner.

— Estou ansiosa para saber o que Jake descobriu, mas vou estar em casa logo. Prefiro esperar e ligar de um telefone fixo. De celular para celular é pior do que falar com a Zâmbia.

— Você já ligou para a Zâmbia?

— Nunca consegui completar a ligação.

Dez minutos depois, Ryan me deixou em meu apartamento.

— Eu tenho que ficar de olho em uma pessoa esse fim de semana e já estou atrasado. — Ele pegou meu queixo entre as mãos e pôs os polegares em minhas bochechas. — Prossiga com essa história do Lerner. E me informe o que Jake conseguiu.

— Uma vigilância cheia de emoção — eu disse.

— Você sabe que eu preferia espreitar outra coisa — retrucou ele.

— Não sei não...

Ryan me beijou.

— Vou ficar te devendo essa — disse ele.

— Eu vou cobrar — avisei.

Ryan voltou para o Wilfrid Derome. Eu entrei.

Após cumprimentar Birdie e Charlie, eu me troquei, optando por um jeans, e fiz uma xícara de Earl Grey. Levei o telefone para o sofá e digitei o número de Jake.

Ele atendeu ao primeiro toque.

— Você ainda está na França? — perguntei.

— Sim.

— Vai chegar atrasado na própria escavação.

— Eles não vão começar sem mim. Eu sou o chefe.

— Tinha esquecido disso.

— Minhas descobertas aqui são muito mais importantes.

Birdie pulou no meu colo. Acariciei a cabeça dele. O gato esticou uma pata e começou a lamber as unhas.

— Eu falei com Yossi Lerner.

— Deu para perceber por seus recados.

— Lerner ainda mora em Paris. Ele é de Quebec.

Só podia ser o Yossi Lerner de que Dora lembrava.

— Lerner estava trabalhando em meio período no museu quando o esqueleto de Masada estava lá, enquanto fazia as pesquisas para a sua tese de doutorado. Você está pronta para isso?

— Economize no drama, Jake.

— É algo que vai deixá-la estarrecida

E deixou mesmo.

CAPÍTULO 10

— Deixe-me voltar um pouco. Esse tal de Kessler é uma figura insólita. Não tem família. Mora com um furão. Faz arqueologia freelancer. Israel. Egito. Jordânia. Consegue uma verba para ir, dirige uma escavação, escreve um relatório, segue adiante. Faz um monte de trabalhos de resgate — disse Jake.

— No estilo "salve o que conseguir antes que os tratores cheguem para a construção do viaduto".

— Exatamente.

— Lerner é vinculado a alguma instituição?

— Ele teve alguns trabalhos temporários, mas diz que nunca se interessou em algo permanente. Acha que seria ficar confinado demais.

— A renda regular pode ser um transtorno.

— Esse cara definitivamente não está interessado em dinheiro. Mora num prédio sem elevador construído no século XVII para ser uma caserna para mosqueteiros. O apartamento inteiro é do tamanho de um Buick. O acesso é por uma sinuosa escada de pedras. Mas com uma bela vista da Notre-Dame.

— Então você foi visitá-lo?

— Quando eu liguei, ele disse que estava trabalhando há muitas noites e me convidou. Passamos duas horas celebrando o Rei Sol.

— E isso quer dizer...?

— Fizemos um sério estrago numa garrafa de Martell VSOP Medaillon.

— Quantos anos têm esse cara?

— Uns 50 e tantos, talvez.

Avram Ferris tinha 56 anos.

— Judeu?

— Não tão fervoroso quanto na juventude.

— Qual é a história dele?

— Lerner?

— Não, Jake. Luis XIV.

Eu me recostei. Birdie galgou até o meu peito.

— Lerner a princípio mostrou-se distante, mas depois do quarto copo estava falando como um pregador. Você não quer saber de uma história com pianistas, quer?

— Não.

— Lerner trabalhou no Musée de l'Homme de 1971 até 1974, enquanto fazia pesquisas para a tese dele.

— Tema?

— Os manuscritos do Mar Morto.

— Provavelmente, nem os essênios precisaram desse tempo todo para escrevê-los.

— Lerner tem uma abordagem prolixa. E séria. Naquela época ele levava o judaísmo realmente a sério.

— A pianista mudou isso?

— Quem falou em "a" pianista?

— Vá direto aos ossos de Masada.

— Em 1972, pediram a Lerner que auxiliasse no inventário de algumas das coleções do museu. Enquanto fazia isso, ele se deparou com um arquivo contendo um recibo de expedição e uma foto de um esqueleto.

— O recibo indicava que os ossos vinham de Masada?

— Sim.

— Qual era a data?

— Novembro de 1963.

Locus 2001, caverna sob a muralha na casamata no sul do cume de Masada. Os ossos misturados. O esqueleto isolado. Segundo o informante de Jake, a Caverna 2001 tinha sido descoberta e examinada em outubro de 1963, um mês antes da data do recibo do museu. Senti uma pontada de excitação.

— Estava assinado?

— Sim, mas Lerner não lembra por quem. Ele procurou nas coleções do museu, encontrou o esqueleto, fez uma anotação no arquivo indicando a condição do espécime e a localização no depósito, conforme o protocolo, e seguiu adiante. Mas algo continuou a incomodá-lo. Por que aquele único conjunto de ossos tinha sido despachado para o museu? Por que os ossos haviam sido guardados, ficando fora de vista? Você está ronronando?

— É o gato.

— No ano seguinte, Lerner leu um livro de um jornalista australiano, Donovan Joyce. A premissa de Joyce era que Jesus tinha sobrevivido à crucificação.

— E depois de aposentado foi morar num lugarzinho legal nas ilhas?

— Ele viveu até os 80 anos e morreu lutando contra os romanos em Masada.

— Insólito.

— E não é tudo. Enquanto estava em Masada, Jesus teria produzido um manuscrito contendo sua última vontade e testamento.

— E como Joyce teve acesso a essas pequenas preciosidades?

— Em dezembro de 1964, ele estava em Israel fazendo pesquisas para um livro. Durante sua estadia lá, foi abordado por um homem que se apresentou como professor Max Grosset, um dos voluntários da equipe de escavação de Yigael Yadin. Grosset dizia ter roubado um manuscrito antigo de Masada e solicitou a ajuda de Joyce para contrabandear seu butim para fora do país. Grosset jurou que o manuscrito tinha uma importância fantástica; só a autoria já o tornava inestimável. Joyce se recusou a se envolver, mas jura que viu e teve em mãos o manuscrito de Grosset.

— E depois escreveu um livro sobre ele.

— Joyce tinha ido a Terra Santa para conhecer Masada, mas os israelenses indeferiram seu pedido de autorização para visitar o cume. Forçado a abandonar seu livro original, ele recuou e começou a investigar a plausibilidade do manuscrito de Grosset. Aturdido por suas descobertas, ele acabou devotando oito anos ao projeto. Embora nunca mais tenha visto Grosset, afirma ter descoberto novas e surpreendentes informações sobre a paternidade de Jesus, estado civil, crucificação e ressurreição.

— Humm.

— No livro, Joyce menciona o esqueleto encontrado na Caverna 2001.

— Você está brincando.

— Segundo Joyce, os 25 indivíduos da caverna representam um grupo muito especial, separado dos zelotes judeus. Ele conclui que, logo depois da conquista de Masada, por respeito a esses indivíduos, o general Silva teria ordenado a seus soldados que deixassem as sepulturas na caverna intactas.

— Porque os restos mortais eram de Jesus e seus seguidores.

— Essa é a teoria

— Lerner acreditava nessa teoria maluca?

— O livro está fora de catálogo agora, mas consegui pôr as mãos num exemplar. Você tem que admitir que, se estiver aberta para esse tipo de raciocínio, os argumentos de Joyce são convincentes.

— Jesus!

— Exatamente. De volta a Lerner. Depois de ler o livro de Joyce, nosso piedoso jovem pesquisador decidiu que havia uma boa possibilidade de os ossos encontrados no museu serem os de Jesus.

— Cristo e seus seguidores no local mais sagrado do judaísmo.

— Você entendeu. A possibilidade abalou o mundo de Lerner.

— Teria abalado Israel também, sem mencionar toda a cristandade. O que Lerner fez?

— Enorme angústia. E se fosse Jesus? E se não fosse Jesus, mas alguém ainda importante no nascente movimento cristão? E se os ossos caíssem em mãos erradas? E se a imprensa ficasse sabendo da história? A santidade de Masada seria perturbada. O mundo cristão ficaria furioso com o que com certeza seria rotulado como uma fraude judaica. Noite após noite ele agonizava.

"Após semanas de tormento mental, Lerner decidiu que o esqueleto tinha que sumir. Ele passou dias planejando maneiras de roubá-lo e destruí-lo. Pensou em queimar os ossos. Despedaçá-los com martelos. Colocar um peso neles e jogá-los no mar.

"Mas sua consciência se insurgia. Roubo era roubo. Se o esqueleto era de Jesus, ele ainda era de um judeu e de um homem santo. Lerner mal dormia. No fim, ele não conseguiu destruí-lo, mas também não conseguia conviver com a ideia de outra pessoa encontrá-lo. Para preservar a cultura e a tradição religiosa, concluiu que a ossada tinha que desaparecer."

— Lerner jogou fora o arquivo e furtou os ossos.

— Levou-os para fora do museu numa sacola esportiva.

— E? — Eu me endireitei.

Birdie pulou para o chão e me encarou com olhos amarelos redondos.

— Isso é o que vai deixá-la surpresa. Qual é o nome da sua vítima de assassinato?

— Avram Ferris.

— Foi o que pensei. — As palavras seguintes de Jake me atingiram como um soco no estômago. — Lerner entregou os ossos e a foto para Avram Ferris.

— O amigo de juventude — ofeguei.

— Ferris tinha ficado dois anos num kibutz em Israel e estava passando por Paris em seu caminho de volta a Montreal.

— Cacete.

— Cacete.

Quando desligamos, tentei falar com Ryan. Nenhuma resposta. A vigilância repleta de emoção provavelmente já havia começado.

Agitada demais para comer, fui para a academia. Perguntas giravam na minha cabeça enquanto eu subia um degrau depois do outro no StairMaster. Tentei organizá-las numa progressão lógica.

A foto de Kessler realmente mostrava o esqueleto desaparecido de Masada?

Se a resposta fosse sim, Ferris estava com o esqueleto de Masada quando foi morto?

Quem mais sabia disso?

Será que Ferris estava planejando vender o esqueleto no mercado negro? Para quem? Por que agora?

Ou talvez ele estivesse se oferecendo para destruí-lo em troca de dinheiro? Um preço a ser pago por quem? Judeus? Cristãos?

Se a resposta for não, por que atiraram em Ferris?

Onde estava o esqueleto agora?

Onde estava Kessler?

Quem era Kessler?

Por que Ferris teria aceitado um esqueleto roubado?

Eu poderia conjurar algumas possibilidades para essa última pergunta. Lealdade a um amigo? Preocupação com a ideia de profanar a santidade da lenda de Masada ou medo quanto a um colossal confronto teológico judaico-cristão numa época em que o apoio ocidental cristão era essencial para a preservação de Israel? Dora tinha dito que o filho fora bastante devoto. Jesus vivo depois da crucificação e morrendo durante o sítio de Masada? Teria sido um pesadelo tanto para cristãos quanto para judeus.

Teria mesmo? Jesus era judeu. Por que ele ou seus seguidores não poderiam estar em Masada?

Não. Jesus era um judeu herege. Ele ultrajara os sumos sacerdotes.

De volta às perguntas.

O que Ferris teria feito com os ossos?

O local mais provável para guardá-los teria sido o seu armazém.

O SIJ não havia encontrado nenhum osso.

Teria ele escondido-os de tal forma que uma busca nunca os revelaria?

Tomei notas mentais. Pergunte a Ryan. Pergunte a Courtney Purviance.

Enxugando o suor do meu rosto, continuei malhando.

Alguma coisa estava errada com a ideia do armazém.

A Torá proíbe que um corpo permaneça sem ser enterrado por mais de uma noite. Deuteronômio ou algo assim. Ferris não teria se sentido impuro por estar em contato com restos mortais humanos em seu local de trabalho? Ou ao menos desconfortável? Saí do StairMaster para o supino.

Talvez Ferris tenha sido só o portador. Talvez ele tenha dado os ossos a alguma outra pessoa.

A quem?

Alguém que compartilhava a preocupação dele e de Lerner?

Mas qualquer judeu estaria de mãos atadas pela proibição da Torá.

Alguém com outras razões para querer que o esqueleto desaparecesse?

Razões cristãs?

Se Jesus não morreu na cruz, se Jesus sobreviveu e seus ossos acabaram no Musée de l'Homme, uma descoberta assim iria abalar totalmente o Vaticano e também todas as religiões cristãs protestantes. A sugestão teria de ser absolutamente refutada ou iria destruir o mais básico fundamento da fé cristã. Nada de sepultura vazia. Nada de anjos. Nada de Ressurreição. Nada de Páscoa. A investigação e a controvérsia seriam manchetes no mundo todo por meses. A discussão seria sem precedentes. A paixão e o choque seriam devastadores.

Parei no meio do exercício.

O terceiro amigo! O padre de Beauce!

Dora dissera que os dois homens eram muito próximos.

Padres não têm problemas com ossos humanos. Usam-nos como relíquias. Colocam-nos em altares. Exibem-nos em igrejas em toda a Europa.

De repente eu estava louca para encontrar o padre.

Olhei meu relógio. Seis e meia. Agarrei minha toalha e fui para o vestiário.

Meu celular mal tinha sinal. Enfiei rapidamente uma calça de moletom e minha jaqueta e corri lá para fora.

Jake atendeu depois de quatro toques, a voz pesada de sono.

Enquanto eu caminhava ao longo da Sainte-Catherine, expliquei sobre Ferris, Lerner e o padre.

— Preciso de um nome, Jake.

— Já passa de meia-noite aqui.

— Lerner não trabalha à noite?

— Ok.

Ouvi um bocejo.

— E qualquer outra coisa que você puder descobrir sobre esse padre. Ele esteve envolvido no roubo do esqueleto? Onde ele morava em 1973? Onde está morando agora?

— Se usava cueca boxer ou samba-canção?

— Esse tipo de coisa.

— Ligar tarde assim pode deixar Lerner melindrado.

— Confio na sua capacidade de persuasão.

— E no meu charme juvenil.

— Isso.

Eu estava saindo do chuveiro quando o telefone tocou.

Disparei pelo banheiro enquanto me enrolava numa toalha, irrompi pelo quarto e agarrei o telefone.

— Sylvain Morissonneau.

— Você é maravilhoso — eu disse, anotando o nome no verso de um extrato de banco.

— Você está me confundindo com o Sting — brincou Jake.

— Morissonneau esteve envolvido no roubo do esqueleto?

— Não.

— Onde ele está agora?

— Lerner nunca o conheceu muito bem. Disse que ele partiu para Paris logo depois que os outros dois se conheceram na Yeshiva. Nunca mais viu ou ouviu falar dele depois de 1971.

— Ah.

— Mas fiquei sabendo de uma coisa.

Eu aguardei.

— Morissenneau é um cisterciense.

— Um monge trapista?

— Se você diz.

Depois de um jantar de frango Thai descongelado, liguei meu computador e comecei uma busca na internet.

Charlie ficava cantando "Get Off of My Cloud". Birdie ronronava à minha direita na mesa.

Ao longo de minha pesquisa, descobri várias coisas.

Em 1908 d.C., um movimento de renovação começou no monasticismo beneditino, no mosteiro de Cîteaux, na região central da França. A ideia era restaurar, o máximo possível, o cumprimento literal da Regra de São Benedito. Nunca descobri o que isso queria dizer.

A palavra latina para Cîteaux é *Cistercium*, e aqueles que se engajaram no movimento de reforma vieram a ser conhecidos como cistercienses.

Hoje em dia há diversas ordens dentro dos cistercienses, uma delas sendo a OCEO, Ordem Cisterciense da Estrita Observância. O nome "trapista", apelido da OCEO, vem de outro movimento em outro mosteiro francês, La Trappe, no século XVII.

Muitos movimentos de reforma da Igreja. Faz sentido, imagino. Monges têm muito tempo para refletir e decidir fazer algo melhor.

Encontrei três mosteiros cistercienses em Quebec. Um em Oka, perto do Lac des Deux Montagnes. Outro em Mistassini, perto do Lac Saint-Jean. E o terceiro na região de Montérégie, perto de Saint-Hyacinthe. Cada um deles tinha o próprio site.

Passei duas horas intermináveis indo de uma página a outra da internet, as quais explicavam o dia monástico, a jornada espiritual, o significado da vocação, a história da ordem. Por mais que procurasse, não encontrei uma lista de membros para nenhum dos mosteiros.

Estava prestes a desistir quando tropecei em um breve anúncio.

> Em 17 de julho de 2004, os monges da Abbaye Sainte-Marie-des-Neiges, presididos pelo frade Charles Turgeon, OCEO, escolheram o seu oitavo abade, o frei Sylvain Morissonneau, 59. Nascido em Beauce County, Quebec, o frei Morissonneau cursou a universidade em Laval. Foi ordenado padre em 1968, e então prosseguiu seus estudos acadêmicos nos Estados Unidos. Entrou

na abadia em 1971. Antes de sua eleição, ele serviu por oito anos como gerente administrativo do mosteiro, e traz ao novo cargo competências tanto práticas quanto acadêmicas.

Então Morissonneau havia optado pela vida contemplativa, pensei, indo do site do mosteiro para o MapQuest Canada.

Desculpe, padre. Sua solidão está prestes a ser perturbada.

CAPÍTULO 11

MONTÉRÉGIE É UM CINTURÃO agrícola entre Montreal e a fronteira com os Estados Unidos. Constituída por colinas e vales, com a *rivière* Richelieu ziguezagueando pelo terreno, e delimitada pelas margens do *fleuve* Saint-Laurent, a região tem muitos parques e área verde de sobra. Parc National des Îles-de-Boucherville. Parc National du Mont-Saint-Bruno. Le Centre de la Nature du Mont Saint-Hilaire. Turistas visitam Montérégie pela natureza, pelos produtos agrícolas, pelo ciclismo, esqui e golfe.

L'Abbaye Sainte-Marie-des-Neiges localiza-se às margens da *rivière* Yamaskam, ao norte da cidade de Saint-Hyacinthe, no centro de uma área delimitada por Saint-Simon, Saint-Hugues, Saint-Jude e Saint-Barnabe-Sud.

Montérégie também tem santos de sobra.

Às nove e vinte na manhã seguinte saí da rodovia de quatro pistas para uma pequena estrada pavimentada que serpenteava através de pomares de macieiras por aproximadamente 800 metros. Então fiz uma curva fechada e cheguei a um alto muro de pedra. Uma placa discreta indicava que eu havia encontrado os monges.

O mosteiro se estendia por uma área de gramado aberto e era sombreado por enormes olmos. Construido com as pedras cinza encontradas em Quebec, o local parecia uma igreja que sofrera uma metástase. Alas se projetavam de três lados, e alas menores adjacentes se projetavam destas. Uma torre redonda de quatro andares se erguia na junção entre a ala mais a leste e a igreja propriamente dita, e uma torre quadrada se erguia de sua contraparte a oeste. Algumas janelas eram arcadas. Outras eram quadradas e fechadas. Vários anexos se erguiam entre a edificação principal, a plantação de milho e o rio ao fundo.

Eu me detive um momento para avaliar.

Em meu tour virtual eu havia aprendido que muitos monges atendem suas necessidades econômicas produzindo e vendendo queijo, pães, chocolate, vinho, verduras ou itens religiosos. Alguns hospedam visitantes em busca de renovação espiritual.

Esses rapazes não pareciam ser dessa turma. Não vi nenhum sinal de boas-vindas. Nenhuma loja de souvernirs. Nenhum carro estacionado.

Parei na frente do prédio. Ninguém apareceu para me receber ou reclamar da minha presença.

Meu tempo na internet também tinha me ensinado que os monges do Sainte-Marie-des-Neiges acordam às quatro da manhã, observam os horários de oração e trabalham das oito ao meio-dia. Eu planejara a minha visita para coincidir com o período de trabalho da manhã.

Em fevereiro isso não envolvia maçãs ou milho. Fora pardais e esquilos, não havia nenhum sinal de vida.

Saí do carro e fechei a porta devagar. Algo no lugar exigia silêncio. Uma porta laranja à direita da torre redonda me pareceu a melhor aposta. Eu estava indo nessa direção quando um monge virou a esquina na ala da torre do outro lado. Ele usava um hábito marrom com capuz, meias e sandálias.

O monge não parou quando me viu, mas continuou mais devagar em minha direção, aparentemente se dando tempo para ponderar sobre o encontro.

Ele se deteve a 3 metros de mim. Tinha sofrido algum acidente em algum momento. O lado esquerdo da face parecia flácido, a pálpebra esquerda era caída, e havia uma linha branca em diagonal na bochecha.

O monge olhou para mim, mas não falou nada. Ele tinha a cabeça raspada, um queixo afiado e um rosto emaciado como um diagrama musculoesquelético.

— Sou a Dra. Temperance Brennan — eu disse. — Eu gostaria de falar com Sylvain Morissonneau.

Nada.

— É um assunto de certa urgência.

Mais um pouco de nada.

Mostrei minha carteira de identidade do LSJML.

O monge deu uma olhada na identificação, mas continuou na mesma.

Eu havia antecipado uma recepção fria. Abri minha bolsa, retirei um envelope fechado contendo uma cópia da foto de Kessler, dei um passo à frente e o entreguei.

— Por favor, entregue isso ao padre Morissonneau. Tenho certeza de que ele vai querer me receber.

A mão de espantalho contorceu-se para fora do hábito, pegou o envelope e fez um gesto para que eu o seguisse.

O monge me conduziu pela porta laranja, passando por um pequeno vestíbulo até um salão ricamente decorado. O ar cheirava às segundas-feiras de manhã nas escolas paroquiais de minha juventude. Uma mistura de lã molhada, desinfetante e lustra-móveis.

Ao entrar numa biblioteca, meu anfitrião fez um gesto para que eu me sentasse. A palma da mão aberta indicava que eu devia ficar ali.

Quando o monge se foi, olhei em volta.

A biblioteca parecia um cenário de um filme do Harry Potter. Revestimento de madeira escura, armários com vitrais, escadas com rodinhas para alcançar as estantes de três andares. Havia ali madeira suficiente para desmatar toda a Columbia Britânica.

Eu contei oito mesas compridas e doze arquivos com pequenos puxadores de metal nas gavetas. Nenhum computador à vista.

Não ouvi o segundo monge entrando. Ele simplesmente surgiu ali.

— Dra. Brennan?

Eu me levantei.

O monge estava usando uma batina branca com um manto marrom de padrões retangulares na frente e nas costas. Sem capuz.

— Sou o padre Sylvain Morissonneau, o abade desta comunidade.

— Peço desculpas por ter vindo sem avisar. — Estendi a mão.

Morissonneau sorriu, mas manteve as mãos no hábito. Ele parecia mais velho, porém mais bem-alimentado do que o primeiro monge.

— A senhora trabalha na polícia?

— No departamento médico-legal de Montreal.

— Por favor. — Morissonneau fez um gesto com a mão idêntico ao de seu colega. — Siga-me. — Inglês com um pesado sotaque de Quebec.

Morissonneau me levou de volta pelo corredor principal, passando por um amplo espaço aberto, e então por outro corredor comprido e estreito. Depois de passarmos por uma dúzia de portas fechadas, entramos no que parecia ser um escritório.

Morissonneau fechou a porta e fez outro gesto.

Eu me sentei.

Comparada com a biblioteca, aquela sala era espartana. Paredes brancas. Piso de cerâmica cinza. Mesa simples de carvalho. Arquivos comuns feitos de metal. O único adorno era um crucifixo atrás da mesa e uma pintura sobre um dos arquivos. Jesus falando com os anjos. E parecendo consideravelmente mais em forma do que na versão de madeira entalhada pendurada acima da mesa.

Olhei da tela para a cruz. Uma frase apareceu na minha cabeça. *Antes e depois.* O pensamento fez com que eu me sentisse uma herege.

Morissonneau sentou-se na cadeira de espaldar reto atrás da mesa, depositou minha fotocópia sobre o tampo, cruzou os dedos e olhou para mim.

Eu aguardei.

Ele aguardou.

Aguardei mais um pouco.

E ganhei.

— Suponho que tenha estado com Avram Ferris. — Tom de voz baixo e equilibrado.

— Estive.

— Avram a enviou até mim?

Morissonneau não sabia.

— Não.

— O que Avram quer?

Respirei fundo. Eu detestava fazer o que tinha que fazer.

— Sinto muito ser a portadora de más notícias, padre. Avram Feris foi assassinado há duas semanas.

Os lábios de Morissonneau se moveram em alguma oração silenciosa, e seus olhos baixaram para as mãos. Quando ele ergueu os olhos, seu rosto estava tomado por uma expressão sombria que eu já vira muitas vezes.

— Quem?

— A polícia está investigando.

Morissonneau inclinou-se para a frente.

— Há pistas?

Apontei para a fotocópia.

— Essa foto me foi dada por um homem chamado Kessler — eu disse.

Nenhuma reação.

— O senhor conhece o Sr. Kessler?

— Poderia descrever esse cavalheiro?

Eu descrevi.

— Sinto muito. — Os olhos de Morissonneau tinham assumido certa neutralidade por trás de seus óculos de armação dourada. — Essa descrição corresponde a muitas pessoas.

— Muitas pessoas que poderiam ter acesso a esta foto?

Morissonneau ignorou isso.

— Como chegou até mim?

— Obtive seu nome através de Yossi Lerner. — Próximo o bastante da verdade.

— Como está Yossi?

— Bem.

Eu disse a Morissonneau o que Kessler havia comentado sobre a foto.

— Entendo. — Ele arqueou os dedos e bateu com eles na mesa. Por um momento seus olhos desviaram-se para a fotocópia, e em seguida para a pintura à minha direita.

— Avram Ferris levou tiros na nuca, como em uma execução...

— Basta. — Morissonneau se levantou. — Por favor, espere. — Ele fez um gesto com a palma da mão aberta, indicando que eu permanecesse ali. Eu estava começando a me sentir a própria Lassie.

Morissonneau saiu precipitadamente da sala.

Cinco minutos se passaram.

Um sino badalou em algum lugar. Fora isso, o prédio estava silencioso.

Dez minutos se passaram.

Entediada, eu me levantei e fui examinar a pintura. Eu estava certa, mas não muito. A tela e o crucifixo de fato constituíam uma sequência "antes e depois", mas eu invertera a ordem.

A pintura mostrava a manhã da Páscoa. Havia quatro figuras emolduradas por uma sepultura. Dois anjos sentados num caixão de pedra aberto e uma mulher, provavelmente Maria Madalena, estava entre eles. Via-se Jesus ressuscitado à direita.

Como na biblioteca, não escutei os passos de Morissonneau. Quando o vi ele já estava passando por mim com um caixote de 40 por 60 centímetros nas mãos. Ele parou quando me viu, e sua expressão se suavizou.

— Bonita, não? Tão mais delicada do que a maioria dos retratos da Ressurreição. — A voz de Morissonneau estava completamente diferente de antes. Ele soava como um vovô mostrando fotos dos netinhos.

— É, sim. — A pintura tinha um caráter etéreo que era realmente belo.

— Edward Burne-Jones. Conhece? — perguntou Morissonneau.

Balancei a cabeça.

— Ele era um artista inglês vitoriano, um discípulo de Rossetti. Muitas das pinturas de Burne-Jones tem esse mesmo aspecto quase onírico. Essa é intitulada *A manhã da Ressurreição.* Foi pintada em 1882.

O olhar de Morissonneau demorou-se por um momento na pintura, e em seguida seu queixo se cerrou e seus lábios se contraíram. Depois de contornar a mesa, ele pôs o caixote sobre ela e retomou seu lugar.

Morissonneau deteve-se por um instante, organizando seus pensamentos. Quando falou, sem tom era de novo tenso.

— A vida monástica é uma vida de solidão, oração e estudo. Eu escolhi isso. — Morissonneau falava devagar, fazendo pausas onde normalmente não havia. — Com meus votos, dei as costas às políticas e preocupações deste mundo. — Morissonneau pôs a mão manchada pela velhice sobre o caixote. — Mas eu não poderia ignorar os eventos do mundo. Não poderia dar as costas à amizade.

Morissonneau fixou os olhos na mão, ainda envolvido em alguma batalha interna. Verdade ou consequência.

Verdade.

— Estes ossos são do Musée de l'Homme.

Uma chama se acendeu em meu peito.

— O esqueleto roubado por Yossi Lerner.

— Sim.

— Há quanto tempo está aqui?

— Tempo demais.

— Concordou em guardá-lo para Avram Ferris?

Assentimento tenso.

— Por quê?

— Tantos "porquês". Por que Avram insistiu para que eu ficasse com ele? Por que eu consenti? Por que insisti nessa mentira?

— Comece por Ferris.

— Avram aceitou o esqueleto de Yossi por lealdade e porque ele o convenceu de que sua redescoberta provocaria eventos catastróficos. Depois de transportá-lo para o Canadá, Avram o escondeu em seu armazém por vários anos. Ele acabou se sentindo desconfortável com a situação. Mais do que desconfortável. Obcecado.

— Por quê?

— Avram é judeu. Estes são os restos mortais de um ser humano. — Morissonneau acariciou a caixa. — E...

A cabeça dele se inclinou. A luz se refletiu numa das lentes.

— Quem está aí?

Ouvi um discreto farfalhar de tecido.

— *Frère* Marc? — A voz de Morissonneau soou ríspida.

Eu me virei. Uma forma preenchia o vão da porta aberta. Ao pôr os dedos nos lábios, o monge com a cicatriz no rosto ergueu a sobrancelha boa.

Morissonneau balançou a cabeça.

— *Laissez-nous.* — Deixe-nos.

O monge fez uma mesura e recuou.

Pondo-se de pé, Morissonneau atravessou o escritório e fechou a porta.

— Avram se sentiu desconfortável... — retomei quando ele voltou ao seu lugar.

— Ele acreditava no mesmo que Yossi.

— Que o esqueleto é de Jesus Cristo?

O olhar de Morissonneau recaiu sobre a pintura e voltou-se para baixo de novo. Ele assentiu.

— O senhor acreditou nisso?

— Acreditar nisso? Não, não acreditei nisso, mas eu não sabia. Não sei. Não podia correr o risco. E se Yossi e Avram estivessem certos? Jesus não morreu na cruz? Poderia ser o badalar dos sinos de finados anunciando a morte do cristianismo.

— Destruiria o fundamento mais básico da fé.

— Precisamente. A fé cristã é baseada na premissa da morte e ressurreição de nosso salvador. Acreditar na Paixão é essencial para uma religião que modela a vida de mais ou menos 1 bilhão de pessoas no mundo. Um bilhão de almas, Dra. Brennan. As consequências da destruição dessa crença seriam impensáveis.

Morissonneau fechou os olhos, imaginando, eu supus, as consequências impensáveis. Quando ele os abriu, sua voz estava mais forte.

— Avram e Yossi provavelmente estavam errados. Eu não acredito que estes sejam os ossos de Jesus Cristo. Mas e se a imprensa comprasse a história? E se a latrina que são os meios de comunicação de massa de hoje se engajassem num de seus espetáculos nauseantes, vendendo suas almas por uma fatia maior da audiência do noticiário das seis? A controvérsia que se seguiria seria uma catástrofe.

Ele não esperou por uma resposta.

— Vou lhe dizer o que aconteceria — continuou. — Um bilhão de vidas seriam tiradas dos trilhos. A fé seria subvertida. A devastação espiritual seria avassaladora. O mundo cristão seria jogado numa crise. Mas não pararia por aí, Dra. Brennan. Queiram ou não, o cristianismo é uma força política e econômica poderosa. O colapso da Igreja cristã levaria a um tumulto global. Instabilidade. Caos mundial.

Um dos dedos de Morissonneau oscilou no ar.

— A civilização ocidental seria arrancada de suas raízes. Eu acreditava nisso na época. Acredito ainda mais fervorosamente agora, com os extremistas islâmicos espalhando sua nova modalidade de fanatismo religioso.

Ele se inclinou para a frente.

— Eu sou católico, mas estudei a fé muçulmana. E tenho acompanhado de perto os desdobramentos no Oriente Médio. Mesmo naquela época, eu via a inquietude e sabia que havia uma crise no horizonte. Lembra-se das Olimpíadas de Munique?

— Terroristas palestinos sequestraram parte da equipe israelense. Todos os 11 atletas foram assassinados.

— Os sequestradores eram membros de uma facção da OLP chamada Setembro Negro. Três foram capturados. Pouco mais de um mês depois, um jato da Lufthansa foi sequestrado por mais terroristas exigindo a libertação dos assassinos de Munique. Os alemães concordaram. Isso foi em 1972, Dra. Brennan. Eu assisti a cobertura da imprensa, ciente de que era só o começo. Esses eventos ocorreram um ano antes de Yossi furtar o esqueleto e entregá-lo a Avram.

"Sou um homem tolerante. Tenho o maior respeito por meus irmãos islâmicos. Os muçulmanos em geral são um povo trabalhador, centrado na família, amante da paz, que adere aos mesmos valores que eu e a senhora estimamos. Mas, entre os homens bons, há uma minoria sinistra guiada pelo ódio e devotada à destruição."

— Os jihadistas.

— A senhora sabe alguma coisa sobre o wahabismo, Dra. Brennan?

Eu não sabia.

— O wahabismo é uma forma austera de islamismo que floresceu na Península Arábica. Faz mais de dois séculos que é a fé dominante na Arábia Saudita.

— O que distingue o wahabismo do islamismo que nós conhecemos?

— A insistência na interpretação literal do Corão.

— Soa como o bom e velho fundamentalismo cristão.

— Sob muitos aspectos é similar. Mas o wahabismo vai mais longe, pedindo a completa rejeição e destruição de toda e qualquer coisa que não seja baseada nos ensinamentos originais de Maomé. O crescimento explosivo da seita começou na década de 1970, quando entidades beneficentes sauditas começaram a financiar mesquitas e escolas wahabitas, chamadas de madraçais, por toda a parte, de Islamabad a Culver City.

— O movimento é realmente tão ruim assim?

— O Afeganistão sob o governo do Talibã era ruim? Ou o Irã sob o domínio do aiatolá Khomeini?

Morissonneau não fez a pausa para uma resposta.

— Os wahabitas não estão interessados apenas em mentes e almas. A seita tem um projeto político ambicioso centrado na substituição das lideranças seculares por um governante ou grupo religioso fundamentalista em todos os países muçulmanos do planeta.

Paranoia xenófoba? Mantive minhas dúvidas comigo.

— Wahabitas estão se infiltrando em governos e forças armadas por todo o mundo muçulmano, posicionados para aguardar a derrubada ou o assassinato dos líderes seculares.

— O senhor realmente acredita nisso?

— Veja o que aconteceu com o Líbano moderno, o que levou à ocupação síria. Veja o Egito e o assassinato de Anwar Sadat. Veja as tentativas de assassinar Mubarak no Egito, Hussein na Jordânia, Musharraf no Paquisitão. Veja a repressão aos líderes seculares no Irã.

De novo, Morissonneau ergueu a mão e apontou um dedo para mim. Agora ele tremia.

— Osama bin Laden é wahabita, assim como os membros dos grupos que participaram do 11 de Setembro. Esses fanáticos estão engajados no que chamam de Terceira Grande Jihad, ou guerra santa, e qualquer coisa, *qualquer coisa* pode ser um alvo se isso fizer a causa deles progredir.

A mão de Morissonneau desceu até o caixote.

— Inclusive os ossos de Jesus Cristo — eu disse.

— Até mesmo os *supostos* ossos de Jesus Cristo. Esses malucos usariam o poder deles para manipular a imprensa, deturpando e distorcendo o assunto de acordo com seus propósitos. Um circo da mídia sobre a autenticação dos ossos de Jesus arruinaria a fé de milhões e entregaria a esses jihadistas os meios de erodir a fundação da Igreja a qual dediquei minha vida. Se estava em minhas mãos prevenir esse espetáculo grotesco, eu me senti na obrigação de fazê-lo.

"O principal motivo para eu ter aceitado esses ossos foi proteger minha amada Igreja. O medo do extremismo islâmico era secundário naquela época. Mas com o passar dos anos, meu temor cresceu."

Morissonneau inspirou pelo nariz e se recostou.

— Tornou-se a razão pela qual eu os guardava — concluiu.

— Onde?

— O mosteiro tem uma cripta. O cristianismo não proíbe sepultamentos entre os vivos.

— O senhor não se sentiu na obrigação de notificar o museu?

— Não me compreenda mal, Dra. Brennan. Eu sou um homem de Deus. A ética significa muito para mim. Isso não foi fácil. Lutei contra essa decisão. Agonizei por causa dela a cada dia.

— Mas concordou em esconder o esqueleto.

— Eu era jovem quando isso começou. Deus me perdoe. Vi como uma das dissimulações necessárias de nossa época. Conforme o tempo foi passando e ninguém, incluindo o museu, pareceu se interessar pelos ossos, achei melhor deixá-los aqui.

Morissonneau se levantou.

— Mas agora basta. Um homem está morto. Um homem decente. Um amigo. Talvez por causa de nada além de um ossuário velho e uma teoria lunática num livro maluco.

Eu me levantei.

— Sei que fará tudo o que estiver a seu alcance para manter esse assunto confidencial — disse Morissonneau.

— Não sou conhecida por minha simpatia em relação à imprensa.

— Foi o que fiquei sabendo.

Devo ter parecido surpresa.

— Eu dei um telefonema — explicou ele.

Então a vida de Morissonneau não era assim tão enclausurada, afinal.

— Vou entrar em contato com as autoridades israelenses — eu disse. — É provável que os ossos sejam devolvidos a elas, mas é de se duvidar que convoquem uma entrevista coletiva.

— O que acontecerá de agora em diante está nas mãos de Deus.

Ergui o caixote. O conteúdo se deslocou com um som abafado.

— Por favor, mantenha-me informado — disse Morissonneau.

— Farei isso.

— Obrigado.

— Vou tentar manter seu nome fora disso, padre. Mas não posso garantir que isso será possível.

Morissonneau fez menção de falar, mas sua boca se fechou e ele desistiu de tentar se explicar ou se desculpar.

CAPÍTULO 12

Eu já havia passado muito do limite de velocidade, mas a sorte estava comigo. A lei apontava seu radar para alguma outra estrada.

Chegando a L'édifice Wilfrid Derome, estacionei numa vaga reservada para policiais. Que se dane. Era sábado e eu podia estar carregando o próprio Deus em meu Mazda.

A temperatura havia atingido alguns graus positivos, e a neve prevista tinha começado a cair como uma garoa. Montes de lama derretiam e formavam poças nas calçadas e sarjetas.

Abri o porta-malas, peguei o caixote de Morissonneau e corri para dentro. Exceto pelos guardas, o saguão estava deserto.

Assim como o décimo segundo andar.

Depois de pôr a caixa em minha mesa de trabalho, tirei a jaqueta e liguei para Ryan.

Não atendeu.

Ligo para Jake?

Primeiro os ossos.

Meu coração estava disparado quando coloquei o avental.

Por quê? Eu realmente acreditava que estava com o esqueleto de Jesus?

Claro que não.

Então o que havia nesse ossuário?

Alguém quisera esses ossos fora de Israel. Lerner os roubara. Ferris os transportara e escondera. Morissonneau mentira sobre eles contra a própria consciência.

Teria Ferris morrido por causa deles?

O fervor religioso motiva ações obsessivas. Se essas ações são racionais ou irracionais, depende da perspectiva. Eu sabia disso. Mas por que toda a intriga? Por que a obsessão por escondê-los em vez de destruí-los?

Será que Morissonneau estava certo? Jihadistas seriam capazes de matar para obter esses ossos? Ou estaria o bom padre se inflamando contra filosofias religiosas e políticas que ele considerava ameaçadoras?

Eu não fazia ideia. Mas pretendia ir atrás de respostas para essas questões tão resolutamente quanto possível.

Peguei um martelo no armário.

A madeira estava seca. Os pregos eram velhos. Lascas voavam a cada prego que saía.

Por fim, 16 pregos estavam do lado do caixote. Repousei o martelo, ergui a tampa.

Poeira. Osso seco. Com um cheiro tão antigo quanto o do primeiro fóssil de um vertebrado.

Os ossos mais longos estavam no fundo, paralelos, com os do joelho, mãos e pés misturados entre eles. O restante formava uma camada no meio. O crânio estava em cima, a mandíbula destacada, órbitas vazias encarando o céu. O esqueleto parecia com centenas de outros que eu já tinha visto, restos mortais no campo de um agricultor, numa cova rasa, num corte de escavadeira num canteiro de demolição.

Transferi o crânio para um suporte feito de cortiça, posicionei a mandíbula e encarei a face sem carne.

Que aparência teria tido em vida? Quem teria sido?

Não. Nada de especulações.

Um a um, articulei cada elemento.

Quarenta minutos depois, um esqueleto anatomicamente correto repousava sobre minha mesa. Nada estava faltando a não ser um pequeno osso da garganta chamado hioide e algumas falanges dos dedos das mãos e dos pés.

Eu estava anexando um formulário na prancheta quando o telefone tocou. Era Ryan.

Contei a ele sobre minha manhã.

— Santo Deus.

— Talvez — respondi.

— Ferris e Lerner acreditavam nisso.

— Morissonneau não tinha tanta certeza assim.

— O que você acha? — perguntou Ryan.

— Acabei de começar minha análise.

— E?

— Acabei de começar minha análise.

— Não posso sair daqui até terminar essa vigilância. Mas recebi uma ligação esta manhã. Posso ter uma novidade sobre o homicídio de Ferris.

— Não brinca — eu disse.

— Quando me liberarem aqui eu vou investigá-la.

— Qual é a pista?

— Quando me liberarem aqui eu vou investigá-la.

— *Touché*.

— Uau, como somos profissionais — disse Ryan.

— Nada de especulações temerárias — concordei.

— Nenhuma conclusão precipitada à vista.

Quando desligamos, corri até a cafeteria no primeiro andar, devorei um sanduíche de atum com uma Diet Coke e corri de volta para o laboratório.

Eu queria ir direto para as questões-chave, mas me forcei a me manter dentro do protocolo.

Luvas.

Luz.

Formulário.

Respirei fundo.

Comecei com o sexo.

Pelve: cavidade ciática estreita, interior pélvico estreito, ossos púbicos grandes estendendo-se num V invertido na frente.

Crânio: elevações da sobrancelha proeminentes, limites orbitais irregulares, cristas grandes, inserções musculares e processos mastoides.

Não havia espaço para hesitações. Esse esqueleto era todo masculino.

Passei para a idade.

Ajustando a luz, observei o lado esquerdo da pelve no ponto de junção com o lado direito. A superfície mostrava-se com uma leve depressão em relação à sua borda oval que circundava o perímetro. Algumas formas pontiagudas eram protuberantes na parte superior e inferior dessa borda.

A sínfise púbica direita tinha a mesma aparência.

Eu me levantei e fui até o bebedouro.

Tomei água.

Tomei fôlego.

Mais calma, voltei ao esqueleto e selecionei as costelas três a cinco dos dois lados do peito. Só duas retinham as extremidades esternais não danificadas. Deixei as outras costelas de lado e observei esse par mais atentamente.

Ambas acabavam em cavidades profundas em forma de U cercadas por paredes finas que terminavam em bordas afiadas. Espículas ósseas se projetavam das extremidades superiores e inferiores de cada borda.

Eu me recostei e pus o lápis na mesa.

O que eu sentia? Alívio? Decepção? Não tinha certeza.

As sínfises púbicas davam fase seis no sistema de determinação de idade Suchey-Brooks, um conjunto de padrões derivado da análise das pelves de centenas de adultos de idade documentada no momento da morte. Para o sexo masculino, a fase seis sugere uma idade média de 61 anos.

As costelas indicavam fase seis no sistema de determinação de idade Iscan-Loth, um conjunto de padrões baseado na quantificação de mudanças morfológicas em costelas coletadas de adultos em necropsias. Para o sexo masculino, isso sugere uma faixa de idade entre 43 e 55 anos.

É necessário considerar que em portadores de cromossomo Y isso é tremendamente variável. É necessário considerar ainda que eu não havia analisado os ossos longos e as raízes dos molares radiologicamente. Mesmo assim, eu tinha certeza de que minha conclusão preliminar se manteria. Rabisquei no formulário do caso.

Idade no momento da morte: entre 40 e 60 anos.

De jeito nenhum esse cara tinha morrido aos 30 e poucos anos.

Como Jesus de Nazaré.

Se Jesus de Nazaré tivesse morrido aos 30 e poucos anos. A teoria de Joyce postulava-o vivo até os 80 anos.

Aquele cara não se encaixava em nenhum dos dois perfis.

Esse cara também não tinha passado dos 70, de jeito nenhum.

De modo que ele também não se encaixava no perfil do homem velho da Caverna 2001. Mas será que o esqueleto isolado descrito pelo informante de Jake realmente era do idoso? Talvez não. Talvez o septuagenário de Yadin estivesse junto com os ossos misturados, e o esqueleto isolado fosse de outro indivíduo. Um indivíduo entre os 40 e 60 anos.

Como esse cara.

Passei ao tópico seguinte.

Ascendência.

Certo.

A maioria dos métodos para avaliar a raça se baseia em variações no formato do crânio, arquitetura facial, forma dentária e medidas craniais. Embora eu com frequência me valesse destes fatores, havia um problema. Se eu tirasse as medidas e as inserisse no Fordisc 2.0, o programa compararia meu desconhecido com brancos, negros, índios americanos, hispânicos, japoneses, chineses e vietnamitas.

Isso não seria de grande ajuda para o homem da caixa que vivera em Israel há 2 mil anos.

Percorri a lista de características em meu formulário. Ossos nasais proeminentes. Abertura nasal estreita. Perfil facial plano. Osso malar afinando o rosto. E assim por diante.

Tudo sugeria caucasoide, ou ao menos de ascendência europeia. Não negroide. Não mongoloide.

Tirei as medidas e coloquei-as no programa. As comparações colocavam o crânio claramente entre a raça branca.

Ok. Computador e olhos estavam de acordo.

Mas e aí? Seria o homem do Oriente Médio? Sul da Europa? Judeu? Gentio? Eu não conhecia nenhuma maneira de resolver isso. E os testes de DNA também não ofereceriam qualquer ajuda.

Passei à estatura.

Depois de selecionar os ossos da perna, eliminei os que tinham as extremidades erodidas ou danificadas e medi o restante numa prancha osteométrica. Então inseri as medidas no Fordisc 2.0 e pedi um cálculo usando todos os homens na base de dados, com raça não identificada.

Altura: entre 160 e 170 centímetros.

Passei as várias horas seguintes analisando cada protuberância, crista, orifício e cavidade, cada faceta e junta, cada milímetro de superfície cortical sob ampliação. Não encontrei nada. Nada de variações genéticas. Nenhuma lesão e nenhum indicador de doença. Nenhum trauma, curado ou não.

Nenhuma ferida penetrante nas mãos ou nos pés.

Desliguei a fibra ótica no microscópio, arqueei as costas e me alonguei; a sensação nos meus ombros e no pescoço era a de que alguém tinha posto fogo neles.

Será que eu estava ficando velha?

De jeito nenhum.

Fui até minha mesa, abandonei-me na cadeira e verifiquei a hora. Cinco e cinquenta e cinco. Meia-noite em Paris.

Tarde demais para telefonar.

Jake respondeu com uma voz grogue e me pediu para aguardar.

— O que foi? — perguntou ele, abrindo a tampa de uma lata.

— Não é Jesus.

— O quê?

— O esqueleto do Musée de l'Homme.

— O que tem ele?

— Estou olhando para ele.

— O quê?

— Você não está falando coisa com coisa, Jake.

— Você está com os ossos de Lerner?

— O esqueleto que ele roubou está aqui no meu laboratório.

— Jesus Cristo!

— Não é esse cara.

— Tem certeza?

— Esse aqui passou dos 40. Minha melhor estimativa diz que ele tinha pelo menos 50 anos ao morrer.

— Não 80.

— De jeito nenhum.

— Poderia ter 70?

— Duvido.

— Então não é o homem mais velho de Masada citado por Yadin e Tsafrir.

— Temos certeza absoluta de que o velho citado por Yadin era o esqueleto isolado?

— Na realidade, não. Os ossos do homem mais velho poderiam estar misturados com os do grupo principal. Isso deixaria o esqueleto isolado como um dos 14 homens com idades entre 22 e 60.

— Ou então como alguém totalmente sem registro.

— Sim. — Houve uma longa pausa. — Me diga como você conseguiu o esqueleto.

Contei a ele sobre Morissonneau e a minha visita ao mosteiro.

— Santo Deus.

— Isso foi o que Ryan disse.

Quando Jake falou de novo, sua voz era quase um sussurro.

— O que você vai fazer?

— Antes de mais nada, comunicar ao meu chefe. Esses são restos mortais humanos. Eles foram encontrados em Quebec. São de responsabilidade do legista. Além disso, os ossos também podem ser provas numa investigação de homicídio.

— Ferris?

— Sim.

— E então?

— Sem dúvida meu chefe vai me dizer para entrar em contato com as autoridades em Israel.

Houve outra pausa. A chuva misturada com neve batia contra a janela sobre minha mesa e escorria em filetes pelo vidro. Doze andares abaixo, o trânsito entupia as ruas e se arrastava na ponte Jacques Cartier. Lanternas traseiras reluzentes desenhavam fitas vermelhas no asfalto.

— Você tem certeza de que esse é o esqueleto da foto de Kessler?

Boa pergunta. Uma que eu não tinha considerado.

— Não vi nada que exclua essa possibilidade — eu disse.

— Algo que a confirme?

— Não. — Lamentável.

— Vale a pena dar outra olhada?

— Farei isso agora.

— Você falaria comigo antes de entrar em contato com Israel?

— Por quê?

— Por favor, prometa que você me ligará antes?

Por que não? Jake tinha iniciado essa coisa toda.

— Claro, Jake.

Quando desliguei, eu me recostei por um momento com a mão no fone. Jake soou desconfortável quanto a notificar as autoridades israelenses. Por quê?

Ele queria ter prioridade na publicação de informações sobre a descoberta e a análise do esqueleto? Temia perder o controle sobre aqueles ossos? Não confiava nos colegas israelenses? Não confiava nas autoridades israelenses?

Eu não fazia ideia. Por que eu não havia perguntado?

Eu estava com fome. Minhas costas doíam. Eu queria ir para casa, jantar com Birdie e Charlie e ficar quieta com meu livro.

Em vez disso peguei a foto de Kessler e a coloquei sobre o microscópio. Lentamente, comecei do alto do crânio e fui descendo.

A testa não mostrava nada que a identificasse de forma específica.

Olhos. Nada.

Nariz. Nada.

Osso malar. Nada.

Inclinei a cabeça para a direita e, em seguida, para a esquerda, para aliviar a dor em meu pescoço.

De volta ao microscópio.

Quando a região da boca ficou visível, observei atentamente pela objetiva. Ergui os olhos e fitei o crânio na minha mesa de trabalho.

Alguma coisa não estava certa.

Com os olhos de volta ao microscópio, aumentei a ampliação. Os dentes cresceram.

Coloquei o incisivo central em foco e então avancei do meio até a parte posterior da mandíbula.

Senti um aperto no estômago.

Levantei, peguei a lente de aumento e o crânio. Virando o palato para cima, examinei a dentição.

O aperto no estômago se tornou ainda mais forte.

Fechei os olhos.

O que diabos isso queria dizer?

CAPÍTULO 13

Posicionei a foto do microscópio ao lado do crânio. Usando a lupa, contei da metade do palato até uma lacuna na direita.

Dois incisivos, um canino, dois pré-molares. Lacuna. Dois molares.

No esqueleto da foto de Kessler estava faltando o primeiro molar superior direito.

No crânio em minha mesa de trabalho, não.

Este esqueleto não era o da foto?

Voltei ao microscópio, levantei-o e posicionei o crânio. Então apontei a luz de fibra ótica para os molares direitos no maxilar.

Sob ampliação, eu podia ver que as raízes dos molares estavam mais expostas do que o normal. As bordas das cavidades estavam marcadas e porosas.

Doença periodontal. Nada de especial.

O que *era* especial era a condição da superfície de mastigação do primeiro molar superior direito. As cúspides eram altas e arredondadas, enquanto as cúspides nos molares adjacentes estavam completamente desgastadas.

Que diabos isso queria dizer?

Articulei a mandíbula e percebi uma oclusão. O primeiro molar entrava em contato com o alimento antes de qualquer outro. Ele deveria ter um desgaste maior do que seus vizinhos, não menor.

Eu me recostei e ponderei.

Havia duas possibilidades. A. Trata-se de um esqueleto diferente do da foto de Kessler. B. Trata-se do mesmo esqueleto, mas com um molar inserido na lacuna.

Se um molar tinha sido inserido, havia duas possibilidades. A. Era o dente genuíno que se soltara da mandíbula. Dentes caem com certa frequência quando o tecido mole se decompõe. B. Era o dente de algum outro esqueleto, inserido por engano na mandíbula. Essa possibilidade explicaria o desgaste diferenciado da cúspide.

Quando o dente fora inserido? Três possibilidades pareciam razoáveis. A. No momento do enterro. B. Durante a escavação de Yadin. C. Durante a permanência do esqueleto no Musée de l'Homme.

Meus instintos diziam B.

Ok. Se o dente tivesse sido recolocado durante a escavação em Masada, quem tinha feito isso? Muitas possibilidades. A. Yadin. B. Tsafrir. C. Haas. D. Um escavador.

O que minha intuição dizia?

Um escavador encontrou o dente ao lado do esqueleto, tentou a mandíbula, pareceu se encaixar, ele o apertou ali. Os ossos da Caverna 2001 estavam misturados. Registros detalhados não haviam sido mantidos. Erros acontecem o tempo todo com estudantes e voluntários inexperientes.

Então. Tinha sido um ato cometido na hora do enterro? Um simples erro? Nenhuma das anteriores, um esqueleto diferente do da foto de Kessler?

Eu estava indo longe demais. Precisava de um odontologista.

Eram agora sete e dez de uma noite de sábado. Eu sabia o que Marc Bergeron, o especialista em dentes do nosso laboratório, iria dizer.

Obtenha raios X apicais.

Eu não poderia fazer isso até segunda-feira.

Frustrada, passei a hora seguinte examinando a foto de Kessler sob ampliação.

Não localizei nenhuma peculiaridade ou detalhe anatômico que pudesse relacionar o esqueleto da foto inequivocamente aos ossos em minha mesa.

Eu me senti agitada o resto da noite. Birdie e eu assistimos a um jogo de basquete da NCAA. Torci pelo Duke. Bird estava do lado dos Clemson Tigers. Provavelmente era coisa de felino.

Na manhã de domingo precisei de menos de trinta minutos on-line para localizar e pedir um exemplar do livro de Donovan Joyce, *The Jesus Scroll*. Os anúncios o divulgavam como a obra mais perturbadora já escrita sobre o cristianismo. Boa propaganda. Pena que o livro estava fora de catálogo.

Liguei para Jake várias vezes. Seu celular estava desligado. À uma hora da manhã, parei de deixar mensagens e tentei o hotel. Ele já tinha feito check-out.

A vigilância de Ryan terminou com três prisões e a apreensão da carga de um caminhão de cigarros. Ele apareceu às seis, olheiras profundas e cabelo molhado por causa do banho. Tomei uma Perrier, Ryan uma Moosehead, e então fomos ao Katsura na rue de la Montagne.

Minha área do Centre-Ville estava tranquila. Poucos estudantes estavam reunidos diante da Concordia University. Algumas poucas pessoas atrás de diversão faziam farra na rue Crescent.

Os domingos têm algo especial.

Ou talvez fosse a temperatura. Durante a noite, o granizo fino de sábado cedera a vez a céus limpos e um frio ártico.

Durante o sushi, entreguei a Ryan o relatório quanto ao esqueleto de Morissonneau, o qual concluía que os ossos eram os de um homem branco que tinha entre 40 e 60 anos no momento da morte.

— De modo que minha estimativa exclui o septuagenário da Caverna 2001, o Jesus de 33 anos da Bíblia, e o Jesus de 80 anos de Donovan Joyce.

— Mas você tem certeza de que a foto de Kessler mostra o esqueleto isolado da Caverna 2001 e de que aquele esqueleto é o que Lerner roubou do Musée de l'Homme e entregou a Ferris, que por sua vez o entregou a Morissonneau?

— Jake tem certeza. Ele falou com alguém que trabalhou como escavador voluntário na Caverna 2001. Mas não consigo encontrar nem um único identificador que relacione sem sombra de dúvidas o esqueleto de Morissonneau ao da foto de Kessler. E tem algo esquisito quanto a um dos dentes.

Contei a Ryan sobre o molar estranho.

— Então você suspeita de que não é o mesmo esqueleto?

— Ou é o mesmo esqueleto, mas o molar foi inserido depois que a foto foi tirada.

— Alguém encontrou o dente que estava faltando no cara e o colocou de volta no lugar?

— Possivelmente.

— Você não me parece convencida.

— As cúspides aparentam estar menos desgastadas.

— O que quer dizer que o dente poderia ser de outra pessoa, alguém mais jovem.

— Isso.

— E o que isso quer dizer?

— Não sei. Talvez só um engano. Yadin usou voluntários. Talvez um deles tenha inserido o molar, achando que era dali.

— Você vai falar com Bergeron?

— Segunda-feira.

Ryan me atualizou sobre sua pista no caso Ferris.

— Quando procurei pelo nome Kessler, não encontrei muita coisa.

— Não há muitos criminosos judeus por aí?

— Meyer Lansky — mencionou Ryan.

— Admito meu erro — eu disse.

— Bugsy Siegel — disse Ryan.

— De novo.

— David Berkowitz.

— Outra vez.

— Quando pesquisei mais a fundo, quem de fato apareceu foi um cara chamado Hershel Kaplan.

Fiquei sem saber o que dizer.

— Kaplan é um pequeno vigarista. Duas condenações por crimes de colarinho branco. Fraude de cartão de crédito. Falsificação de cheques. Também atende pelos nomes de Hershel Cantor e Harry Kester.

— Deixe-me adivinhar. Kessler também era um dos nomes falsos de Kaplan.

— Hirsch Kessler. — Ryan tirou uma cópia do bolso de trás da calça. — Esse é o seu homem?

Examinei a foto. Óculos. Cabelos escuros. Esse sujeito não tinha barba.

— Talvez. — Todos tinham a mesma cara? Eu me senti uma idiota.

Fechei os olhos e tentei me lembrar de Kessler.

Abri os olhos e os fixei na foto.

Pequeno estalo no subconsciente. O quê?

O pescoço encurvado. As pálpebras caídas. Uma palavra quando Kessler me emboscou na saída da sala destinada às famílias. Tartaruga. Eu havia esquecido. A mesma palavra de novo passou pela minha cabeça.

— Kessler usava barba. Mas acho que é o mesmo homem. — Devolvi o papel. — Desculpe. É o melhor que posso fazer.

— É um começo.

— Onde está Kessler agora? Ou Kaplan?

— Estou trabalhando nisso.

De volta em casa, Ryan conversou com Charlie enquanto eu tomava um banho. Eu estava nua perto do armário quando ele entrou no quarto.

— Pare onde está.

Eu me virei, um baby-doll de renda numa das mãos, uma calcinha de cetim na outra.

— Vou ter que perguntar o que a senhora está fazendo, madame.

— Você é da polícia?

— Por isso que sou eu quem faz as perguntas difíceis.

Ergui a lingerie e uma sobrancelha interrogativa.

— Largue a camisola e afaste-se desse armário.

Foi o que fiz.

Foi uma típica manhã de segunda-feira insana no laboratório. Quatro mortos num incêndio doméstico. Um baleado. Um enforcado. Dois esfaqueamentos. Um recém-nascido que teve morte súbita.

Só um caso para mim.

Objetos tinham sido encontrados na pia do porão de um prédio de apartamentos em Côte Saint-Luc. A polícia suspeitava de que eram ossos do crânio de uma criança ou um bebê.

Depois da reunião da manhã, pedi a LaManche que me seguisse até meu laboratório. Mostrei a ele o esqueleto de Morissonneau, informei a história e possível proveniência dele e expliquei como tinha chegado às minhas mãos.

Como esperado, LaManche designou aos restos um número do LSJML. Ele me disse para tratá-los como um caso especial. E que a palavra final seria minha. Se eu declarasse os ossos antigos, estaria liberada para entregá-los aos arqueólogos apropriados.

Quando LaManche foi embora, pedi ao meu técnico de laboratório, Denis, que tirasse raios X da dentição do esqueleto. Então passei aos ossos do bebê.

Tive de admitir que os espécimes pareciam dois ossos parietais muito jovens e incompletos. As superfícies côncavas mostravam o padrão vascular produzido pela proximidade com a superfície externa do cérebro.

A limpeza resolveu a questão.

Os "ossos" eram fragmentos de um coco. O padrão venoso era o resultado da ação da água em lama endurecida.

Quando entreguei meu relatório na secretaria, Denis me entregou um pequeno envelope pardo. Pendurei o conteúdo em minha caixa de luz

Uma olhada reforçou minha suspeita de que o primeiro molar tinha sido reinserido na mandíbula do esqueleto. E não com muita habilidade. No raio X era visível que o ângulo do dente estava levemente errado e que as raízes não se encaixavam adequadamente.

E havia algo mais.

Quando um dente envelhece, suas cúspides são desgastadas. Certo. Eu percebera a discrepância no desgaste. Mas outras características também mudavam com o tempo. Quanto mais velho o dente, mais há dentina secundária em sua polpa dentária e em seu canal.

Não sou dentista, mas o primeiro molar esquerdo parecia menos opaco no raio X do que os outros.

Liguei para Marc Bergeron. A recepcionista dele me pediu para aguardar. Ouvi Thousand Strings tocando algo que se parecia com "Sweet Caroline". Em minha cabeça vi uma paciente reclinada, com a boca aberta, um tubo para sucção. Fiquei satisfeita por não ser eu.

Marc atendeu durante uma versão extremamente monótona de "Uptown Girl". Ele iria me encaixar em sua agenda à tarde.

Jake ligou quando eu estava embalando o crânio.

— Você viu meus recados? — perguntei.

— Saí do hotel no sábado e peguei o voo da meia-noite para Tel Aviv.

— Você está em Israel?

— Jerusalém. O que aconteceu?

Contei a ele sobre a inconsistência entre o esqueleto na foto e o que estava em meu laboratório e descrevi o molar aparentemente anormal.

— O que isso quer dizer?

— Vou falar com nosso odontologista esta tarde.

Houve uma longa pausa, bem longa. Então:

— Quero que você extraia esse molar e outros dois.

— Por quê?

— Para testes de DNA. Eu também quero que você corte segmentos femorais. Algum problema nisso?

— Se Ferris e Lerner estiverem certos, esses ossos têm quase 2 mil anos.

— É possível extrair DNA mitocondrial de ossos antigos, não?

— É possível. Mas e aí? A análise forense é baseada em comparação, seja com o DNA da própria vítima, seja com o de algum membro da família. Se o DNA mitocondrial *puder* ser extraído e ampliado, com que você iria compará-lo?

Longa pausa de Jake. Então:

— Novos achados têm sido feitos todos os dias. Nunca se sabe o que vai aparecer ou o que pode ser relevante mais para a frente. E eu tenho verba de pesquisa especificamente alocada para esse tipo de coisa. E quanto à raça?

— O que tem isso?

— Não houve um caso recente em que os perfis indicavam o criminoso como branco e algum laboratório previu, acertadamente, que o cara era negro?

— Você está falando do caso Derrick Todd Lee em Baton Rouge. Aquele teste se baseia em DNA nuclear.

— DNA nuclear não pode ser extraído de ossos antigos?

— Há quem alegue já ter feito isso. Os estudos com aDNA crescem a cada dia.

— O que é aDNA?

— *Ancient DNA,* DNA antigo. Tem gente em Cambridge e Oxford trabalhando para obter DNA nuclear de material arqueológico. Aqui no Canadá, há um instituto chamado Laboratório de Paleo-DNA, em Thunder Bay.

Lembrei de um artigo recente no *The American Journal of Human Genetics.*

— Um grupo francês relatou a obtenção de DNA nuclear e mitocondrial de esqueletos escavados numa necrópole de 2 mil anos na Mongólia. Mas Jake, mesmo conseguindo o DNA nuclear, a predição de raça é muito limitada.

— Quão limitada?

— Há uma empresa na Flórida que oferece um teste que prevê a mistura racial provável a partir de marcadores genéticos. Eles alegam que podem prever a porcentagem presente de ancestrais indo-europeus, americanos nativos, asiáticos do leste e africanos subsaarianos.

— Isso é tudo?

— Por enquanto.

— Não ajuda muito quando se trata de ossos de um palestino antigo.

— Não — concordei.

Jake fez outra pausa.

— Mas a análise do DNA, tanto mitocondrial quanto nuclear, poderia mostrar se o molar estranho pertencia a outro indivíduo.

— É uma possibilidade remota.

— Mas é uma possibilidade.

— É — concedi.

— Quem faz os testes?

Eu disse a ele.

— Visite o seu dentista, veja o que ele diz sobre o dente diferente. Então colha amostras. E extraia ossos suficientes para análise de carbono-14 também.

— Não vamos pagar essa conta — eu disse.

— Eu usarei o dinheiro da minha verba de pesquisa.

Eu estava fechando o zíper de minha parca quando Ryan entrou.

O que ele me contou fez meus pensamentos darem uma cambalhota.

CAPÍTULO 14

— MIRIAM FERRIS É parente de Hershel Kaplan?

— Digamos que eles têm uma relação por afinidade.

— Por afinidade? — Tive dificuldades para fazer minha mente absorver a afirmação de Ryan.

— É um parentesco obtido através do casamento. — Ryan deu seu sorriso mais inocente. — Usei essa expressão antiga como um tributo ao seu passado antropológico.

Esbocei um diagrama mental do que ele acabara de dizer.

— Miriam Ferris foi casada com o irmão da esposa de Hershel Kaplan?

— Ex-esposa.

— Mas Miriam negou conhecer Kaplan — eu disse.

— Nós perguntamos sobre Kessler.

— Um dos conhecidos nomes falsos de Kaplan.

— Confuso, não?

— Se Kaplan era da família, Miriam deve tê-lo conhecido.

— É de se presumir que sim — concordou Ryan.

— Ela o teria reconhecido na necropsia.

— Se é que ela o viu.

— Você realmente acha que Kaplan é Kessler? — perguntei.

— Você pareceu razoavelmente convencida pela foto. — Ryan estava olhando para a caixa em minha mesa.

— O irmão da esposa de Kaplan ainda está vivo?

— Ex-esposa. Antes do divórcio, o marido de Miriam foi cunhado de Kaplan. De qualquer forma, o cara morreu de complicações de diabetes em 1995.

— Então Kaplan e a mulher se separaram, deixando-o solteiro. E o marido de Miriam morreu, deixando-a solteira.

— Isso. O assassinato de Ferris fez Miriam assumir novamente o papel da viúva enlutada. Seria de se esperar que ela o desempenhasse melhor. O que tem na caixa?

— Estou levando o crânio do esqueleto de Morissonneau para ouvir a opinião de Bergeron sobre os dentes.

— Os pacientes dele vão adorar.

Ryan contorceu os lábios em uma careta macabra.

Revirei os olhos.

— Quando Miriam trocou alianças com Avram Ferris? — perguntei.

— Em 1997.

— Pouco tempo após a morte do primeiro marido.

— Algumas viúvas se recuperam rápido.

Miriam não me pareceu ser desse tipo, mas mantive esse pensamento comigo mesma.

— Quanto tempo faz que Kaplan é divorciado?

— A esposa caiu fora durante a segunda sentença dele em Bordeaux.

— Ui.

— Verifiquei o registro de Kaplan na prisão. O cara não causou problemas, pareceu sincero em seu desejo de melhorar, saiu antes de cumprir toda a pena.

— Então ele tem um oficial de condicional?

— Michael Hinson.

— Quando ele foi solto?

— Em 2001. De acordo com Hinson, Kaplan tem sido um homem de negócios idôneo desde então.

— Que negócios?

— Peixinhos de aquário e porquinhos-da-índia.

Ergui uma sobrancelha perplexa.

— Centre d'animaux Kaplan.

— Ele tem um pet shop?

Ryan assentiu.

— É proprietário do prédio. Peixinhos no andar de baixo, Kaplan no de cima.

— Ele ainda visita o oficial de condicional?

— Todos os meses. Tem sido um ex-prisioneiro exemplar.

— Admirável.

— Nunca faltou ao compromisso até duas semanas atrás. Ele não ligou ou apareceu no dia 14 de fevereiro.

— A segunda-feira seguinte ao fim de semana em que Ferris foi morto.

— Quer fazer uma visita aos lulus-da-pomerânia?

— Bergeron está me esperando por volta de uma da tarde.

Ryan olhou o relógio.

— Encontro você lá embaixo às duas e meia?

— Vou levar uns biscoitos para cachorro.

O consultório de Bergeron fica no Place Ville-Marie, um complexo de prédios na esquina da René-Lévesque com a universidade. Ele o divide com um parceiro chamado Bougainvillier. Eu nunca vi Bougainvillier, mas sempre o imagino como uma bougainvíllea florida de óculos.

Depois de dirigir até o Centre-Ville, parei no estacionamento subterrâneo e peguei um elevador até o décimo sétimo andar.

Bergeron estava atendendo um paciente, então fiquei na sala de espera, o caixote a meus pés. Uma mulher grande estava sentada na minha frente, folheando um exemplar de *Châtelaine*. Quando estendi a mão para pegar uma revista, ela ergueu os olhos e sorriu. Ela realmente precisava de um dentista.

Cinco minutos após minha chegada, a mulher da *Châtelaine* foi convidada a entrar no espaço reservado aos consultórios. Suspeitei de que fazia algum tempo que ela estava ali esperando.

Momentos depois um homem saiu. Estava sem paletó e com a gravata afrouxada. Ele se movia rapidamente.

Bergeron apareceu e me levou até seu consultório. Um zumbido agudo emanou do corredor. Vislumbrei a mulher da *Châtelaine*. Vislumbrei o pôster de *A pequena loja dos horrores*.

Enquanto eu desembalava o crânio, esbocei o caso para Bergeron. Ele ouviu com os braços ossudos cruzados sobre o peito igualmente ossudo, o cabelo ondulado branco reluzente com a luminosidade vinda da janela.

Quando terminei, Bergeron pegou o crânio e examinou os dentes superiores e a mandíbula. Articulou a mandíbula e observou a oclusão molar.

Ele estendeu a mão. Entreguei-lhe o envelope de papel pardo.

Após acender sua caixa de luz, Bergeron arrumou os raios X dentários e se inclinou. Diante da fluorescência branca, o cabelo dele formou um halo semelhante ao de um dente-de-leão.

Segundos se passaram. Um minuto inteiro.

— *Mon Dieu,* não há dúvida. — Um dedo esquelético bateu no segundo e terceiro molares superiores. — Olhe para essas polpas dentárias e canais. Esse homem tinha pelo menos 50 anos. Provavelmente mais.

O dedo moveu-se para o primeiro molar da fila.

— Há muito menos depósito de dentina aqui. Esse dente é inquestionavelmente de alguém mais jovem.

— Quão mais jovem?

Bergeron se endireitou e falou em um tom de voz suave como um sopro:

— Talvez 30, 40 anos. Não mais que isso.

Ele voltou ao crânio.

— Desgaste mínimo da cúspide. Bem pequeno para esse tipo de caso.

— Você pode me dizer quando o molar foi inserido?

Bergeron me olhou como se eu tivesse pedido a ele para resolver equações de segundo grau de cabeça.

— Uma estimativa bem por cima? — emendei.

— A cola está amarelada e descascando.

— Espere aí. — Eu ergui a palma da mão. — Você está dizendo que o dente foi colado?

— Sim.

— Então o dente não foi reinserido há 2 mil anos?

— Definitivamente não. Talvez há algumas décadas.

— Na de 1960?

— Possivelmente.

Opção B ou C, inserção durante a escavação de Yadin ou no Musée de l'Homme. Minha intuição ainda ficava com a primeira alternativa.

— Você poderia extrair esses três molares superiores?

— Sem problema.

Bergeron colocou o crânio de volta na caixa e saiu apressado de seu consultório, seu 1.90m de altura se deslocando com toda a elegância de uma tábua de passar.

Recolhi os raios X, perguntando-me se eu não estaria fazendo muito barulho por nada. O dente diferente provinha de um indivíduo mais jovem. Alguém o enfiou na mandíbula errada. Talvez um escavador voluntário. Talvez Haas. Talvez um funcionário não capacitado do museu.

Do outro lado do corredor, o zumbido continuava.

Há uma miríade de momentos em que um erro desse tipo pode ocorrer. Recuperação. Transporte. Seleção. Limpeza. Talvez a confusão tenha acontecido na caverna. Talvez no laboratório de Haas. Talvez mais tarde, no museu em Paris.

Bergeron voltou e me entregou o caixote e um saco plástico transparente.

— Algo mais que você possa me dizer? — perguntei.

— Quem quer que tenha recolocado o molar era um idiota em matéria de dentes.

O Centre d'Animaux Kaplan era uma loja com vitrines num edifício de dois andares que fazia parte de uma fileira de lojas com vitrines em edifícios de dois e três andares na rue Jean-Talon. Letreiros na vitrine ofereciam rações Nutrience para cães e gatos, peixes tropicais e periquitos, com a gaiola incluída.

Duas portas se abriam diretamente na calçada, uma de madeira, outra de vidro. Um sino soou quando Ryan empurrou esta última.

A loja estava tomada por odores e sons. Tanques borbulhavam ao longo de uma das paredes, gaiolas de pássaros ocupavam a outra, seus ocupantes indo dos mais tediosos aos mais extravagantes. Além dos peixes, pude ver outros representantes da classificação de Lineu. Sapos. Uma cobra enroscada em si mesma. Uma coisa pequena e peluda, enrolada em uma bola.

Na frente havia coelhos, filhotes de gatos, um lagarto com uma papada capaz de rivalizar com a da minha tia Minnie. Filhotes de cachorros dormiam em gaiolas. Um estava de pé, balançando o rabo, as patas dianteiras apoiadas na grade. Outro mordiscava um pato de borracha vermelha.

Estantes paralelas ocupavam o centro da loja. Um garoto de uns 17 anos enfiava coleiras em ganchos no corredor no lado oposto ao dos pássaros.

Ao ouvir o sino, o menino se virou, mas não falou nada.

— *Bonjour* — disse Ryan.

— E aí — respondeu o garoto.

— Poderia nos ajudar, por favor?

O garoto largou sua caixa e se arrastou até nós.

Ryan mostrou o distintivo.

— Polícia?

Ryan assentiu.

— Legal.

— Superlegal. E você seria...?

— Bernie.

Bernie mantinha-se escrupulosamente firme em seu estilo *gangsta chic*. Jeans caídos com a cueca quase completamente à mostra, camisa desabotoada sobre uma camiseta grunge. Ele era muito magrelo para que o visual funcionasse. Todo mundo era.

— Sou o detetive Ryan. Essa é a Dra. Brennan.

Os olhos de Bernie se voltaram para mim. Eram pequenos e escuros encimados por sobrancelhas que se uniam no meio. Bernie provavelmente comprava produtos para acne com frequência.

— Estamos procurando Hershel Kaplan.

— Ele não está.

— O Sr. Kaplan não costuma vir?

Bernie deu de ombros e inclinou a cabeça.

— Você sabe onde ele está hoje?

Benie deu de ombros novamente.

— Essas perguntas são muito difíceis para você, Bernie?

O jovem coçou os cabelos na testa.

— Seria o caso de começar de novo? — A voz de Ryan poderia congelar margaritas.

— Não pegue no meu pé, cara. Eu só trabalho para o velho.

Um filhote de cachorro começou a latir. Queria sair dali.

— O Sr. Kaplan esteve aqui hoje?

— Eu abri a loja.

— Ele ligou?

— Não.

— O Sr. Kaplan está no andar de cima?

— Ele está de férias, ok? — Bernie deslocou o peso do corpo de uma perna para a outra. Não havia muito peso a ser deslocado.

— Teria sido mais útil se você tivesse dito isso de cara, Bernie.

Ele olhou para o chão.

— Você sabe para onde o Sr. Kaplan foi?

Bernie balançou a cabeça.

— Quando ele vai voltar?

Novo movimento negativo com a cabeça.

— Há algo de errado aqui, Bernie. Estou com a impressão de que você não quer falar comigo.

Ele continuou olhando o barro preso em seus tênis.

— Isso vai atrapalhar aquele extra que Kaplan prometeu?

— Olha, eu não sei de nada. — Bernie ergueu a cabeça. — Kaplan me disse para manter o lugar funcionando e não falar nada sobre o sumiço dele.

— Quando foi isso?

— Talvez uma semana atrás.

— Você tem uma chave do apartamento do Sr. Kaplan?

Bernie não respondeu.

— Você ainda mora com sua família, Bernie?

— Moro. — Apreensivo.

— Nós poderíamos passar lá, pedir para a mamãe nos ajudar a esclarecer isso.

— Cara... — Lamurioso.

— Bernie?

— A chave dele pode estar no chaveiro.

Ryan voltou-se para mim.

— Você está sentindo cheiro de gás?

— Talvez. — Farejei. Senti muitos cheiros. — É, talvez você tenha razão.

— E você, Bernie? Está sentindo cheiro de gás?

— Isso é o furão.

— Parece gás para mim. — Ryan moveu-se um pouco para a esquerda e então para a direita, o nariz inspecionando o ar. — É. Gás. Perigoso.

Ele se voltou para Bernie.

— Você gostaria que nós déssemos uma verificada?

Bernie pareceu cético.

— Você não ia gostar de estar errado, com todas essas criaturas dependendo de você — disse Ryan, a essência da sensatez.

— É. Claro, cara.

Bernie foi até o balcão e pegou as chaves embaixo da caixa registradora.

Ryan pegou o chaveiro e se virou para mim.

— O cidadão nos pediu para investigar um possível vazamento de gás.

Dei de ombros de uma maneira que deixaria Bernie orgulhoso.

Ryan e eu saímos pela porta de vidro, viramos à esquerda e entramos novamente no prédio, agora por uma porta de madeira. Uma escada estreita e íngreme levava ao andar de cima.

Nós subimos.

Ryan bateu na porta. Não houve resposta. Ele bateu de novo, com mais força.

— Polícia, Sr. Kaplan.

Nenhuma resposta.

— Vamos entrar.

Ryan testou as chaves. A quarta funcionou.

O apartamento de Kaplan tinha uma cozinha pequena, uma sala, um quarto, um banheiro com azulejos pretos e brancos e uma banheira de pé. Venezianas fechavam as janelas, e quadros comuns com paisagens genuinamente horrorosas decoravam as paredes.

Algumas concessões tinham sido feitas à evolução da tecnologia. A banheira fora guarnecida com um chuveiro de mão. Um micro-ondas tinha sido colocado no balcão da cozinha. Uma secretária eletrônica havia sido conectada ao telefone do quarto. Afora isso, o lugar parecia tirado de um filme de baixo orçamento da década de 1930.

— Elegante — disse Ryan.

— Despojado — concordei.

— Detesto quando os decoradores exageram.

— Perdem todo o respeito pelo linóleo.

Passamos ao quarto.

Uma mesa dobrável continha listas telefônicas, livros contábeis e pilhas de papéis. Fui até ela e comecei a vasculhar. Atrás de mim, Ryan abria e fechava gavetas. Vários minutos se passaram.

— Achou alguma coisa? — perguntei.

— Um monte de camisas horríveis.

Ryan passou ao criado-mudo.

E fez a descoberta dele no mesmo instante que eu fiz a minha.

CAPÍTULO 15

PEGUEI A CARTA NO mesmo instante em que Ryan apertou o botão da secretária eletrônica.

Eu li enquanto ouvia a voz melíflua: *esta mensagem é para Hershel Kaplan. Sua reserva para sábado, 26 de fevereiro, foi confirmada no voo nove-cinco-oito-zero da Air Canada, operado pela El Al, partindo do Pearson International Airport de Toronto às onze e cinquenta da noite. Por favor tenha em mente que, devido à segurança redobrada, a El Al requere que os passageiros façam o check-in pelo menos três horas antes da partida. Boa viagem.*

— Kaplan foi para Israel — disse Ryan.

— Talvez ele conhecesse Miriam Ferris melhor do que pensávamos — eu disse. — Dá uma olhada nisso.

Ryan veio até mim. Entreguei a ele um cartão dourado.

Hersh,

Você encara a felicidade como um sonho impossível. Eu vi isso em seus olhos. Prazer e alegria fugiram para um lugar além do alcance da sua imaginação.

Você está com raiva? Com vergonha? Com medo? Não fique assim. Estamos avançando lentamente, como nadadores atravessando um mar bravio. As ondas irão recuar. Nós triunfaremos.

Com amor,
M.

Eu apontei para as iniciais estampadas em relevo no cartão: "*M.F.*"

— O acrônimo pode ter outros significados.

— Raramente em papel de carta. E *M.F.* não é uma combinação de iniciais tão comum.

Ryan pensou por um instante.

— Morgan Freeman. Marshall Field. Millard Fillmore. Morgan Fairchild.

— Estou impressionada. — Pensei um pouco. — Masahisa Fukase.

Olhar de incompreensão.

— Fukase é um fotógrafo japonês. Faz imagens incríveis de corvos.

— Algumas das imagens de Fairchild são bem incríveis.

Revirei os olhos.

— Tenho uma intuição de que Miriam escreveu isso. Mas quando? Não há data. E por quê?

— Para animar Kaplan na prisão?

Apontei para a última linha do bilhete.

— *Nós* triunfaremos?

— Para encorajar Kaplan a enfiar duas balas no maridinho?

Subitamente o quarto pareceu frio e escuro.

— Está na hora de ligar para Israel — disse Ryan.

De volta ao Wilfrid Derome, Ryan foi para a sala da divsão de *crimes contre la personne*, e eu retornei ao meu laboratório. Peguei o fêmur direito de Morissonneau, desci para a sala de necropsia número quatro e coloquei o osso sobre a mesa.

Depois de ligar a serra Stryker, coloquei a máscara e cortei dois pedaços de uma polegada em formato cilíndrico da parte do meio do fêmur. Então voltei ao meu laboratório e liguei para Jake. Mais uma vez, eu o acordei à meia-noite.

Eu disse a Jake o que Bergeron observara quanto ao molar distoante.

— Como o dente de algum outro esqueleto foi parar na mandíbula desse?

— Acontece. Minha suposição é que o molar de algum jeito acabou incorporado ao esqueleto durante a recuperação das ossadas na caverna. As raízes se encaixavam razoavelmente bem na cavidade, então alguém, talvez um escavador voluntário, o enfiou na mandíbula.

— E Haas depois o colou.

— Talvez. Talvez alguém no Musée de l'Homme. Provavelmente e apenas um erro.

— Você extraiu amostras para o teste de DNA?

Reiterei meu ceticismo quanto à importância do DNA num caso em que não existiam amostras comparativas.

— Quero que os testes sejam feitos.

— Tudo bem. É dinheiro da sua verba de pesquisa.

— E carbono-14.

— Entrega com prioridade ou padrão no carbono-14?

— Qual é a diferença?

— Dias versus semanas. E várias centenas de dólares.

— Prioridade.

Dei a Jake os nomes dos laboratórios que pretendia usar. Ele concordou e me deu o número da conta para a cobrança.

— Jake, se o teste de carbono-14 indicar que esse esqueleto é tão velho quanto você diz que é, você sabe que eu terei que entrar em contato com as autoridades israelenses.

— Me ligue antes.

— Vou ligar. Mas eu gostaria de sab...

— Obrigado, Tempe. — Rápida inspiração. Tive a impressão de que Jake estava a ponto de me dizer alguma coisa. Então: — Isso pode ser explosivo.

Comecei a pensar nisso, mas decidi não pressioná-lo. Eu queria preparar as amostras para a coleta da manhã.

Depois de desligar, entrei na internet, acessei os sites e baixei dois formulários para testes de DNA e um para teste radiométrico.

O molar estranho não tinha vindo do mesmo esqueleto que continha o restante dos dentes. Eu queria que fosse tratado como um caso separado no teste de DNA. Atribuí ao molar um número de amostra.

Atribuí um segundo número para um dos cilindros que cortei do fêmur do esqueleto e para um dos molares que Bergeron extraíra de sua mandíbula.

Registrei o segundo molar e a segunda amostra de osso do esqueleto para a datação por carbono-14.

Quando completei os registros, pedi a Denis para mandar por FedEx as amostras de dente e osso para os respectivos laboratórios.

E era tudo. Não havia nada mais que eu pudesse fazer.

Dias se passaram.

A geada passou pelas minhas janelas. A neve cobriu as tábuas da cerca do meu pátio lateral.

Meus casos entraram numa calmaria típica de fim de inverno. Ninguém fazendo trilhas ou acampando. Menos crianças nos parques. Neve sobre a terra, gelo no rio. Os animais que iam atrás de carniça se abrigavam, esperando o inverno passar.

Com a chegada da primavera, os corpos iriam aparecer como borboletas voando em bandos para o norte. Por enquanto, tudo estava calmo.

Na manhã de terça-feira, comprei a obra de Yadin sobre Masada. Belas fotografias, capítulos e mais capítulos sobre os palácios, casas de banho, sinagogas e pergaminhos. Mas Jake estava certo. Yadin dedicava menos de uma página aos esqueletos da caverna e incluía apenas uma foto. Difícil acreditar que o livro havia causado tamanha controvérsia quando fora publicado em 1966.

Na tarde de terça-feira, Ryan ficou sabendo que Kaplan havia entrado em Israel em 27 de fevereiro. O paradeiro atual era desconhecido. A Polícia Nacional de Israel o estava procurando.

Ryan telefonou quarta-feira à tarde para perguntar se eu gostaria de acompanhá-lo em outra visita a Courtney Purviance para novos esclarecimentos e então jantar em algum lugar.

— Esclarecimentos sobre o quê?

— Nada de mais, só um detalhe sobre um dos parceiros comerciais de Ferris. Um cara chamado Klingman disse que passou para ver Ferris naquela sexta-feira e não conseguiu encontrar ninguém. Só para pôr os pingos nos is.

Por que não? Eu não tinha nada melhor para fazer.

Ryan me buscou por volta das quatro da tarde. Purviance morava num típico prédio de apartamentos de Montreal em Saint-Léonard. Pedra cinza. Esquadrias azuis. Escada de ferro subindo pela fachada.

O saguão era pequeno, o piso de cerâmica com uma película de neve derretida. Junto à porta interna havia quatro caixas de correio, cada uma com um nome escrito à mão e uma campainha. Purviance morava no 2-B.

Ryan apertou o botão. Uma voz feminina atendeu. Ryan disse seu nome. A mulher respondeu com uma pergunta.

Enquanto Ryan dava as credenciais, observei o nome dos outros inquilinos.

Purviance disse a Ryan para esperar.

Ele se virou. Eu devia estar sorrindo.

— O que é tão engraçado?

— Olhe esses nomes. — Eu apontei para o 1-A. — Como traduzir isso do francês?

— Pinheiro.

Eu apontei para o 1-B.

— Esse é "oliveira" em italiano. — 2-A. — Esse é "carvalho" em letão. Temos uma convenção internacional de arboristas bem aqui em Saint-Léonard.

Ryan sorriu e balançou a cabeça.

— Não entendo como o seu cérebro funciona, Brennan.

— Impressionante, não?

A porta se abriu. Subimos para o segundo andar.

Quando Ryan bateu, Purviance de novo pediu que ele se identificasse. Ele fez isso. Um milhão de fechos fizeram barulho. A porta rangeu. Um nariz espiou pela fresta. A porta se fechou. Uma corrente foi solta. A porta foi reaberta.

Ryan me apresentou como uma colega. Purviance assentiu e nos conduziu a uma salinha minúscula mobiliada de maneira exagerada. Cheia demais. Cada estante, tampo de mesa e superfície horizontal estava entulhado de quinquilharias.

Purviance assistia a uma reprise de *Law & Order*. Briscoe dizia a um suspeito que ele não sabia de nada.

Depois de desligar a TV, ela se sentou em frente a Ryan. Era baixa, loira, uns 9 quilos acima do peso normal. Imaginei que tivesse pouco mais de 40 anos.

Enquanto os dois conversavam, examinei o apartamento.

A sala de estar dava numa de sala de jantar, que dava numa cozinha, tudo um atrás do outro. Eu supus que o acesso ao quarto e ao banheiro se desse por um corredor curto à direita. Com exceção do cômodo onde estávamos, julguei que o apartamento recebia luz natural pelo total de uma hora por dia.

Eu me concentrei novamente em Ryan e Purviance. A mulher parecia frágil e cansada, mas de vez em quando a luz do sol iluminava seu rosto. Quando isso acontecia, ela ficava surpreendentemente bonita.

Ryan estava perguntando sobre Harold Klingman. Purviance explicava que Klingman tinha uma loja em Halifax. Seus dedos arrumavam e desarrumavam as franjas de uma almofada.

— A visita de Klingman a Ferris teria sido algo fora do comum?

— O Sr. Klingman passava no armazém frequentemente quando estava em Montreal.

— A senhora estava doente naquela sexta-feira.

— Eu tenho sinusite.

Acreditei nisso. A fala de Purviance era pontuada por frequentes fungadas. Ela pigarreava repetidamente. A cada poucos segundos, a mão vinha da almofada e passava pelo nariz. Eu me vi lutando contra o impulso de lhe oferecer um lenço de papel.

— A senhora disse antes que Ferris estava agindo de forma diferente pouco antes de morrer. Poderia explicar melhor?

Purviance deu de ombros.

— Não sei. Ele parecia mais quieto.

— Mais quieto?

— Ele não fazia mais tantas piadas. — A arrumação da franja se intensificou. — Ficava mais na dele.

— Você teria alguma teoria para explicar esse comportamento?

Purviance ergueu as palmas das mãos e as sobrancelhas num gesto de "não faço ideia".

— Ferris alguma vez mencionou dificuldades no casamento?

— Não diretamente.

Ryan fez mais algumas perguntas sobre o relacionamento de Purviance com Miriam e então mudou para outros tópicos. Mais 15 minutos, e ele encerrou o assunto.

Fomos jantar cedo na Saint-Laurent. Ryan perguntou qual tinha sido minha impressão sobre Purviance. Respondi que ela claramente não tinha o menor amor por Miriam Ferris. E que precisava de um bom remédio para o nariz.

Quinta-feira, o livro de Donovan Joyce chegou. *The Jesus Scroll.* Eu o abri por volta do meio-dia, pretendendo dar uma olhada rápida.

Em algum momento começou a nevar. Quando ergui os olhos, o céu havia escurecido, e o topo da minha cerca lateral tinha sido coberta pela neve alta, espessa.

A teoria de Joyce era mais bizarra que a do meu romance do aeroporto. Era mais ou menos a seguinte.

Jesus era filho ilegítimo de Maria. Ele sobreviveu à cruz. Ele se casou com Maria Madalena. Viveu até uma idade bem avançada, escreveu seu testamento e foi morto no ataque final a Masada.

O resumo de Jake sobre o envolvimento de Joyce com Max Grosset estava correto. Segundo Joyce, Grosset era um professor americano com sotaque britânico que trabalhara como arqueólogo voluntário em Masada. Ele dissera a Joyce, num encontro casual no aeroporto Ben Gurion em dezembro de 1964, que encontrara o pergaminho escrito por Jesus durante a escavação na temporada anterior no sítio, escondera-o, e então voltara a Masada para recuperá-lo.

Joyce pôde dar uma espiada no pergaminho de Grosset no banheiro masculino do aeroporto. Para ele, a escrita parecia hebraica. Grosset disse que era aramaico e traduziu a primeira linha. *Yeshua ben Ya'akob Gennesareth*. "Jesus de Gennesareth, filho de Tiago." O escritor acrescentara a surpreendente informação de que ele era o último na linhagem dos reis macabeus de Israel.

Embora recebendo uma oferta de 5 mil dólares, Joyce se recusou a ajudar Grosset a contrabandear o pergaminho para fora de Israel. Grosset conseguiu fazer isso por conta própria, e o manuscrito foi parar na Rússia.

Mais tarde, incapaz de prosseguir com o assunto original de seu livro porque a permissão para visitar Masada lhe tinha sido negada e intrigado pelo que vira no banheiro masculino no Ben Gurion, Joyce pesquisara o nome escrito no pergaminho. A designação "Filho de Tiago" tinha sido usada, Joyce concluiu, porque José morrera sem filhos, e, de acordo com a lei judaica, seu irmão Tiago teria criado o filho ilegítimo de Maria. "Gennesareth" era um dos vários nomes dados ao longo da história para o Mar da Galileia.

Joyce estava tão convencido da autenticidade do pergaminho que passou os oito anos seguintes pesquisando a vida de Jesus.

Eu ainda estava lendo quando Ryan chegou com comida suficiente para alimentar toda Guadalajara.

Abri uma Diet Coke. Ryan abriu uma Moosehad. Enquanto comíamos enchiladas, percorri os pontos principais.

— Jesus se considerava descendente da linhagem dos asmoneus.

Ryan olhou para mim.

— Os reis macabeus — expliquei. — Seu movimento não era apenas religioso. Era uma tentativa de tomada do poder político.

— Que ótimo. Mais uma teoria da conspiração. — Ryan enfiou o dedo no guacamole. Dei a ele uma tortilha.

— Segundo Joyce, Jesus queria ser o rei de Israel. Isso enfureceu Roma, e a sentença era a morte. Mas Jesus não foi traído, ele se rendeu às autoridades após negociações conduzidas por um intermediário.

— Deixe-me adivinhar. Judas?

— Isso. O acordo era que Pilates libertaria Barrabás e Jesus se entregaria.

— E por que ele faria isso?

— Barrabás era filho dele.

— Sei. — Ryan não estava engolindo nada daquilo.

— A troca de prisioneiros envolvia um mecanismo complexo, o plano todo dependia de controlar o relógio.

— Tudo na vida é questão de tempo.

— Você quer ouvir isso?

— Há alguma possibilidade de sexo agora?

Semicerrei os olhos.

— Ok, eu quero ouvir.

— Havia duas formas de crucificação: lenta e rápida. Na lenta, um prisioneiro podia durar até sete dias. Na rápida, você estava morto em 24 horas. Segundo Joyce, Jesus e seus seguidores tinham que fazer com que a execução fosse marcada para a data em que a morte rápida fosse a única opção.

— A morte rápida seria a minha opção.

— O Shabat estava chegando. E a Páscoa. De acordo com a lei judaica, nenhum corpo poderia ficar na cruz.

— Mas a crucificação era um espetáculo romano. — Ryan pegou mais uma enchilada. — Os historiadores concordam que Pilatos era um tirano insensível. Você acha que ele ia se importar com a lei judaica?

— Era interesse de Pilatos manter os habitantes locais felizes. Em todo o caso, a trama envolveu o uso de uma droga que simulava a morte. *Papaver somniferum* ou *Claviceps purpurea.*

— Adoro quando você fala sacanagem.

— Ópio da papoula e ergot, um fungo produtor de ácido lisérgico. Na linguagem atual, heroína e LSD. Ambos eram conhecidos na Judeia. A droga seria administrada em uma esponja na ponta de um caniço. Segundo os evangelhos, Jesus primeiro recusa a esponja, depois a aceita, bebe e imediatamente morre.

— Mas você está dizendo que ele sobreviveu.

— Eu não. É Joyce quem diz isso.

— Como você tira um corpo vivo de uma cruz na frente de testemunhas e guardas?

— Mantendo as testemunhas à distância. Subornando os guardas. Não havia um legista de plantão.

— Deixa eu entender direito. O corpo de Jesus sai de lá frio. É levado rapidamente para o sepulcro, depois somem com ele dali. Ele recupera a saúde e de algum jeito acaba aparecendo em Masada.

— É o que Joyce diz.

— O que esse maluco estava fazendo em Israel?

— Bom ver que você tem a mente aberta. Joyce foi fazer pesquisas para um livro sobre Masada. Mas as autoridades de Israel negaram a ele o acesso.

— Talvez o incidente com Grosset seja fruto da imaginação de Joyce. Ou uma história que ele inventou por despeito.

— Talvez. — Eu me servi do restante da salsa. — Ou talvez seja real.

Não aconteceu muita coisa nos dias seguintes. Terminei o livro de Joyce. Terminei o livro de Yadin.

Jake tinha razão nisso também. Yadin descrevia os restos mortais do período de Herodes. Abordava também a breve ocupação de Masada pelos romanos depois de 73 E.C., e os monges bizantinos que se instalaram lá nos séculos V e VI. Dava informações detalhadas sobre o período da revolta judaica, incluindo uma discussão elaborada dos três esqueletos encontrados no palácio ao norte. Fotos panorâmicas, closes, diagramas, mapas. Mas apenas uma foto e uns poucos parágrafos sobre os esqueletos da caverna.

Curioso.

No domingo, Ryan e eu fomos esquiar perto do lago Beaver, e então nos fartamos de mexilhões no L'Actuel na rue Peel. Escolhi *la casserole marinière au vin blanc*, e Ryan, *la casserole à l'ail.* Tenho que tirar o chapéu para o rapaz. Ele é capaz de encarar uma quantidade de alho que mataria um fuzileiro naval.

Na segunda-feira, ao acessar meu e-mail, encontrei um relatório do laboratório de testes radiométricos.

Hesitei. E se o esqueleto tivesse apenas um século? Ou fosse medieval, como o sudário de Turim?

E se datasse do tempo de Cristo?

Que datasse. E daí? Minha estimativa de idade tornava o indivíduo velho demais para ser Jesus. Ou novo demais, caso se acreditasse em Joyce.

Cliquei para abrir o arquivo.

O laboratório encontrou material orgânico suficiente para testar três vezes cada amostra de osso e dente. Os resultados eram apresentados em dados brutos e então calibrados para uma data estipulada em anos antes do atual e para um intervalo de datas do calendário, marcadas com E.C. ou a.E.C. Nada de politicamente incorreto na arqueologia.

Olhei as datas dos dentes.

Amostra 1: Data média (AA — anos antes do atual) 1970 +/- 41 anos
Intervalo no calendário 6 a.E.C.— 76 E.C.
Amostra 2: Data média (AA — anos antes do atual) 1937 +/- 54 anos
Intervalo no calendário 14 E.C.— 122 E.C.
Amostra 3: Data média (AA — anos antes do atual) 2007 +/- 45 anos
Intervalo no calendário 47 a.E.C. — 43 E.C

Eu olhei as datas do fêmur. Coincidiam inteiramente com as dos dentes.

Dois milênios.

O esqueleto datava do tempo de Cristo.

Vivenciei um momento de total estupefação. Então argumentos e questionamentos colidiram em meu cérebro como carrinhos num parque de diversões.

O que aquilo queria dizer?

Para quem ligar?

Telefonei para Ryan; deparei-me com a caixa de mensagens e deixei um recado dizendo que os ossos tinham 2 mil anos.

Liguei para Jake. Caixa de mensagens. Mesmo recado.

E agora?

Sylvain Morissonneau.

O ímpeto afastou qualquer incerteza momentânea. Catei a jaqueta e a bolsa e saí a toda para Montérégie.

Em menos de uma hora eu estava na Abbaye Sainte-Marie-des-Neiges. Dessa vez segui direto pela porta laranja até o vestíbulo que separava a biblioteca do corredor do escritório de Morissonneau. Ninguém apareceu.

Um cântico abafado pairava em algum lugar à minha direita. Fui na direção dele.

Eu havia caminhado uns dez metros quando uma voz me deteve.

— *Arrêtez!* — Mais um sussurro que uma fala. Pare!

Eu me voltei.

— Você não tem o direito de estar aqui. — Na luz mortiça, os olhos do monge pareciam desprovidos de pupilas.

— Eu vim ver o padre Morissonneau.

O rosto encapuzado ficou tenso.

— Quem é você?

— Dra. Temperance Brennan.

— Por que vem nos perturbar em nossa aflição? — Os olhos mortalmente negros fuzilaram os meus.

— Perdão. Preciso falar com o padre Morissonneau.

Algo tremulou no olhar dele, como um fósforo sendo aceso atrás de um vidro tingido de preto. O monge fez o sinal da cruz.

As palavras seguintes dele gelaram minha espinha.

CAPÍTULO 16

— MORTO?

Os olhos de gárgula sequer piscaram.

— Quando? — balbuciei. — Como?

— Por que veio aqui? — A voz do monge não era nem fria nem calorosa. Era neutra, despida de emoção.

— O padre Morissonneau me recebeu não faz muito tempo. Ele parecia bem. — Não fiz nenhum esforço para ocultar meu choque. — Quando ele morreu?

— Faz quase uma semana. — Inexpressivo, ele não revelou nada além das palavras.

— Como?

— Você é da família dele?

— Não.

— Jornalista?

— Não.

Procurei um cartão em minha bolsa e entreguei a ele. Os olhos do monge baixaram e se ergueram em seguida.

— Na quarta-feira, 2 de março, o abade não voltou de sua caminhada matinal. Uma busca foi feita. O corpo dele foi encontrado num dos caminhos.

Tomei fôlego.

— O coração dele parou.

Eu relembrei. Morissonneau tinha uma aparência perfeitamente saudável. Robusta, até.

— O abade estava sob os cuidados de algum médico?

— Não estou autorizado a compartilhar essa informação.

— Ele tinha um histórico de enfermidade cardíaca?

O monge não se deu ao trabalho de responder.

— O legista foi notificado?

— Deus Nosso Senhor reina sobre a vida e a morte. Nós aceitamos a sabedoria dele.

— O legista não — retruquei.

Imagens estroboscópicas. O crânio despedaçado de Ferris. Morissonneau com a mão apoiada num caixote com ossos velhos. Uma pintura de Burne-Jones, *A manhã da Ressurreição*. Palavras sobre jihad. Assassinato.

Eu estava ficando com medo. E furiosa.

— Onde está o padre Morissonneau agora?

— Com o Senhor.

Lancei ao monge um olhar que dizia "vá-se-danar".

— Onde está o corpo dele?

O monge franziu o cenho.

Eu franzi o cenho.

Ele descruzou os braços cobertos pelo hábito e fez um gesto na direção da porta. Eu estava sendo convidada a me retirar.

Eu poderia ter argumentado que a morte do padre devia ter sido notificada, que, ao não fazer isso, os monges haviam violado a lei. Não parecia ser o momento.

Murmurando condolências, me apressei a ir embora do mosteiro.

No caminho de volta para Montreal, meu medo aumentou. O que Jake tinha dito sobre o esqueleto que Morissonneau me dera? Sua descoberta poderia ser explosiva.

Explosiva como?

Avram Ferris ficara com o esqueleto e fora morto a tiros. Sylvain Morissonneau ficara com o esqueleto e estava morto.

Agora o esqueleto estava comigo. Será que eu corria perigo?

A cada poucos minutos meus olhos iam involuntariamente para o retrovisor.

Teria Morissonneau realmente morrido de causas naturais? O homem tinha 50 e poucos anos. Parecera perfeitamente em forma.

Teria sido assassinado?

Havia uma sensação de aperto em meu peito. O carro parecia quente e abafado. Embora o tempo estivesse gélido, abri um pouco a janela.

Ferris tinha morrido em algum momento do fim de semana de 12 de fevereiro. Kessler/Kaplan chegara a Israel no dia 27. Morissonneau fora encontrado morto em 2 de março.

Se a morte de Morissonneau tivesse sido criminosa, Kaplan não poderia estar envolvido.

A menos que ele tivesse voltado para o Canadá.

De novo, olhei pelo retrovisor. Nada, a não ser a estrada vazia.

Eu havia visitado Morissonneau no sábado, 26. Ele morrera quatro dias depois.

Coincidência?

Talvez.

Uma coincidência do tamanho do lago Titicaca.

Era na hora de ligar para as autoridades israelenses.

O laboratório estava relativamente calmo para uma segunda-feira. Só quatro necropsias estavam sendo realizadas lá embaixo.

Em um dos andares superiores, LaManche saía para fazer uma conferência no Canadian Police College em Ottawa. Eu o detive no corredor e compartilhei minhas preocupações quanto à morte de Morissonneau. Ele disse que cuidaria do caso.

Então relatei os resultados do carbono-14 relativos ao esqueleto.

— Considerando a idade estimada de 2 mil anos, você está autorizada a liberar os ossos para as autoridades apropriadas.

— Vou cuidar disso — eu disse.

— Sem demora. Temos pouquíssimo espaço de armazenagem.

LaManche fez uma pausa, lembrando, talvez, da necropsia de Ferris e da oposição que enfrentara.

— E é melhor evitar ofender qualquer uma de nossas comunidades religiosas. — Outra pausa. — E, por remota que venha a ser a possibilidade, incidentes internacionais podem se originar das circunstâncias mais inócuas. Não é algo que queremos que aconteça. Por favor, cuide disso o mais rápido possível.

Lembrando da minha promessa, liguei para Jake. Ele continuava sem atender as ligações. Deixei um recado informando que estava prestes a entrar em contato com as autoridades de Israel para tratar da entrega do esqueleto de Morissonneau.

Fiquei parada por um instante, perguntando-me para qual instituição ligar. Eu não tinha conversado sobre isso com Jake porque prometera falar com ele de novo antes de dar o telefonema. Agora ele estava fora de alcance, e LaManche queria o caso resolvido.

Desviei meus pensamentos por um instante. Por que Jake ficara tão apreensivo quanto a eu falar com Israel? Do que ele tinha medo? Havia alguém em particular que ele queria deixar fora da história?

De volta à questão mais imediata. Eu tinha certeza de que a Polícia Nacional de Israel não teria nenhum interesse numa morte que havia acontecido há dois milênios. Embora a arqueologia israelense não fosse minha praia, eu sabia que a maioria dos países tinha instituições que supervisionavam a preservação do patrimônio, incluindo antiguidades.

Entrei na internet e pesquisei no Google as palavras "Israel" e "antiguidades". Quase todas as listas continham uma referência à Autoridade de Antiguidades de Israel. Cinco minutos de pesquisa e eu encontrei um número.

Olhei a hora. Onze e vinte da manhã. Seis e vinte da noite em Israel. Eu duvidava de que alguém estivesse trabalhando até tão tarde.

Disquei os números.

Uma mulher atendeu no segundo toque.

— *Shalom*.

— *Shalom*. Aqui quem está falando é a Dra. Temperance Brennan. Desculpe, mas não falo hebraico.

— Está falando com o escritório da Autoridade de Antiguidades de Israel. — Inglês com um forte sotaque.

— Estou ligando do Laboratoire de Sciences Judiciaires et de Médécine Légale em Montreal, Canadá.

— Perdão?

— Sou uma antropóloga do laboratório de medicina forense de Montreal.

— Sim. — Tédio tingido com impaciência

— Restos mortais apareceram aqui em circunstâncias um pouco inusitadas.

— Restos mortais?

— Um esqueleto humano.

— Sim? — Ligeiramente menos entediada.

— Há indícios que sugerem que esse esqueleto pode ter sido descoberto em Masada durante a escavação de Yigael Yadin na década de 1960.

— Seu nome, por favor?

— Temperance Brennan.

— Aguarde um instante, por favor.

Aguardei. Por cinco minutos inteiros. Então a mulher voltou à linha. Ela não soou entediada.

— Posso perguntar como esse esqueleto chegou às suas mãos?

— Não.

— Perdão?

— Explicarei a situação à autoridade apropriada.

— A AAI é a autoridade apropriada.

— Quem é o diretor, por favor?

— Tovya Blotnik.

— Talvez eu devesse falar com o Sr. Blotnik.

— Ele já encerrou o expediente hoje.

— Seria possível entrar em...

— O Dr. Blotnik não gosta de ser perturbado em casa.

Por alguma razão, senti-me relutante quanto a informar a história toda. A recomendação de Jake para não ligar antes de entrar em contato com ele? A referência de LaManche às relações internacionais? Reação irracional e intuitiva? Eu não sabia, mas tudo estava ali.

— Não quero soar desrespeitosa, mas eu gostaria de falar com o diretor.

— Sou a antropóloga física do AAI. Se os ossos vierem para cá, o Dr. Blotnik me designará para cuidar da transação.

— E a senhora é?

— Ruth Anne Bloom.

— Sinto muito, Dra. Bloom, mas eu preciso da confirmação do diretor.

— Essa é uma solicitação altamente inusitada.

— Mas insisto em fazê-la. Trata-se de um esqueleto altamente inusitado.

Silêncio.

— Você poderia me passar seu contato? — Glacial.

Dei a Bloom os números do meu laboratório e do meu celular.

— Darei o recado.

Agradeci e desliguei.

De volta à internet, pesquisei Tovya Blotnik no Google. O nome veio em conjunção com vários artigos que tratavam de uma controvérsia sobre uma urna funerária de pedra denominada ossuário de Tiago. Em cada um deles, Blotnik era citado como o diretor-geral da AAI.

Ok. Blotnik era kosher. Então por que meu rombencéfalo me alertava para ser cautelosa com Bloom?

O fato de Lerner e Ferris pensarem que o esqueleto em meu laboratório era Jesus Cristo? O fato de Jake ter me pedido para não fazer o que eu estava fazendo?

Eu não tinha certeza. Mas ainda assim, a sensação estava presente.

Eu estava tirando umas últimas fotografias do esqueleto de Morissonneau quando Ryan reapareceu, com o ar de um gato que havia engolido um pássaro tão grande quanto o Garibaldo da *Vila Sésamo*. Fiz um gesto para ele entrar no laboratório.

— Eles o pegaram — disse Ryan.

— Prossiga.

— Hershel Kaplan.

— Como o pegaram?

— O gênio deixou de pagar por uma quinquilharia.

— Ele roubou alguma coisa?

— Enfiou um colar no bolso. Tudo um terrível engano. Ele pretendia pagar.

— É claro. E agora?

— Eu gostaria de trazê-lo de volta para o Canadá.

— Podemos fazer isso?

— Só se tivermos uma acusação contra ele. Então poderíamos requerer formalmente uma extradição através do pessoal das relações exteriores.

— Você tem o suficiente para uma acusação?

— Não.

— Ele iria negá-la, de qualquer forma.

— Sim.

Ryan inclinou o queixo na direção do esqueleto.

— O que está acontecendo com Masada Max?

— O carbono-14 indicou que ele nasceu mais ou menos na mesma época que a estrela de Belém.

— Sem essa.

— Estou tentando enviá-lo de volta a Israel.

Contei a Ryan a minha conversa com o AAI.

— O que deixou você tão alarmada?

Pensei no caso.

— Jake me disse para não telefonar para ninguém em Israel antes de falar com ele.

— Então por que a ligação?

— LaManche quer que o esqueleto vá embora.

— Por que não falar com Bloom?

— A advertência de Jake, imagino. Não tenho certeza. Uma vozinha simplesmente me disse para esperar e falar com Blotnik.

— Provavelmente uma boa aposta.

— Tem mais uma coisa.

Contei a ele sobre Morissonneau.

Ryan franziu o cenho. Ele ia dizer alguma coisa quando tanto o meu celular quanto o bip dele tocaram.

Ryan tirou o aparelho do cinto, verificou o número e apontou para o telefone em minha mesa. Assenti e fui para o laboratório ao lado.

— Temperance Brennan.

— Tovya Blotnik, de Jerusalém. — Voz de Papai Noel. Suntuosa e alegre como o inferno.

— Fico contente em receber sua ligação, senhor. Eu não a esperava antes de amanhã.

— Ruth Anne Bloom ligou para a minha casa.

Que se dane a proibição de ser perturbado.

— Obrigada por sua atenção — eu disse.

— Que nada, que nada. É um prazer atender colegas estrangeiros. — Blotnik deu uma risadinha. — Você trabalha para um legista no Canadá?

Expliquei minha situação.

— Certo, então. Que história é essa de um esqueleto de Masada?

Descrevi a foto que dera início a tudo. Então, sem usar nomes, contei a Blotnik como o esqueleto tinha sido roubado do Musée de l'Homme por Yossi Lerner e escondido por Avram Ferris e Sylvain Morissonneau.

Em seguida, resumi os resultados do carbono-14.

Não mencionei Hershel Kaplan. Não mencionei o livro de Joyce ou a razão por trás do furto e ocultamento dos ossos. Não mencionei as amostras que havia mandado para testes de DNA.

Não mencionei o fato de que Ferris e Morissonneau estavam mortos.

— Como obteve essa foto? — perguntou Blotnik.

— De um membro da comunidade judaica local. — Pura verdade.

— Provavelmente tudo bobagem. — A risadinha jovial agora soou forçada. — Mas não podemos ignorar isso, podemos?

— Acho que não.

— Tenho certeza de que deve estar bastante ansiosa para se livrar dessa confusão.

— Fui autorizada a liberar os ossos. Se o senhor providenciar um endereço para envio, eu posso verificar com a FedEx...

— Não!

Nenhuma risadinha aí.

Eu esperei.

— Não, não. Não posso dar todo esse trabalho. Vou enviar alguém.

— De Israel para Quebec?

— Não é nenhum problema.

Nenhum problema?

— Dr. Blotnik, materiais arqueológicos são transportados internacionalmente o tempo todo. Não vejo nenhum inconveniente em embalar o material e usar o serviço de entrega que o senhor..

— Eu devo insistir.

Não respondi.

— Houve certas ocorrências desafortunadas recentemente. Talvez já tenha ouvido falar do ossuário de Tiago?

O ossuário de Tiago era a urna funerária antiga de pedra mencionada nos links da internet. Eu lembrava vagamente de algo no noticiário há alguns anos sobre danos a um ossuário emprestado ao Museu Real de Ontario.

— O ossuário de Tiago foi a peça que se quebrou no transporte para Toronto?

— Despedaçou seria uma palavra melhor. Em trânsito entre Israel e o Canadá.

— O senhor decide.

— Por favor. É o melhor. Voltarei a entrar em contato em breve para dizer o nome do meu enviado.

Antes que eu pudesse responder, Blotnik me interrompeu.

— O esqueleto *está* num local seguro?

— É claro.

— A segurança é da maior importância. Garanta que ninguém tenha acesso a esses ossos.

Voltei ao meu laboratório quando Ryan estava pondo o telefone no gancho.

— Kaplan não está falando — disse ele.

— E?

— O cara da polícia de lá disse que vai aumentar a pressão.

Ryan notou que eu estava alheia à conversa.

— O que foi, meu bem?

— Não sei.

A expressão de Ryan modificou-se sutilmente.

— Há muita intriga e mistério em relação a esse esqueleto — eu disse. — Mesmo que *seja* o esqueleto perdido de Masada. Se é que *há* um esqueleto perdido de Masada.

Contei sobre a minha conversa com Blotnik.

— Uma viagem de 8 mil quilômetros parece algo um pouco drástico — concordou Ryan.

— Um pouco. Antiguidades são despachadas de um lado para o outro o tempo todo. Há empresas especializadas em fazer isso.

— Que tal o seguinte... — Ryan pôs as mãos em meus ombros. — Vamos sair para um bom jantar, depois seguimos para a sua casa, e quem sabe você pode usar uma roupa mais interessante...

— Eu não comprei as calcinhas caleçon.

Meu olhar se desviou para a janela. Eu me sentia ansiosa e inquieta, e não sabia por quê.

Ryan acariciou meu rosto.

— Nada vai mudar de uma noite para outra, Tempe.

Ryan estava totalmente errado.

CAPÍTULO 17

NAQUELA NOITE SONHEI COM um homem chamado Tovya Blotnik. Ele usava óculos escuros e um chapéu preto, como Belushi e Aykroyd em *os irmãos cara de pau*. Blotnik estava agachado, cavando com uma espátula de pedreiro. Estava escuro, e cada vez que sua cabeça se movia o luar cintilava em suas lentes.

Em meu sonho, Blotnik extraía alguma coisa do solo, se levantava e oferecia o objeto para uma segunda figura que estava de costas para mim. Era Sylvain Morissonneau. Ele segurava uma pequena tela preta.

Luz irradiava da ponta dos dedos de Morissoneau enquanto ele afastava a terra da tela. Lentamente, uma pintura emergiu. Quatro figuras numa tumba: dois anjos, uma mulher, Jesus ressuscitado.

Os traços do rosto de Jesus se dissolveram, deixando apenas um crânio reluzente, de um branco brilhante. Um novo rosto tomou forma sobre as órbitas e orifícios, como neblina se acumulando em terreno montanhoso. Era a face de Jesus que ficava pendurada sobre a cama da minha avó. O Jesus com aqueles olhos que pareciam me seguir. O Jesus que me amedrontara durante toda a minha infância.

Tentei correr. Eu estava presa no lugar.

A boca de Jesus se abriu. Um dente saiu flutuando dela. O dente cresceu e veio numa espiral em minha direção.

Tentei derrubá-lo.

Minhas pálpebras se abriram.

O quarto estava escuro, a não ser pelos números de meu rádio-relógio. Ryan roncava baixinho ao meu lado.

Meus sonhos normalmente não são quebra-cabeças freudianos. Meu subconsciente pega eventos e os transforma em tapeçarias psicodélicas. O comentário de Morissonneau sobre a qualidade onírica das pinturas de Burne-Jones? Qualquer que tenha sido o gatilho, havia funcionado muito bem.

Olhei para o relógio. Cinco e quarenta e dois.

Tentei dormir.

Às seis e quinze, desisti.

Birdie me seguiu até a cozinha. Fiz café. Charlie assobiou alto, se interrompeu e remexeu em seu pratinho de sementes.

Levei minha caneca até o sofá. Birdie se instalou no meu colo.

Lá fora, pardais bicavam inutilmente a neve no quintal. Eu sabia como eles se sentiam.

Mais perguntas do que respostas sobre o esqueleto. Nenhuma explicação sobre como Morissonneau havia morrido. Nenhum progresso quanto a Ferris.

Nenhuma ideia de por que Jake não tinha retornado minhas ligações.

Ou... será que tinha?

Fui na ponta dos pés até o quarto, peguei minha bolsa, voltei ao sofá e tirei dela o meu celular.

Jake tinha telefonado. Duas vezes.

Droga! Por que eu não ouvi?

Estava engajada em uma festinha com Ryan.

Jake tinha deixado uma mensagem simples. Nas duas vezes. *Me ligue.*

Digitei o número de Jake. Ele atendeu imediatamente.

— Anda bem que você tem cobertura internacional — eu disse. — Todas essas ligações para Jerusalém teriam me forçado a hipotecar minha propriedade em St. Bart's.

— Você tem uma propriedade em St. Bart's?

— Não. Mas gostaria de ter. — Birdie ocupou novamente seu espaço no meu colo. — O resultado do carbono-14 chegou. O esqueleto tem 2 mil anos.

— Você entrou em contato com alguém? — perguntou Jake.

— O AAI. Eu tive que fazer isso, Jake.

— Com quem você falou? — Tenso.

— Tovya Blotnik. Ele quer mandar alguém a Montreal para buscar os ossos.

— Blotnik sabe que você extraiu amostras para testes de DNA?

— Não. Você sabe que esses resultados ainda vão demorar, né?

Jake ignorou minha pergunta.

— Ele sabe sobre o dente diferente?

— Não. Achei que você ia querer falar sobre isso antes. Jake, tem outra coisa. — Contei a ele sobre Morissonneau.

— Deus do céu. Você acha que o cara simplesmente pifou?

— Não sei.

Silêncio. Então:

— Blotnik disse alguma coisa sobre uma tumba ou ossuário?

— Ele mencionou um ossuário de Tiago.

Mais silêncio. Charlie preencheu-o com um verso de "Strokin'". Eu me perguntei brevemente o que o periquito teria testemunhado na noite anterior. A voz de Jake me trouxe de volta.

— Você tem certeza de que ele falou do ossuário de Tiago?

— Sim. Qual é o problema desse ossuário de Tiago?

— Não se preocupe com isso por enquanto. Tempe, ouça bem. Ouça com atenção. Isso é importante. Não mencione as amostras de DNA. Certo? Você pode segurar essa informação por um tempo?

— Por quê?

— Você poderia, por favor, confiar em mim e prometer que não vai mencionar os testes de DNA por enquanto?

— Por enquanto não há nada a mencionar.

— E eu não quero que você dê aquele esqueleto para Blotnik.

— Jake, eu...

— Por favor. Você poderia fazer isso por mim?

— Não se você não me contar o que está acontecendo. Por que eu *não deveria* cooperar com o AAI?

— Não posso discutir isso por telefone.

— Se Masada é o local de origem, legalmente tenho que devolver o esqueleto para Israel. Não tenho alternativa.

— Traga-o você mesma. Eu pago as despesas.

— Não posso sair voando para Israel agora.

— Por que não? Eu cuido do Blotnik.

— Levá-lo eu mesma?

O que eu iria dizer a LaManche? A Ryan? Quem iria cuidar de Birdie? Charlie?

Meu Deus, eu estava pensando como a minha mãe.

— Vou ter que pensar a respeito, Jake.

— Para o inferno com essa coisa de pensar. Trate apenas de vir para Israel e trazer o esqueleto.

— Você não acredita seriamente que estou com os ossos de Jesus, acredita?

Longa pausa. Quando Jake falou de novo, a voz dele estava diferente, mais baixa e reservada.

— Tudo o que posso dizer é que estou na pista de algo grande.

— Grande.

— Se eu estiver certo, é grande como um mamute. Por favor, Tempe. Reserve um voo. Ou eu posso fazer isso para você. Eu a encontrarei no Ben Gurion. Não conte a ninguém que está vindo.

— Não quero estragar o seu momento George Smiley, mas...

— Diga que virá.

— Vou pensar no caso.

Eu estava fazendo isso quando Ryan apareceu. Ele tinha vestido o jeans. Só jeans. E ficava baixo na cintura.

Minha libido despertou.

Ryan reparou nisso.

— Eu posso deixar cair a Levi's para que você possa espiar as melhores partes.

Revirei os olhos.

— Fiz café.

Ryan me beijou no topo da cabeça e desapareceu. Birdie pulou e foi atrás dele.

Ouvi um barulho, e então a geladeira. Ryan reapareceu com minha caneca da AACF, abandonou-se numa poltrona e esticou as pernas.

Charlie assobiou um verso de "Dixie" e então voltou a "Strokin"!

— Ouvi uma conversa? — perguntou Ryan.

Mostrei o celular.

— Jake quer que eu leve o esqueleto para Israel. Está sendo bastante insistente.

— Terra do sol e da diversão.

— E homens-bomba suicidas.

— E isso também. — Ryan soprou seu café. — Você quer ir para Israel?

— Quero e não quero.

— Adoro mulheres decididas.

— Sempre quis visitar a Terra Santa.

— As coisas não estão tão agitadas. Seu laboratório não vai implodir se você desaparecer por uma semana.

— E quanto aos meninos? — Fiz um gesto na direção de Birdie e Charlie. — E se Katy precisar de mim?

Eu me senti instantaneamente idiota. Minha filha tinha 24 anos e estava a 1.500 quilômetros de distância. E não muito longe, de carro, do pai dela.

— A violência a deixa nervosa?

— Já viajei para lugares piores.

— Por que não ir?

Eu não tinha uma resposta.

Estavam precisando de mim no laboratório.

Dois garotos encontraram ossos num baú no sótão do tio. Caso não solucionado! Chame os policiais!

Os ossos eram humanos. Mulher, branca, entre 30 e 40 anos quando morreu.

Detalhe importante: em cada osso perfurações minúsculas tinham sido feitas. Algumas delas ainda tinham arames.

O osso do joelho conectado ao osso do tornozelo. O osso do tornozelo conectado ao do pé.

Já deu para entender. Titio era médico aposentado. A mulher desconhecida encontrada pelos garotos era um esqueleto para fins didáticos.

Meu relatório estava pronto às nove e cinco.

Depois do almoço, meus pensamentos voltaram-se para Jake e sua discreta menção a uma grande descoberta. Que descoberta? E por que tanta preocupação com Masada Max, como Ryan agora chamava o esqueleto? Ele não poderia de jeito nenhum ser Jesus. Max era velho demais na época da morte.

Ou muito jovem. Não era essa a premissa do livro de Joyce?

Tanto Jake quanto Blotnik tinham se referido ao ossuário de Tiago. Vários artigos na internet o mencionavam.

Curiosa, naveguei na rede.

Fiquei sabendo o seguinte:

Um ossuário é um pequeno caixão feito de pedra.

Ossuários desempenhavam uma função importante nos sepultamentos judeus em Israel no século I. Os mortos eram postos em sepulcros para se decompor. Um ano depois, os ossos eram coletados e permanentemente sepultados em ossuários.

Milhares de ossuários antigos tinham sido descobertos em Israel e na Palestina. Era possível comprá-los no mercado de antiguidades por algumas centenas de dólares.

O ossuário de Tiago é um caixa de pedra calcária do século I medindo aproximadamente 50 centímetros de comprimento. Está inscrito em aramaico com as palavras "Tiago, filho de José, irmão de Jesus".

Quando divulgado em 2002, o ossuário de Tiago foi uma grande sensação. De acordo com muitos, antes de sua descoberta, não existia nenhuma prova da existência de Jesus além de registros escritos. A caixa foi anunciada como o primeiro elo físico com Jesus.

Certo. Isso é grande.

Em 2003, foi estabelecido um comitê de autenticação do AAI. O comitê declarou a caixa legítima e a inscrição falsa, baseado em grande parte na análise de isótopos de oxigênio da pátina, uma crosta provocada pela oxidação da superfície.

O resultado levou a controvérsias. Muitos especialistas discordaram, dizendo que o trabalho do comitê tinha sido descuidado, suas conclusões precipitadas.

No fim das contas? Ninguém discute a idade da caixa. Alguns questionam a inscrição, no todo ou em parte. Alguns aceitam o pacote inteiro.

Ryan apareceu às duas. Apoiando o quadril em minha mesa, ergueu as sobrancelhas. Ergui as minhas em resposta.

— Só para constar, dei uma olhada no seu mosteiro. Isso resultou em algo interessante.

Eu me recostei na cadeira.

— O padre André Gervais ligou para o posto da Sûreté du Quebec em Saint-Hyacinthe uma semana atrás.

— Gervais é um dos monges da Abbaye Sainte-Marie-de-Neiges?

Ryan assentiu.

— Parece que os rapazes estavam aflitos com um carro com dois ocupantes do sexo masculino estacionado dentro dos muros deles. Saint-Hyacinthe enviou uma patrulha para verificar. — Ryan fez uma pausa para maior efeito. — Tanto o motorista quanto o passageiro eram de nacionalidade palestina.

— Jesus.

— Não. Do outro time. — Ryan verificou num bloco espiral. — Jamal Hasan Abu-Jarur. Muhammed Hazman Shalaideh. O carro era alugado.

— O que eles estavam fazendo ali?

— Alegaram que estavam visitando a turismo e se perderam. Ambos tinham passaportes válidos. Os nomes estavam limpos. O policial mandou eles saírem de lá.

— Quando foi isso?

— Primeiro de março.

Senti um formigamento no couro cabeludo.

— Três dias após a minha visita. Um dia antes da morte de Morissonneau.

— Pode ter sido coincidência.

— Estamos nos deparando com um monte delas.

— E agora, as boas notícias.

— Legal.

— Hershel Kaplan fez 14 viagens a Israel nos dois anos anteriores a sua última passagem por Bordeaux. Acontece que o primo dele é um dos negociantes de antiguidades menos meticulosos de Jerusalém.

— Sério?

— Ira Friedman é o cara da Polícia Nacional de Israel com quem estou falando. Friedman pressionou Kaplan, sugerindo que estavam atrás dele por violações da Lei de Antiguidades, da Lei de Proteção aos Locais Sagrados, por profanação de túmulos, destruição de recursos culturais, fraude nos impostos, contrabando, invasão, pelo rapto de uma donzela, pelo motim do *Bounty*, pelo assassinato de Lesnitsky, pelo rapto de Rapunzel, pelo roubo do tosão de ouro e o naufrágio do *Edmund Fitzgerald*.

— Ele disse isso?

— Estou parafraseando. Friedman fez com que Kaplan pensasse seriamente no próprio futuro. E também incluiu meu nome, mencionou que o Canadá queria discutir o conteúdo de alguns cheques.

— Ardiloso.

— A estratégia funcionou. Kaplan desenvolveu um enorme interesse em falar com o pessoal da terra natal.

— E isso quer dizer...?

— Que ele quer me ver, e só a mim.

— O homem tem instintos aguçados.

Ryan deu um sorriso do tamanho de Chattahoochee.

— Friedman quer que eu vá para Jerusalém. Os chefões concordaram.

— A SQ realmente vai pagar a conta?

— Incrível, não? O pessoal de Relações Exteriores passou o assunto para a Royal Canadian Mounted Police. Eles rebateram de volta para nós. Sou o principal investigador do homicídio de Ferris, de modo que sou o felizardo a ganhar a viagem.

— Estamos sendo muito requisitados em Israel.

— Devemos atender esse chamado? — perguntou Ryan.

— Ora, claro.

CAPÍTULO 18

HÁ UMA VANTAGEM EM voar para uma zona de guerra. Disponibilidade de assentos.

Enquanto eu fazia reserva na Air Canada, Denis embrulhava Masada Max e o colocava numa sacola de hóquei. Corri então para casa, para arrumar as coisas para o gato e o periquito. Winston, o zelador do meu prédio, concordou em tomar conta deles. Fiquei devendo a ele uma garrafa de Crown Royal.

Eu estava colocando roupas em uma mala quando Ryan tocou a campainha. Depois de fechar o zíper, peguei um rato de borracha, joguei-o para Birdie e saí apressada pela porta.

Eu conhecia Ryan há anos e tinha viajado com ele em várias ocasiões. O homem tem muitas qualidades excelentes. Paciência em aeroportos não está entre elas.

Pegamos a ponte aérea das sete da noite para Toronto, Ryan resmungando o tempo todo sobre partidas antecipadas e longas esperas.

Ele não precisava ter se preocupado. Nosso voo da AC para Tel Aviv era operado pela El Al, e a segurança era mais rígida que a de Los Alamos na época do Projeto Manhattan. Quando terminamos de descrever pela milésima vez o conteúdo da minha sacola e a documentação que a acompanhava, e depois de passarmos pela inspeção de bagagem e discutirmos a história de nossas vidas e nossas aspirações para o futuro na sessão de interrogatório pessoal, já eram mais de dez da noite.

Ryan usou os poucos minutos que restaram para passar uma conversa na atendente da companhia aérea no portão. Entre risadinhas, a senhora simpática nos deu um upgrade para a classe executiva.

Embarcamos no horário. Partimos no horário. Um milagre da aviação.

Em altitude de cruzeiro, Ryan aceitou seu segundo champagne, e a companhia aérea lhe ofereceu um amplo sorriso como brinde

Eu tenho uma rotina para longos voos internacionais.

Fase um. Bebo suco de laranja e leio até o jantar.

Fase dois. Como pouco. Eu vi *Apertem os cintos, o piloto sumiu*. Lembro do peixe estragado

Fase três. Coloco o aviso NÃO PERTURBE em minha poltrona, me recosto e vejo quantos filmes forem necessários para apagar.

Segui minha rotina, começando com o guia da Terra Santa que Winston havia preparado. Não me pergunte como. Eu nunca ia saber que ele já tinha viajado para fora do Quebec.

Ryan leu *Dublinenses* de James Joyce e comeu tudo o que foi servido. Ele estava roncando já nos créditos de abertura do primeiro filme.

Durei todo o *Piratas do Caribe, Shrek*, e a cena na janela de *Este mundo é um hospício*. Em algum momento da madrugada eu apaguei, mas minha mente não chegou a realmente desligar.

Ou foi o que pensei.

Quando abri os olhos, uma comissária estava tirando a bandeja da refeição de Ryan.

Levantei o encosto da minha poltrona.

— Dormiu bem, docinho?

Ryan tentou tirar o cabelo de minha bochecha. Estava grudado. Pus fim à aderência da saliva e coloquei os cabelos por trás das orelhas com as duas mãos.

— Café? — Ryan ajeitou algumas mechas que estavam caindo na testa.

Assenti.

Ele agitou sua caneca para uma comissária e apontou para mim. Baixei a minha mesinha. Café surgiu nela de repente.

— Obrigado, Audrey.

Audrey?

— Não há de quê, detetive. — O sorriso de Audrey deixou o da noite passada comendo poeira.

A segurança no Ben Gurion não foi tão rigorosa como tinha sido no Pearson. Talvez tenha sido o distintivo de Ryan. Talvez a papelada detalhada do legista. Talvez a confiança de que, se tivéssemos nitroglicerina em nossos secadores de cabelo, eles já a teriam encontrado a essa altura.

Ao sair da alfândega, percebi um homem encostado na parede à esquerda à nossa frente. Ele tinha cabelos desgrenhados e vestia um suéter de caxemira, jeans e tênis. Exceto pelas sobrancelhas espessas e alguns anos a mais, o homem era uma duplicata de Gilligan.

Gilligan estava nos acompanhando.

Cutuquei Ryan.

— Eu o vi — disse Ryan, sem alterar o passo.

— O cara parece o Gilligan.

Ryan olhou para mim.

— *A ilha dos birutas* — expliquei.

— Eu detestava *A ilha dos birutas.*

— Mas você conhece o personagem.

— Exceto Ginger — continuou Ryan, corrigindo-se. — Ginger tinha talento.

Gilligan desencostou da parede, descruzou os braços e afastou os pés, sem fazer nenhuma tentativa de ocultar seu interesse em nós.

Quando chegamos a alguns metros dele, Gilligan entrou em ação.

— *Shalom.* — A voz era mais grave do que se esperaria de um cara do tamanho dele.

— *Shalom* — respondeu Ryan.

— Detetive Ryan?

— Quem está perguntando?

— Ira Friedman.

Ryan me apresentou. Apertei a mão de Friedman. O aperto foi mais forte do que se esperaria de um cara do tamanho de Gilligan.

Friedman conduziu-nos para fora até um Ford Escort branco estacionado ilegalmente numa área de táxis. Ryan pôs a bagagem no porta-malas, abriu a porta da frente e ofereceu o banco do passageiro.

Ryan tem 1,87m de altura. Eu, 1,65m. Optei pelo banco traseiro.

Empurrei para o lado papéis, alguma espécie de manual, embalagens de comida amassadas, um capacete de motocicleta e uma jaqueta de nylon. Havia batatas fritas entre o encosto e o assento. Deixei-as lá mesmo.

— Desculpe pelo estado do carro — disse Friedman.

— Nenhum problema. — Espanei migalhas do estofamento e entrei, perguntando-me se recusar a oferta que Jake fizera de vir nos pegar no aeroporto não teria sido um erro.

Enquanto dirigia, Friedman atualizou Ryan.

— Alguém superior a você em sua cadeia alimentar entrou em contato com um dos nossos caras de relações exteriores, que entrou em contato com um dos nossos principais representantes para os Estados Unidos e o Canadá. Parece que seu cara conhecia o nosso cara do consulado de Nova York.

— Nada como um toque pessoal.

Friedman olhou de relance para o lado, obviamente pouco familiarizado com o senso de humor de Ryan.

— Nosso cara em Nova York enviou os papéis para a Unidade de Relações Internacionais em nosso quartel-general aqui em Jerusalém. A URI rebateu a requisição para que o crime fosse tratado como grave. Eu a recebi.

Friedman entrou na Autoestrada 1.

— Normalmente esse tipo de requisição não dá em nada. Não teríamos nada para perguntar ao suspeito, nenhuma informação sobre o crime. Isso supondo que conseguíssemos encontrá-lo. Depois que um turista entra no país, ele fica praticamente invisível. Se o localizássemos, ele poderia se recusar a falar conosco.

— Mas Kaplan foi gentil o bastante para roubar um colar — disse Ryan.

— Um *shekel* herodiano numa corrente de ouro — disse Friedman com desdém. — Um idiota. Aquilo nem era autêntico.

— Por quanto tempo pode mantê-lo detido?

— Vinte e quatro horas, e elas já passaram. Posso forçar para 48 passando uma boa conversa. Mas aí devemos acusá-lo ou soltá-lo.

— O dono da loja vai dar queixa?

Friedman deu de ombros.

— Vai saber. O cara conseguiu seu artigo de volta. Mas se Kaplan sair, vou mantê-lo na rédea curta.

De vez em quando, Friedman dava uma olhada pelo retrovisor. Nossos olhos se encontravam. Ambos sorríamos.

Em meio a esses atos de cordialidade, tentei assimilar a paisagem. Eu sabia pelo livro de Winston que a rota de Tel Aviv a Jerusalém nos levava da planície costeira através do Shepelah, ou terras baixas, até a região de colinas da Judeia e montanha acima.

A noite havia caído. Eu não consegui ver muito.

Fizemos curvas e mais curvas, e de repente Jerusalém cintilava à nossa frente. Uma lua que parecia um biscoito de baunilha roçava no topo do Monte do Templo, iluminando a Cidade Velha com um brilho âmbar.

Vi poucas cenas na vida que chegaram a provocar em mim uma reação física. O vulcão Haleakala ao amanhecer. O Taj Mahal ao anoitecer. O Masai Mara durante a migração dos animais.

Jerusalém ao luar me fez perder o fôlego. Friedman percebeu, e nossos olhos se encontraram de novo.

— Incrível, não?

Assenti na escuridão.

— Moro aqui há 15 anos. Ainda me arrepio.

Eu não estava ouvindo. Minha cabeça reunia imagens. Atentados suicidas. Atos de Natal. Assentamentos na Cisjordânia. Aulas de catecismo em minha velha paróquia. Cenas de noticiários de jovens dominados pela raiva.

Israel é um lugar onde as maravilhas do passado colidem diariamente com a amarga realidade do presente. Avançando pela noite, eu não conseguia tirar os olhos do antigo assentamento localizado para sempre no centro de tudo aquilo.

Quinze minutos depois de avistar Jerusalém, estávamos na cidade. Carros se enfileiravam nas calçadas, para-choque farejando para-choque, como cachorros num desfile. Veículos entulhavam as ruas. Pedestres lotavam as calçadas, mulheres com *hijab* ou burcas completas, homens com chapéus pretos, adolescentes com Levi's 501.

Tão parecido com Quebec, pensei, com seu constante choque de religião, língua, cultura. Francês e inglês. Duas solidões. Em Jerusalém, seriam três. Muçulmanos lado a lado com cristãos, lado a lado com judeus, todos separados.

Baixei o vidro da minha janela.

O ar estava repleto de cheiros. Cimento. Fumaça de escapamento. Um toque de flores, especiarias, lixo, gordura de cozinha.

Ouvi o jazz familiar das cidades à noite. Buzinas de carros. Trânsito num viaduto. O som de um piano escapando de uma porta aberta. Era a melodia de milhares de centros urbanos.

Ryan tinha feito reservas para nós no American Colony, uma mansão em estilo turco transformada em hotel no leste de Jerusalém. Seu raciocínio: setor árabe, nada de bombas.

Friedman saiu da Nablus Road para uma rotatória ladeada por flores e palmeiras. Após passar por uma pequena loja de antiguidades, ele deu a volta e parou sob um pórtico coberto por trepadeiras.

Friedman desceu e nos entregou nossas malas.

— Com fome?

Dois gestos afirmativos com a cabeça.

— Estarei no bar. — Friedman bateu o porta-malas. — Andar inferior.

A escolha de Ryan tinha sido boa. O American Colony era repleto de antiguidades, candelabros, tapeçarias nas paredes e bronze trabalhado. O piso era de pedra polida. As janelas e portas eram em arco, e no centro havia um pátio interno cheio de flores.

Só faltou termos o título de paxá.

Estavam à nossa espera. O check-in foi rápido.

Enquanto Ryan fazia algumas perguntas, esquadrinhei os nomes gravados em pequenas placas de mármore na parede. Saul Bellow. John Steinbeck. Jimmy Carter. Winston Churchill. Jane Fonda. Giorgio Armani.

Meu quarto era tudo que o saguão prometia. Armário com espelhos. Escrivaninha entalhada. Tapete persa. Banheiro reluzente com espelhos de molduras douradas e azulejos pretos e brancos.

Eu queria tomar um banho e me jogar na cama com dossel. Em vez disso, escovei dentes e cabelos, troquei de roupa e desci logo.

Ryan e Friedman já estavam sentados a uma mesa baixa em um dos reservados. Cada um estava com uma garrafa de cerveja Taybeh.

Friedman chamou o garçom.

Pedi uma Perrier e uma salada árabe. Ryan ficou com o espaguete.

— Esse hotel é lindo — eu disse.

— O lugar foi construído por algum figurão árabe por volta de 1860. Esqueci o nome dele. O quarto um era o dele. Os outros no térreo eram os aposentos de veraneio de suas esposas, e no inverno, as damas subiam para o andar de cima. O cara estava louco para ter um filho, mas nenhuma delas lhe deu uma criança, de modo que ele se casou pela quarta vez e construiu mais dois quartos. A nova noiva o desapontou também, então ele morreu. — Friedman deu um gole em sua cerveja. — Em 1873, um advogado cheio da grana de Chicago chamado Horatio Spafford enviou sua mulher e quatro filhas para férias na Europa. O navio afundou, e só a mãe sobreviveu. — Outro gole. — Alguns anos depois, mais duas filhas. Então os Spaffords perderam um filho. Eles eram realmente religiosos, membros de alguma organização dentro da Igreja, de modo que decidiram buscar consolo na Terra Santa. Em 1881, eles vieram e se instalaram com amigos na Cidade Velha. O grupo ficou conhecido como a American Colony e desenvolveu uma reputação considerável por ajudar os pobres. Para encurtar a história, outros se juntaram e o grupo ficou grande demais. Os Spaffords alugaram e por fim compraram esse lugar. Já ouviram falar em Peter Ustinov?

Ryan e eu assentimos.

— Em 1902, o avô de Peter começou a enviar visitantes para cá de um hotel de que ele era proprietário em Jaffa. Tornou-se o American Colony Hostel, mais tarde Hotel. O lugar sobreviveu a quatro guerras e quatro regimes de governo.

— Os turcos, os ingleses, os jordanianos e os israelenses — tentei.

— Certo. Mas vocês não vieram aqui para uma aula de história. Por que esse idiota do Kaplan é tão procurado no Canadá?

Ryan informou a Friedman sobre o caso Ferris.

— É um grande salto ir de documentos falsos para homicídio — disse Friedman.

— Enorme — concordou Ryan. — Mas a viúva tem uma história com ele.

— A qual ela esqueceu de mencionar — comentou Friedman.

— Exato.

— A viúva tem 4 milhões para receber — disse Friedman.

— Exato.

— Quatro milhões é um grande motivo.

— Nada escapa a você — comentou Ryan.

— Você gostaria de bater um papo com Kaplan?

— O mais cedo possível.

— Quer que seja a primeira coisa amanhã de manhã?

— Não, deixa o cara escovar os dentes.

Friedman voltou-se para mim.

— Desculpe, mas não entendi sua conexão com o caso.

Expliquei como eu havia recebido a foto de Kaplan e o esqueleto de Morissonneau e mencionei minha ligação para a AAI.

— Com quem você falou?
— Tovya Blotnik e Ruth Anne Bloom.
— Bloom é a mulher dos ossos?
Contive um sorriso. Eu já tinha recebido o mesmo apelido.
— Sim.
— Eles mencionaram aquele ossuário? — perguntou Friedman.
— O ossuário de Tiago?
Ele assentiu.
— Sim, Blotnik o mencionou. Por quê?
Friedman ignorou minha pergunta.
— Esse Jake Drum sugeriu que você fosse discreta ao chegar aqui?
— Jake me aconselhou a não entrar em contato com ninguém antes de me encontrar com ele.
Friedman terminou sua cerveja. Quando falou de novo, sua voz soou inexpressiva, como se ele não falasse o que realmente estava pensando.
— O conselho do seu amigo é coerente.
Coerente. Mas, conforme as coisas se desenrolaram, inútil.

CAPÍTULO 19

Cinco e vinte da manhã. Do lado de fora da minha janela, as copas das árvores estavam escuras, o minarete da mesquita apenas uma sombra maciça do outro lado da rua. Eu tinha sido bruscamente despertada pelo alto-falante tocando a chamada para a *fajr*, a oração da manhã.

Deus é grande, convocava o muezim em árabe. Orar é melhor que dormir.

Eu não tinha tanta certeza assim. Eu me sentia lenta e desligada, como um paciente saindo da anestesia.

O cântico lamurioso e mecânico terminou. Cantos de pássaros preencheram o silêncio. Um cachorro latindo. Uma porta de carro batendo.

Fiquei na cama, tomada por uma sensação disforme de que uma tragédia assomava não muito longe. O que seria? Quando?

Observei meu quarto passar dos tons prateados para os rosados enquanto ouvia os sons do trânsito se misturando e se intensificando. Sondei meu inconsciente. Por que o desconforto?

Jet lag? Temor por minha segurança? Culpa em relação a Morissonneau?

Humm. Aí estava um ponto que eu ainda não tinha abordado. Eu visitara o mosteiro, e quatro dias depois o corpo de Morissonneau foi encontrado. Será que minhas ações haviam provocado a morte do padre? Eu deveria ter tido consciência de que o estava colocando em perigo?

Eu *tinha* colocado Morissonneau em perigo?

O que diabos *era* esse esqueleto?

Em parte, minha ansiedade vinha do fato de que os outros pareciam saber algo de que eu não sabia.

Blotnik. Friedman. Até Jake parecia esconder algo.

Até Jake ou especialmente Jake? Será que meu amigo tinha motivações que não estava compartilhando comigo? Eu não acreditava nisso.

E o que ele poderia esconder?

O ossuário de Tiago, para começar. Todo mundo abordava esse assunto. Jurei decifrar o mistério hoje.

Eu me senti melhor: estava agindo. Ou ao menos planejando agir.

Às seis eu me levantei, tomei banho e desci para o restaurante, esperando que Ryan também tivesse acordado cedo. Eu também esperava que ele tivesse se conformado com o fato de eu estar no 304 e ele mais adiante no corredor, no 307.

Havíamos discutido o assunto antes de partir de Montreal. Eu insistira em quartos separados, argumentando que estávamos viajando para Israel para tratar de assuntos oficiais. Ryan protestara, dizendo que ninguém saberia. Sugeri que seria divertido escapulir de um quarto para o outro. Ryan tinha discordado. Eu havia prevalecido.

Ryan estava sentado numa mesa, indignado com alguma coisa em seu prato.

— Para que diabos alguém serve azeitonas no café da manhã? — O tom de Ryan sugeria que o *jet lag* dele era mais forte que o meu.

— Você não gosta de azeitonas?

— Depois das cinco da tarde. — Ryan pôs de lado os frutos ofensivos e começou a trabalhar numa montanha de ovos do tamanho do monte Rushmore. — No gim.

Deduzi que não teríamos uma conversa amigável e me concentrei em meu homus e no queijo.

— Você e Friedman vão ver Kaplan? — perguntei quando o Rushmore tinha sido reduzido a um montículo.

Ryan assentiu e deu uma olhada em seu relógio.

— O Masada Max vai para Blotnik? — perguntou ele.

— Sim. Mas prometi a Jake que iria me encontrar com ele antes de entrar em contato com qualquer outra pessoa. Ele deve estar para chegar, e então iremos à AAI.

Engolindo seu café, Ryan se levantou e apontou o dedo para mim.

— Tenha cuidado lá fora, soldado.

Bati continência com dois dedos na testa.

— Sim, senhor.

Ryan retribuiu o gesto e saiu do salão.

Jake chegou às sete vestindo jeans, um colete com estampa camuflada e uma camisa havaiana azul aberta sobre uma camiseta branca. Um estilo e tanto para alguém de cabeça raspada, 1,98m de altura e sobrancelhas desgrenhadas.

— Você trouxe botas? — perguntou Jake, abandonando-se na cadeira que Ryan havia desocupado.

— Para encontrar com Blotnik?

— Quero que você veja uma coisa.

— Estou aqui para entregar um esqueleto, Jake.

— Primeiro preciso que você veja isso.

— Primeiro preciso que você me diga o que diabos está acontecendo.

Jake assentiu.

— Hoje — continuei. Saiu mais alto do que eu havia pretendido. Ou não.

— Explicarei no caminho.

— Começando com o ossuário?

Dois homens passaram falando árabe. Jake ficou observando-os até eles desaparecerem atrás do arco de pedra baixo da saída do restaurante.

— Dá para você guardar os ossos no cofre do seu quarto? — A voz de Jake era pouco mais que um sussurro.

Balancei a cabeça.

— O cofre é muito pequeno.

— Traga-os com você.

— É bom que isso valha a pena — eu disse, jogando meu guardanapo no prato.

Jake apontou para os meus pés.

— Botas.

Cruzando de carro a cidade, Jake me contou a estranha história do ossuário de Tiago.

— Ninguém discute a autenticidade da caixa. É a inscrição que está em questão. A AAI declarou que é falsa. Outros dizem que a parte "irmão de Jesus" é legítima, mas sustentam que as palavras "Tiago, filho de José" foram adicionadas depois. Outros acreditam no contrário, que a frase sobre Jesus foi adicionada depois. E ainda há pessoas que acham que a frase foi forjada.

— Por quê?

— Para aumentar o valor do ossuário no mercado de antiguidades.

— Um comitê da AAI não dissecou todos os aspectos do objeto?

— É, até parece. Para começar, havia dois subcomitês. Um examinou a inscrição e o conteúdo. Outro examinou os materiais. O subcomitê que analisou a inscrição e o conteúdo contava com uma especialista em escrita hebraica antiga, mas outros epigrafistas igualmente qualificados discordam das conclusões dela.

— Um epigrafista é um especialista na análise e datação de inscrições?

— Correto. Ouça isso. Um dos gênios no comitê apontou variações na caligrafia e na espessura e profundidade das letras como prova de falsificação. Não vou entediá-la com detalhes, mas variação é exatamente o que se esperaria de uma inscrição entalhada de forma não mecânica. Letras uniformes indicariam diretamente a falsificação. E a mistura da caligrafia cursiva e formal é um fenômeno bem conhecido em entalhes antigos. Outra questão é a ortografia. José está inscrito como *YWSP*, e Tiago como *Y'OB*. Um membro do comitê disse que José deveria ser *YHWSP*, e que a inscrição *Y'OB* traduzida como Tiago nunca foi encontrada em nenhum ossuário do período do Segundo Templo.

— O período do Segundo Templo é a época de Jesus.

Jake assentiu.

— Fiz minha própria pesquisa. A ortografia presente no ossuário de Tiago aparece em mais de dez por cento das inscrições do nome José que localizei. Encontrei cinco ocorrências do nome Tiago. Três, a maioria, tinham a mesma ortografia que consta no ossuário.

— O comitê não sabia da existência dessas outras inscrições?

— O que você acha?

Os olhos de Jake se desviavam o tempo todo para o trânsito em nossa volta.

— Curiosamente, o comitê não incluía um único especialista no Novo Testamento ou na história dos primórdios do cristianismo.

— E quanto à análise dos isótopos de oxigênio? — perguntei.

Os olhos de Jake se fixaram em mim.

— Você fez seu dever de casa, pesquisou direitinho.

— Só dei uma olhada na internet.

— A análise dos isótopos de oxigênio foi pedida pelo subcomitê responsável pelos materiais. Ela não mostrou pátina no fundo das letras, mas registrou uma pasta cinzenta de greda e água que não deveria estar lá. O comitê concluiu que a pasta fora aplicada intencionalmente para imitar o desgaste do tempo. Mas não é tão simples assim.

Jake reajustou os espelhos retrovisor e lateral.

— Acontece que a pátina na parte "Jesus" da inscrição é idêntica à que cobre o restante da caixa. Em aramaico antigo, Jesus teria sido a última palavra inscrita. De modo que se a palavra é autêntica, e até mesmo alguns membros da AAI concordam com essa possibilidade, então acho que a inscrição inteira deve ser também. Pense nisso. Por que um ossuário seria inscrito apenas com as palavras "irmão de alguém"? Não faz sentido.

— Como você explica a presença da pasta?

— Uma fricção poderia ter removido a pátina das letras. E poderia ter alterado a composição química da pátina, criando partículas carbonadas. O proprietário do ossuário disse que ele foi limpo inúmeras vezes ao longo dos anos.

— Quem é o proprietário?

— Um colecionador de antiguidades israelense chamado Oded Golan. Ele diz que, quando comprou o ossuário, foi informado de que provinha de um sepulcro em Silwan. — Jake apontou com o polegar para minha janela. — Estamos nos arredores de Silwan agora.

De novo, ele esquadrinhou os carros à frente e atrás. Seu nervosismo estava me deixando inquieta.

— O problema é que o ossuário não está registrado como um artefato encontrado em escavações arqueológicas em Silwan ou em qualquer outra parte de Israel.

— Você acha que foi saqueado?

— Puxa. Será? — Havia sarcasmo na voz de Jake. — Golan alega que ele tem o ossuário há mais de trinta anos, o que o torna legal, uma vez que antiguidades adquiridas antes de 1978 são isentas de registro.

— Você não acredita nele?

— Diz-se que Golan estimou um valor de 2 milhões de dólares americanos para a coisa. — Jake bufou. — O que você acha?

Eu achava que era um monte de dinheiro.

Jake apontou pelo para-brisa para uma colina íngreme ao lado de uma curva da estrada.

— O Monte das Oliveiras. Chegamos pelo lado leste, e agora estamos contornando em direção ao sul.

Jake entrou à esquerda numa ruazinha com prédios baixos cor de areia, muitos decorados com desenhos toscos de aviões ou carros, indicando que o ocupante fizera a *hajj* para Meca. Meninos corriam atrás de bolas. Cachorros andavam em volta dos meninos, formando padrões geométricos. Mulheres sacudiam tapetes, carregavam compras, varriam soleiras. Homens conversavam em cadeiras de jardim enferrujadas.

Minha mente vislumbrou a imagem dos palestinos estacionados em frente a Abbaye Sainte-Marie-des-Neiges. Contei a Jake sobre eles e reproduzi algumas das coisas que Morissonneau dissera.

Jake abriu a boca, reconsiderou e a fechou.

— O que foi?

— Não é possível.

— O que não é possível?

— Nada.

— O que você não está me contando?

Tudo o que obtive foi um meneio de cabeça.

A premonição de tragédia que tive antes do amanhecer remoeu meu cérebro.

Jake fez outra curva e estacionou numa clareira atrás da aldeia. À frente e à esquerda, degraus de pedra desciam até o que parecia ser uma escola. Meninos estavam de pé, sentados, ou se empurrando nos degraus.

— A morte de Morissonneau está relacionada a... — A quê? Eu não fazia ideia do que estávamos fazendo. — A esses homens? — Um gesto indicou a sacola de hóquei que eu carregava, a aldeia e o vale lá embaixo. — A isso?

— Esqueça os muçulmanos. Eles não estão nem aí para Masada ou Jesus. O islã não considera Jesus uma divindade, mas um homem santo

— Um profeta como Abraão ou Moisés?

— Um messias, até. Segundo os muçulmanos, Jesus não morreu na cruz, foi levado vivo para o céu, de onde retornará.

Isso soou familiar.

— E quanto aos Guerreiros Sagrados de Alá? A minoria radical?

— O que têm eles?

— Os jihadistas não adorariam pôr as mãos nos ossos de Jesus?

— Por quê?

— Para saquear a cristandade.

Um melro aterrissou na terra enquanto estacionávamos. Nós o observamos pousar sobre lixo, as asas semiabertas, como se estivesse hesitante quanto a ficar ou ir.

Jake permaneceu em silêncio.

— Tenho um mau pressentimento quanto à morte de Morissonneau — eu disse.

— Não se preocupe com os muçulmanos.

— Com quem você se preocuparia?

— Sério? — Jakc sc virou para mim.

Eu assenti.

— Com o Vaticano.

Não pude evitar uma risada.

— Você soa como um personagem de *O código Da Vinci*.

Jake não respondeu.

Do lado de fora da minha janela, o pássaro bicou o cadáver de um animal atropelado. Pensei em Poe. O pensamento não foi animador.

— Estou ouvindo — eu disse, recostando-me no banco.

— Você teve uma educação católica?

— Sim.

— As freiras ensinaram o Novo Testamento?

— Elas eram ótimas em matéria de culpa, mas péssimas em Escrituras.

— As boas irmãs ensinaram que Jesus tinha irmãos?

— Não.

— Claro que não. É por isso que o ossuário de Tiago faz o papa se contorcer como uma cobra.

A metáfora era desconcertante.

— A Igreja Católica Romana tem tesão por nascimentos que envolvem mães virgens.

Eu nem quis pensar nessa.

— E é burrice. O Novo Testamento está repleto de referências aos irmãos de Jesus. Mateus 13,55: "Não é Maria sua mãe? Não são seus irmãos Tiago, José, Simão e Judas?" Marcos 6,3 diz a mesma coisa. Em Gálatas 1,19, Paulo se refere a seu encontro com "Tiago, irmão do Senhor". Tanto Mateus 13,56 quanto Marcos 6,3 indicam que Jesus tinha irmãs.

— Não há alguns estudiosos da Bíblia que interpretam essas passagens como referências a meios-irmãos, talvez nascidos da esposa anterior de José antes de seu casamento com Maria?

— Tanto Mateus 1,25 e Lucas 2,7 afirmam que Jesus era o primogênito de Maria, embora isso não exclua filhos anteriores de José. Mas não é só a Bíblia que se refere a irmãos de Jesus. O historiador Josephus fala do "irmão de Jesus — que foi chamado Cristo — cujo nome era Tiago".

Jake estava a toda.

— Na época de Jesus, a virgindade após o casamento seria impensável, uma violação da lei judaica. Simplesmente não existia.

— De modo que Tiago e os outros podem ter sido filhos posteriores de Maria.

— O Evangelho segundo Mateus afirma claramente que, depois que Jesus nasceu, José *conheceu* Maria. — Jake enfatizou bastante a palavra "conheceu". — E Mateus não estava falando em apertos de mãos e biscoitos. Ele usou a palavra no sentido bíblico. Embora José não seja o único candidato a pai dos irmãos de Jesus. Depois que Jesus cresceu, José desapareceu totalmente. Nunca mais se ouviu falar dele.

— De modo que Maria poderia ter se casado de novo?

— Se José morreu ou foi embora, era o que se esperaria.

Compreendi o dilema da Igreja Católica.

— Seja de José ou de algum outro homem, a implicação é que Maria deu à luz outros filhos. E um deles era Tiago. De modo que se o ossuário de Tiago é real, ele coloca em questão todo o conceito da virgindade perpétua e talvez, por associação, o conceito da imaculada conceição.

Outra bufada de Jake.

— São Jerônimo e seus pares inventaram isso no século IV. A companheira de Jesus, Maria Madalena, torna-se uma prostituta. A mãe de Jesus se torna uma virgem. Boas mulheres não fazem sexo. Mulheres más fazem. A ideia era atraente para o ego masculino misógino. O conceito tornou-se um dogma, e o Vaticano o advoga desde então.

— Se o ossuário de Tiago for real, se a caixa realmente pertencia ao irmão de Jesus, o Vaticano tem muitas explicações a dar.

— Pode apostar. A ideia de Maria como mãe é um problemão para o Vaticano. Diabos, mesmo se a caixa significar apenas que José teve outros filhos, ainda é um problema. Sugere que José engravidou suas esposas. E, de novo, a credibilidade do Vaticano está ferrada.

O melro agora estava acompanhado de outros. Por alguns momentos, fiquei observando-os ciscar a carniça.

Certo. O ossuário de Tiago lançava luz sobre a virgindade de Maria. Eu podia entender como o Vaticano se preocuparia com isso. Podia ver como radicais cristãos ou muçulmanos poderiam querer pôr as mãos na caixa. O mesmo argumento que Morissonneau tinha apresentado. Salvar a fé. Arruinar a fé. Mas como o ossuário se relacionava ao esqueleto de Masada? Havia alguma relação? Os dois achados tinham coincidentemente reaparecido na mesma época?

— O que o ossuário de Tiago tem a ver com o esqueleto que estava com Morissonneau?

Jake hesitou.

— Não tenho certeza. Ainda. Mas há um detalhe adicional interessante. Oded Golan trabalhou como voluntário em Masada.

— Para Yigael Yadin? — perguntei.

Ele assentiu e novamente deu uma olhada ao redor. Eu queria investigar mais sobre a conexão entre Max e o ossuário de Tiago, mas Jake não me deu tempo.

— Vamos.

— Para onde? — perguntei.

— Para o sepulcro da família de Jesus.

CAPÍTULO 20

Antes que eu pudesse reagir, Jake desceu da picape. Os melros chilrearam em protesto e bateram as asas em direção ao céu.

Remexendo atrás do assento, Jake transferiu itens de sua mochila para o compartimento com zíper de minha sacola de hóquei. Então pendurou a alça no ombro, olhou em volta, trancou a porta do lado do motorista e partiu.

Fui atrás dele, uma cascata de perguntas formando um redemoinho em meu cérebro.

A sepultura da família de Jesus? Se autenticado, tal achado seria enorme. CNN, BBC, o mundo inteiro alvoroçado.

Que prova Jake tinha?

Por que ele havia esperado até agora para me contar?

Como esse túmulo se relacionava com os ossos que eu transportara da Abbaye Sainte-Marie-des-Neiges? Com o ossuário de Tiago?

Eu me sentia temerosa.

Eu me sentia atônita.

Eu me sentia totalmente desconcertada.

Dez metros encosta abaixo, Jake parou na saliência de um rochedo.

— Estamos no limiar do Vale do Cédron. — Jake indicou o despenhadeiro a nossos pés. — O Cédron se encontra com o Hinom logo ao sul daqui, daí se dirige para o oeste.

Devo ter parecido perdida.

— O Vale do Hinom se abre ao sul do Portão de Jaffa, no lado oeste da Cidade Velha, e então prossegue a leste ao longo da parte sul do monte Sião até encontrar o Cédron. O Cédron separa o Monte do Templo do Monte das Oliveiras no lado leste da cidade. — Jake apontou. — Lá. Sabe alguma coisa sobre o Hinom?

— Na verdade, não.

— O lugar tem uma história bem pitoresca. Na era pré-cristã, era ali que supostamente se sacrificavam bebês para os deuses Moloch e Baal. Os judeus transformaram o vale num lixão da cidade; dejetos e qualquer coisa considerada suja, incluíndo os corpos dos criminosos executados, eram queimados ali. Na literatura judaica posterior, o vale era chamado de Gehinom, e no grego do Novo Testamento, Geena. Por causa das fogueiras de lixo, o Hinom forneceu o imaginário para o inferno flamejante nos livros de Isaías e do Novo Testamento. Geena é a origem da palavra inglesa "hell", inferno.

Jake apontou um polegar para uma árvore antiga atrás de mim.

— Judas supostamente se enforcou ali. De acordo com a tradição, seu corpo caiu da árvore e foi eviscerado.

— Você não acredita que essa de fato seja a árvore que...

Um passarinho investiu entre nós, movendo-se tão rápido que não consegui discernir sua cor. Jake esquivou o braço e uma bota escorregou. Pedras rolaram para baixo.

Minha adrenalina disparou.

Depois de recuperar o equilíbrio, Jake continuou com uma pergunta.

— Segundo a Bíblia, para onde Cristo foi após a crucificação?

— Para um sepulcro.

— Ele desceu a mansão dos mortos e no terceiro dia ressuscitou, certo?

Eu assenti.

— Na época em que isso foi escrito, o Hinom estava constantemente queimando e tinha ficado como a imagem popular de um mundo inferior, onde os maus eram jogados nas chamas da destruição. Inferno. O vale do inferno. A referência bíblica relaciona-se a um enterro num local no Hinom ou próximo a ele.

Jake não deixou espaço para comentários.

— Esses vales eram o local dos túmulos dos ricos.

— Como José de Arimateia.

— Exatamente. — Jake estendeu a mão aberta para trás à nossa esquerda e então deslocou o braço num arco no sentido horário. — A aldeia de Silwan está atrás de nós. Abu Tor é do outro lado. — Jake fechou o círculo na colina à nossa direita. — O Monte das Oliveiras está ao norte.

Segui seus dedos. Jerusalém se instalava no cume, espalhando-se a oeste do monte, seus domos confrontando-se por todo o Cédron com os minaretes de Silwan.

— Essas colinas são uma colmeia de túmulos antigos. — Jake pegou uma bandana e enxugou o suor em sua cabeça. — Estou levando você a um que foi descoberto durante a construção de uma estrada palestina há alguns anos.

— Mais para dentro do vale? — perguntei.

— Sim, mais para dentro.

Jack recolocou a bandana num bolso do jeans, agarrou um arbusto e pulou da encosta. Eu o vi descendo o monte, a cabeça careca brilhando como uma panela de cobre.

Usando o mesmo arbusto, eu me agachei, estirei as pernas e apoiei a barriga sobre a beirada. Quando meus pés tocaram o chão, eu me soltei, me virei e comecei a desbravar o caminho encosta abaixo, escorregando em pedras soltas e agarrando a vegetação.

O sol se erguia num brilhante céu azul. Dentro do meu casaco quebra-vento, comecei a suar.

Eu me lembrei inúmeras vezes dos dois homens em frente à Abbaye Sainte-Marie-des-Neiges. Meus olhos viajavam do solo a meus pés para a aldeia às minhas costas. A inclinação era de pelo menos sessenta graus no ponto em que Jake escolhera descer. Se alguém quisesse nos pegar, éramos alvos fáceis.

Em uma das minhas olhadas para trás reparei num homem andando numa trilha na beira do vale.

Meu coração disparou para a velocidade máxima.

Um assassino? Apenas um homem andando numa trilha na beira do vale?

Olhei encosta abaixo. Jake estava se afastando cada vez mais.

Acelerei o passo.

Uns cinco metros atrás dele, escorreguei e esfolei minha canela. Lágrimas irromperam de onde quer que estivessem esperando de prontidão. Pisquei para afastá-las.

Dane-se. Se alguém quisesse nos matar, já estaríamos mortos a essa altura.

Voltei a meu avanço cauteloso.

Jake havia chegado. O sepulcro não era no fundo do vale, mas bem abaixo, num pedaço de relva coalhado de pedras e rochas.

Quando cheguei, ele estava agachado junto a um arbusto, os olhos franzidos voltados para um retângulo do tamanho do meu micro-ondas. Observei quando enrolou um papel, acendeu uma ponta e enfiou a tocha improvisada na abertura.

Ah, meu Deus.

Fechei os olhos e tentei me tranquilizar.

Sinta.

Vento no meu rosto.

Cheire.

Mato aquecido pelo sol. Fumaça de carvão.

Sinta o gosto.

Poeira em meus dentes e língua.

Ouça.

O zumbido de um inseto. Engrenagens se movendo bem longe vale acima.

Respirei fundo. Uma segunda vez. Uma terceira.

Abri os olhos.

Pequenas flores vermelhas floresciam aos meus pés.

Respirei de novo. Contei.

Seis flores. Sete. Dez.

Ergui os olhos e encontrei Jake me observando, intrigado.

— Sou um pouco claustrofóbica — expliquei, o eufemismo da década.

— Não precisamos entrar — disse Jake.

— Estamos aqui — respondi.

Jake pareceu cético.

— Estou bem. — O exagero da década.

— O ar é ok — disse Jake.

— O que mais alguém poderia querer?

— Vou na frente — sugeriu Jake.

Ele se esgueirou pela entrada retangular e desapareceu, os pés primeiro.

— Passe-me os ossos. — Sua voz veio abafada e oca.

Meu coração acelerou enquanto eu manobrava a sacola. Respirei fundo para fazê-lo voltar ao normal.

— Desça aqui. — Dramático como num programa de perguntas e respostas.

Respirei fundo de novo.

Virando-me, enfiei meus pés na escuridão. Jake pegou meus tornozelos. Desci lentamente até sentir mãos em minha cintura. Eu me deixei cair.

Escuridão pesada. Um retângulo inclinado de luz se espremendo de fora.

— Você está bem? — perguntou Jake.

— Fantástica.

A lanterna de Jake se acendeu.

O espaço tinha aproximadamente 2,5 metros quadrados, com um teto tão baixo que tínhamos que nos inclinar. Embalagens de comida, latas e vidro quebrado sujavam o chão, pichações marcavam as paredes. O cheiro no ar parecia uma mistura de lama e amônia.

— Bem, já se divertiram aqui antes. — Apontei para um preservativo usado.

— Esses túmulos são populares entre os vagabundos e os jovens.

O feixe de luz de Jake ia de um lado para o outro. Parecia amarelo, oscilante e nada reconfortante.

Conforme meus olhos se ajustavam, observei os detalhes.

A entrada do sepulcro era voltada para o leste, dando para a Cidade Velha. As paredes norte, oeste e sul eram cortadas por uma série de recessos oblongos, cada com aproximadamente 60 centímetros. Pedras bloqueavam a entrada de alguns dos recessos, mas a maioria estava inteiramente aberta. Sob o feixe de luz âmbar pude ver que seus interiores estavam cheios de entulho.

— As pequenas câmaras são chamadas *loculi* — disse Jake. — *Kochim* em hebraico. Durante o século I, os cadáveres eram envoltos em uma mortalha e deixados nos *loculi* até a decomposição. Então os ossos eram recolhidos e guardados permanentemente em ossuários.

Senti um formigamento numa das mãos. Olhei para baixo. Jake notou e virou a luz em minha direção.

Oito pernas subiam pela minha manga. Segurei uma delas gentilmente e desloquei o aracnídeo. Tenho fobia de espaços apertados, mas não me incomodo com aranhas.

— Esse túmulo tem um andar inferior.

Jake se agachou para chegar ao canto sudoeste. Eu o segui.

Ele apontou a luz para o que eu supus ser um *loculus*. Desapareceu na mais completa escuridão.

— Você topa descer até o porão se eu estiver lá para pegá-la?

— Vá — eu disse, não me permitindo ter tempo para reagir.

Jake rolou de barriga, enfiou as pernas e desceu. Fechando os olhos, fiz o mesmo.

Senti mãos.

Senti terra firme.

Atingi o chão.

Abri os olhos.

Não havia nem um pixel de luz. Jake estava tão perto que nossos ombros se tocavam.

Eu me tornei intensamente interessada na lanterna.

— Luz?

Um feixe amarelo cortou a escuridão.

— Essas pilhas são novas? — perguntei.

— Relativamente.

O cheiro de amoníaco era mais forte nesse andar. Reconheci o que era. Urina. Recomendei a mim mesma manter minhas mãos longe do chão.

Jake passou o feixe de luz pela parede à nossa frente e à esquerda.

A câmara inferior era menor, mas parecia ter sido construída do mesmo jeito que a superior. O que significaria dois *loculi* ao norte. Dois ao sul. Três atrás.

— Você disse que há milhares desses túmulos? — Minha voz soou morta no espaço subterrâneo.

— A maioria foi saqueada há muito tempo. Topei com este quando estava fazendo trilhas com estudantes no outono de 2000. Um garoto viu a abertura e os artefatos espalhados do lado de fora. Era óbvio que os saqueadores tinham acabado de atacar, então chamamos a AAI.

— Vocês fizeram uma escavação completa.

— Nem de longe. O arqueólogo não podia ter ficado menos impressionado. Disse que não havia sobrado nada que valesse a pena proteger e nos deixou à nossa própria sorte. Nós resgatamos o que conseguimos.

— Por que o desinteresse?

— Na opinião dele o sítio nada tinha de especial. Vai ver o cara tinha um encontro naquela noite ou algo assim. Ele não via a hora de ir embora daqui.

— Você discorda da avaliação dele?

— Menos de dois anos depois que achamos esse túmulo, Oded Golan, o colecionador de antiguidades de quem eu falei, revelou a existência do ossuário de Tiago para um epigrafista francês chamado André Lemaire.

— Você acha que o ossuário foi roubado daqui?

— Faz sentido. O boato é que o ossuário veio de algum lugar perto de Silwan. Dois anos depois que esse sepulcro foi saqueado, o ossuário foi apresentado ao mundo.

— Se o ossuário de Tiago veio desse sepulcro, isso sugeriria que este é o lugar em que Jesus foi enterrado.

— Sim.

— E isso o torna o sepulcro da família de Jesus.

— Incrível, não?

Eu não sabia o que dizer, por isso, não falei nada.

— Encontramos 12 caixas, todas despedaçadas, os restos jogados do lado.

— Restos?

— Ossos.

Jake baixou um dos joelhos e ergueu o outro. Seu movimento fez sombras dançarem nas paredes.

— Mas essa não é a melhor parte. O ossuário de Tiago de Golan tem detalhamento elaborado, e o motivo bate em tudo com as caixas que encontramos aqui. Além disso...

A cabeça de Jake virou bruscamente para cima.

— O que foi?

Seus dedos envolveram meu braço.

— O que foi? — sussurrei. Jake desligou a lanterna e tocou meus lábios com um dedo.

Gelo inundou minhas veias.

Lembrei do homem na encosta do vale. Teríamos sidos seguidos?

Como seria fácil bloquear a entrada! Como seria fácil atirar para dentro do túnel!

Ao meu lado, senti Jake ficar completamente imóvel. Eu fiz o mesmo.

Com o coração martelando, forcei os ouvidos para o som mais tênue.

Nada.

— Alarme falso — sussurrou Jake. — Mas nós deixamos os ossos lá em cima. Vou pegá-los.

— Não podemos simplesmente seguir adiante para a AAI?

— Quando eu contar a você o que mais descobri aqui, você vai querer um tour completo. E vai ver o que está no meu laboratório. É incrível. — Jake me entregou a lanterna. — Volto num segundo.

— Olhe em volta quando estiver lá em cima — sussurrei. — Veja se não há algum justiceiro do papa na entrada. — A piada soou besta.

— Farei isso.

Observei Jake usando os músculos para subir no túnel e esperei que eu tivesse força suficiente nos braços para fazer o mesmo. Quando as botas dele desapareceram, desloquei-me ao longo da parede à minha frente e dirigi a luz ao primeiro dos *loculi*.

Vazio, mas o piso coberto de terra estava estriado e com marcas de pés. Alunos de Jake? Saqueadores?

Segui junto à parede e então dobrei a esquina.

O mesmo em cada *loculus*.

Andei agachada até a base do túnel, olhei para cima e fiquei ouvindo. Nem o mais tênue som vinha de lá.

O ar estava úmido e frio. Dentro da minha jaqueta, a camisa ensopada de suor aderia às minhas costas. Comecei a tremer.

Onde diabos estava Jake?

— Jake? — chamei.

Nenhuma resposta.

— Provavelmente inspecionando o entorno — murmurei para quebrar o silêncio.

Eu me movia ao longo da parede sul quando o feixe de luz enfraqueceu, ficou forte, enfraqueceu de novo e então morreu.

Tudo preto como piche.

Sacudi a lanterna. Nem piscou. Sacudi de novo. Nada.

Ouvi um som atrás de mim.

Seria minha imaginação?

Prendi a respiração. Um, dois, tr...

Ouvi de novo. O ruído de alguma coisa macia roçando uma pedra.

Deus do céu! Eu não estava sozinha!

Congelei.
Momentos depois, eu senti, mais do que ouvi, outro movimento.
Os pelos de minha nuca e braços se eriçaram.
Permaneci absolutamente imóvel. Um segundo. Um ano.
Outro som. Diferente. Mais aterrador.
Minha pele se retesou do couro cabeludo ao esterno.

CAPÍTULO 21

Rosnado? Ronronar? Grunhido?

Antes que eu pudesse identificá-lo, o som parou.

Meu cérebro procurou uma imagem familiar para explicar o que eu tinha ouvido.

Não achou nenhuma.

Acionei o interruptor da lanterna. Nada. Tentei na direção oposta. Nada ainda.

Com os olhos bem abertos, esquadrinhei meu entorno.

Escuridão.

Eu estava presa debaixo da terra, cercada por pedras e uma encosta com uma espessura de 300 metros. Estava escuro. E úmido.

E eu não estava sozinha!

Tem alguma outra coisa aqui dentro!, berrou uma voz em minha cabeça.

Meu peito se contraiu. Inspirei pelo nariz.

O fedor de urina parecia mais forte agora. E havia algo mais. Matéria fecal? Carne putrefata?

Tentei respirar pela boca.

Minha mente disparou em um milhão de direções.

Eu deveria me virar? Gritar? Correr para o túnel?

Eu estava paralisada. Com medo de me mexer. Com medo de ficar imóvel.

Então ouvi de novo. Metade rosnado, metade ronco.

Meus dedos se fecharam com força em torno da lanterna. Poderia ao menos servir como arma.

Algo arranhou a pedra.

Garras?

Um medo gélido espalhou-se pelos meus nervos.

Sacudi a lanterna. As pilhas chocalharam mas não ajudaram em nada.

Sacudi com mais força.

Um fraco feixe de luz amarelo insinuou-se na escuridão. Ainda agachada, girei lentamente e iluminei o canto atrás de mim.

Captei uma sombra de movimento no último *loculus*!

Saia daqui!, gritou uma voz em minha cabeça.

Eu tinha começado a recuar na direção do túnel quando o rosnado recomeçou. Baixo e feroz.

Congelei de novo. Com a mão tremendo, focalizei de novo o *loculus*.

Olhos reluziram, pupilas redondas e vermelhas como framboesas de néon. Debaixo delas, a silhueta de um focinho.

Cão selvagem? Raposa? Hiena?

Chacal!

O chacal estava de pé com o pescoço inclinado para baixo, escápulas se projetando ossudas atrás das orelhas. Tinha o pelo sarnento e manchado.

Dei um passo cauteloso para trás.

O chacal arreganhou dentes, que eram castanhos e reluzentes. Suas patas dianteiras se flexionaram, e a cabeça se projetou para cima.

Cada músculo do meu corpo enrijeceu.

O chacal balançou o focinho de um lado para o outro, narinas farejando o ar. O movimento provocou sombras que ondulavam nas colinas e vales de sua caixa torácica. Embora emagrecida, a barriga pendia para baixo.

Deus do céu! Eu estava presa debaixo da terra com um chacal faminto! Provavelmente uma fêmea prenhe!

Onde estava Jake? O que eu podia fazer?

Meu cérebro disparou fatos obtidos de algum documentário sobre a natureza.

Chacais são notívagos em áreas habitadas por seres humanos.

O chacal estava dormindo. Jake e eu a tínhamos acordado. Nada bom.

Chacais são territoriais e marcam sua área pelo cheiro.

O cheiro de urina. O chacal via o túmulo como seu território, e eu como a invasora. Nada bom.

Chacais vivem e caçam em pares monogâmicos.

O chacal tinha um par.

Meu Deus! O macho voltaria a qualquer momento. Ele podia estar no *loculus* com ela!

Eu não podia esperar Jake. Eu tinha que agir.

Agora!

Prendendo a lanterna na cintura, girei e segui agachada até a entrada do túnel.

Atrás de mim, ouvi um rosnado, e então garras na pedra. Senti movimento no ar. Eu me preparei e peguei de novo a lanterna. Talvez eu pudesse enfiá-la na boca do chacal, evitar que os dentes afundassem em minha carne. Talvez fosse melhor acertá-lo com um golpe na cabeça.

O chacal não atacou.

Saia daqui antes que seja uma contra dois!

Prendi de novo a lanterna na cintura e agarrei as pedras que se projetavam dos dois lados do túnel. Pegando impulso com as pernas e me segurando com as mãos, me impeli para cima com toda a força.

Após reposicionar meus pés, procurei outro lugar para apoiar as mãos e me impulsionei para cima de novo.

O apoio do pé direito aguentou. O do esquerdo não.

Girando, caí de volta no túnel e atingi o chão com força. Uma descarga de dor lacerou meu ombro e minha bochecha.

O túmulo ficou escuro.

Meu coração foi para a estratosfera

Fiquei parada, absorvendo os sons.

O sangue trovejava em meus ouvidos.

Pedras rolavam túnel abaixo.

O *tic-tic-tic* da lanterna rolando.

O *ting* do metal acertando a pedra.

Além de tudo isso, um rosnado baixo ressoava.

Em segundos, as pedras pararam de cair e a lanterna ficou inerte e em silêncio.

Eu ouvia apenas meu coração e o chacal.

O rosnado não mais estava vindo do *loculus* a sudeste. Ou estava? O túmulo agia como uma câmara de eco, ricochetando som de uma parede a outra. Eu não conseguia determinar a localização do chacal.

A escuridão se fechava ao meu redor.

Minhas opções haviam diminuído. O chacal agora estava em vantagem. Ele podia me ver, ouvir e farejar na escuridão. Eu não tinha ideia de onde ele estava.

Fraco, meu feixe de luz havia confundido o chacal, mantendo-o parado como um cervo numa rodovia. Poderia funcionar de novo.

Meu movimento a provocaria? Será que as pilhas iam funcionar? Resolvi encarar os dois riscos.

Estendendo a mão esquerda, tateei lentamente o chão do túmulo.

E nada encontrei.

Minha jaqueta fez um barulho que soou como trovão no pequeno espaço.

O chacal rosnou mais alto e então ficou quieto. Ouvi a respiração rápida, ofegante, mais terrível que o rosnado. Será que o animal estava se preparando para atacar?

Visualizei olhos vigilantes na escuridão. Minhas apalpadelas se tornaram desesperadas. Minha mão ia para a direita, frente, esquerda.

Por fim, meus dedos se fecharam num tubo de metal.

Puxei a lanterna para mim e apertei o botão.

Um tom amarelado débil iluminou meu corpo. Quase chorei de alívio.

O rosnado ficou subitamente alto.

Com o coração disparado, me apoiei nos cotovelos e dirigi a luz para as paredes norte e leste

Nada de chacal

A parede sul.

Nada de chacal.

Tentando me orientar, percorri com o feixe de luz o lado oeste do túmulo. Cada recesso estava cheio de terra e pedra, sem deixar nenhum espaço para um chacal se esconder.

Eu estava investigando o *loculus* mais próximo de mim quando um fio de terra escorreu pela parede.

As pilhas escolheram aquele momento para pifar.

Ouvi movimento acima da minha cabeça.

Lutando contra as lágrimas, sacudi a lanterna. Voltou a funcionar.

Ergui o feixe de luz.

Os *loculi* eram empilhados uns sobre os outros na parede oeste. O chacal estava encolhido num dos recessos superiores.

Quando a luz a atingiu, ela arreganhou os dentes e rosnou. Seu corpo ficou tenso. Seus membros se flexionaram.

Nossos olhos se encontraram. Os do chacal eram redondos e brilhantes.

Uma súbita percepção. O chacal também se sentia encurralado. Ela queria sair dali. Eu estava bloqueando o túnel.

Nós nos encaramos. Sustentei o olhar por uma fração de segundo a mais.

Rosnando, o chacal investiu contra mim.

Reagi sem pensar, me jogando no chão, cobrindo a cabeça com as mãos e me aninhando em posição fetal. O peso do chacal atingiu meu quadril e coxa esquerdos. Ouvi um rosnado e senti o peso se deslocar.

Erguendo um cotovelo, tentei me arrastar para longe da entrada do túnel. Patas acertaram meu peito e se moveram em direção à minha garganta. Baixei o queixo e cruzei os braços, esperando que dentes dilacerassem minha pele. Senti a pressão do peso sobre meu torso, o roçar de pelo em minha cabeça e a súbita libertação. O chacal tinha passado por mim e pegado impulso para o túnel acima.

Ouvi uma respiração ofegante e garras arranhando a pedra. Apontei a luz na direção do túnel. O chacal estava sumindo de vista.

Surpreendentemente, a lanterna continuou a funcionar, embora bem fraca. Rápida avaliação. Dei ao chacal tempo para pôr distância entre nós e rastejei até o túnel. Tinha havido algum desabamento, mas eu conseguiria lidar com as pedras com tranquilidade

Passei dois minutos levantando e afastando pedras e em seguida posicionei meus pés e flexionei o corpo para pegar impulso para subir.

Percebi que meu quadril esquerdo estava ferido. Tudo o que eu precisava era de outro tombo, e eu ficaria ali por um longo tempo.

Testei minhas pernas.

Enquanto deslocava o peso de um pé para outro, minha lanterna inclinou-se para cima e captou um vão do qual as pedras tinham se soltado.

Deixei que meu feixe de luz investigasse a fenda.

Parecia profunda. Profunda demais.

Eu me ergui e me estiquei para olhar melhor.

Não era uma fenda. Era uma brecha.

Direcionando a luz, espiei o vazio lá dentro.

Demorou um momento para meus olhos enxergarem.

E outro para minha mente compreender.

Ah meu Deus! Eu tinha que mostrar a Jake!

Esqueci os ferimentos e me impulsionei para cima.

Assim que emergi da entrada do túnel, me detive e espiei em volta, como um cão-da-pradaria.

A câmara superior parecia vazia. Nada de Jake. Nada de chacal.

— Jake! — sussurrei.

Nada de resposta.

— Jake! — repeti o mais alto que pude sem forçar as cordas vocais.

A mesma ausência de resposta.

Apoiei os pés, estendi os braços e peguei impulso até estar no piso da câmara superior.

Jake não apareceu.

Ignorando as objeções do meu ombro e do meu quadril, eu me agachei para olhar em volta, percorrendo o espaço com a lanterna.

Eu estava sozinha.

Tentei escutar.

Nenhum som vinha do lado de fora do túmulo.

Virando-me rapidamente, movi a luz da lanterna pela escuridão aveludada à minha volta.

Reflexos azuis vieram da escuridão de um *loculus* ao norte.

Que diabos...?

Eu sabia o que era.

Movi a luz. Estava certa. A sacola de hóquei

Mas por quê? Onde estava Jake?

— Jake! — A plenos pulmões.

Fiquei de quatro, engatinhei até o *loculus*, parei. Jake tinha escondido a sacola por alguma razão. Recuei um pouco até a entrada do túmulo.

Foi então que ouvi o primeiro som desde que tinha saído do túnel. Fiquei paralisada, a cabeça inclinada.

Uma voz abafada.

Outra.

Gritos.

A voz de Jake. Palavras que eu não conseguia decifrar. Hebraico?

Um golpe surdo. Outro.

Alguém correndo.

A escuridão ficou ainda mais escura. Olhei para a entrada.

Pernas bloqueavam o pequeno quadrado de luz do sol.

CAPÍTULO 22

Num átimo, botas se projetaram para dentro do túmulo. Um corpo veio atrás. Um corpo grande.

Eu recuei e me encostei numa parede. Latas amassadas machucaram meus joelhos e chapinhas arranharam as palmas de minhas mãos.

Minha mente voltou à imagem do homem na beira do vale. Meu coração bateu forte. Mãe do céu! Será que eu sobreviveria àquele dia?

Segurando com mais firmeza, ergui a lanterna, pronta para golpear.

O corpo tinha se apoiado nos quadris, de costas para mim. Minha lanterna iluminou coqueiros sobre um azul de Waikiki.

Respirei pela primeira vez desde que vira as pernas. Eu continuava ouvindo gritos lá fora.

— O que diabos está acontecendo?

— Chevra Kadisha. — Jake jogou as palavras por cima de um dos ombros, sem tirar os olhos da entrada nem por um instante.

— Eu não falo hebraico.

— A maldita polícia dos ossos. — Jake estava ofegando com o esforço.

Esperei a explicação dele.

— *Da'ataim*.

— Isso esclarece tudo.

— Os ultraortodoxos.

— Estão aqui? — Visualizei homens em *shtreimel* e *peyos* descendo pelo Cédron.

— Em massa.

– Por quê?

— Eles acham que temos ossos humanos aqui.

— Nós de fato temos ossos humanos aqui.

— Eles os querem.

— O que faremos?

— Esperamos eles irem embora.

— Eles irão embora?

— Uma hora vão ter que ir.

Não pareceu animador.

— Isso é insano — eu disse, depois de ouvir por alguns instantes os gritos do lado de fora.

— Esses cretinos aparecem em escavações o tempo todo.

— Por quê?

— Para interferir. É comum precisarmos da proteção da polícia para fazer o nosso serviço.

— Para ter acesso a sítios arqueológicos não é preciso ter autorização?

— Esses doidos de pedra não ligam para isso. Eles se opõem à exumação dos mortos por *qualquer* razão e provocam tumultos para impedir uma escavação.

— A opinião deles é a da maioria? — Em minha cabeça, os homens barbudos agora carregavam cartazes e bandeiras.

— Por Deus, não.

Lá fora, as vozes por fim se aquietaram. De algum jeito, achei o silêncio mais perturbador do que a gritaria.

Contei a Jake sobre o chacal.

— Você tem certeza de que era um chacal?

— Tenho certeza — eu disse.

— Eu não o vi fugindo do túmulo.

— Ele se moveu muito rápido.

— E eu estava ocupado com esses idiotas lá fora. Você está bem?

— Estou ótima.

— Desculpe — disse Jake. — Eu devia ter verificado antes de termos descido.

Eu concordava totalmente com ele.

Do lado de fora do túmulo, o silêncio continuava.

Iluminei meu relógio. Nove e dezessete.

— Como é a legislação em Israel no que se refere a restos humanos? — perguntei, ainda sussurrando como se estivesse em uma igreja.

— Ossos podem ser escavados se estiverem prestes a ser destruídos por construções ou saques. Assim que sejam examinados, devem ser entregues ao Ministério de Assuntos Religiosos para um novo enterro.

Enquanto falávamos, Jake mantinha os olhos na pequena abertura pela qual acabara de deslizar.

— Parece razoável — eu disse. — Estatutos similares protegem os sepultamentos nativos na América do Norte.

— Esses fanáticos nada têm de razoável. Acreditam que a *halakha*, a lei judaica, proíbe qualquer perturbação dos mortos judeus. Ponto final.

— E se o sítio estiver para ser destruído?

— Eles não se importam. — Jake agitou uma das mãos em direção à entrada. — Para eles, que façam as pontes, cavem os túneis, mudem o percurso das estradas, envolvam a área dos túmulos com cimento.

— Eles ainda estão lá fora?

— Provavelmente.

— Quem decide que os restos mortais são judeus? — Meu estômago ainda estava embrulhado por conta do meu encontro com o chacal. Falar me acalmava.

— Os guardiões da ortodoxia, eles mesmos. Conveniente, não?

— E se a ancestralidade não estiver clara? — Eu pensava nos ossos na sacola atrás de mim.

Jake bufou.

— O Ministério de Assuntos Religiosos fornece mil *shekels* para cada um que for enterrado novamente. Quantos você supõe que são declarados não judeus?

— Mas...

— A Chevra Kadisha reza pelos ossos e, *voilà*, os mortos são convertidos ao judaísmo.

Não entendi direito, mas deixei passar.

Havia um silêncio sinistro lá fora. De novo, olhei meu relógio. Nove e vinte e dois.

— Quanto tempo a gente espera? — perguntei.

— Até a barra estar limpa — respondeu Jake.

Ficamos em silêncio. De vez em quando um ou outro mudava de posição, tentando ficar mais confortável. Com 1,98m de altura, Jake era o que mais se mexia.

Meu quadril doía. Meu ombro doía. Eu estava com frio e molhada. Estava sentada sobre lixo numa cripta esperando que uns caras que fariam vergonha à Inquisição fossem embora.

E não eram nem dez da manhã.

Um éon depois, iluminei de novo o mostrador do meu relógio. Vinte minutos tinham se passado. Quando eu ia sugerir que verificássemos se a barra estava limpa, um homem gritou.

— *Asur!*

Outro passou adiante o grito.

— *Asur!*

O nó em meu estômago se apertou. Os homens estavam perto agora, na encosta bem do lado de fora do túmulo.

Olhei para Jake.

— Proibido — traduziu ele.

— *Chilul!*

— Profanação.

Algo ricocheteou na entrada do túmulo.

— Que diabos foi isso?

— Provavelmente uma pedra.

— Eles estão jogando em nós? — Se um sussurro pode ser estridente, o meu foi.

Ouvi outro objeto rebater na pedra da entrada.

— *B'nei Belial!*

— Eles dizem que somos filhos do diabo — explicou Jake.

— Quantos deles há lá fora?

— Vários carros.

Uma pedra do tamanho de um punho atingiu a borda da entrada.

— *Asur! Asur la'asot et zeh!* — Tinha se tornado agora um grito de guerra. — *Asur! Asur!*

Jake ergueu as sobrancelhas para mim. Na escuridão, pareciam uma mancha sólida preta. Ergui as minhas em resposta.

— Vou dar uma olhada — decidiu ele.

— Tenha cuidado — eu disse, por falta de contribuição melhor.

Andando agachado até a entrada, Jake baixou um joelho, apoiou a mão nele e espiou lá fora.

O que aconteceu em seguida foi muito rápido.

O grito de guerra se fragmentou em gritos separados.

— *Shalom alaichem*. — Jake desejou paz aos homens.

Vozes furiosas gritaram em resposta.

— *Lo!* — gritou Jake. Eu compreendia hebraico o bastante para saber que isso queria dizer não.

Mais gritaria.

— *Reik*...

Houve um ruído nauseante de pedra atingindo osso.

Jake se arqueou, uma perna projetou-se para trás, e ele desmoronou no chão.

— Jake!

Fui até ele agachada.

A cabeça de Jake estava do lado de fora, seus ombros e corpo dentro do túmulo.

— Jake!

Nenhuma resposta.

Estendendo a mão, toquei o pescoço dele com dedos trêmulos.

Senti a pulsação, fraca porém estável.

Erguendo-me um pouco, eu me apoiei na entrada para ter uma visão melhor da cabeça de Jake.

O rosto dele estava voltado para baixo, mas eu podia ver a parte de trás e a lateral de seu crânio. Sangue respingava da orelha e brilhava vermelho contra a relva ensolarada. Já havia moscas zumbindo por ali.

Um medo gélido percorreu minhas veias.

Primeiro um chacal, e agora isso! O que fazer? Mover Jake, arriscando-me a piorar o ferimento? Deixá-lo ali e ir atrás de ajuda?

Isso era impossível sem correr o risco de uma fratura no *meu* crânio.

Lá fora, os gritos de guerra começaram de novo.

Dar aos canalhas o que queriam?

Eles enterrariam o esqueleto. A verdade sobre Max se perderia para sempre.

Outra pedra ricocheteou no exterior do túmulo. E mais outra.

Filhos da mãe!

Nenhum mistério antigo valia a perda de uma vida. Jake precisava de cuidados médicos.

Pus a lanterna no chão do túmulo, rastejei para trás, peguei as botas de Jake e o puxei.

Ele não se moveu. Puxei-o de novo. Com mais força.

Centímetro a centímetro, eu trouxe Jake para a proteção do túmulo. Então engatinhei em volta de seu corpo e virei a cabeça dele de lado. Se ele sentisse náusea, eu não queria que sufocasse no próprio vômito.

Então me lembrei.

O celular de Jake! Estaria com ele? Eu conseguiria achá-lo?

Recuando, verifiquei o bolso da camisa, os bolsos da frente e de trás do jeans e toda abertura acessível em seu colete com estampa de camuflagem.

Nada de telefone.

Droga!

A sacola de hóquei?

Eu me dirigi para os *loculi* ao norte. Minhas mãos pareciam muito brancas enquanto eu engatinhava até a sacola. Era como se eu estivesse olhando as mãos de outra pessoa. Eu as vi lutarem com zíperes e desaparecerem em um compartimento atrás do outro.

Meu cérebro reconheceu uma forma familiar.

Tirei o telefone da sacola e o abri. A telinha brilhou num tom azul de boas-vindas.

Que números apertar? 911?

Eu não fazia ideia de qual era o número de emergência em Israel.

Percorri a lista de contatos de Jake, escolhi um número local e apertei "send".

A tela mostrou o número e a palavra "discando". Ouvi uma série de bips, então um bip longo, e a tela me deu boas-vindas de novo.

Tentei de novo. Mesmo resultado.

Droga! Eu estava muito embaixo da terra para ter um sinal!

Eu ia tentar mais uma vez quando Jake gemeu. Enfiei o telefone no bolso e fui até ele.

Quando o alcancei, ele tinha virado de barriga para cima e colocado as palmas das mãos sobre o peito.

— Devagar — eu disse, pegando a lanterna.

Movendo-se com dificuldade, ele conseguiu se sentar. Um filete de sangue escorria de um ferimento na testa. Jake passou a mão por ele, manchando assim o nariz e a bochecha direita.

— O que aconteceu? — Zonzo.

— Uma pedra foi parar na sua cabeça.

— Onde estamos?

— Num túmulo no Cédron.

Jake pareceu confuso por um momento, então:

— A Chevra Kadisha.

— Ao menos um deles tem futuro como arremessador no beisebol profissional.

— Temos que sair desse lugar.

— Ainda que seja a última coisa que façamos na vida.

— A sacola ainda está no *loculus*?

— Está.

Jake se agachou, inclinou-se, baixou a cabeça e se apoiou com os braços estendidos no chão.

Eu o ajudei a se firmar.

— Você consegue subir a colina?

— Esse é o menor dos problemas. — Os músculos dele se retesaram, e então Jake deixou-se ficar de quatro. — *Beam me up, Scottie*.

Enquanto eu iluminava o caminho dele, Jake engatinhou não para a entrada, mas para a parede norte, rolou uma pedra grande para o *loculus* onde estava Masada Max e a encaixou na abertura.

— Vamos embora — disse ele, voltando para o meu lado.

— Será que eles vão entrar aqui?

— Talvez. Mas nós jamais conseguiríamos passar por eles com a sacola até o jipe.

— Será que vão perceber a sacola de hóquei?

— Posso transportá-la para o nível inferior.

Pela primeira vez desde que eu havia subido da câmara inferior, me lembrei da minha descoberta. Eu não queria que a Chevra Kadisha descesse lá e visse aquilo. Perder Max já seria ruim o bastante. Perder o que havia sido emparedado lá embaixo só tornaria aquela calamidade ainda pior.

— Vamos deixar a sacola no *loculus* e esperar que eles não a vejam. Se entrarem aqui, não os quero fuçando lá embaixo. Explico depois quando estivermos no jipe. Como faremos isso?

— Nós vamos sair.

— Simples assim?

— Quando eles virem que estou ferido, provavelmente recuarão.

— Também notarão que estamos de mãos vazias.

— Sim, eles também notarão isso.

— Você acha que eles viram a sacola?

— Não faço ideia. Você está pronta?

Assenti e desliguei a lanterna. Jake colocou a cabeça pela abertura e gritou.

Surpresos? Cautelosos? Rearmando-se? A Chevra Kadisha ficou em silêncio.

Estendendo ambos os braços, Jake flexionou as pernas e se impulsionou para fora da caverna.

Quando as botas dele saíram da abertura, eu o segui. A meio caminho, senti dedos em minha cintura, e então eu estava de joelhos na encosta.

A brusca mudança da escuridão para a luz do sol foi ofuscante. Minhas pupilas reduziram-se a pontinhos. Meus olhos se fecharam imediatamente.

Eu os abri para uma das cenas mais estranhas que já havia testemunhado.

CAPÍTULO 23

Nossos agressores usavam chapéus de abas largas e ternos pretos com paletós compridos. Barbudos e com cachos nas têmporas, cada um parecia com mais calor e mais raiva do que o outro.

Certo. Minha imaginação tinha acertado na mosca. Mas eu errara feio quanto ao número deles.

Enquanto Jake desejava paz de novo aos homens e abria o diálogo, fiz uma contagem rápida.

Quarenta e dois, incluindo dois meninos com menos de 12 anos e meia dúzia de adolescentes. Aparentemente a ultraortodoxia era uma indústria em crescimento.

O hebraico me cercava. Com base em meu recém-adquirido vocabulário, pude compreender que Jake e eu estávamos sendo acusados de ter pegado ou feito algo proibido, e que alguns achavam que éramos filhos de satã. Supus que Jake estava negando ambas as acusações.

Homens e meninos gritavam, óculos e roupas cobertos de poeira. Alguns pulavam, os cachos nas têmporas agitando-se como molas.

Depois de vários minutos de vigoroso diálogo, Jake se concentrou num cara de cabelo grisalho que parecia ser o macho alfa, provavelmente um rabino. Enquanto os dois falavam, os outros ficavam em silêncio.

O rabino berrou, o rosto cor de amora, o dedo esticado agitando-se na luz do sol. Captei a palavra "*ashem*". Vergonha.

Jake ouviu e respondeu calmamente, a voz da razão.

De repente, a infantaria ortodoxa começou a ficar inquieta. Alguns voltaram a gritar. Outros brandiam punhos. Alguns dos mais jovens, provavelmente estudantes na ieshiva, pegaram pedras.

Mantive a atenção nestes últimos.

Após infrutíferos dez minutos, Jake ergueu as mãos num gesto de desistência. Virando-se para mim, ele disse.

— Isso é inútil. Vamos embora daqui.

Eu me juntei a ele e demos a volta pela esquerda.

O rabino bradou um comando. O batalhão se dividiu. O flanco direito ficou no túmulo. O esquerdo veio atrás de nós.

Com passadas largas, Jake começou a subir o Cédron. Eu o segui, dando dois passos para cada um dos dele.

Metro após metro eu avançava, ofegando, suando, me agarrando a pedras, trepadeiras e arbustos. Meu quadril gritava. Minhas pernas ficavam pesadas.

De vez em quando eu olhava para baixo. Uma dúzia de chapéus pretos me seguia. Meu pescoço e minhas costas ficaram tensos, antecipando o impacto de uma pedra atingindo meu crânio.

Por sorte, nossos perseguidores passavam os dias em templos e ieshivas, não em academias; Jake e eu deixamos o vale bem antes deles.

Meia dúzia de carros agora ocupava a clareira atrás de Silwan. A picape de Jake encontrava-se onde ele a deixara, mas a janela do lado do motorista não. Minúsculos cubos de vidro refletiam a luz do sol no chão. Ambas as portas estavam abertas, e papéis, livros e roupas haviam sido jogados no chão.

— Merda! — Jake correu os últimos metros e começou a catar seus pertences e jogá-los na traseira do carro.

Eu me juntei a ele. Em segundos tínhamos pegado tudo, entrado, fechado as portas e baixado as trancas.

Os primeiros chapéus pretos apareceram no cume quando Jake virou a chave, engatou a marcha e pisou no acelerador. As rodas giraram e nós avançamos, deixando rastros de poeira.

Olhei para trás.

Os homens estavam enxugando as testas, recolocando chapéus, sacudindo punhos. Pareciam um grupo agitado de marionetes pretos, com as cordas momentaneamente enroscadas umas nas outras, mas firmes em sua crença de que Deus as puxava.

Jake entrou à esquerda e então à direita para sair da aldeia. Mantive meus olhos no vidro traseiro.

No asfalto, ele diminuiu a velocidade e pôs a mão em meu braço para me acalmar.

— Acha que vão nos seguir? — perguntei.

Os dedos de Jake se fecharam como um torno.

Eu me virei para ele.

E senti mais um ímpeto de medo.

A mão esquerda de Jake segurava com força a direção. Força demais. Os nós dos dedos estavam protuberantes como puxadores de armário feitos de osso branco. Seu rosto parecia congestionado, e sua respiração saía em arquejos breves e superficiais.

— Você está bem?

A picape estava perdendo velocidade, como se Jake não conseguisse acelerar e dirigir ao mesmo tempo. Ele se virou para mim. Uma pupila era um pontinho, a outra um buraco negro vazio.

Peguei o volante bem quando Jake caiu sobre ele, sua bota apertando com força o acelerador.

A picape deu um solavanco. O velocímetro subiu. Trinta. Trinta e cinco. Quarenta.

Minha primeira reação foi pânico. Naturalmente, isso não reduziu a velocidade da picape.

Meu cérebro despertou.

Empurrei Jake para o encosto do banco com um braço e agarrei a direção.

A picape continuava a aumentar a velocidade.

Enquanto guiava com a mão esquerda, tentei deslocar a perna de Jake com a direita. A perna era um peso morto. Eu não conseguia erguê-la ou afastá-la para o lado.

A picape estava numa descida e acelerando. Quarenta e cinco. Cinquenta.

Tentei empurrar a perna de Jake chutando-a com o meu calcanhar.

Meus movimentos repercutiram na direção. A picape virou um pouco, e um dos pneus resvalou pelo acostamento. Corrigi o volante. Cascalho voou, e a picape voltou ao asfalto.

As árvores estavam passando cada vez mais rápido. Chegamos a 55. Eu tinha de fazer alguma coisa.

O Monte das Oliveiras formava uma parede íngreme de pedra à esquerda. Vinte quilômetros à frente, vi uma pequena clareira com arbustos crescidos.

Lutei contra o impulso de girar a direção. Ainda não. Espere.

Por favor, Deus! Segure o trânsito!

Agora!

Virei o volante para a esquerda. A picape virou por cima da faixa central e oscilou sobre duas rodas. Abandonando minhas tentativas de dirigir, enfiei ambas as mãos sob a coxa de Jake e puxei-a para cima. A bota dele ergueu-se alguns milímetros. O motor engasgou e diminuiu.

A picape atingiu uma mureta de madeira, bateu de lado e derrapou, espalhando cascalho e poeira. Arbustos e rochas do período cambriano tornavam-se cada vez mais próximas.

Puxei Jake na minha direção e me inclinei para a frente. Então me joguei sobre ele, os braços cobrindo nossas cabeças.

Galhos arranharam as laterais. Algo bateu no para-brisas.

Ouvi um alto barulho metálico, senti um solavanco, e fomos jogados contra o volante.

O motor morreu.

Nenhuma voz chamou. Nenhum abelha zumbiu. Nenhum carro passou a toda. Só o silêncio do monte e minha própria respiração frenética.

Por vários instantes, fiquei imóvel, sentindo a adrenalina percorrer meu corpo.

Por fim, um pássaro deu um pio hesitante.

Sentei e dei uma olhada em Jake. A testa dele tinha um galo do tamanho de uma ostra. As pálpebras estavam roxas, e sua pele parecia viscosa. Ele precisava de um médico. Para ontem.

Será que eu conseguiria movê-lo?

Será que o motor ligaria de novo?

Abri minha porta contra a resistência dos arbustos, deslizei para o chão e dei a volta na picape.

Tirar Jake do carro? Empurrá-lo para o lado?

Jake tinha 1,98m e pesava 77 quilos. Eu tinha 1,64m e pesava, bem, menos que ele.

Lutando contra a vegetação, abri a porta do motorista e entrei. Enquanto eu enfiava um braço sob as costas de Jake, um veículo reduziu a marcha e saiu da pista asfaltada atrás de mim. Cascalho soou enquanto ele parava.

Um samaritano? Um zelote?

Retirei meu braço e me virei.

Corolla branco. Dois homens nos bancos da frente.

Os homens olharam para mim pelo para-brisa. Retribui o olhar.

Eles trocaram algumas palavras.

Meu olhar desceu para a placa do carro. Números brancos, fundo vermelho.

A sensação de alívio percorreu meu corpo.

Ambos saíram. Um usava uma jaqueta e calça cáqui. O outro vestia uma camisa azul-clara com dragonas pretas, um emblema preto no ombro e um cordão trançado preto dando a volta na axila e indo até o bolso esquerdo no peito. Um crachá prateado no bolso direito proclamava em hebraico o que eu supus ser o nome do policial.

— *Shalom.* — O policial tinha uma testa alta arrematada por um cabelo louro cortado rente. Ele parecia ter uns 30 anos. Dentro de dois anos ele ia começar a buscar orçamentos para implantes de cabelo.

— *Shalom* — respondi.

— *Geveret, HaKol beseder?* — Madame, está tudo bem?

— Meu amigo precisa de atendimento médico — respondi em inglês.

Cabelinho se aproximou. Seu parceiro permaneceu atrás da porta aberta do veículo, a mão direita apoiada no quadril.

Desvencilhando-me dos arbustos, eu me afastei da picape com uma postura não ameaçadora.

— E a senhora seria?

— Temperance Brennan. Sou antropóloga forense. Americana.

— Ahã...

— O motorista é o Dr. Jacob Drum. Ele é um arqueólogo americano que trabalha aqui em Israel.

Jake fez um som gorgolejante esquisito com a garganta. O olhar de Cabelinho foi direto para ele, e em seguida para os restos da janela do lado do motorista.

Jake escolheu aquele momento para recobrar a consciência. Ou talvez ele estivesse acordado e ouvindo o diálogo. Inclinando-se para a frente, pegou seus óculos de sol de entre os pedais, colocou-os e se endireitou.

O olhar dele foi de mim para o policial. Jake deslizou para o lado do passageiro para facilitar a conversa.

O policial foi até ele.

Mais *shaloms* foram trocados.

— O senhor está ferido?

— Só uma batidinha. — A risada de Jake era convincente. A ostra em sua testa não.

— Devo chamar uma ambulância pelo rádio?

— Não há necessidade.

Cabelinho pareceu em dúvida. Talvez fosse a incoerência entre o ferimento de Jake e o estrago na janela do carro. Talvez fosse sempre assim. Ele parecera em dúvida no momento em que desceu do Corolla.

— Sério — disse Jake. — Estou bem.

Eu devia ter protestado. Não o fiz.

— Devo ter acertado um buraco, ou uma roda deve ter se soltado, ou algo assim. — Jake deu uma risada autodepreciativa. — Reação errada.

Cabelinho olhou o asfalto de relance e então voltou a Jake.

— Estou escavando um sítio perto de Talpiot — continuou ele. — Trabalhando com uma equipe do Museu Rockefeller. — Então Jake tinha me ouvido. — Só dando um passeio com a mocinha.

Mocinha?

A boca de Cabelinho moveu-se para dizer alguma coisa, reconsiderou e apenas pediu os documentos usuais.

Jake entregou um passaporte norte-americano, uma carteira de habilitação israelense e os documentos da picape. Acrescentei meu passaporte.

Cabelinho examinou cada documento. Então:

— Volto num instante. — Para Jake: — Por favor, fique no veículo.

— Incomoda-se se eu verificar se essa lata velha vai pegar de novo?

— Só não coloque o veículo em movimento.

Enquanto Cabelinho verificava nossos nomes, Jake tentou a ignição repetidamente, sem sorte. A lata velha ferida já tinha ido até o limite naquele dia.

Uma jamanta passou. Um ônibus. Um jipe do exército. Olhei cada um se afastar, as lanternas traseiras ficando menores.

Jake largou-se no encosto e engoliu em seco várias vezes. Suspeitei de que ele estivesse se sentindo nauseado.

Cabelinho voltou e devolveu nossos documentos. Olhei pelo espelho lateral. O outro, à paisana, estava agora atrás do volante.

— Posso oferecer uma carona ao senhor, Sr. Drum?

— Pode. — A pose corajosa de Jake tinha se evaporado. — Obrigado.

Nós saímos. Inutilmente, Jake trancou a picape. Seguimos Cabelinho e entramos no banco traseiro do Corolla.

O policial à paisana nos olhou, assentiu como cumprimento. Ele usava óculos de aros prateados num rosto cansado. Cabelinho o apresentou como sargento Schenck.

— Para onde? — perguntou Schenck.

Jake começou a dar o endereço de seu apartamento em Beit Hanina. Eu o interrompi.

— Um hospital.

— Estou bem — protestou ele debilmente.

— Leve-nos a uma emergência. — Meu tom não deixava nem um centímetro de espaço para objeções.

— A senhora está hospedada no American Colony, Dra. Brennan? — Schenck.

Os rapazes foram meticulosos.

— Sim.

Ele deu meia-volta no asfalto.

Durante o percurso, Jake manteve-se acordado, mas ficou quieto. A meu pedido, Schenck passou um rádio para a emergência.

Quando ele estacionou, dois auxiliares tiraram Jake do carro, colocaram-no numa maca e o levaram para fazer tomografias ou ressonâncias magnéticas ou qualquer bruxaria tecnológica usada em casos de trauma na cabeça.

Schenck e Cabelinho me entregaram um formulário. Eu assinei. Eles partiram.

Uma enfermeira veio pedir algumas informações sobre Jake. Dei as que pude. Assinei outros formulários. Fiquei sabendo que estava no Ahdassah Hospital, no campus do monte Scopus da Universidade Hebraica, poucos minutos ao norte do quartel-general da Polícia Nacional de Israel.

Encerrada a papelada, eu me sentei na área de espera, preparada para uma longa estadia. Eu estava ali há dez minutos quando um homem alto com óculos escuros de aviador entrou pelas portas duplas.

Eu senti... o quê? Alívio? Gratidão? Vergonha?

Aproximando-se, Ryan colocou os óculos no topo da cabeça.

— Você está bem, soldado? — Os olhos azuis intensos estavam repletos de preocupação.

— Ótima.

— Alguém machucou seu rosto?

— Eu escorreguei num túmulo.

— Detesto quando isso acontece. — A boca de Ryan se contorceu, um gesto que ele sempre faz quando estou com uma aparência horrenda.

— Não diga nada — adverti.

Meu cabelo estava suado pela descida e subida no Cédron. Meu rosto estava arranhado e inchado da queda no túnel. Minha jaqueta tinha manchas de patas. Eu estava coberta de poeira, arranhada por causa dos arbustos, e meu jeans e minhas unhas estavam cobertos com barro suficiente para revestir uma cabana.

Ryan sentou-se na cadeira ao meu lado.

— O que aconteceu lá?

Contei a ele sobre o túmulo e o chacal e sobre o ataque da Chevra Kadisha.

— Jake perdeu a consciência?

— Brevemente. — Deixei de lado os detalhes da picape desgovernada.

— Provavelmente uma concussão leve.

— Provavelmente.

— Onde está Max?

Eu disse a ele.

— Melhor esperar que aqueles sujeitos tenham seguido seus próprios princípios e deixado os mortos em paz.

Expliquei a teoria de Jake segundo a qual o ossuário de Tiago teria sido saqueado daquele túmulo, tornando-o a cripta da família de Jesus.

— Essa hipótese é baseada em inscrições em velhos ossuários?

— Jake disse ter mais provas em seu laboratório. Falou que é dinamite pura.

Uma mulher chegou com uma criança pequena, que estava chorando. Ela me olhou, continuou andando e se sentou na fileira de cadeiras mais afastada.

— Eu vi algo, Ryan. — Com a unha de um polegar eu tirava barro da outra. — Quando eu estava no pavimento inferior.

— Algo?

Descrevi o que eu notara através do buraco formado quando as pedras caíram.

— Você tem certeza?

Assenti.

Do outro lado da sala o bebê aumentou o volume. A mãe se levantou e começou a andar de um lado para o outro.

Pensei em Katy. Lembrei-me da noite que ela teve uma febre de quarenta graus e da corrida para a emergência com Pete. Subitamente fiquei com muita saudade de minha filha.

— Como você sabia que estávamos aqui? — perguntei, arrastando meus pensamentos de volta ao presente.

— Schenck é da divisão de crimes graves. Ele sabia que Friedman estava lidando com Kaplan e que eu tinha vindo para Israel com uma antropóloga americana. Schenck somou dois e dois e deu a dica a Friedman.

— Alguma novidade nesse front?

— Kaplan nega que tenha roubado o colar.

— Isso é tudo?

— Não exatamente.

CAPÍTULO 24

— Acontece que o acusado, ou seja, Kaplan, e a parte prejudicada, ou seja, Litvak, têm uma longa história em comum.

— Kaplan é amigo do comerciante que ele roubou?

— Primo distante e fornecedor esporádico. Kaplan fornece a Litvak... que termos Litvak usou? Itens ocasionais que despertam a curiosidade.

— Litvak negocia antiguidades?

Ryan assentiu.

— Ilegais?

— Claro que não.

— Claro que não.

— Litvak e Kaplan tinham trocado algumas palavras imediatamente antes do desaparecimento do colar.

— Palavras sobre o quê?

— Kaplan tinha prometido alguma coisa que não conseguiu entregar. Litvak ficou furioso. As coisas esquentaram. Kaplan partiu bufando.

— Roubando o colar no caminho.

Ryan assentiu.

— Litvak ficou tão irritado que chamou a polícia.

— Você está brincando.

— Litvak não é a mais esperta das criaturas. E um tanto cabeça quente.

O bebê estava disputando o troféu de melhor choro. A mulher andava para lá e para cá, dando tapinhas em suas costas.

Ryan e eu sorrimos para eles.

— O que Kaplan devia ter entregado a Litvak? — perguntei quando mãe e filho se afastaram.

— Um item que desperta a curiosidade.

Revirei os olhos. Doeu.

Ryan dobrou os óculos escuros e os colocou no bolso da camisa. Recostou-se, esticou as pernas e cruzou os dedos sobre a barriga.

— Uma genuíiína relíquia de Masada.

Eu estava prestes a dizer algo esperto como "Não brinca!" quando a enfermeira da triagem entrou na área de espera e veio em nossa direção. Ryan e eu nos levantamos.

— O Sr. Drum sofreu uma concussão leve. O Dr. Epstein decidiu mantê-lo aqui por uma noite.

— Vocês vão interná-lo?

— Para observação. É um procedimento padrão. Tirando uma dor de cabeça e possivelmente certa irritabilidade, o Sr. Drum deverá estar bem em um ou dois dias.

— Quando poderei vê-lo?

— Vai demorar uma ou duas horas até ele ser transferido para o andar de cima.

Quando a enfermeira se foi, Ryan voltou para sua cadeira.

— Que tal um almoço?

— Boa ideia.

— Que tal um almoço com bebidas fortes e sexo depois?

— Você sabe como me convencer.

A expressão de Ryan se iluminou.

— Mas... não.

A expressão de Ryan se apagou.

— Preciso contar a Jake sobre o que vi no túmulo.

Duas horas depois, Ryan e eu estávamos no quarto de Jake. O paciente usava uma dessas roupas hospitalares de amarrar nas costas que já tinha passado por água sanitária muitas vezes. Havia um tubo em seu braço direito. O esquerdo estava sobre a cabeça, a palma aberta.

— Não era o túmulo — disse Jake bruscamente, a voz pastosa, o rosto mais pálido que sua roupa.

— Então por que a manifestação?

— A Chevra Kadisha tinha você como alvo!

A enfermeira não estava brincando quando falara em irritabilidade.

— Eu?

— Eles sabem por que você está em Israel.

— Como poderiam saber?

— Você ligou para a AAI.

— Não desde que cheguei aqui.

— Você entrou em contato com Tovya Blotnik de Montreal — vociferou ele como um animal capaz de comer as próprias crias.

— Sim, mas...

— Os telefones da AAI estão grampeados.

— Por quem? — Eu não acreditava nisso.

— Pelos ultraortodoxos.

— Que pensam que você é filha do diabo — acrescentou Ryan.

Lancei a ele um olhar que indicava que eu não tinha achado a menor graça.

Jake ignorou isso.

— Eles são um bando de lunáticos — prosseguiu. — Jogam pedras para que as pessoas não dirijam no Shabat. Penduram cartazes condenando arqueólogos pelo nome. Volta e meia recebo ligações no meio da noite, mensagens gravadas, me amaldiçoando a morrer de câncer, desejando que coisas terríveis aconteçam com a minha família.

Os olhos de Jake se fecharam contra as lâmpadas fluorescentes no teto.

— Não era o túmulo — repetiu ele. — Eles sabem que o túmulo está vazio. E eles não têm a menor noção de sua importância.

— Então o que eles queriam? — perguntei, confusa.

Os olhos de Jake se abriram.

— Vou dizer o que eles queriam. O rabino me exigiu os restos mortais do herói de Masada.

Masada Max.

Que havíamos deixado num *loculus* a menos de seis metros deles.

— Eles vão revistar o túmulo?

— O que você acha? — Um menino emburrado de 10 anos.

Eu me recusei a ser arrastada para o mau humor de Jake.

— Acho que isso depende de eles nos terem visto com a sacola de hóquei.

— Dê à moça uma estrelinha de ouro.

A mocinha.

Jake baixou o braço e olhou para o próprio punho fechado. Por alguns segundos, ninguém disse nada.

Quebrei o silêncio.

— Há mais, Jake.

Ele olhou para mim. Notei que suas pupilas tinham voltado ao normal.

— Desloquei uma pedra ao subir para a câmara superior. Há um recesso atrás da parede do túnel que está completamente fechado.

— Sei. — Desdenhoso. — Um *loculus* oculto.

— Quando iluminei o interior com a lanterna, vi algo que parecia tecido antigo.

— Você está falando sério? — Jake se esforçou para se levantar.

Assenti.

— Não há dúvida de que o túmulo data do século I. Os ossuários provam isso. Tecidos desse período foram encontrados no deserto, mas nunca em Jerusalém.

— Se você prometer não arrancar minha cabeça, eu conto o resto.

Jake voltou a se recostar no travesseiro.

— Acho que o tecido pode ser uma mortalha.

— Sem essa.

— Também vi ossos.

— Humanos?

Assenti.

Nesse momento uma enfermeira passou pela porta, solas de borracha rangendo no lustroso piso de cerâmica cinza. Quando terminou de verificar o estado de saúde de Jake, ela se voltou para mim.

— Vocês precisam ir agora. O paciente deve repousar.

Jake se esforçou para se apoiar nos cotovelos.

— Precisamos voltar lá — disse ele para mim.

— Deite-se, Sr. Drum. — A enfermeira pôs as mãos nos ombros de Jake e o pressionou para baixo.

Ele resistiu.

A enfermeira olhou para mim.

— Agora. — O tom sugeria que ela ia jogar jatos de água em visitantes indesejados.

Dei um tapinha no braço de Jake

— Voltarei lá amanhã cedo.

— Isso não pode esperar.

A enfermeira me fuzilava com os olhos.

Eu me afastei do leito.

Jake ergueu a cabeça do travesseiro e cuspiu uma última palavra.

— Agora! — Ele soou exatamente como a enfermeira.

Ryan ligou para o quartel-general da Polícia Nacional de Israel do saguão do hospital. Eu estava preocupada demais para prestar muita atenção.

Como eu encontraria o caminho de volta para o Cédron? Quem iria me ajudar quando eu chegasse ao túmulo? Eu não podia pedir a Ryan. Ele estava aqui para trabalhar com a polícia. Friedman estava dispondo de seu tempo para ajudá-lo. Ele tinha que se concentrar em Kaplan.

— Friedman está vindo — disse Ryan, desligando seu celular alugado.

— Ele terminou com Kaplan?

— Está dando ao cavalheiro tempo para refletir.

— Kaplan acha que foi detido por causa do colar de Litvak?

— E alguns cheques no Canadá.

— Você ainda não o interrogou sobre Ferris?

Ryan balançou a cabeça.

— Friedman tem uma abordagem interessante. Fala pouco, deixa o suspeito tagarelar, observando o tempo todo detalhes e incoerências que podem ser usadas para pressioná-lo depois.

— Dê a um mentiroso corda suficiente..

— Kaplan está recebendo corda suficiente para se pendurar no topo do K2.

— Quando Ferris vai entrar na história?

— Amanhã.

— Você vai mostrar a Kaplan a fotografia que ele me deu na necropsia?

— Isso vai causar um sobressalto nele.

Eu, por minha vez, também tive um sobressalto.

— Ah meu Deus, Ryan! Você acha que Max pode ser a relíquia genuíína de Masada? Acha que Kaplan ficou sabendo sobre o esqueleto através de Ferris?

Ryan deu um sorriso amplo.

— Quer vir junto e perguntar a ele?

— Poderia ajudar na pressão de Friedman

— Tenho certeza de que ele concordaria.

— Sou excelente em pressionar os outros.

— Eu sei, já vi. É assustador.

— É um dom.

Enquanto esperávamos, Ryan me perguntou como eu planejava voltar ao Cédron.

Admiti alguma incerteza quanto à logística.

Já estávamos há dez minutos no saguão quando Friedman chegou. A caminho do American Colony, ele atualizou Ryan quanto ao interrogatório de Kaplan.

Havia pouco a dizer. Kaplan ainda afirmava que pretendia pagar pelo colar. Litvak agora está achando que talvez tenha sido um pouco precipitado.

Ryan informou a Friedman sobre minhas atividades da manhã.

— Você acha que o tecido é mesmo do século I? — perguntou Friedman, olhando pelo retrovisor.

— É definitivamente velho — eu disse. — E o *loculus* não parece ter sido profanado.

— E logo saqueadores estarão naquele túmulo como moscas em um cadáver.

Friedman pensou por um instante. Então:

— Uh-rrú!

Hebraico?

— Somos *tomb raiders*!

Friedman andara assistindo filmes demais.

— Vamos aonde? — perguntou ele.

— Você tem certeza de que quer fazer isso? — perguntei.

— Cara, é óbvio — disse Friedman. — Levo o patrimônio cultural desse país muitíssimo a sério.

— Não precisamos de uma permissão? Ou ao menos uma autorização?

— Eu cuido disso.

Ok.

— Para o hotel, por favor. Para pegar minha câmera.

— Algo mais? — perguntou Ryan.

— Uma pá e algo para deslocar pedras. — Minha mente voltou para o blecaute na câmara inferior. — E lanternas poderosas com pilhas novas em folha.

Friedman me deixou no American Colony, e então ele e Ryan partiram com a missão de obter suprimentos. Corri para o terceiro andar.

Jake ia ficar bem!

Eu ia recuperar Max e, talvez, uma mortalha do século I!

Que embrulhou os restos mortais de quem?

De que túmulo?

Eu estava tão entusiasmada que subi as escadas de dois em dois degraus.

Logo eu teria um sabonete! Uma escova de cabelos! Uma camisa seca!

Ryan e Friedman iam ajudar!

A vida era boa! Uma aventura!

Então abri a porta.

E fiquei parada olhando, incrédula.

CAPÍTULO 25

Meu quarto estava destroçado.

A cama havia sido desfeita, os lençóis espalhados, o colchão revirado. O closet e o armário estavam escancarados, com cabides, sapatos e suéteres jogados por toda parte.

Minha euforia desmoronou.

— Quem está aí?

Que estupidez. Claro que já tinham ido embora, e, se por acaso estivessem lá, não iriam se apresentar.

Verifiquei a porta em busca de sinais de arrombamento. A fechadura estava intacta. A madeira não tinha sido forçada.

Com o coração disparado, eu entrei no quarto.

Todas as gavetas estavam abertas. Minha mala revirada, seu conteúdo embolado e amassado.

Meu laptop continuava intacto na escrivaninha.

Tentei pensar no que isso queria dizer.

Ladrões? Claro que não!

Por que deixariam o computador?

Uma advertência?

De quem? Sobre o quê?

Com mãos trêmulas, peguei roupa de baixo, camisetas, jeans.

Como Jake coletando pertences em volta de sua picape.

Minha mente relaxou.

Eu sabia.

O pensamento abriu uma fenda. Raiva se infiltrou nesse espaço.

— Seus canalhinhas nojentos!

Fechei gavetas. Dobrei suéteres. Pendurei as calças de volta no lugar.

O ultraje me tornou mais dura, aniquilando qualquer possibilidade de lágrimas.

Terminei com o quarto, fui para o banheiro. Arrumei meus produtos de toalete. Lavei o rosto. Escovei o cabelo.

Eu tinha acabado de trocar de blusa quando o telefone tocou. Ryan estava no saguão.

— Meu quarto foi invadido — eu disse, sem preâmbulos.

— Filhos da mãe.

— Provavelmente a Chevra Kadisha procurando Max.

— Você não está tendo uma manhã das melhores.

— Não.

— Vou dar uma prensa na gerente.

— Estou descendo.

Quando cheguei lá embaixo, Friedman tinha se juntado a Ryan, e eles haviam descoberto duas coisas. Nenhum visitante fizera perguntas sobre mim. Nenhum recepcionista entregara a chave do meu quarto.

Ou admitiu ter feito isso.

Eu acreditava neles. O American Colony tinha administração e funcionários árabes. Eu duvidava de que houvesse um simpatizante da Chevra Kadisha entre eles.

A gerente, a Sra. Hanani, perguntou se eu queria dar queixa na polícia. Sua voz indicava uma decidida falta de entusiasmo.

Declinei.

Claramente aliviada, ela prometeu uma investigação interna completa, segurança redobrada e compensação por qualquer coisa roubada ou danificada.

Friedman assegurou a ela que era um plano esplêndido.

Fiz um pedido. A Sra. Hanani correu para a cozinha para atendê-lo.

Quando voltou, enfiei os itens em minha mochila, agradeci e garanti a ela que não havia perdido nada de valor.

Quando entrei no carro de Friedman, perguntei-me se, mais tarde, eu não lamentaria minha decisão de quartos separados. Que se danasse o profissionalismo. Deitada na cama sozinha à noite, eu certamente iria querer Ryan ao meu lado.

* * *

Levamos quase uma hora para voltar ao Cédron. A polícia de Jerusalém recebera a informação de que um homem-bomba estava vindo de Belém. Barreiras extras foram instaladas, e o trânsito ficou estrangulado.

No caminho, perguntei a Friedman sobre a permissão. Batendo num bolso, ele me assegurou que tinha obtido o documento. Acreditei nele.

Em Silwan, eu o guiei até a mesma clareira em que Jake tinha estacionado. Enquanto ele e Ryan tiravam ferramentas do porta-malas, examinei o vale.

Nenhum chapéu preto à vista.

Liderei a caminhada morro abaixo. Ryan e Friedman vieram atrás.

No túmulo, eu me detive por um instante, considerando a entrada. O pequeno portal preto retribuiu meu olhar inexpressivamente.

Senti meu coração se apertar. Ignorei isso e me virei. Meus companheiros estavam suando e ofegando.

— E quanto ao chacal? — perguntei.

— Vou anunciar que viemos fazer uma visita. — Friedman pegou o revólver, agachou-se e disparou um tiro dentro do túmulo. — Se ela estiver aí dentro, vai fugir.

Esperamos. Nenhum chacal apareceu.

— Ela provavelmente está a quilômetros daqui — disse Friedman.

— Vou verificar o nível inferior — decidiu Ryan, estendendo a mão.

Friedman entregou-lhe a arma.

Ryan enfiou uma pá e um pé de cabra pela entrada e então desceu para o túmulo. Ouvi um segundo tiro e o ruído de botas. Silêncio. Mais botas, e o rosto de Ryan apareceu na entrada.

— Sem chacal — disse ele, entregando a arma a Friedman.

— Vou ficar no primeiro turno de vigia. — A boca de Friedman parecia retesada. Eu me perguntei se ele compartilhava minha aversão a espaços confinados.

Avancei, enfiei minha mochila e meus pés na escuridão e desci, tentando enganar os neurônios que estivessem monitorando o espaço ao meu redor. Deu certo. Eu estava dentro do túmulo antes que meu cérebro tivesse se dado conta disso.

Atrás de mim, Ryan estava com uma lanterna Mag-Lite. Nossos rostos eram máscaras de Halloween; nossas sombras, recortes escuros na claridade atrás de nós.

— Aponte para lá. — Indiquei o *loculus* norte.

Ryan redirecionou o feixe de luz. A rocha tinha sido deslocada. Nenhum sinal de um reflexo azul veio da escuridão.

Rastejei até o *loculus*. Ryan veio atrás.

O pequeno recesso estava vazio.

— Merda!

— Eles o pegaram? — perguntou Ryan.

Assenti.

Eu não estava surpresa.

Mas fiquei desolada.

Max tinha sido levado.

— Sinto muito — lamentou Ryan.

Educação sulista. Reflexo. Comecei a dizer "está tudo bem", mas me contive. Não estava tudo bem.

O esqueleto tinha sumido.

Eu me apoiei nos calcanhares, sentindo o peso opressivo do túmulo. A rocha fria. O ar viciado. O silêncio aveludado.

Será que eu realmente havia encontrado um dos mortos de Masada?

Será que eu o tinha perdido de vez?

Será que eu estava sentada num sepulcro santo?

Será que eu estava sendo vigiada?

Pela Chevra Kadisha?

Pelas almas daqueles que habitavam os catecismos de minha juventude?

Quem tinha sido Max?

Quem tinha sido enterrado nesse túmulo?

Quem ainda estava ali?

Senti uma mão em meu ombro. Meu cérebro voltou ao normal.

— Vamos descer — sussurrei.

Rastejei até o túnel usando a mesma técnica que havia me ajudado a entrar no túmulo.

Para dentro e para baixo.

Ryan estava logo atrás de mim.

Eu não tinha empurrado todas as pedras que caíram para direita? Algumas estavam agora à esquerda. Será que minha memória havia se enganado? Ou essas rochas também tinham sido remexidas?

Deus do céu, que ainda esteja aqui!

Ryan apontou a Mag-Lite para a brecha que eu tinha criado ao cair. A luz branca brilhante atingiu a escuridão negra retinta.

E resvalou para um tecido.

Como antes, meus olhos se esforçaram para absorver aquilo. Meu cérebro se esforçou para discernir.

Textura áspera. Contorno abaulado.

De uma das bordas, pouco visível, um pequeno cilindro marrom se dobrava.

Uma falange humana.

Agarrei o braço de Ryan.

— Está aqui!

Não havia tempo para o protocolo arqueológico apropriado. Tínhamos que nos apropriar daquilo antes que a Chevra Kadisha ficasse sabendo.

Enquanto eu segurava a luz, Ryan enfiava o pé de cabra numa rachadura que contornava uma pedra imediatamente acima da brecha. Ele fez força, disparando uma chuva de pedregulhos.

A pedra oscilou e voltou ao lugar.

Ryan fez mais força.

A pedra se deslocou e voltou ao lugar.

Observei enquanto ele fazia uma dúzia de movimentos, contente por Friedman estar nos dando cobertura lá fora. Torci para que não precisássemos dele ali embaixo.

Ryan trocou o pé de cabra pela pá. Inseriu a lâmina e usou o cabo como alavanca, aplicando toda sua força.

A pedra pulou para a frente e caiu com um estrondo.

Cheguei mais perto da abertura. Era grande o bastante.

Meu coração começou a bater mais forte.

Calma. Ryan está aqui. Friedman está de guarda na entrada.

Eu me enfiei no *loculus*, primeiro a cabeça e depois os ombros, e fui até o outro lado, movendo-me cautelosamente junto à parede. Ryan iluminou o caminho.

O que eu vira era de fato um tecido. Restavam dois fragmentos, ambos podres e desbotados. O maior estava próximo à abertura do *loculus*, o lado dos pés. O menor estava mais no interior, perto do que eu supus ser o local em que ficava a cabeça.

Aproximei-me e pude discernir uma trama xadrez grosseira. Os pedaços eram pequenos, as bordas esfarrapadas, indicando que muito do original tinha se perdido.

Alguns ossos estavam sob a mortalha. Outros em volta. Além da falange, reconheci fragmentos de ulna, fêmur, pélvis e crânio.

Como extrair o que restava sem rasgar a mortalha? Repassei minhas opções. Nenhuma era ideal.

Com a ponta dos dedos, ergui um canto do pedaço maior.

O tecido se ergueu com um ruído suave, o som que fazem folhas secas ao serem pisoteadas.

Tentei levantá-lo aos poucos.

Algumas partes se erguiam com facilidade. Outras aderiam.

Tirei minha câmera digital da mochila. Com Ryan iluminando o *loculus* como um minúsculo cenário de cinema, coloquei meu canivete suíço como um marcador de escala e tirei fotos de vários ângulos.

Fotos feitas, peguei os Tupperware e a espátula fornecidos pela Sra. Hanani.

Usando a lâmina da espátula e a ponta dos dedos, separei cuidadosamente o pano dos ossos e das pedras abaixo dele. Quando eu conseguia erguê-lo, eu delicadamente enrolava cada segmento de tecido e colocava cada rolo num pote separado.

Não o ideal, mas dadas as circunstâncias, era o melhor que eu podia fazer.

Com a mortalha removida, eu tinha uma visão clara dos restos mortais.

A falange e um calcâneo eram os únicos ossos intactos. O restante do esqueleto estava fragmentado e gravemente deteriorado.

Com bonecos feitos de sombra imitando meus movimentos nas paredes ao meu redor, passei a hora seguinte coletando ossos, dentes e a terra por baixo deles.

Minhas costas e articulações doíam de trabalhar num espaço apertado. Meus pés estavam dormentes.

A certa altura Friedman gritou lá de cima:

— Tudo bem aí?

— Perfeito — respondeu Ryan.

E mais tarde:

— Falta muito?

— Pouco.

— Devo montar o acampamento?

— Só mais um pouco — repetiu Ryan.

O fim da tarde havia se transformado em um crepúsculo vermelho como sangue quando finalmente voltamos à superfície.

Ryan saiu primeiro. Entreguei a ele a pá, o pé de cabra e o pacote contendo os restos da mortalha e da pessoa que o tecido outrora envolvera.

A mortalha estava enrolada em um par de potes rasos. Os ossos enchiam dois potes pequenos. Se tanto. Um terceiro recipiente continha terra do chão do *loculus*.

Friedman estava sentado no chão, tornozelos cruzados, de costas para a beira do vale. Ele não parecia entediado.

Parecia Gilligan esperando o capitão.

Ao nos ver, ele tomou o resto da água de sua garrafa e se levantou.

— Pegou seu homem?

Boa pergunta. Eu tinha dado uma olhada. Os fragmentos pélvicos davam indicações confusas quanto ao sexo.

Fiz um sinal de positivo com o polegar, então esfreguei as mãos para tirar a poeira.

— Subindo? — perguntou Ryan a Friedman numa voz de elevador.

Friedman assentiu, pegou a pá e começou a subir. Fomos atrás.

A vinte metros do topo paramos para tomar fôlego. O rosto de Friedman estava em tom carmesim. Suor fazia o cabelo grudar na testa de Ryan. Eu estava longe de parecer pronta para um ensaio fotográfico.

Minutos depois, estávamos no carro de Friedman.

— Quer jantar com a gente? — perguntou Ryan quando ele partiu de Silwan.

Friedman balançou a cabeça.

— Preciso ir para casa.

Para quê?, eu me perguntei. Uma esposa? Um animal de estimação? Uma costeleta descongelando na pia da cozinha?

No hotel, Ryan e Friedman ficaram lá fora. Fui direto para a recepção. O recepcionista conseguiu conferir minha aparência evitando o contato visual. Fiquei impressionada. Mas não o bastante para explicar por que eu estava com aspecto tão desastroso.

Com as chaves na mão, voltei para a entrada de carros. Ryan tinha deixado Friedman e estava vindo em minha direção pelo pórtico. Atrás dele, pude ver o policial israelense conversando com a Sra. Hanani.

A gerente do hotel estava tensa, os olhos baixos, os braços na cintura.

Friedman disse alguma coisa. A cabeça da Sra. Hanani balançou bruscamente em negação.

Enquanto Friedman falava de novo, a Sra. Hanani tirou cigarros do bolso e tentou acender um. A cabeça do fósforo oscilou mas finalmente atingiu o alvo. Ela puxou a fumaça para os pulmões, exalou e de novo balançou a cabeça.

Friedman saiu andando. A Sra. Hanani deu uma tragada e exalou lentamente, semicerrando os olhos para a fumaça atrás dele. Não consegui interpretar a expressão dela.

— O que foi? — perguntou Ryan.

— Nada.

Entreguei a ele a chave.

A mão de Ryan se fechou em volta da minha.

— Que comida você gostaria de apreciar, madame?

Eu sabia que queria tomar banho. Sabia que queria roupas limpas. Sabia que queria comida, seguida por 12 horas de sono.

Não tinha noção de que *cuisine* eu preferia.

— Tem um plano?

— Fink's.

— Fink.

— No Histadrut. Está aqui desde antes de Israel se tornar Israel. Friedman me disse que Mouli Azrieli é uma instituição.

— Mouli seria o proprietário.

Ryan assentiu.

— Dizem que ele recusou Kissinger para não ter que fechar as portas para seus habitués. Mas o que importa, madame, é que Mouli faz um goulash bom demais da conta.

Pelo visto, Ryan estava entrando em sua imitação de caubói.

— Trinta minutos. — Ergui um dedo enlameado. — Com uma condição.

Ryan abriu os braços. Qual?

— Pare com o dialeto.

Eu me voltei para as escadas.

— Tranque o butim no cofre do quarto — disse Ryan para as minhas costas. — Bandidos à solta por aqui.

Eu parei. Ryan tinha razão. Mas meu quarto tinha sido invadido. Não era seguro. Eu havia perdido uma ossada, não queria me arriscar a perder outra.

Eu me virei.

— Você acha que Friedman poderia guardar os ossos no quartel-general da polícia durante a noite?

— Sem dúvida.

Entreguei meu pacote. Ryan o pegou.

Sabonete e xampu. Blush e rímel. Meia hora depois, sob uma luz suave e o ângulo correto, eu estava com uma aparência razoavelmente boa.

O Fink's ostentava um total de seis mesas. E um milhão de bugigangas. Embora a decoração fosse antiquada, o goulash estava excelente.

E Mouli de fato se juntou a nós com sua pilha de livros de registros. Golda Meir. Kirk Douglas. John Steinbeck. Shilrley Maclaine. Sua coleção de celebridades rivalizava com a do American Colony.

No táxi, Ryan perguntou:

— Em que está pensando, moça? — Ele havia trocado o sotaque caubói pelo irlandês.

— Mouli precisa de cortinas novas. Em que você está pensando?

Ryan deu um sorriso tão amplo quanto o Mar da Irlanda.

— Ah, nisso — eu disse.

— Nisso — confirmou ele.

Eu não precisava ter me preocupado com ficar me remexendo sem conseguir dormir sozinha no escuro.

CAPÍTULO 26

NÃO FUI ACORDADA PELO muezim chamando para a oração. Não fui acordada pelo barulho do rush matutino sob a minha janela. Não fui acordada quando Ryan escapuliu para o quarto dele.

Acordei com meu jeans tocando "A Hard Day's Night".

Isso não podia estar certo.

"I should be sleepin' like a log..."

A música parou.

Sonho estranho. Recostando-me, lembrei dos joguinhos pós-refeição da noite anterior. A letra da música continuou na minha cabeça.

"You know I feel all right..."

O som metálico ecoou de novo.

O celular de Jake!

Pulei da cama, tirei o telefone do bolso e larguei o jeans de volta no chão.

— Jake?

— *Você* ficou com o meu celular.

— Como você está?

Olhei para o relógio. Sete e quarenta.

— Uma beleza. Adoro ser furado por agulhas e ter dedos enfiados na bunda.

— Boa observação.

— Vou cair fora daqui antes que eles me peguem de novo.

— Você recebeu alta?

— Claro — desdenhou.

— Jake, você tem que...

— Ahã. Você o encontrou?

— A sacola não estava mais lá.

— Filhos da puta!

Esperei a explosão passar.

— E quanto ao outro?

— Estou com a mort...

— Não fale disso no celular! Você pode vir à minha casa?

— Quando?

— Preciso cuidar da picape e arranjar um carro reserva. — Pausa. — Onze?

— Endereço? — Corri para a escrivaninha.

Jake me deu o endereço. As referências e os nomes das ruas nada significavam para mim.

— Preciso ligar para a AAI, Jake. — Para dizer a eles que tinha perdido o esqueleto. Não queria nem pensar nisso.

— Primeiro me deixa mostrar o que mais recuperei naquele túmulo.

— Já faz dois dias que estou em Israel. Preciso ligar para Blotnik.

— Só depois que tiver visto o que eu tenho.

— Hoje — eu disse.

— Sim, sim — retrucou ele. — E traga a droga do meu telefone.

Silêncio.

Obviamente Jake ainda estava com problemas de irritabilidade. E talvez de paranoia? Ele realmente acreditava que os telefonemas estavam sendo monitorados?

Eu estava de pé, nua, telefone numa das mãos, caneta na outra, quando alguém esmurrou minha porta.

Droga. O que é agora?

Espiei pelo olho mágico.

Ryan tinha voltado trazendo bagels e café. Ele fizera a barba, e seu cabelo estava molhado do banho.

Durante minha toalete matutina, descrevi o telefonema de Jake.

— Terminaremos com Kaplan bem antes das onze. Onde Jake mora?

— Beit Hanina.

— Eu a levo lá.

— Eu tenho as referências.

— Como ele está?
— Feroz.

Kaplan estava detido numa delegacia de polícia no Complexo Russo, um dos primeiros bairros estabelecidos fora da Cidade Velha. Originalmente destinado a ser residência de peregrinos russos, era agora uma área decadente da cidade que havia sido merecidamente designada para um projeto de renovação urbana.

O quartel-general da delegacia e a prisão anexa eram uma coleção de prédios encaixados entre a rua Jaffa e a igreja russa. Paredes de pedra, grades de ferro nas janelas. Lúgubre e decrépito, o edifício combinava bem com o bairro.

Havia viaturas estacionadas em todas as direções. Friedman parou em meio a elas, perto de uma barricada de cimento na lateral do complexo. Perto dele, um enorme pilar de pedra jazia semiexposto na terra.

O pilar era cercado por grades de ferro, dentro das quais se acumulavam milhares de bitucas de cigarro. Visualizei policiais e prisioneiros nervosos dando suas últimas tragadas ao ar livre antes de voltarem por conta própria ou serem levados para dentro. Friedman percebeu que eu observava o pilar.

— Século I — disse ele.

— Herodes ataca novamente? — brincou Ryan.

Friedman assentiu.

— Dizem que era para o pórtico real do Monte do Templo de Herodes.

— O sujeito era um construtor e tanto.

— Os pedreiros notaram uma rachadura, então simplesmente o largaram aqui. Dois milênios depois, continua no mesmo lugar.

Passamos por uma pequena guarita onde fomos revistados com a ajuda de equipamentos e interrogados. Dentro da delegacia, fomos interrogados novamente por um guarda que devia ter saído do ensino médio há menos de um ano e conduzidos a um escritório de onde alguém fora desalojado para a ocasião.

Fumaça pesava no ar. Papéis cobriam a mesa, com uma caneca de café vazia por cima. Pilhas de relatórios. Uma agenda aberta no *T*.

Notei um nome na caneca. Solomon.

Eu me perguntei como o velho Sol estava se sentindo quanto a ser chutado de seu lugar.

O ar tinha aquele cheiro universal de delegacia de polícia. Um ventilador fazia o melhor que podia, mas não era o bastante.

Friedman desapareceu, voltou. Minutos depois, um policial uniformizado escoltou o prisioneiro até o escritório. Kaplan estava com calças pretas e uma camisa branca. Sem cinto. Sem cadarços no sapato.

O policial se posicionou do lado de fora da porta. Ryan se encostou numa das paredes. Eu me encostei em outra.

Kaplan abriu para Friedman um sorriso diplomático. Ele estava com a barba feita, e seus olhos pareciam ter bolsas maiores do que eu lembrava.

— Imagino que o Sr. Litvak tenha recobrado a razão.

A voz rouca encerrou o assunto. Kessler e Kaplan eram a mesma pessoa.

Friedman apontou para uma cadeira. Kaplan sentou nela.

— Esse é um equívoco tão tolo. — Kaplan deu uma risada de equívoco tolo.

Friedman sentou-se na poltrona junto à mesa de Sol e inspecionou as unhas. Kaplan virou-se e teve a primeira visão clara de mim. Algo perpassou seus olhos com a velocidade de um obturador de câmera.

Reconhecimento? A primeira desconfiança do motivo de ele estar ali?

Ryan deu um passo à frente. Sem dizer uma palavra, mostrou a foto de Max.

O sorriso de Kaplan vacilou, mas se manteve.

— Lembra-se da Dra. Brennan? — Ryan fez um gesto com a cabeça em minha direção.

Kaplan não respondeu.

— Avram Ferris? — prosseguiu Ryan. — Toda aquela história desagradável da necropsia?

Kaplan engoliu em seco.

— Fale-me sobre isso.

— O que há para falar?

— Eu não viajei até Israel para discutir cheques, Sr. Kaplan. — A voz de Ryan poderia cortar gelo polar. — Ou seria Kessler?

Kaplan cruzou os braços.

— Sim, detetive. Eu conhecia Avram Ferris. Foi isso que veio até aqui me perguntar?

— Onde obteve essa foto? — Ryan bateu na foto.

— De Ferris.

— Sei.

— É verdade.

Ryan deu a Kaplan um instante de silêncio. Ele o preencheu.

— Mesmo.

Kaplan deu uma olhada de relance a Friedman. Este ainda admirava o trabalho de sua manicure.

— Ferris e eu fazíamos negócios ocasionalmente.

— Negócios?

— Está abafado aqui. — O comportamento bonzinho de Kaplan estava se esvaindo rapidamente. — Preciso de água.

— Sr. Kaplan. — Profundo desapontamento na voz de Friedman. — É assim que se pede?

— Por favor. — Suspiro exagerado.

Friedman foi até a porta e falou com alguém no corredor. Ao voltar para sua cadeira, ele sorriu para Kaplan. O sorriso tinha todo o calor de um anfíbio.

— Negócios? — repetiu Ryan.

— Eu comprava e vendia coisas para ele.

— Que tipo de coisas?

Um sujeito baixinho com um nariz grande chegou e entregou a Kaplan um copo encardido. Ele estava com cara de poucos amigos. Seria Sol?

Kaplan bebeu, ergueu os olhos, mas não falou nada.

— Que tipo de coisas? — repetiu Ryan.

O prisioneiro deu de ombros. A água tremeu.

— Coisas.

— Protegendo a confidencialidade do cliente, Sr. Kaplan?

Ele deu de ombros de novo.

— Coisas como um esqueleto? — Ryan sacudiu a foto de Max.

O rosto de Kaplan ficou tenso. Depois de beber o restante da água, ele cuidadosamente colocou o copo sobre os papéis de Sol, recostou-se e cruzou os dedos.

— Quero um advogado.

— O senhor precisa de um advogado?

— Vocês não me intimidam.

— Está escondendo alguma coisa, Sr. Kaplan?

Ryan virou-se para Friedman.

— O que você acha, Ira? Acha que o Sr. Kaplan poderia estar envolvido em operaçõezinhas no mercado negro?

— Acho que é possível, Andy.

O rosto de Kaplan manteve-se inexpressivo.

— Ou talvez ele tenha decidido que antiguidades ilícitas eram brincadeira de criança e embarcou numa carreira mais ambiciosa.

Os dedos de Kaplan eram finos. Ele os cruzou com tanta força que os nós ficaram brancos.

— Pode ser, Andy. Agora que você falou, ele parece um verdadeiro polímata renascentista para mim.

Ryan dirigiu-se a Kaplan.

— É isso? Decidiu subir de nível?

— Não sei o que está querendo dizer.

— Quero dizer assassinato, Hersh. É Hersh, não?

— Jesus Cristo. — Um rubor se insinuou acima do colarinho de Kaplan. — Você está maluco?

— O que acha, Ira? Que Hersh apagou Avram Ferris?

— Não! — Kaplan se precipitou para a frente e voltou-se de Ryan para Friedman. — Não!

Os dois policiais deram de ombros.

— Isso é loucura. — O rubor se espalhou por todo o rosto de Kaplan. — Eu não matei ninguém. Eu não poderia.

Ryan e Friedman esperaram.

— Ok. — Kaplan ergueu ambas as mãos. — Olha... — Ele escolheu cuidadosamente suas palavras. — Ocasionalmente consigo objetos de proveniência questionável.

— Você fazia isso para Ferris?

Kaplan assentiu.

— Ferris telefonou, perguntou se eu podia encontrar um comprador para um objeto especial.

— Especial?

— Extraordinário. Do tipo que só se acha uma vez na vida.

Mais espera.

— Algo que causaria caos no mundo cristão. Essas foram as palavras dele.

Ryan ergueu a foto.

Kaplan assentiu.

— Ferris me deu a foto e pediu para não dizer a ninguém onde eu a tinha conseguido.

— Quando foi isso?

— Não sei. No último inverno.

— Isso é um tanto vago, Hersh.

— Começo de janeiro.

Ryan e eu trocamos olhares. Ferris fora morto em meados de fevereiro.

— O que aconteceu?

— Espalhei a noticia, descobri que havia interesse, disse a Ferris que faria o negócio, mas que antes precisaria de mais do que apenas a palavra dele e a foto para validação. Ele disse que ia obter provas da autenticidade do esqueleto. Antes que eu pudesse me encontrar com ele, Ferris estava morto.

— O que ele disse a você sobre o esqueleto?

Kaplan voltou-se para mim. Seus olhos revelaram algo por um momento, mas logo ficaram neutros novamente.

— Que veio de Masada.

— Como Ferris o obteve?

— Ele não disse.

— Algo mais?

— Ele disse que era de uma pessoa de importância histórica e alegou ter provas disso.

— Nada mais?

— Nada mais.

Todos refletimos por um instante. Quais teriam sido as provas de Ferris? Declarações de Lerner? Do Musée de l'Homme? O arquivo do museu que Lerner tinha roubado? Talvez a papelada original de Israel?

No corredor, ouvi alguém falando com o policial. O pobre do desalojado do Sol?

— E quanto a Miriam Feris? — Ryan mudou o rumo da conversa.

— O que tem ela?

— Você conhecia a Sra. Ferris?

Kaplan deu de ombros.

— Isso é um sim?

— Eu a conheci.

— No sentido bíblico?

— Isso é revoltante.

— Deixe-me reformular a pergunta, Hersh. Eu perguntei se era Hersh, não? Você teve um caso com Miriam Ferris?

— O quê?

— Primeiro pedi a confirmação de seu nome de batismo. Então perguntei se estava dormindo com Miriam. Duas perguntas ao mesmo tempo é algo muito difícil para você?

— Miriam foi casada com o irmão da minha ex-mulher.

— Depois da morte do seu cunhado, vocês mantiveram contato?

Kaplan não respondeu. Ryan esperou. Kaplan cedeu.

— Sim.

— Foi assim que estabeleceu contato com Ferris.

De novo o silêncio. De novo a espera. De novo Kaplan não resistiu.

— Miriam é uma boa pessoa.

— Responda minha pergunta, Hersh.

— Sim. — Amargo.

— Por que aparecer com a foto na necropsia de Ferris?

Kaplan deu de ombros.

— Só estava tentando ajudar.

Ryan repassou tudo várias vezes. Kaplan foi ficando inquieto, mas manteve a história. Ele conheceu Miriam através do ex-cunhado, e Ferris através de Miriam. De tempos em tempos, fazia compras e vendas de bens ilegais. Ele concordara em vender o esqueleto para Ferris. Antes que obtivesse todo o histórico dos ossos, Ferris foi assassinado. Ele não o havia matado. Sua consciência lhe disse para entregar a foto.

A versão de Kaplan não mudou.

Dessa vez.

CAPÍTULO 27

Às dez e meia, Ryan e eu pegamos de volta a mortalha e os ossos e entramos no carro particular de Friedman, um Tempo 1984 com um *K* de fita isolante na janela direita traseira. Friedman ficou com Kaplan.

— Qual é o plano dele? — perguntei.

— Dar ao cavalheiro tempo para reconsiderar sua história.

— E então?

— Pedir a ele que repita.

— Repetição é bom — eu disse.

— Revela contradições.

— E detalhes esquecidos.

— Como no caso de Mamãe Ferris — completou Ryan.

— Que nos apresentou a Yossi Lerner e Sylvain Morissonneau — concordei.

Beit Hanina é uma aldeia árabe que tem a boa sorte de se localizar dentro das novas fronteiras municipais da Jerusalém moderna. É agora Beit Hanina Hadashah, ou Nova Beit Hanina. Jake mantinha um apartamento lá há tanto tempo quanto eu o conhecia.

As instruções dele nos levaram ao território que era da Jordânia de 1948 a 1967. Dez minutos após termos saído do Complexo Russo, chegamos ao posto de controle Neve Yakov na Ramallah Road, anteriormente Nablus Road. Bom timing. A fila se estendia por apenas um quarteirão e meio.

Ryan entrou nela e avançamos lentamente, carro a carro. Em nosso caminho para o Cédron, Jake havia me contado que a muralha concebida para isolar Israel do resto do mundo passaria bem no meio da estrada em que estávamos. Observei as lojas que a margeavam.

Pizzarias. Lavanderias. Lojas de doces. Floriculturas. Podíamos estar em St.Lambert. Scarsdale. Pontiac. Elmhurst.

Mas era Israel. À minha esquerda estavam os que ficariam do lado de dentro do muro, aqueles cujos negócios prosperariam. À minha direita ficavam os excluídos, aqueles cujos negócios morreriam por causa do muro. Triste, pensei. Essas pessoas comuns que lutavam para alimentar suas famílias eram as verdadeiras ganhadoras e perdedoras nessa terra disputada.

Sem Friedman, Ryan e eu esperávamos um interrogatório. *Au contraire*. O guarda deu uma olhadela em nossos passaportes e no distintivo de Ryan, inclinou-se para dar uma olhada no carro e acenou para passarmos. Ao entrarmos na Cisjordânia, dobramos imediatamente à esquerda, e então de novo para a rua de Jake.

Jake alugava o andar de cima de uma pequena casa de alvenaria de propriedade de uma arqueóloga italiana chamada Antonia Fiorelli. Ele morava no andar superior e Fiorelli embaixo, com sete gatos.

Ryan anunciou nossa chegada por um interfone barulhento no muro da casa. Segundos depois Jake abriu o portão e nos guiou. Passamos por um sinuoso caminho de pedregulhos ao lado de um viveiro de cerca de arame com cabras e coelhos e chegamos a uma escada externa. No primeiro andar, recebemos uma escolta de três gatos.

Há vários tipos de felinos. O fofinho "faça-carinho-eu-adoro-você-deixa-eu-me-aninhar-no-seu-colo". O siamês "alimente-me-e-não-me-aborreça-*eu*-chamo-*você*". O vira-lata feroz "estou-olhando-para-ver-se-seu-peito-ainda-está-mexendo-enquanto-você-dorme".

Esse trio se encaixava perfeitamente nessa última categoria.

A maior parte do apartamento de Jake era tomada por uma grande sala central com piso de cerâmica marrom, paredes caiadas e arcos de tijolos emoldurando as janelas e portas. Armários de madeira se enfileiravam numa das paredes e uma bancada separava a cozinha das salas de estar e jantar.

O quarto de Jake era do tamanho de um forninho elétrico. Continha uma cama desarrumada, um armário e uma caixa de papelão para a roupa suja.

Todo o resto era "escritório". Uma área do vestíbulo tinha sido convertida numa sala com mapas e um computador. Uma varanda fechada era usada para limpeza de artefatos. Um quarto nos fundos estava preparado para catalogação, registro e análise.

O temperamento de Jake tinha melhorado desde nossa conversa telefônica matinal. Ele nos cumprimentou e perguntou sobre nossa manhã antes de pedir a mortalha. Até disse por favor. E sorriu.

— Isso foi o melhor que pude fazer diante das circuns...

— Sei. Sei. — Jake fez um gesto de "qual é?" com ambas as mãos.

Certo. A mudança de humor não fora completa.

Coloquei os Tupperware da Sra. Hanani no balcão. Jake abriu o conteúdo do primeiro pote e o inspecionou.

— Ah meu Deus.

Ele tirou a tampa do segundo pote.

— Ah meu Deus.

Ryan olhou para mim.

Jake abriu os potes com a mortalha.

Ah meu Deus, Ryan moveu os lábios, pronunciando as palavras sem emitir qualquer som por trás das costas inclinadas de Jake. Franzi os olhos numa advertência no estilo "pare-com-isso".

Sem palavras, Jake encarava o pedaço maior da mortalha.

— Ah. Meu. Deus.

Ele desapareceu no quarto dos fundos, voltou com uma lente de aumento e inspecionou o pedaço maior.

— Vou levar isso para Esther Getz esta tarde — disse ele.

Jake examinou a mortalha por um minuto inteiro e então se endireitou.

— Getz é a especialista em tecidos do Museu Rockefeller. Você examinou os ossos?

Balancei a cabeça.

— Não há muito o que examinar.

Jake colocou a lente no balcão, deu um passo para trás e fez um gesto amplo com o braço comprido. Ryan imitou um toque de trombeta com a boca.

Fui até o balcão e despejei delicadamente o conteúdo de cada pote em cima de sua respectiva tampa.

— Você tem luvas?

Jake saiu em direção ao quarto dos fundos.

— E pinças — completei. — E uma sonda ou palito de dentes.

Ele trouxe os três. Com Jake e Ryan observando, separei e nomeei cada fragmento.

— Falange. Calcâneo. — Esses eram os fáceis. Nenhuma outra lasca era maior que o lóbulo de minha orelha. — Ulna, fêmur, pélvis, crânio.

— Então, o que você acha? — perguntou Jake quando terminei.

— Acho que não há muito o que examinar.

— Homem ou mulher?

— Sim — respondi.

— Droga, Tempe. Isso é sério.

Inspecionei um pedaço de osso occipital. A crista nucal era proeminente, mas não muito. O mesmo quanto à *linea aspera* em algumas lascas do fêmur. A única coisa que sobrava da pélvis era a parte grossa, volumosa, que se unia ao sacro. Não restava nenhum aspecto determinador de sexo.

— As anexações musculares são robustas. Eu diria "provavelmente do sexo masculino", e talvez seja o melhor que serei capaz de fazer. Nada está completo o bastante para ser medido.

Peguei o osso do calcanhar e o girei. Um pequeno defeito circular chamou minha atenção. Jake percebeu meu interesse.

— O que é?

Apontei para o túnel mínimo na extremidade do osso.

— Isso não é natural.

— O que você quer dizer com "não é natural"? — perguntou Jake.

— Não deveria estar aí.

Jake repetiu seu gesto de "qual é?", mais impaciente do que antes.

— Não é um forâmen para um vaso ou nervo. O osso está bastante abrasado, mas, pelo que posso ver, as bordas do furo são afiadas, não suaves.

Coloquei o calcâneo no balcão e entreguei a Jake a lente. Ele se inclinou e colocou em foco a parte central do osso.

— O que você acha que é? — perguntou Ryan.

Antes que eu pudesse responder, Jake correu para a sala de mapas. Gavetas se abriram e fecharam bruscamente, e em seguida ele reapareceu, folheando páginas grampeadas.

Ele colocou as páginas no balcão e bateu com o dedo numa delas.

Olhei para baixo.

Jake estava apontando um artigo intitulado "Observações antropológicas sobre restos esqueletais de Giv'at ha-Mivta". Seu dedo estava numa página de fotografias. Muitos detalhes tinham se perdido no processo de fotocópia, mas o assunto era óbvio.

Quatro fotos mostravam fragmentos de um calcâneo e outros ossos do pé, alguns antes e outros depois da separação e reconstrução. Embora coberto com uma grossa crosta calcária, um prego de ferro podia ser visto atravessando o calcâneo de lado a lado. Uma placa de madeira aparecia por trás do prego.

Uma quinta foto mostrava um osso do calcanhar moderno para comparação. Nele havia uma lesão circular posicionada precisamente como o defeito no nosso calcâneo.

Olhei nterrogativamente para Jake.

— Em 1968, quinze ossuários de pedra calcária foram encontrados em três cavernas funerárias. Treze estavam repletos de restos de esqueletos, e a preservação era de primeira. Maços de flores silvestres. Espigas de trigo. Coisas assim. Trauma nos ossos indicava que alguns dos indivíduos haviam tido morte violenta. Um ferimento de flecha. Trauma de força bruta.

Jake bateu o dedo nas fotos.

— Esse pobre coitado foi crucificado.

Jake colocou um segundo artigo ao lado do primeiro e abriu um desenho mostrando um corpo numa cruz. Os braços da vítima estavam abertos, mas ao contrário do que se encontra nas imagens modernas, os pulsos estavam amarrados, não pregados. As pernas estavam bem abertas, com os pés pregados dos lados, não na frente da viga vertical.

— Sabemos por Josephus que a madeira era rara em Jerusalém, de modo que os romanos mantinham a vertical fixa em um lugar e só a horizontal era carregada. Ambas as partes seriam usadas repetidas vezes.

— Então os braços eram amarrados e não pregados — disse Ryan.

— Sim. A crucificação originou-se no Egito. Lá, eles amarravam. Lembre-se, a morte não era causada pelos pregos. Ficar pendurado numa cruz enfraquece os dois conjuntos de músculos respiratórios, os intercostais e o diafragma, levando à morte por asfixia. A vítima era posicionada com as pernas nas laterais da barra vertical, e cada pé era pregado lateralmente. O calcâneo é o maior osso do pé. Por isso o prego era enfiado nele, de fora para dentro.

O sepulcro da família de Jesus. Um homem crucificado numa mortalha.

Percebendo aonde Jake queria chegar, brandi a mão sobre o osso do calcanhar em cima do balcão.

— Não há como saber se isso se deve a um trauma. O defeito poderia ser o resultado de alguma doença. Poderia ser um dano post-mortem. Um buraco de verme ou caramujo.

— Poderia ter sido feito por um prego?

Os olhos de Jake estavam iluminados com o entusiasmo.

— É possível. — Minha voz demonstrava pouca convicção.

Crucificação? De quem? Já tínhamos excluído um candidato. Max era velho demais na época da morte, caso se acreditasse nas Escrituras tradicionais. Ou demasiado jovem, caso se acreditasse na teoria de Joyce baseada no manuscrito de Grosset. Jake estaria sugerindo que *aqueles* ossos eram de Jesus de Nazaré?

Como aconteceu com Max, uma parte minúscula do meu cérebro queria acreditar. A maior parte não.

— Você disse que recuperou outros ossos do túmulo no Cédron? — perguntei.

— Sim. Saqueadores estão pouco se lixando para restos de ossadas. Eles simplesmente despejaram os ossos no chão do túmulo quando levaram embora os ossuários intactos. Nós pegamos estes. E também ossos que tinham aderido ao interior de caixas que eles haviam despedaçado e deixado para trás.

— Espero que os restos mortais estejam em melhores condições do que estes. — Apontei para o conteúdo do Tupperware.

Jake balançou a cabeça.

— Tudo era fragmentário, e a preservação não era grande coisa. Mas os ossos derrubados ainda estavam em pilhas separadas, com fragmentos de ossuário misturados. Isso nos ajudou a separar os indivíduos no chão.

— Alguém analisou o material?

— Um antropólogo físico do Grupo de Ciência e Antiguidade da Universidade Hebraica. Ele foi capaz de identificar três mulheres adultas e três homens adultos. Disse que era toda a informação que conseguiria. Não havia nada mensurável, de modo que ele não pôde calcular estaturas ou fazer comparações com populações de qualquer tipo. Ele não encontrou nenhum indicador de idades específicas, nenhuma característica individual singular.

— Ele viu alguma lesão similar a esta?

— Ele mencionou osteoporose e artrite. Mas só foi até aí em termos de traumas ou doenças.

— Alguns dos outros ossos foram encontrados em *loculi*, como nosso amigo aqui? — perguntei.

Jake balançou a cabeça.

— Eles queriam ossuários, não ossos. Graças a Deus os canalhas não saíram derrubando paredes. Ainda não acredito que você encontrou um *loculus* oculto. E uma mortalha. Ah meu Deus! Dois mil anos. Você sabe quanta gente entrou e saiu daquele túmulo? E você encontrou um sepulcro intocado. Ah meu Deus!

Atrás de Jake, Ryan imitou com os lábios o *Ah meu Deus*.

— Onde estão os outros ossos agora? — perguntei.

— De volta à terra. — Jake fez o gesto característico do E. T. com os dedos. — E a Chevra Kadisha não dirá onde. Mas consegui o relatório antropológico.

Ryan imitou o gesto do E. T.

Um sorriso apareceu no rosto de Jake.

— A maior parte deles, pelo menos.

— É? — Ergui uma sobrancelha.

— Uns poucos fragmentos podem ter se perdido.

— Perdido?

— Lembra nossa conversa sobre testes de DNA do esqueleto de Masada?

Assenti.

— O pessoal daquele laboratório é gente boa.

— A AAI concordou em enviar amostras?

— Não exatamente.

— Você enviou amostras por conta própria?

Jake deu de ombros.

— Blotnik recusou. O que eu poderia fazer?

— Jogada corajosa — disse Ryan.

— Vou fazer agora a mesma pergunta que fiz na ocasião — falei. — De que adianta o perfil genético quando não há nada para comparações?

— Bem, é algo que deve ser feito mesmo assim. Agora, sigam-me.

Jake nos levou até o quarto dos fundos, onde espalhou fotos numa mesa. Algumas mostravam ossuários completos. Muitas mostravam fragmentos.

— Os saqueadores levaram um monte de caixas, despedaçaram outras — disse Jake. — Mas deixaram o bastante para reconstrução.

Jake catou uma foto 5x7 da pilha e me entregou. Mostrava oito ossuários. Todos tinham rachaduras. Muitos tinham pedaços faltando.

— Ossuários diferem em estilo, tamanho, forma, espessura da pedra, o jeito como a tampa se encaixa. A maioria é bem simples, mas alguns têm ornamentação elaborada. O de José Caifás, por exemplo.

— O ancião do conselho Sanhedrin que entregou Jesus para ser julgado por Pôncio Pilatos — explicou Ryan.

— Isso. O nome hebraico dele era Yehosef bar Qayafa. Caifás foi o sumo sacerdote de Jerusalém de 18 a 37 d.C. Seu ossuário foi descoberto em 1990. É incrível, entalhado com inscrições maravilhosamente belas. Também foi descoberto nessa época um ossuário com a inscrição "Alexandre, filho de Simão de Cirene". Essa caixa também era ricamente decorada.

— Simão foi o cavalheiro que ajudou Jesus a carregar a cruz a caminho do Gólgota.

Ryan, o erudito bíblico.

— Você conhece bem o Novo Testamento — surpreendeu-se Jake. — Simão e seu filho Alexandre são mencionados em Marcos 15,21.

Ryan sorriu modestamente e então apontou para a foto das reconstruções de Jake.

— Gosto desses com as pétalas de flor.

— Rosetas. — Jake pegou mais ampliações 5x7. — Agora olhem estas.

Ele entregou as fotos para Ryan. Eu me debrucei sobre elas.

O ossuário que aparecia nelas era quase retangular, com a tampa encaixada e uma superfície esburacada. Num dos ângulos era possível distinguir rosetas entalhadas. As figuras compostas de círculos me lembraram os padrões que desenhávamos com compassos quando éramos crianças.

Na segunda foto, uma rachadura ziguezagueava de uma das extremidades, fazia uma curva fechada para a direita e subia pela lateral da caixa que estava voltada para a câmera.

O pequeno ossuário parecia exatamente igual aos outros que Jake reconstruíra.

— O ossuário de Tiago? — perguntei.

— Observe a inscrição. — Jake entregou uma lente de aumento a cada um de nós. — Você lê aramaico? — perguntou ele a Ryan.

Ryan balançou a cabeça. Lancei a ele um olhar de surpresa fingida.

Jake não o viu ou ignorou o gesto.

— O mais surpreendente quanto ao ossuário de Tiago é o refinamento incomum da inscrição. É muito mais próxima de inscrições encontradas em caixas mais ornamentadas.

Eu jamais saberia disso. Mesmo aumentada, a inscrição parecia um rabisco feito por uma criança.

O dedos de Jake começaram no amontoado de símbolos na extremidade direita.

— O nome judeu, Jacob, ou Ya'akov, traduz-se como "Tiago".

— Nos países de língua inglesa, traduz-se como "James". Daí o termo "Jacobitas" para os partidários do rei James II na Inglaterra.

Ryan estava começando a me dar nos nervos.

— Certo. — O dedo de Jake moveu-se para a esquerda, acompanhando os notórios símbolos. — Tiago, filho de José, irmão de Jesus. — Ele bateu o dedo no amontoado de símbolos. — Yeshua, ou Joshua, traduz-se como Jesus.

Jake pegou as fotos e as colocou sobre a mesa.

— Agora, venham comigo.

Ele nos levou para os fundos da varanda fechada, destrancou um armário grande e abriu a porta dupla. Lascas de calcário enchiam as duas primeiras prateleiras. Os ossuários reconstruídos ocupavam as seis seguintes.

— Aparentemente esses não eram os saqueadores mais brilhantes do planeta. Eles não viram um bom número de fragmentos com inscrições.

Jake me entregou um fragmento triangular da prateleira superior. As letras eram superficiais e quase invisíveis. Eu as focalizei com a minha lente. Ryan chegou seu rosto perto do meu.

— Marya. "Maria" — traduziu ele, apontando em seguida para uma inscrição numa das caixas reconstruídas.

Os símbolos pareciam similares.

— Matya. "Mateus".

Ele passou o dedo pelas letras numa caixa maior, uma prateleira abaixo.

— Yehuda, filho de Yeshua. "Judas, filho de Jesus".

Jake passou para a terceira prateleira.

— Yose. "José".

Ele abordou a caixa ao lado.

— Yeshua, filho de Yehosef. "Jesus, filho de José".

Prateleira quatro.

— Mariameme. "Aquela chamada Mara".

— A escrita parece diferente — comentou Ryan.

— Bom olho. Isso é grego. Hebraico. Latim. Aramaico. Grego. O Oriente Médio era um mosaico linguístico naquela época. Marya, Miriam e Mara são todos o mesmo nome, basicamente "Miriam" ou "Maria". E apelidos eram usados, do mesmo jeito que hoje. Mariameme é um diminutivo de Miriam. — Jake apontou para a prateleira três. — E Yehosef e Yose são o mesmo nome, José.

Voltando à prateleira de cima, Jake escolheu outro fragmento e trocou-o pelo que eu estava segurando. Essa inscrição fazia a de Marya parecer nova. As letras eram tão fracas que tornavam-se quase invisíveis.

— O nome é provavelmente Salomé — disse Jake. — Mas não dá para ter certeza.

Repassei os nomes na minha cabeça.

Maria. Maria. Salomé. José. Mateus. Judas.

Jesus.

A família de Jesus? O sepulcro da família de Jesus? Todo mundo encaixava, a não ser Mateus.

Eu pensei, mas não disse: "Ah. Meu. Deus."

CAPÍTULO 28

— COMO OS HISTORIADORES e estudiosos da Bíblia interpretam a família de Jesus? — perguntei, mantendo minha voz firme.

— A visão histórica é que Jesus, seus quatro irmãos, Tiago, José, Simão e Judas, e suas duas irmãs, Maria e Salomé, eram filhos biológicos de José e Maria. A visão protestante é que Jesus não teve pai humano, mas Maria teve outros filhos com José.

— O que torna Jesus o filho mais velho — disse Ryan.

— Sim — confirmou Jake.

— O Vaticano vê Maria como uma virgem — acrescentei.

— Irmãos não são permitidos — comentou Ryan.

Jake assentiu.

— A visão católica ocidental é que os outros eram primos, filhos do irmão de José, Cléofas, que também era casado com uma mulher chamada Maria. A visão ortodoxa oriental é de que Deus é o pai de Jesus, Maria permaneceu virgem, e que os irmãos e irmãs são filhos de José, que era viúvo de um casamento anterior.

— O que torna Jesus o filho mais novo. — Ryan estava apaixonado pela ordem de nascimento.

— Sim — confirmou Jake mais uma vez.

Minha mente catalogou.

Duas Marias. Salomé. Judas. José. E alguém chamado Mateus.

Um friozinho formigou em meu estômago.

— Esses nomes eram comuns, como Pedro ou João hoje? — perguntei.

— Muito — respondeu Jake. — Alguém com fome?

— Não — eu disse.

— Sim — retrucou Ryan.

Voltamos para a cozinha. Jake ofereceu frios, queijo, pão de forma, laranjas, picles e azeitonas. Os gatos ficaram olhando enquanto nos servíamos. Ryan ignorou as azeitonas.

Com os sanduíches prontos, fomos para uma mesa de piquenique na sala de jantar. Conversamos enquanto comíamos.

— Maria era o nome feminino mais comum na Palestina romana do século I — disse Jake. — Para homens era Simão, seguido por José. Descobrir ossuários com esses nomes não tem nada de mais. O estranho é a coincidência, é encontrar os nomes no mesmo túmulo. Isso é o que muda tudo.

— Mas Jake...

— Estudei os catálogos publicados de ossuários judeus. Das milhares de caixas em coleções em toda Israel, só seis têm o nome Jesus inscrito. Dessas seis, só uma tem a inscrição "Jesus, filho de José". E agora a nossa.

Jake espantou um gato.

— Já ouviram falar em onomástica ou onomatologia?

Ryan e eu balançamos a cabeça.

— A análise estatística de nomes. — Jake pôs uma azeitona na boca e continuou falando enquanto tirava o caroço. — Por exemplo, em seu catálogo de ossuários publicados, um arqueólogo israelense chamado Rahmani encontrou dezenove Josés, dez Josués, e cinco Tiagos.

Jake cuspiu o caroço na palma da mão e pôs outra azeitona na boca.

— Outro especialista estudou nomes registrados na Palestina do século I e obteve cifras de quatorze por cento para José, nove por cento para Jesus e dois por cento para Tiago. Trabalhando com esses números, um paleoepigrafista chamado André Lemaire calculou que apenas 0,14 por cento da população de Jerusalém podia ter o nome "Tiago, filho de José".

Caroço para fora. Azeitona para dentro.

— Baseado na pressuposição de que cada homem tinha aproximadamente dois irmãos, Lemaire calculou que aproximadamente 18 por cento dos homens chamados "Tiago, filho de José" teriam tido um irmão chamado Jesus. De modo que em duas gerações, só 0,05 por cento da população teria a probabilidade de ser chamada "Tiago, filho de José, irmão de Jesus"

— Quantas pessoas viviam na Jerusalém do século I? — perguntei.

— Lemaire estimava 80 mil.

— Dos quais cerca de 40 mil seriam do sexo masculino — disse Ryan.

Jake assentiu.

— Lemaire concluiu que em Jerusalém, durante as duas gerações antes de 70 d.C., não mais do que vinte pessoas poderiam corresponder à inscrição no ossuário de Tiago.

— Mas nem todos terminavam num ossuário — eu disse.

— Não.

— E nem todo ossuário tinha inscrições.

— Observações astutas, Dra. Brennan. Mas a menção a um irmão é rara. Quantos Tiagos, filhos de Josés, tinham um irmão chamado Jesus que era famoso o bastante para esse parentesco ser assinalado em seus ossuários?

Eu não tinha resposta, de modo que retruquei com um pergunta.

— Outros especialistas em nomes concordam com a estimativa de Lemaire?

Jake fungou.

— Claro que não. Alguns dizem que é alta, outros que é baixa. Mas quais são as probabilidades desses nomes todos serem encontrados num túmulo? As Marias, José, Jesus. Judas, Salomé. Deve ser infinitesimal.

— Esse é o mesmo Lemaire a quem Oded Golan revelou primeiro o ossuário? — perguntei.

— Sim.

Meus olhos se desviaram para o osso do calcanhar com sua lesão peculiar. Pensei em Donovan Joyce e em sua teoria bizarra sobre Jesus sobrevivendo para lutar e morrer em Masada. Pensei em Yossi Lerner e em sua teoria bizarra sobre os ossos de Jesus acabando no Musée de l'Homme em Paris.

Lerner roubara o esqueleto que estávamos chamando de Max por acreditar que ele era Jesus. Mas a idade de Max ao morrer provara que ele estava errado. Minha estimativa o colocava entre 40 e 60 anos. Essa estimativa também fazia com que Max fosse velho demais para ser o octogenário de *The Jesus Scroll*.

Agora Jake sugeria outra teoria bizarra e outro candidato. Jesus morrera por crucificação, mas seu corpo não havia ressuscitado, e sim permanecido no túmulo. Esse túmulo se tornara o jazigo final da família de

Jesus e ficava no Cédron. Saqueadores o tinham encontrado e roubado o ossuário de Tiago. Jake o redescobrira e recuperara os restos de ossuários e indivíduos que eles haviam deixado para trás. Eu topara por acaso com um *loculus* oculto no túmulo e encontrara um sepultamento que ninguém mais havia encontrado. Os ossos de Jesus.

O friozinho no meu estômago se tornou um aperto forte.

Larguei o sanduíche. Um dos gatos começou a avançar lentamente até ele.

— Tiago era bem conhecido em sua época? — perguntou Ryan.

— Pode apostar. Vamos voltar mais um pouco. Indícios históricos sugerem que Jesus nasceu numa linhagem conhecida como os davídicos, descendentes diretos de Davi, um rei de Israel do século X a.E.C. De acordo com os profetas hebreus, o Messias, o rei da nação restaurada de Israel, viria dessa linhagem real. Os davídicos, com seu potencial revolucionário radical, eram bem conhecidos pela família de Herodes, que governava a Palestina na época, e pelos romanos, até o imperador. Esses "membros da realeza" eram vigiados de perto e, às vezes, perseguidos e assassinados. Quando Jesus foi crucificado em 30 E.C. por sua pretensão de rei messiânico, seu irmão Tiago, o próximo na linha de sucessão davídica, tornou-se o figurão do movimento cristão em Jerusalém.

— E não Pedro? — perguntou Ryan.

— Nem Pedro, nem Paulo. Tiago, o justo. O fato não é amplamente conhecido e raramente recebe a consideração adequada. Quando Tiago foi apedrejado até a morte em 62 E.C., acusado basicamente das mesmas pretensões messiânicas de Jesus, o irmão Simão assumiu seu lugar. Depois de 45 anos, Simão foi crucificado sob o imperador Trajano, especificamente por causa de sua linhagem real. Adivinhem quem assumiu o bastão em seguida?

Ryan e eu balançamos a cabeça.

— Um *terceiro* parente, Judas, passou a liderar o movimento em Jerusalém.

Pensei sobre isso. Jesus e seus irmãos aspirando ao título messiânico de Rei dos Judeus? Certo. Eu podia aceitar uma perspectiva política diferente. Mas o que Jake estava sugerindo? Jesus ainda em seu túmulo?

— Como você pode ter certeza de que o túmulo de Cédron data do período certo? — Minha voz soou tensa. Eu me senti subitamente inquieta.

— Ossuários só foram usados entre aproximadamente 30 a.E.C. e 70 E.C.

— Uma das inscrições é em grego. — Brandi a mão sobre o Tupperware no balcão. — Talvez essas pessoas nem fossem judias.

— A mistura de grego e hebraico é muito comum nos túmulos do século I. E ossuários só eram usados para sepultamentos judeus. — Jake antecipou minha pergunta seguinte: — E quase que exclusivamente em Jerusalém e em seus arredores.

— Eu achava que o túmulo de Cristo ficava sob a Igreja do Santo Sepulcro, junto à Cidade Velha — disse Ryan, enrolando uma fatia de munster em volta de um picles.

— Um monte de gente também acha.

— Você não.

— Eu não.

— Jesus era de Nazaré — falei. — Por que o jazigo da família não seria lá?

— O Novo Testamento indica que Maria e seus filhos passaram a residir em Jerusalém depois da crucificação. A tradição diz que Maria morreu e foi enterrada aqui, não ao norte, na Galileia.

Houve um longo silêncio, durante o qual o gato chegou a centímetros de meus pés.

— Deixa eu entender direito. — O gato recuou com o som da minha voz. — Você está convencido de que a inscrição no ossuário de Tiago é real.

— Estou — disse Jake.

— E que essa coisa foi saqueada do túmulo em que estivemos.

— Os boatos sempre indicaram a origem do ossuário naquele local.

— E que aquele túmulo foi o jazigo final dos parentes de Jesus.

— Sim.

— E que a lesão no calcâneo encontrado na mortalha sugere que um dos ocupantes do túmulo foi crucificado.

Jake assentiu em silêncio.

Meus olhos encontraram os de Ryan. Não viram nem sombra de um sorriso.

— Você compartilhou sua teoria sobre esse túmulo com Blotnik?

— Sim. Embora obviamente não o calcâneo crucificado. Você acabou de encontrá-lo. Ainda não consigo acreditar nisso.

— E?

— Ele me dispensou. O cara é um cretino, um espírito de porco.

— Jake?

— Você verá quando o conhecer.

Deixei esse assunto de lado e mudei o rumo da conversa.

— Você surrupiou espécimes dos ossos que tinham aderido aos ossuários despedaçados e dos que foram derrubados no chão do túmulo e os enviou para testes de DNA. Quando?

— Mantive amostras comigo quando entreguei a coleção para análise e um novo enterro. Eu as enviei para serem testadas logo após nossa conversa ao telefone. Seus comentários confirmaram o que eu esperava. O DNA mitocondrial pode mostrar relações maternas entre os indivíduos no túmulo, e o aDNA pode ao menos informar o sexo.

De novo, meus olhos foram para os ossos no balcão. Uma pergunta se formou em minha cabeça. Eu ainda não estava pronta para fazê-la.

— Normalmente, os corpos eram deixados por um ano para decomposição e, depois desse período, os ossos eram coletados e guardados nos ossuários, certo? — perguntou Ryan. — Então porque a pessoa da mortalha foi deixada no *loculus*?

— De acordo com a lei rabínica, os ossos de um homem morto tinham de ser coletados por seu filho. Talvez este homem não tivesse filhos. Talvez tivesse a ver com a forma como morreu. Talvez alguma crise tenha impedido a família de voltar.

Crise? Como a execução de um dissidente e a repressão de seu movimento, forçando a família e seus seguidores à clandestinidade? Jake estava sendo bastante claro.

Ryan olhou para mim como se tivesse algo a dizer, mas manteve para si mesmo.

Levantei e fui buscar o artigo que continha as fotos dos ossos do pé. Voltei para a mesa e notei o cabeçalho em cada página.

N. Haas. Departamento de Anatomia, Universidade Hebraica — Faculdade de Medicina Hadassah.

Minha mente mergulhou nisso. Pense em Max. Masada. Qualquer coisa menos o osso do calcanhar e sua lesão perturbadora.

— Esse é o mesmo Haas que trabalhou em Masada?

— Sim, senhora.

Percorri o artigo. Idade. Sexo. Medidas cranianas. Trauma e Patologia. Diagramas. Tabelas.

— É bastante detalhado.

— Equivocado, mas detalhado — concordou Jake.

— No entanto, Haas nunca escreveu nada sobre os esqueletos da Caverna 2001.

— Nem uma única palavra.

O esqueleto de Masada não constava em nenhum relatório, tinha sumido de Israel, fora roubado de um museu e contrabandeado para o Canadá. De acordo com Kaplan, Ferris afirmou que era de uma pessoa de importância histórica, descoberta em Masada. Jake admitiu ter ouvido boatos sobre tal esqueleto. Um escavador voluntário confirmou a descoberta. A foto de Kaplan fizera Jake voar para Montreal, e então para Paris. Por causa de Max, eu tinha sido persuadida a vir para Israel.

Lerner havia pensado que o esqueleto era de Jesus. Ele estava errado. A idade no momento da morte não batia. Jake sugeria que o esqueleto autêntico estava no balcão atrás de mim.

Então por que as décadas de intriga em relação ao esqueleto de Masada? Quem era o homem que estávamos chamando de Max?

Visualizei Max, roubado e provavelmente perdido para sempre.

Visualizei minha aventura na picape de Jake.

Visualizei meu quarto revistado.

A raiva irrompeu.

Ótimo. Use-a. Concentre-se em Max. Evite o impossível encontrado coincidentemente num túmulo em Cédron. O impossível dentro de um Tupperware num balcão de cozinha.

— O esqueleto de Masada se foi para sempre, não? — perguntei.

— Não se eu puder evitar. — Algo perpassou pelo rosto de Jake. Eu não saberia dizer o quê. — Vou falar com Blotnik hoje.

— Blotnik tem influência junto a Chevra Kadisha? — perguntou Ryan.

Jake não respondeu. Lá fora, uma cabra baliu.

— Em que está pensando? — perguntei.

Ele franziu o cenho.

— O que foi? — insisti.

— Há algo maior em jogo. — Jake esfregou os olhos com as costas das mãos.

Abri a boca. Ryan olhou para a mim, balançou a cabeça de maneira quase imperceptível. Fechei a boca.

Jake deixou as mãos caírem nas laterais do corpo e seus braços bateram no balcão.

— Isso vai além da besteirada usual de enterrar novamente os ossos. A Chevra Kadisha tem que ter recebido informações. Eles nos seguiram no Cédron por causa dos ossos de Masada. — Um dedo comprido começou a remexer migalhas. — Acho que Yadin sabe alguma coisa sobre esse esqueleto que o deixou mortalmente aterrorizado.

— Que tipo de coisa?

— Não tenho certeza. Mas mandar um emissário de Israel para o Canadá? Vandalizar um quarto de hotel? Talvez até matar um cara? Isso é mais do que a Chevra Kadisha.

Observei Jake converter uma pequena colina de migalhas numa comprida linha fina. Pensei em Yossi Lerner, Avram Ferris e Sylvain Morissonneau.

Pensei em Jamal Hasan Abu-Jarur e Muhammed Hazman Shalaideh, os palestinos parados em frente a Abbaye Sainte-Marie-des-Neiges.

Eu não conhecia os jogadores. Não conhecia o campo. Mas meus instintos me diziam que Jake estava certo. O jogo era fatal, e a meta era Max. E nossos adversários estavam determinados a ganhar.

Sempre a mesma pergunta. Quem era Max?

— Jake, escute.

Esticando os pés, ele se recostou, cruzou os braços e olhou primeiro para Ryan e depois para mim.

— Você vai ter seus resultados de DNA. Você vai ter sua análise dos tecidos. Isso é o túmulo. Isso é importante. Mas por ora, vamos nos concentrar em Masada.

Naquele instante, o telefone de Ryan tocou. Ele verificou a tela e saiu da sala.

Voltei-me de novo para Jake.

— Haas nunca relatou nada sobre os esqueletos da caverna, certo?

— Certo.

— E quanto às anotações de campo?

Jake balançou a cabeça.

— Alguns escavadores mantinham diários, mas anotações como você e eu as conhecemos não eram protocolo em Masada.

Devo ter parecido chocada.

— Yadin se reunia com os mais graduados da equipe todas as noites para discutir os desdobramentos do dia. As sessões foram gravadas e depois transcritas.

— Onde estão essas transcrições?

— No Instituto de Arqueologia na Universidade Hebraica.

— São acessíveis?

— Posso fazer umas ligações.

— Como você está se sentindo? — perguntei.

— Fantástico.

— Que tal darmos uma passada na universidade e fuçar os arquivos?

— Que tal levarmos a mortalha para Esther Getz primeiro e depois irmos à universidade?

— Onde fica o laboratório de Getz?

— No Museu Rockefeller.

— A AAI não fica lá também?

— Sim. — Suspiro dramático.

— Perfeito — eu disse. — Está na hora de eu me apresentar a Tovya Blotnik.

— Você não vai gostar dele.

Enquanto eu tirava a mesa, Jake fez suas ligações. Eu estava fechando a tampa do picles quando Ryan reapareceu. Sua face sugeria que ele não tinha ouvido a melhor das notícias.

— Kaplan mudou a história — disse ele.

Eu aguardei.

— Ele alega que alguém o contratou para apagar Ferris.

CAPÍTULO 29

Eu pisquei, coloquei o pote na mesa e me recuperei o bastante para fazer uma pergunta.

— Kaplan foi pago para matar Ferris?

Breve gesto de assentimento com a cabeça.

— Por quem?

— Ele ainda não compartilhou esse pequeno detalhe.

— Ele dizia que era inocente como uma menininha. Por que decidiu falar agora?

— Quem sabe?

— Friedman acredita nele?

— Está ouvindo a história.

— Parece um enredo direto da *Família Soprano.*

— Pode-se dizer que sim. — Ryan olhou de relance para o relógio. — Preciso voltar lá.

Cinco minutos depois da partida de Ryan, Jake reapareceu. Boas notícias. Teríamos acesso às transcrições de Masada. E Getz ia nos receber. Ele havia contado a ela sobre a mortalha, mas não sobre os ossos. Embora eu questionasse a sabedoria de ocultar informações, estávamos em Israel, território de Jake, não meu. E ele me assegurou que só estava ganhando alguns dias.

E algumas amostras de ossos roubadas, suspeitei.

Enquanto Jake tomava duas aspirinas e eu embalava novamente a mortalha, discutimos o que fazer com os ossos. A Chevra Kadisha não estava a par da existência deles, ou estaria gritando para que os entregássemos. E como já tinha Max, não havia mais razões para me manter sob vigilância ou me seguir. Decidimos que o apartamento de Jake seria seguro.

Trancamos os ossos no armário dos ossuários, fechamos as portas e o portão e partimos. Embora a tensão em seu queixo sugerisse que ele estava com dor de cabeça, Jake insistiu em dirigir seu Honda alugado.

Atravessamos de volta o posto de controle na Nablus Road, e Jake avançou devagar pelo trânsito da Sulktan Suleiman, na zona leste de Jerusalém. Seguindo pelo canto esquerdo da muralha da Cidade Velha, em frente a Porta das Flores, ele entrou num acesso que levava a alguns portões de metal. Uma placa desgastada identificava o Museu Rockefeller em inglês e hebraico.

Jake desceu e falou num interfone enferrujado. Minutos depois, as portas se abriram, e contornamos um jardim com um belo paisagismo.

Ao retornar à pé para uma entrada lateral, notei uma inscrição no exterior do prédio: GOVERNO DA PALESTINA. DEPARTAMENTO DE ANTIGUIDADES.

As coisas mudam.

— Quando esse prédio foi construído? — perguntei.

— Foi inaugurado em 1938. Abriga sobretudo antiguidades descobertas durante o período do Mandato Britânico.

— De 1919 a 1948. — Eu tinha lido isso no livro de Winston. — É bonito.

Era mesmo. Calcário branco, todo com torreões, jardins, arcos.

— Há material pré-histórico aqui. E alguns ossuários incríveis.

Com ossuários incríveis ou não, o lugar estava deserto.

Jake me conduziu através de várias salas de exposição até uma escadaria, nossos passos ecoando nas paredes de pedra. O ar estava saturado com cheiro de desinfetante.

No andar de cima, passamos por vários arcos e entramos à direita. Uma placa anunciava o escritório de Esther Getz.

Jake bateu de leve e abriu a porta.

Do outro lado da sala, vi uma mulher mais ou menos da minha idade, robusta, com um queixo tão pontudo que poderia quebrar o gelo do rio São Lourenço na primavera. Ao nos ver, ela deixou seu microscópio e veio até nós.

Jake fez as apresentações.

Sorri e estendi a mão. Getz a apertou como se eu pudesse ter uma doença contagiosa.

— Vocês trouxeram a mortalha?

Jake assentiu.

Ela abriu espaço numa mesa. Ele colocou os dois Tupperware no centro.

— Você não vai acredi...

Getz o interrompeu.

— Relembre-me a proveniência.

Jake descreveu o túmulo, sem mencionar sua localização específica.

— Qualquer coisa que eu disser hoje será estritamente preliminar.

— É claro — disse Jake.

Getz abriu a primeira tampa e examinou a mortalha, repetindo a ação com o segundo pote. Então ela colocou luvas e removeu delicadamente cada resquício. Quinze minutos depois, conseguiu desenrolar o pedaço menor.

Nós o fitamos simultaneamente. Como crianças numa aula de química, todos nos debruçamos sobre o tecido.

— Cabelo. — Getz não estava falando conosco, apenas pensava em voz alta.

Depois de 15 minutos, ela havia pegado com pinça a maior parte do cabelo e colocado num frasco, pondo meia dúzia sob o microscópio.

— Aparado pouco antes. Algum brilho. Nenhum sinal de piolhos ou lêndeas.

Getz trocou os cabelos pelo segmento maior de tecido.

— Trama simples.

— Típico do século I. — Jake flexionou um braço.

Getz reposicionou o tecido, ajustou de novo o foco.

— As fibras estão degradadas, mas não vejo a lisura e a variação que eu esperaria do linho.

— Lã? — perguntou Jake.

— Com base nisso, eu diria que sim.

Getz moveu o tecido para a frente e para trás.

— Nenhum defeito na trama. Nenhum buraco. Nenhum remendo. — Pausa. — Estranho.

— O quê? — O braço de Jake se deteve.

— Esse tecido foi fiado na direção oposta da que encontramos em Israel no século I.

— E isso quer dizer...?

— Foi importado.

— De onde?

— Meu palpite seria Itália ou Grécia.

Mais meia hora, e Getz passou a observar o fragmento menor no microscópio.

— Linho. — Ela se endireitou. — Por que os dois fragmentos estavam embalados separadamente?

Jake virou-se para mim.

Eu respondi devidamente à pergunta.

— O fragmento menor vem da parte mais interna do *loculus* e estava associado a fragmentos cranianos. O maior vem de uma posição mais próxima da abertura e estava associado a fragmentos pós-cranianos.

— Um envoltório para a cabeça, outro para o corpo — resumiu Jake. — É exatamente o que Simão Pedro descreve em João 20,6-7. "Chegou Simão Pedro que o seguia, entrou no sepulcro e viu os panos postos no chão. Viu também o sudário que estivera sobre a cabeça de Jesus. Não estava, porém, com os panos, mas enrolado num lugar à parte."

Getz deu uma olhada em seu relógio.

— Você compreende, é claro, que a AAI deve assumir a custódia. Pode deixar os espécimes comigo. — Nada sutil.

— É claro. Nossa descoberta está integralmente documentada. — Ênfase no "nossa". Jake também não estava sendo nada sutil. — Solicitarei datação por carbono-14. — Ele abriu seu sorriso mais cativante para Getz. — Enquanto isso, vou esperar ansiosamente seu relatório.

Contra todas as expectativas, ela conseguiu resistir ao charme de Jake.

— Todos irão — disse Getz, fazendo um gesto na direção da porta. Estávamos sendo dispensados.

Ao seguir Jake pelo corredor, eu tinha certeza de uma coisa: Esther Getz nunca havia sido chamada por apelidos engraçadinhos como "Getzster". Nada de apelidos para essa garota.

Próxima parada: Tovya Blotnik.

O escritório do diretor da AAI era quatro salas adiante. Ele se levantou quando entramos, mas não contornou a mesa para vir até nós.

É engraçado. Vozes no telefone conjuram imagens. Às vezes essas imagens acertam na mosca. Em outras, são completamente erradas.

O diretor da AAI era um homem baixo, magro e forte com um cavanhaque grisalho e cabelo que fazia tufos em volta de um solidéu de seda azul. Eu imaginara Papai Noel. Ele parecia mais um elfo judeu.

Jake me apresentou.

Blotnik pareceu surpreso, recobrou-se e se inclinou para a frente para o aperto de mãos.

— *Shabbath shalom*. — Sorriso melífluo. Voz de Papai Noel. — Por favor, sentem-se.

As escolhas eram limitadas, já que todas as cadeiras tinham pilhas de papéis e livros, exceto duas delas. Jake e eu nos sentamos nelas.

Blotnik sentou-se atrás de sua mesa. Pela primeira vez, ele pareceu notar meu rosto.

— Você se feriu? — Inglês americano. Talvez Nova York.

— Não foi nada — respondi.

Blotnik abriu a boca e a fechou, hesitante quanto ao que dizer. Então:

— Mas sobreviveu ao jet lag?

— Sim. Obrigada.

Ele inclinou a cabeça e colocou as duas mãos abertas sobre o tampo da mesa. Todos os seus movimentos eram precisos e tão velozes quanto um beija-flor.

— Isso é uma gentileza extraordinária, trazer o esqueleto para mim. Acima de qualquer expectativa. — Amplo sorriso de elfo. — Está com você?

— Não exatamente — respondeu Jake.

Blotnik olhou para ele.

Jake descreveu o incidente com a Chevra Kadisha, omitindo todos os detalhes relativos ao túmulo.

O rosto de Blotnik ficou desolado.

— Tamanho absurdo.

— Sim. — Glacial. — Sabe como é a Chevra Kadisha.

— Na verdade, não.

As sobrancelhas de Jake se contraíram, mas ele não falou nada.

— Onde fica esse túmulo? — Blotnik ergueu os dedos. Duas perfeitas impressões das palmas ficaram no tampo da mesa.

— No Cédron.

— É a origem dos tecidos que Esther mencionou?

— Sim.

Blotnik fez várias perguntas sobre o túmulo. Jake respondeu em termos vagos, gélidos.

Blotnik se levantou.

— Sinto muito, mas vocês me pegaram de saída. — Blotnik deu o que certamente considerava um sorriso humilde. — Shabat. Saindo mais cedo.

— *Shabbath shalom* — eu disse.

— *Shabbath shalom* — retribuiu Blotnik. — E muito obrigado mesmo por ter tentado, Dra. Brennan. A AAI fica profundamente em débito. Uma viagem tão longa. Uma perda tão grande. Seu gesto foi realmente admirável.

Estávamos no corredor.

No caminho para a Universidade Hebraica, Jake eu discutimos nosso encontro com Blotnik.

— Você realmente não gosta do cara — eu disse.

— Ele é uma fraude egoísta que se autopromove.

— Não se contenha, Jake.

— E eu não confio nele.

— Por quê?

— Ele é desonesto.

— Como assim?

— Usa o trabalho dos outros, publica, não dá os devidos créditos. Quer que eu continue?

Jake tinha horror a cientistas mais velhos que exploravam colegas mais novos ou estudantes. Eu já ouvira o sermão. Deixei isso de lado.

— Getz contou a Blotnik sobre a mortalha.

— Achei que ela ia fazer isso, mas era um risco que eu estava disposto a correr. Esther é a melhor no que se refere a tecidos antigos, e eu preciso que ela autentique a coisa. Além disso, passando por Getz, fica impossível para Blotnik pegar carona na descoberta.

— Mas você não confia em nenhum dos dois no que se refere aos ossos.

— De jeito nenhum alguém mais vai ver esses ossos antes de eu tê-los documentado completamente.

— Blotnik não pareceu particularmente perturbado quanto ao esqueleto de Masada — falei. — E ele também não pareceu tão surpreso ao me ver quanto eu esperava.

Jake deu uma olhada de relance para mim.

— Quando eu liguei de Montreal, em nenhum momento mencionei a data em que você viria.

— Não?

Jake entrou à esquerda.

— E quanto ao comentário sobre o jet lag? — perguntei.

— O que tem ele?

— É como se Blotnik soubesse exatamente há quanto tempo estou aqui.

Jake começou a falar. Eu o interrompi.

— E qualquer pessoa envolvida com arqueologia em Israel não saberia sobre a Chevra Kadisha?

— Duh! — disse Jake, num tom desdenhoso. — Você também percebeu isso?

— Será que Blotnik não parece preocupado porque *ele* está com o esqueleto?

— Isso é muita especulação. O cara é um banana. Mas se estiver com ele, vou chutar o traseiro dele daqui até Tel Aviv.

Nós também discutimos os comentários de Getz.

— Ela não é exatamente loquaz, não?

— Esther é direta.

Não era a descrição que eu faria de Getzster.

— Mas você gostou do que ela viu — eu disse.

— Pode crer. Cabelo limpo. Nada de parasitas. Tecido importado. E lã era um luxo naquela época. A maioria das mortalhas era exclusivamente de linho. Quem quer que tenha sido esse esqueleto, ele tinha status. — Jake me deu outro olhar. — E um buraco no osso do calcanhar. E nomes de parentes direto dos Evangelhos.

— Jake, tenho que admitir, estou cética. Primeiro o esqueleto de Masada e agora esses ossos da mortalha. Você não está se convencendo de alguma coisa só por querer desesperadamente que seja verdade?

— Nunca acreditei que o esqueleto de Masada fosse o de Jesus. Essa era a interpretação de Lerner, baseada no raciocínio maluco de Donovan Joyce. Mas acho sim que os ossos são de alguém que não deveria estar lá naquele rochedo. Alguém cuja presença vai levar os israelenses, e talvez o Vaticano, a fazer xixi nas calças.

— Um indivíduo não zelote.

Jake assentiu.

— Quem?

— É isso que nós iremos descobrir.

Prosseguimos em silêncio por um tempo. Então voltei à mortalha.

— O tecido que eu encontrei no túmulo é similar ao sudário de Turim? — perguntei.

— O tecido do sudário de Turim é linho e tem uma trama mais complicada, três em um, em diagonal. O que faz sentido. Aquele sudário data da Idade Média, algo entre 1260 e 1390 E.C.

— Datado por carbono-14?

Jake assentiu.

— Confirmado por laboratórios em Tucson, Oxford e Zurique. E o sudário de Turim era um único tecido para o corpo todo. O nosso é em duas partes.

— Qual é a opinião geral sobre a imagem de Turim? — perguntei.

— Provavelmente resultado da oxidação e desidratação das fibras de celulose do próprio tecido.

Outro golpe duro para o Vaticano.

Chegar à universidade levou menos tempo do que achar um lugar para estacionar. Por fim, Jake enfiou o Honda alugado num espaço designado para uma moto e saímos em direção ao lado leste do campus.

O sol se irradiava de um céu imaculadamente azul. O ar cheirava a grama recém-cortada.

Atravessamos sombras e clareiras de luz, passando por salas de aula, escritórios, alojamentos e laboratórios. Estudantes tomavam café em mesas ao ar livre ou caminhavam usando bandanas, mochilas e Birkenstocks. Um garoto jogava um Frisbee para seu cachorro.

Podíamos estar em qualquer campus de qualquer cidade. No topo do monte Scopus, a Universidade Hebraica era uma ilha de tranquilidade num mar urbano de policiais, barricadas, poluição e cimento.

Mas nada nessa terra é imune. Enquanto caminhávamos, minha mente sobrepôs imagens sobre essa paisagem pacífica. Imagens de noticiário: 31 de julho de 2001. Um dia muito parecido com este. Alunos faziam provas ou se matriculavam em cursos de verão. Um pacote deixado na mesa de um café. Sete mortos, oitenta feridos. O Hamas reivindicou a responsabilidade, retaliação pelo assassinato de Salah Sheahadeh por Israel em Gaza. Quatorze palestinos mortos lá.

E a história continua.

A guardiã do Instituto de Arqueologia era uma mulher chamada Irena Porat. Uma década mais velha que Esther Getz, com uma noção de moda que tendia para o felpudo e o floral, Porat era consideravelmente menos ameaçadora que a especialista em tecidos.

Shaloms foram trocados.

Porat falou com Jake em hebraico.

Jake respondeu e, eu supus, lembrou Porat de seu telefonema.

Enquanto Jake explicava nosso propósito, ela inspecionava algo farelento que havia encontrado na própria orelha. Captei a palavra "Masada" e o nome de Yadin.

Quando Jake terminou, Porat fez uma pergunta.

Jake respondeu.

Porat disse alguma coisa e inclinou a cabeça em minha direção.

Jake respondeu novamente.

Chegando mais perto, Porat falou com Jake em voz mais baixa.

Jake assentiu, uma expressão solene.

Porat me dirigiu seu melhor sorriso de boas-vindas.

Eu retribui o sorriso dela, uma conspiradora confiável.

Porat conduziu-nos por dois lances de escadas a uma sala sombria, sem janelas. As paredes e o chão eram cinzentos, a mobília consistia em mesas desgastadas, cadeiras dobráveis e fileiras de estantes do chão ao teto. Grandes caixas preenchiam dois cantos.

— Por favor. — Porat apontou o dedo que tinha enfiado na orelha para mim e, em seguida, para uma mesa.

Eu sentei.

Porat e Jake desapareceram em meio às estantes. Quando emergiram, Jake carregava três grandes caixas de papelão corrugado marrom repletas de arquivos. Porat trazia outra.

Ao colocar seus arquivos sobre a mesa, Porat deu uma última instrução, um último sorriso e se foi.

— Senhora simpática — comentei.

— Exagera um pouco no angorá — disse Jake.

Cada arquivo estava identificado em hebraico com pincel atômico preto. Jake os alinhou, selecionou o primeiro e pegou um dos fichários que havia dentro dele.

Jake selecionou um, eu peguei outro.

Papel sem pauta formato A4. Datilografado em hebraico em uma das faces.

Folheei algumas páginas.

Eu não conseguia ler nada.

Curso intensivo. Jake escreveu uma lista de frases que serviriam como sinalizadores. Yoram Tsafrir. Nicu Haas. Caverna 2001. Esqueleto. Osso. Ele também me mostrou como ler datas hebraicas.

Jake começou com o fichário mais antigo. Peguei o seguinte. Usando minha lista, fui adiante, como se participasse daquele jogo "ache o objeto estranho".

Apontei para um monte de alarmes falsos. Estávamos nisso fazia uma hora quando consegui a primeira referência correta.

— O que é isto? — perguntei, empurrando o fichário para Jake.

Ele percorreu o texto, se inclinou.

— É a reunião de 20 de outubro de 1963. Eles falam sobre a Caverna 2001.

— O que estão dizendo?

— Yoram Tsafri está relatando seus progressos em outra caverna, a 2004. Ouça isso.

Eu definitivamente queria ouvir.

— Tsafri diz que os achados são "...muito mais belos do que as peças encontradas nas Cavernas 2001 e 2002".

— Então a Caverna 2001 foi explorada antes de 20 de outubro — eu disse.

— Isso.

— Eles não começaram no início de outubro?

Jake assentiu.

— Então a caverna deve ter sido descoberta nas primeiras duas semanas de escavação.

— Mas não encontrei qualquer menção anterior. — Jake franziu o cenho. — Continue. Vou voltar nas páginas que já olhei.

Minha referência seguinte à Caverna 2001 era de 26 de novembro de 1963, mais de um mês depois. Haas tinha sido convidado a integrar o grupo.

— Haas está relatando sobre os três esqueletos do Locus 8, na área do palácio ao norte, e do Locus 2001. São os ossos da caverna. — O dedo de Jake acompanhou o texto. — Ele diz que há entre 24 e 26 pessoas e um feto de seis meses. Quatorze homens, seis mulheres, quatro crianças e alguns impossíveis de serem identificados.

— Nós sabemos que essa conta não fecha — eu disse.

— Certo. — Jake ergueu os olhos. — Porém o mais importante: onde estão as discussões prévias sobre a caverna e seu conteúdo?

— Talvez tenhamos passado por elas sem perceber.

— Talvez.

— Vamos repassar tudo antes de 20 de outubro — sugeri.

Foi o que fizemos.

Não havia nem uma única menção à exploração da caverna.

Mas percebi uma coisa.

As páginas estavam numeradas em algarismos arábicos.

Eu conseguia ler algarismos arábicos.

Percorri de novo o período em questão.

Estavam faltando as páginas das primeiras semanas de outubro.

Com uma crescente sensação de desconforto, verificamos de novo cada fichário em cada arquivo.

As páginas não tinham sido catalogadas incorretamente.

Elas tinham sumido.

CAPÍTULO 30

— É POSSÍVEL RETIRAR materiais daqui? — perguntei.

— Não. E Porat me garantiu que nos entregou a coleção completa.

— Se as páginas foram removidas, foi algo interno.

Nós ponderamos em silêncio.

— Yadin anunciou a descoberta dos esqueletos do palácio numa entrevista coletiva em novembro de 1963 — falei. — Com certeza ele estava interessado em restos humanos.

— Ah, claro. Que jeito melhor de validar os suicídios de Masada?

— Então Yadin falou das três pessoas encontradas no topo, na área ocupada pelo grupo principal. Sua pequena e corajosa "família" zelote. — Fiz o gesto de aspas em volta da palavra. — Mas ele ignorou os restos mortais do Locus 2001, as vinte e tantas pessoas encontradas na caverna sob a muralha da casamata, na extremidade sul do cume. Não houve nenhuma imprensa para esse pessoal.

— Nada.

— O que Yadin *chegou a dizer* à mídia?

A ponta dos dedos de Jake ocuparam-se de suas têmporas. Veias azuis apareciam através de sua pele branca.

— Não tenho certeza.

— Ele poderia estar com dúvidas quanto à idade dos ossos?

— No relatório das primeiras escavações Yadin afirmou que nada da caverna apontava para algo posterior ao período da primeira revolta. E ele tinha razão. Fragmentos de tecidos encontrados com os ossos passaram por testes de carbono-14 no começo dos anos 1990 e foram datados entre 40 e 115 E.C.

Páginas faltando. Esqueletos roubados. Um negociante assassinado, Um padre morto. Era como estar num salão de espelhos côncavos e convexos. O que era real? O que era distorção? O que leva a quê?

Percebi uma coisa.

Alguma trama invisível relacionava tudo novamente aos ossos da caverna.

E a Max.

Percebi Jake disfarçando um olhar de relance para seu relógio.

— Você vai direto para a cama — falei, guardando os cadernos nos arquivos.

— Estou bem. — Sua linguagem corporal discordava.

— Você está ruindo bem aí na minha frente.

— Realmente, estou com uma dor de cabeça terrível. Você se importaria de me deixar em casa e ficar com o meu carro?

Eu me levantei.

— Nenhum problema.

Jake me forneceu um mapa, orientações e as chaves do Honda. Ele estava dormindo antes de eu sair de seu apartamento.

Sou bastante boa com orientações. Sou bastante boa com mapas. Mas sou horrível com placas com símbolos desconhecidos em línguas estrangeiras.

O percurso de Beit Hanina até o American Colony deveria ter levado vinte minutos. Uma hora depois eu estava desesperadamente perdida. De algum jeito, eu tinha ido parar na Sderot Yigal Yadin. Então eu estava no Sha'arei Yerushalayim sem ter feito uma curva sequer.

Verifiquei o nome de uma transversal, estacionei, abri o mapa de Jake sobre o volante e tentei localizar onde estava.

No retrovisor, reparei em um carro desviando-se para o meio-fio dez metros atrás de mim. Minha mente fez um registro automático. Sedan. Azul-escuro. Dois ocupantes.

Uma placa indicava que eu estava perto da saída para a estrada para Tel Aviv. Mas qual estrada para Tel Aviv? Meu mapa mostrava duas.

Procurei mais referências.

Novo registro. Ninguém saiu do sedan.

Vi placas para uma estação rodoviária central e um Holiday Inn. Eu podia pedir informações em qualquer um dos dois.

Eu estava a toda. Eu tinha um plano.

Parti com a intenção de bater na primeira instituição que cruzasse meu caminho.

Novo registro. Sedan saindo atrás de mim.

Senti um frêmito de apreensão. Era sexta-feira, perto do anoitecer. As ruas estavam vazias por causa do Shabat.

Entrei à direita.

O sedan entrou à direita.

Já fui seguida duas vezes na vida. Em nenhuma das ocasiões a intenção era promover o meu bem-estar.

Entrei à direita, e então à esquerda um quarteirão depois.

O sedan fez o mesmo.

Eu não estava gostando daquilo.

Coloquei as duas mãos no volante e acelerei.

O sedan continuou na minha cola.

Entrei à esquerda.

O sedan virou a esquina atrás de mim.

Virei de novo. Agora eu estava perdida num labirinto de ruas menores. Só uma van no meu campo de visão. O sedan se aproximou.

Um pensamento disparou em minha mente: fuja!

Acelerei e ultrapassei a van, olhando adiante, procurando um refúgio.

Um símbolo familiar. Uma cruz vermelha. Primeiros socorros. Uma clínica? Um hospital? Não importava, qualquer coisa serviria.

Meus olhos espiaram pelo retrovisor.

O sedan se aproximava.

Vi uma clínica no meio de um pequeno largo. Entrei na área do hospital, estacionei de qualquer jeito e corri para a porta.

O sedan passou direto. Pela janela fechada, vislumbrei a cena.

Boca raivosa. Olhos de víbora. A barba não aparada de um muçulmano fundamentalista.

Encontrei Ryan no saguão do hotel às sete da noite. A essa altura, eu não tinha certeza de se havia sido seguida ou não. Meu quarto havia sido invadido. Eu fora ameaçada por um chacal. Jake e eu tínhamos sido apedrejados. Max fora roubado. Nós arruinamos a picape. Durante um longo banho quente na banheira, comecei a ceder à opinião de que meus nervos abalados tinham tornado os acontecimentos ainda piores.

Talvez o sedan estivesse fazendo o mesmo percurso que eu. Talvez o motorista estivesse tão perdido quanto eu. Talvez os ocupantes fossem uma versão israelense dos caipiras norte-americanos cheios de testosterona dando uma volta de carro sexta à noite.

"Não seja ingênua", eu disse a mim mesma, respirando fundo. Aquele carro estava especificamente interessado no meu.

Nem Ryan nem eu queríamos fazer uma refeição pesada. A recepcionista nos explicou como chegar a um restaurante árabe ali perto.

Enquanto a mulher falava, seus olhos vacilavam em minha direção. Quando encontravam os meus, se desviavam. Tive a sensação de que ela queria me dizer alguma coisa.

Tentei responder com olhares amigáveis e acolhedores, mas ela não compartilhou o que estava em sua cabeça.

O restaurante era sinalizado por uma placa do tamanho do meu sabonete. Nós o achamos após três paradas para pedir informações. Um segurança armado nos deixou passar.

Lá dentro estava escuro e lotado. Havia alguns reservados alinhados junto às duas paredes e mesas no meio. A clientela era sobretudo masculina. As poucas mulheres presentes usavam *hijabs*. O proprietário não acreditava em seções para não fumantes.

Fomos conduzidos a um dos reservados, tão escuro que era impossível ler o cardápio. Olhei de relance para o cardápio e então fiz um gesto de "você escolhe" para Ryan.

O garçom usava camisa branca e calça preta. Seus dentes eram amarelados, seu rosto marcado por anos de cigarros.

Ryan disse alguma coisa em árabe. Entendi a palavra "Coca". O garçom fez uma pergunta. Ryan fez um sinal de positivo com o polegar. O garçom rabiscou num bloquinho e se foi.

— O que você pediu? — perguntei.

— Pizza.

— Vocabulário à la Friedman?

— Eu também sei perguntar onde fica o banheiro.

— Qual?

— O masculino.

— Qual pizza.

— Não tenho certeza.

Contei a Ryan sobre minha visita ao Rockefeller.

— Getz julgou que a mortalha era do século I, feita de linho e lã e provavelmente importada.

— Isso quer dizer cara.

— Sim. E o cabelo estava limpo, aparado e livre de parasitas.

Ryan entendeu na hora.

— Tecido bom. Cabelo bem-cuidado. O cara da mortalha era de classe alta e teve o osso do calcanhar perfurado. Jake acha que é J. C.

Retomei a explicação de Jake sobre a história do Cédron e do Hinom. O Vale do Inferno. Em seguida comecei a enumerar os fatos com os dedos.

— Indivíduo de status social elevado encontrado num túmulo que, segundo Jake, com certeza era da família de Jesus. O túmulo continha ossuários com inscrições de nomes bíblicos. Ele acredita que o túmulo é a origem do ossuário de Tiago, a possível urna funerária do irmão de Jesus.

Baixei a mão.

— Jake está convencido de que o homem na mortalha é Jesus de Nazaré.

— O que você acha?

— Ora, Ryan. Quais são as probabilidades? Pense nas implicações disso.

Ambos pensamos por um instante. Ryan falou primeiro.

— Como Max se encaixa no túmulo do Cédron?

— Não acho que se encaixe. E esse é outro argumento. Qual é a probabilidade de dois esqueletos que dizem ser de Jesus Cristo aparecerem ao mesmo tempo?

— Isso não é exatamente verdade. Max foi descoberto na década de 1960. E só reapareceu recentemente.

— Ferris é assassinado. Kaplan me mostra a foto. Localizo Max e excluo a possibilidade de ele ser Jesus Cristo. Três semanas depois, encontro um cara envolto em uma mortalha e *ele* é Jesus Cristo? Isso é ridículo.

— Jake estava tão ansioso para ter Max que pagou sua vinda a Israel. Quem ele pensa que Max é?

— Alguém importante que não devia estar em Masada.

Contei sobre minha ida à Universidade Hebraica e as páginas que faltavam nas transcrições de Masada.

— Curioso — comentou ele.

Também descrevi meu encontro com Tovya Blotnik e mencionei as ressalvas que Jake tinha contra o homem.

— Curioso — comentou ele novamente.

Fiquei em dúvida quanto a contar a Ryan sobre o sedan. E se a coisa toda fosse produto da minha imaginação?

E se não fosse?

Melhor estar errada do que levar uma pedrada na cabeça. Ou algo pior.

Descrevi o incidente.

Ryan escutou. Ele estaria sorrindo? Estava escuro demais para saber.

— Provavelmente não foi nada — eu disse.

Ryan estendeu a mão sobre a mesa e colocou-a sobre a minha.

— Você está bem?

— Mais ou menos — falei.

Ele passou o polegar pela minha pele.

— Você sabe que eu preferia que você não saísse por aí por conta própria.

— Eu sei — eu disse.

O garçom pôs dois jogos americanos na mesa e colocou uma coca normal sobre cada um. Aparentemente as aulas de hebraico de Ryan não incluíram a palavra "diet".

— Sem cerveja? — perguntei.

— Não é uma opção.

— Como você sabe?

— Não há nada que diga "cerveja" por aqui.

— Sempre o detetive. — Eu sorri.

— O crime nunca dorme.

— Acho que vou amanhã ao *Jerusalem Post* procurar nos arquivos, ver o que Yadin dizia sobre os esqueletos da caverna em Masada na década de 1960 — falei.

— Por que não usa a biblioteca da universidade?

— Jake disse que o *Post* mantém os artigos antigos arquivados por assunto. Deve ser muitíssimo mais rápido que percorrer rolos e mais rolos de microfilme.

— O *Post* vai estar fechado no sábado — retrucou Ryan.

Claro que sim. Mudei de assunto.

— Como foi seu interrogatório? — perguntei.

— Kaplan insiste na versão de que ele foi contratado para matar Ferris.

— Por quem?

— Ele alega que nunca ficou sabendo o nome dela — respondeu Ryan.

— Dela?

Acho que Ryan assentiu.

— O que essa mulher misteriosa disse a ele?

— Que ela precisava de um atirador.

— Por que ela ia querer que Kaplan matasse Ferris?

— Ela o queria morto.

Revirei os olhos. Uma perda de tempo naquela escuridão.

— Quando ela solicitou a ajuda dele?

— Ele acha que foi na segunda semana de janeiro.

— Mais ou menos na época que Ferris estava pedindo a Kaplan para vender o esqueleto.

— Isso.

— Ferris foi morto no meio de fevereiro.

— Isso.

O garçom trouxe guardanapos, pratos e talheres e colocou uma pizza entre nós. Estava coberta com azeitonas, tomates e coisinhas verdes que supus serem alcaparras.

— Como a mulher entrou em contato? — perguntei quando o garçom foi embora.

— Ligou para o pet shop.

Ryan serviu fatias de pizza.

— Deixa eu entender direito. Uma mulher desconhecida ligou para lá, perguntou sobre porquinhos-da-índia e então disse: "Ah, falando nisso, eu queria que você matasse alguém?"

— Essa é a história dele.

— *Isso* sim é curioso.

— Essa é a história dele.

— A mulher deu um nome?

— Não.

— Kaplan disse mais alguma coisa sobre ela?

— Que ela soava como uma viciada em cocaína.

A pizza estava excelente. Fiz uma pausa para mergulhar nos sabores. Tomate, cebola, pimentão verde, azeitonas, queijo feta e algo apimentado que eu não consegui identificar.

— O que ela ofereceu?

— Três mil.

— O que Kaplan disse?

— Dez mil.

— Ele recebeu 10 mil dólares?

— A contraoferta da mulher foi 3 mil antes, 3 mil depois do assassinato.

— O que Kaplan fez?

— Alega que recebeu o sinal e a ignorou.

— Ele a trapaceou?

— O que ela podia fazer? Chamar a polícia?

— Ela ainda tinha 3 mil para pagar a ele.

— Boa observação. — Ryan se serviu de mais pizza.

— Kaplan se encontrou frente a frente com essa mulher?

— Não. O dinheiro foi deixado sob uma lata de lixo no Jarry Park.

— Que coisa mais James Bond.

— Ele insiste que foi assim que funcionou.

Comemos enquanto observávamos as pessoas à nossa volta. Uma mulher estava sentada em frente, seu rosto um ovo pálido na escuridão. Era tudo o que eu podia ver. O *hijab* dela escondia o cabelo e estava preso com um broche sob o queixo. A blusa era escura, de mangas compridas, as mangas bem-abotoadas em volta dos pulsos.

Nossos olhos se encontraram. Os da mulher não se desviaram. Os meus, sim.

— Achei que Kaplan se dedicasse estritamente a crimes de colarinho branco.

— Talvez tenha ficado entediado e decidiu mudar de carreira.

— Kaplan pode estar inventando a coisa toda para despistá-lo.

— Já fui despistado por gente menos brilhante — revelou Ryan, servindo os dois últimos pedaços de pizza.

De novo, comemos em silêncio. Quando terminamos, eu me recostei na parede.

— A mulher misteriosa poderia ser Miriam Kessler?

— Fiz precisamente essa pergunta a Kaplan. O cavalheiro respondeu que não, dizendo que a boa viúva estava acima de quaisquer recriminações.

Ryan amassou seu guardanapo e jogou-o no prato.

— Tem alguma ideia de quem seja?

— Madonna. Katie Couric. Old Mother Hubbard. Montes de mulheres ligam para vigaristas de segunda sem histórico de comportamento homicida e oferecem a eles dinheiro para cometer assassinatos.

— Curioso. Cada vez mais curioso — falei.

CAPÍTULO 31

— ALLAHUU-UUU-AKBAAAAR...

A oração gravada irrompeu do lado de fora da minha janela.

Abri um olho.

A alvorada se insinuava entre as coisas em meu quarto. Uma delas era Ryan.

— Você está acordado?

— *Hamdulillah.* — A voz de Ryan soou grossa e indistinta.

— Hã? — eu disse.

— Deus seja louvado. — Tradução resmungada.

— Qual Deus? — perguntei.

— Isso é profundo demais para as cinco da manhã.

Era uma questão profunda. Uma sobre a qual eu havia ponderado um bom tempo depois de Ryan ter adormecido.

— Estou convencida de que é Max.

— O muezim?

Acertei Ryan com um travesseiro. Ele virou para o outro lado.

— Alguém queria tanto Max que estava disposto a matar por ele.

— Ferris?

— Entre outros.

— Estou ouvindo. — Os olhos de Ryan eram azuis e sonolentos.

— Jake tem razão. Isso vai além da Chevra Kadisha.

— Achei que os rapazes da CK queriam todo mundo.

Balancei a cabeça.

— Isso não diz respeito aos judeus mortos em geral, Ryan. Isso diz respeito a Max.

— Então quem ele é?

— Quem ele *era*. — Minha voz transbordava autorrecriminação.

— Não é culpa sua.

— Eu o perdi.

— O que você poderia ter feito?

— Tê-lo entregado diretamente para a AAI. Em vez de carregá-lo comigo para o Cédron. Ou, ao menos, ter tomado medidas para mantê-lo em segurança.

— Não devia ter deixado sua Uzi no tanque de guerra.

Dei outra travesseirada em Ryan. Ele confiscou o travesseiro, chegou um pouco para a frente e o colocou atrás da cabeça. Eu me aninhei junto a ele.

— Fatos, madame — disse Ryan.

Aquilo era algo que fazíamos quando empacávamos. Comecei a linha do tempo.

— No século I depois de Cristo, pessoas morreram e foram enterradas numa caverna em Masada, provavelmente nos sete anos de ocupação pelos zelotes judeus. Em 1963, Yigael Yadin e sua equipe escavaram essa caverna mas não relataram nada sobre os ossos encontrados nela. Nicu Haas, o antropólogo físico encarregado de analisar esses ossos, afirmou verbalmente para Yadin que os restos representavam entre 24 e 26 indivíduos misturados. Haas não fez menção a um esqueleto isolado, articulado e completo, mais tarde descrito para Jake Drum por um escavador voluntário que ajudou na caverna.

Ryan seguiu com o fio da meada.

— Esqueleto isolado, articulado e completo, daqui em diante referido como Max, que acabou no Musée de l'Homme em Paris. Remetente desconhecido.

— Em 1973, Yossi Lerner roubou Max do museu e o entregou para Avram Ferris — eu disse.

— Ferris contrabandeou Max para o Canadá e mais tarde confiou-o ao padre Sylvain Morissonneau na Abbaye Sainte-Marie-des-Neiges.

— Em 26 de fevereiro, Morissonneau entregou Max para Brennan. Alguns dias depois, Morissonneau apareceu morto.

— Você está pulando partes — disse Ryan.

— É verdade. — Pensei nas datas. — Em 15 de fevereiro, Avram Ferris foi encontrado morto a tiros em Montreal.

— Em 16 de fevereiro, um homem chamado Kessler entregou a foto de um esqueleto que se revelou ser Max.

— Hirsch Kessler é, na verdade, Hershel Kaplan, um vigarista de segunda categoria e negociante de antiguidades ilegais.

— Kaplan fugiu do Canadá e foi preso em Israel — prosseguiu Ryan. — A referida fuga ocorreu poucos dias antes da morte do padre Morissonneau em 2 de março.

— Em 9 de março, Ryan e Brennan chegaram em Israel. No dia seguinte, Drum levou Brennan para um passeio em um túmulo, e Max foi roubado pela Chevra Kadisha. Presumivelmente. No mesmo dia, o quarto de Brennan foi invadido — acrescentei.

— No dia seguinte, 11 de março, sob interrogatório competente — Ryan deu o mais humilde dos sorrisos —, Kaplan admitiu que Ferris tinha lhe pedido para vender Max. Ele afirma que espalhou a notícia da disponibilidade do esqueleto em meados de janeiro. No mesmo dia, Brennan foi seguida por homens aparentemente muçulmanos. Ah, e nós esquecemos de Jamal Hasan Abu-Jarur e Muhammed Hazman Shalaideh.

— Os homens do carro estacionado em frente a Abbaye Sainte-Marie-des-Neiges — falei.

— Turistas — acrescentou Ryan, colocando aspas na palavra com um gesto.

— Cronologicamente isso ocorreu cerca de duas semanas depois do assassinato de Ferris.

— Exatamente — concordou Ryan. — Em um interrogatório ainda mais competente, no mesmo dia Kaplan admitiu que uma mulher o havia contratado para matar Ferris, mas negou conhecê-la e negou ter sido o assassino.

— Esse negócio foi fechado no começo de janeiro, semanas antes de Ferris ser baleado. — Pensei por um instante. — Algo mais?

— Esses são os fatos, madame. A menos que você queria mencionar os ossos encontrados com a mortalha. Mas eles aparentemente não têm relação com Max ou Ferris.

— Verdade. — Passei à segunda fase do jogo. — Personagens principais?

Ryan começou.

— Yossi Lerner, judeu ortodoxo e libertador de Masada Max.

— Avram Ferris, vítima de assassinato e guardião de Max por um tempo — acrescentei.

— Hershel Kaplan, também conhecido como Hirsch Kessler, suspeito de assassinato e potencial negociador de Max.

— Miriam Ferris, viúva enlutada ligada a Hershel Kaplan.

— E com 4 milhões de seguro a receber.

— Sim.

— Sylvain Morissonneau, possível vítima de assassinato e guardião de Max por um tempo.

— A mulher misteriosa citada por Kaplan.

— Boa, essa — disse Ryan.

— Coadjuvantes?

Ryan pensou.

— O Sr. Litvak, parceiro israelense de Kaplan e seu acusador.

— Como Litvak entra nisso? — perguntei.

— Um terceiro elemento interessado em Max — explicou Ryan.

— Certo, então: Tovya Blotnik.

— O diretor da AAI?

— O mesmo raciocínio — expliquei.

— Jake Drum — disse Ryan.

— De jeito nenhum.

Ryan fez um gesto de indiferença

— Periféricos? — perguntei.

— Dora Ferris, mãe da vítima.

— Courtney Purviance, funcionária da vítima.

— Estamos sendo patetas.

— É verdade — concordei. — Mas uma coisa está clara. De algum jeito, tudo leva a Max.

— Hipóteses? — Ryan iniciou a terceira fase.

— Proposição um. Um grupo de judeus ultraortodoxos descobriu a identidade de Max e receia que sua presença em Masada possa macular a imagem do sítio sagrado do judaísmo.

— Mas nós sabemos que Max não é J. C. Quem ele é, então?

— Um nazareno. Suponha que esse grupo ultraortodoxo ficou sabendo que aqueles que viviam na caverna não estavam com o grupo principal de zelotes judeus. Eram, na realidade, judeus seguidores de Jesus, talvez até membros de sua família.

— Yadin sabia disso? A AAI?

— Isso explicaria a relutância de Yadin em discutir os restos mortais da caverna e a recusa do governo em prosseguir com os testes.

— Explique de novo. Por que ter seguidores de Jesus em Masada é algo ruim?

— Os israelenses fizeram de Masada um símbolo de liberdade e resistência judaica contra forças externas. Descobre-se então que havia cristãos vivendo lá em cima, judeus ou não. Eles acham que estão enterrando novamente os ossos dos últimos defensores de Masada, mas ficam sabendo que há cristãos enterrados em seu monumento. Isso seria muito perturbador, especialmente para os judeus israelenses.

— A proposição sugere que um grupo extremista de chapéus pretos está disposto a fazer tudo o que for preciso para manter isso em segredo?

— Só estou levantando a hipótese.

Lembrei da teoria estranha de Donovan Joyce e da reação de Lerner a ela.

— Lembra do livro que li chamado *The Jesus Scroll*?

— Aquele que defende que Jesus chegou à velhice?

— É. — Ergui dois dedos. — Proposição dois. Um grupo de cristãos militantes de direita ficou sabendo da existência de Max e acredita que ele seja Jesus. Eles temem que o esqueleto possa ser usado para invalidar as Escrituras.

— Yossi Lerner acreditava nisso — retrucou Ryan

— Sim — concordei. — E talvez Ferris. E durante certa época, Morissonneau.

— Mas Max não é J. C.

— Nós sabemos que Max não pode ser Jesus. Mas Lerner tinha certeza de que ele era Jesus, e veja como reagiu. Talvez outras pessoas também achem isso e estão jogando duro para sumir com ele.

— Proposição três. — Ryan deu ao meu roteiro um ângulo diferente. — Um grupo de fundamentalistas islâmicos ficou sabendo da existência de Max e acredita que ele seja Jesus. Eles querem usar os ossos para atacar a teologia cristã.

— Como?

— Jesus em Masada destroçaria o conceito central da Ressurreição. Que melhor maneira de chutar ao pau da barraca do cristianismo?

— E nada irá deter esses fanáticos muçulmanos de colocar as mãos em Max. Essa teoria funciona.

Visualizei Sylvain Morissonneau em seu escritório na Abbaye Sainte-Marie-des-Neiges. Lembrei que eu deveria entrar em contato com LaManche e descobrir se uma exumação e uma necropsia haviam sido providenciadas.

— Proposição quatro. — Sugeri uma mistura da minha proposição dois e da terceira teoria apresentada por Ryan. — Um grupo de fundamentalistas islâmicos ficou sabendo da existência de Max e acredita que ele é um nazareno, talvez até mesmo um membro da família de Jesus. Eles temem que tanto cristãos quanto judeus possam abraçar a descoberta, reinterpretando Masada com zelotes e os primeiros nazarenos lutando contra a opressão, lado a lado. Eles temem que o esqueleto possa ser usado para provocar um ressurgimento do ardor religioso no mundo judaico-cristão.

— E se engajaram para impedir isso — acrescentou Ryan. — Funciona.

Consideramos nossas hipóteses por um instante. Fanáticos cristãos, judeus ou muçulmanos acreditando que os ossos eram de Jesus ou de alguém de sua família ou de um de seus seguidores? Cada proposição era tão assustadora quanto a outra.

Ryan quebrou o silêncio.

— Então quem é a mulher misteriosa de Kaplan? — perguntou ele. — E como ela se conecta a Ferris? E como se conecta a Max?

— Excelentes perguntas, detetive.

— Estou esperando receber registros de telefonemas esta tarde.

Ryan me puxou para mais perto dele.

— Friedman quer deixar Kaplan cozinhando por um dia.

— Cozinhar pode ser produtivo — falei.

Ryan beijou meu rosto.

— Acho que estamos na pista certa, Ryan.

— Mesmo se você estiver na pista certa, vai acabar atropelada se ficar parada no mesmo lugar.

— Isso é uma música do Will Rogers — identifiquei a citação.

A mão de Ryan foi para a minha nuca.

— Não há muito que se possa fazer no Shabat.

Os lábios dele roçaram minha orelha.

— Dia de descanso — concordei.

— Há pouco que possamos fazer agora.

— Humm — falei. — Acho que sim.

— Mas eu tenho outra pergunta excelente — sussurrou Ryan.

E eu tinha uma resposta excelente.

Sim!

No aeroporto de Toronto eu havia reparado em um livro sobre o tao do sexo, da saúde e da longevidade. Eu não o tinha comprado, mas no ritmo atual, eu achava que ia viver até os 180 anos. Só os exercícios de respiração profunda já deviam ter me garantido mais uma década e meia de vida.

Depois do café da manhã e de uma discussão a respeito de eu ir sozinha a Beit Hanina, Ryan foi para o quartel-general da polícia e segui para o apartamento de Jake.

Ele estava com um humor melhor do que da última vez.

— Achei uma coisa que você vai adorar — disse ele, agitando um papel sobre a cabeça.

— Uma receita de torta de frango.

Jake baixou a mão.

— Seus ferimentos parecem ter melhorado.

— Obrigada.

— Você fez algum tipo de tratamento?

— Hidratante. — Ergui o queixo na direção do papel. — O que temos aqui?

— Um memorando de Haas para Yadin com comentários sobre os ossos da Caverna 2001. — Jake se aproximou ainda mais e semicerrou os olhos. — Só hidratante?

Respondi também semicerrando os olhos.

— Deixa a pele radiante, era o que dizia o rótulo.

— Nenhum tratamento?

Nenhum que eu quisesse discutir.

— Deixa eu ver o memorando. — Estendi a mão.

Jake entregou o papel. As anotações estavam escritas à mão em hebraico.

— Há quanto tempo você tem isso?

— Uns dois anos.

Dirigi um olhar a Jake.

— Veio misturado com os materiais que solicitei sobre as ruínas da sinagoga do século I que estou escavando. Provavelmente porque havia uma sinagoga no século I em Masada. Isso surgiu na minha cabeça quando eu estava tomando o café da manhã. Lembrei vagamente de dar uma olhada em um memorando de Haas. Não tinha nada a ver com o sítio de Talpiot, de modo que deixei de lado. Vasculhei meus arquivos e lá estava. Eu nunca o tinha lido até essa manhã.

— Haas menciona um esqueleto isolado?

— Não. Na realidade, fica claro pelo memorando que ele nunca viu esse esqueleto. — Um sorriso muito amplo. — Mas ele menciona ossos de porco.

— Ossos de porco?

Um gesto de assentimento.

— O que ele diz?

Jack traduziu enquanto lia:

— "Isso não tem nada a ver com o mistério do porco e do talit."

— O que isso quer dizer?

— Não sei, mas ele se refere ao "mistério" ou "problema" do porco e do talit duas vezes.

— O que ossos de porco estavam fazendo em Masada? E o que isso tem a ver com a Caverna 2001?

Jake ignorou minhas perguntas.

— Outra coisa. Yadin estimou que havia mais de vinte esqueletos na caverna, mas Haas catalogou apenas 220 ossos individuais. Ele os colocou em duas categorias: aqueles em que não restam dúvidas com relação à idade e aqueles que não têm idade determinada. — Ele traduziu de novo do memorando. — Na categoria "não restam dúvidas", ele lista 104 velhos, 33 adultos, 24 jovens e sete crianças. — Jake ergueu os olhos. — Ele diz que seis dos ossos pertenciam a senhoras.

Há 206 ossos no esqueleto humano adulto. Fiz alguns cálculos rápidos.

— Haas catalogou 220 ossos. Isso significaria que 96 por cento do conjunto estava faltando.

Observei por um instante Jake morder a pele morta do polegar.

— Você tem uma cópia da foto no livro de Yadin?

Ele foi até seus arquivos e voltou com uma ampliação 7 por 12 em preto e branco.

— Cinco crânios — falei.

— Essa é outra incoerência — comentou Jake. — Tsafrir escreveu em seu diário de campo que havia entre dez e quinze esqueletos na caverna, não vinte e alguma coisa, nem cinco.

Eu não estava ouvindo, na verdade. Algo na foto havia chamado minha atenção.

Algo familiar.

Algo errado.

— Posso ampliar um pouco mais essa imagem?

Jake me levou até o quarto dos fundos. Sentei em frente a um microscópio, acendi a luz e coloquei o crânio que estava no centro da fotografia em foco.

— Maldição.

— O que foi?

Aumentei a ampliação, desloquei a foto para o canto esquerdo e a movi lentamente.

Em algum momento Jake disse alguma coisa. Eu concordei.

Em outro momento percebi que Jake não estava mais ao meu lado.

A cada detalhe granuloso, minha apreensão aumentava. A mesma apreensão que eu tinha sentido ao me dar conta de que um dente não se encaixava direito em Max.

Ninguém tinha notado? Será que os especialistas estavam errados?

Será que eu estava errada?

Comecei de novo no canto esquerdo superior.

Vinte minutos depois, eu me recostei.

Eu não estava errada.

CAPÍTULO 32

JAKE ESTAVA NA COZINHA, engolindo aspirinas.

— Esses corpos não foram simplesmente jogados na caverna. — Mostrei a imagem de Yadin. — Eles foram enterrados. Colocados em sepulturas.

— Sem essa!

Coloquei a foto no balcão.

— Observe as mãos e os pés.

— Os ossos estão articulados — falou Jake. — Estão em posição anatômica.

— Isso indica que ao menos alguns deles eram sepultamentos primários.

— Ninguém nunca interpretou esse sítio dessa maneira. Por que todo o resto está essa confusão?

— Observe os ossos maiores. Aqui. — Com uma caneta, indiquei uma pequena perfuração. — E aqui. — Indiquei outra.

— Marcas de dentes?

— Pode apostar que sim. — Apontei vários ossos e alguns fragmentos compridos, lascados. — Estes foram estilhaçados para extrair o tutano. E olhe isso. — Desloquei minha caneta para um buraco num dos crânios. — Alguma criatura tentou mastigar aquele cérebro.

— O que você está dizendo?

— Os corpos não foram jogados nesse lugar. Isso era um pequeno cemitério que foi atacado por animais. Não foram soldados romanos que simplesmente jogaram os cadáveres ali após o cerco. Pessoas tiveram o trabalho de cavar sepulturas e enterrar esses corpos. Animais os escavaram mais tarde.

— Se a caverna era um cemitério, por que havia panelas para cozinhar, candeeiros e restos de objetos domésticos?

— O sítio pode ter sido habitado alguma época e depois usado para sepultamentos. Ou talvez as pessoas morassem na caverna adjacente e usassem a 2001 para sepultamentos e para jogar coisas fora. Que diabos, eu não sei. Você é o arqueólogo. Mas a presença de um cemitério sugere que a interpretação dos restos mortais como sendo corpos desovados ali pelos soldados romanos é errada.

Jake ainda soava cético.

— A atividade predatória de hienas e chacais tem sido um problema aqui por séculos. Na Antiguidade, tanto as sepulturas judaicas quanto as cristãs eram cobertas com lâminas de pedra para evitar que animais as cavassem. Beduínos modernos ainda usam essas pedras.

— Examinando essa fotografia, acho que havia dois ou três túmulos individuais e talvez uma sepultura comum para cinco ou seis indivíduos — falei. — Os distúrbios provocados pelos animais provavelmente ocorreram logo depois dos enterros. Por isso tudo parece tão caótico.

— Sabe-se que hienas arrastam carcaças para suas tocas. — Menos cético. — Isso explicaria o grande número de ossos faltando.

— Exatamente.

— Certo. A caverna continha sepulturas. E daí? Continuamos não sabendo *de quem*.

— Não — concordei. — O memorando de Haas menciona ossos de porcos. A presença deles não sugeriria que as sepulturas não eram de judeus?

Jake encolheu os ombros ossudos.

— Haas fala sobre o mistério do porco e do talit, o que quer que isso queira dizer, mas não está claro onde esse porco e esse manto de oração foram encontrados. Ossos de porcos na caverna podem sugerir que os corpos eram de soldados romanos. Essa interpretação tem seus partidários. Ou que os ossos eram de monges bizantinos. Os monges tinham uma pequena colônia em Masada nos séculos V e VI.

— De acordo com Haas, os restos mortais da caverna incluíam seis mulheres e um feto de seis meses. Isso não soa como soldados romanos para mim — eu disse. — Ou monges. E lembre-se, tecidos encontrados com os ossos forneceram datas entre 40 e 115 d.E.C. É cedo demais para os monges.

Jake voltou a se concentrar na foto.

— Sua versão sobre o cemitério atacado faz bastante sentido, Tempe. Lembra dos esqueletos do palácio?

Eu lembrava.

— O livro de Yadin dá a impressão de que ele encontrou três indivíduos separados, um homem jovem, uma mulher e uma criança do sexo masculino. Ele concluiu, muito dramaticamente, eu poderia acrescentar, que os esqueletos do palácio eram os dos últimos defensores de Masada.

— Isso não é correto? — perguntei.

— Ele forçou a barra. Não faz muito tempo tive permissão para examinar os materiais referentes ao *loci* do palácio ao norte, incluindo todos os diários e fotos. Eu esperava ver três esqueletos distintos. Nada disso. Os ossos estavam espalhados e eram muito fragmentados. Espere um minuto.

Jake colocou a foto no balcão e pegou o memorando de Haas.

— Foi o que pensei. Haas também fala sobre os esqueletos do palácio. Ele descreve os dois do sexo masculino como adultos, um com cerca de 22 anos, o outro com cerca de 40.

— Não uma criança, como Yadin descreveu.

— Não. E, conforme lembro, um dos homens estava representado apenas pelas pernas e pés.

Fiz menção de falar, mas Jake me interrompeu.

— E outra coisa. O diário de campo de Yadin refere-se a excremento animal no *locus* do palácio.

— Hienas ou chacais poderiam ter arrastado pedaços de três corpos até ali.

— Uma imagem bem diferente da pequena família corajosa nobremente resistindo até o fim.

De repente me dei conta do que estivera me incomodando quanto aos esqueletos do palácio.

— Pense um pouco nisso, Jake. Depois da tomada de Masada, os romanos habitaram ali por 38 anos. Eles teriam deixado corpos abandonados num dos luxuosos palácios de Herodes?

— Os palácios podem ter ficado em mau estado durante a ocupação dos zelotes. Mas você tem razão. De jeito nenhum.

— Yadin queria desesperadamente que os esqueletos do palácio fossem de uma família judia rebelde. Ele tomou algumas liberdades na interpretação desses ossos e alardeou a descoberta para a imprensa. Então por que a cautela em relação aos esqueletos da caverna?

— Talvez Yadin soubesse dos ossos de porco desde o começo — sugeriu Jake. — Talvez os ossos de porco o tenham deixado apreensivo com relação à identidade das pessoas da caverna. Talvez ele suspeitasse de que poderiam não ser judeus. Talvez achasse que eram soldados romanos. Ou algum outro grupo vivendo em Masada durante a ocupação, mas separado do grupo zelote principal.

— Talvez Yadin tivesse consciência de mais do que isso — comentei, pensando em Max. — Talvez seja o contrário. Talvez Yadin, ou alguém de sua equipe, tenha descoberto exatamente quem estava enterrado naquela caverna.

Jake adivinhou meus pensamentos.

— O único esqueleto articulado.

— Aquele esqueleto nunca foi enviado para Haas com o restante dos ossos.

— Foi retirado de Israel e enviado para Paris.

— Onde ficou perdido nas coleções do Musée de l'Homme e foi descoberto por Yossi Lerner uma década depois.

— Depois de se deparar com o esqueleto, Lerner leu o livro de Donovan Joyce e ficou tão convencido do potencial explosivo da ossada que sumiu com ela.

— E agora deram sumiço no esqueleto de novo. Haas menciona algum esqueleto completo em *algum lugar* de seu memorando?

Jake balançou a cabeça.

— Você acha que a referência aos ossos de porco é significativa?

— Não sei.

— O que Haas queria dizer com "o mistério do porco e do talit"?

— Não sei.

Mais perguntas sem resposta.

E ainda havia a maior delas.

Quem diabos era Max?

* * *

Ryan veio me buscar às onze da manhã no Tempo de Friedman. Depois de me agradecer de novo por devolver seu carro alugado, Jake se arrastou de volta para a cama.

Ryan e eu voltamos ao American Colony.

— O humor dele melhorou — disse Ryan. — Mas ele ainda parece meio dopado.

— Passaram-se menos de 48 horas. Dê tempo a ele.

— Na realidade, ele já parecia meio dopado an...

— Entendi.

Contei a Ryan sobre o memorando de Haas e sua referência ao "mistério do porco e do talit". Também expliquei que ficava claro no inventário dos esqueletos que ele jamais vira Max.

Compartilhei com Ryan minha opinião de que os corpos haviam sido enterrados, não jogados na caverna, e de que as sepulturas foram atacadas por animais.

Ele perguntou o que tudo aquilo queria dizer. Além de lançar dúvidas sobre as interpretações tradicionais de Masada, eu não tinha uma resposta.

— Você recebeu os registros telefônicos?

— Sim, senhora. — Ryan deu um tapinha no bolso da frente.

— Conseguir esses registros sempre leva tanto tempo?

— É preciso ter mandados. Quando os mandados são obtidos, a Bell Canada se move como uma lesma. Pedi o histórico de ligações desde novembro e disse a eles para só me entregarem a lista até terem identificado cada chamada.

— E isso quer dizer...?

— A casa e o escritório de Ferris. A loja e o apartamento de Kaplan.

— E quanto aos celulares?

— Por sorte, não estamos lidando com gente que usa celulares.

— Isso simplifica as coisas.

— Consideravelmente.

— E?

— Só dei uma olhada no fax. Como esse lugar está fechado para o Shabat, achei que poderíamos dividir isso à tarde.

— Você quer que façamos isso juntos?

— O que acha?

Quão ruim poderia ser?

Noventa minutos depois, eu soube a resposta.

Em um mês uma pessoa, em média, faz e recebe ligações o bastante para preencher de duas a quatro folhas de 20 x 25. Com letra muito pequena. Estávamos lidando com duas empresas e duas residências por um período de quatro meses e meio. Faça as contas.

Como proceder? Após alguma discussão, resolvemos o assunto cientificamente. Cara: pela cronologia. Coroa: pelo assinante.

A moeda optou pela abordagem cronológica.

Começamos com novembro. Fiquei com a casa de Ferris e Les Imports Ashkenazim, Ryan ficou com o apartamento de Kaplan e o centre d'animaux Kaplan. Na primeira hora soubemos o seguinte:

Hersh Kaplan não era o cara mais popular do mundo. A única pessoa que ligou para seu apartamento em novembro foi Mike Hinson, seu oficial de condicional. Kaplan também só ligou para ele.

No centre d'animaux Kaplan, a maioria dos telefonemas era de fornecedores de animais, ração e outros produtos ou pessoas da vizinhança, presumivelmente clientes.

Na casa de Ferris, os telefonemas eram feitos entre Dora, os irmãos, um açougueiro, um mercado kosher, um templo. Nenhuma surpresa.

Lá em Mirabel, os telefonemas eram basicamente de fornecedores, lojas e templos por todo o leste do Canadá. Várias ligações foram feitas para Israel. Courtney Purviance ligava para o armazém ou recebia telefonemas de lá em sua casa. Miriam também fazia ligações, mas com menos frequência. Avram raramente telefonava para sua casa em Côte-des-Neiges.

A terceira hora de análise revelou que o padrão de dezembro pouco variava em relação ao de novembro. No fim do mês, várias ligações foram feitas da casa de Ferris para uma agência de viagens local. O Renaissance Boca Raton Hotel também foi contatado. O Renaissance também recebeu duas ligações do armazém.

Às três, me recostei, uma dor de cabeça leve se instalando em minhas têmporas.

Ao meu lado, Ryan largou seu marcador e esfregou os olhos.

— Intervalo para o almoço?

Assenti.

Descemos para o restaurante. Uma hora depois, estávamos de volta à escrivaninha do meu quarto. De novo, fiquei com os registros de Ferris. Ryan retomou os de Kaplan.

Meia hora depois, localizei algo.

— Isso é esquisito.

Ryan ergueu os olhos.

— Em 4 de janeiro, Ferris ligou para Abbaye Sainte-Marie-des-Neiges.

— O mosteiro?

Virei o papel de lado. Ryan deu uma olhada nele.

— Eles conversaram por 14 minutos. — Ele se voltou para mim. — Morissonneau mencionou algum contato com Ferris?

Balancei a cabeça.

— Nem uma palavra.

— Bom olho, soldado. — Ryan destacou a linha com marcador amarelo.

Dez minutos. Quinze. Meia hora.

— Bingo — indiquei uma ligação. — Em 7 de janeiro, Ferris ligou para Kaplan.

Ryan mudou do registro da loja de animais para o telefone da casa de Kaplan.

— Vinte e dois minutos. Ferris pedindo a Kaplan para oferecer Max no mercado negro?

— A ligação foi feita três dias depois de Ferris ter falado com Morissonneau.

— Três dias depois de Ferris ter falado com alguém no mosteiro.

— É verdade. — Eu não tinha pensado nisso. — Mas a ligação de 4 de janeiro durou quase 15 minutos. Ferris devia estar falando com Morissoneau.

Ryan ergueu um indicador, no melhor estilo "estou fazendo uma citação".

— A pressuposição é a mãe da cagada.

— Você inventou essa? — eu disse.

— Está na internet. *Simpson's Quotations*. Veja no Google.

Tomei uma nota para fazer isso.

— A necropsia de Ferris foi em 16 de fevereiro — disse Ryan. — Quando lhe deu a foto, Kaplan disse quanto tempo fazia que estava com ele?

— Não.

De volta aos registros. Várias linhas depois notei um número vagamente familiar precedido do código de Israel. Eu me levantei e verifiquei em minha agenda.

— Em 8 de janeiro, Ferris ligou para alguém na AAI.

— Quem?

— Não sei. É o número central da instituição.

Ryan recostou-se.

— Alguma ideia de por que ele faria isso?

— Talvez estivesse oferecendo a devolução do esqueleto.

— Ou a venda.

— Talvez estivesse procurando documentação.

— Para que ele iria querer isso?

— Para se assegurar da autenticidade do esqueleto.

— Ou inflar seu valor.

— A autenticação faria isso.

— Quando você fez seu primeiro contato, Blotnik mencionou ter algum conhecimento dos ossos?

Balancei a cabeça.

Ryan tomou nota disso.

Outra meia hora se passou.

O fax estava borrado, os números e as letras difíceis de ler. Meu pescoço doía. Meus olhos ardiam. Inquieta, eu me levantei e andei pelo quarto. Disse a mim mesma que estava na hora de parar. Mas eu raramente ouço meus próprios conselhos. Voltando à mesa, eu me forcei a continuar, ouvindo cada respiração acompanhar o latejar em minha cabeça.

Eu vi primeiro.

— Ferris ligou de novo para Kaplan no dia 10.

— Alguém no armazém de Ferris ligou para Kaplan de novo no dia 10.

Talvez fosse a dor de cabeça. Talvez fosse o tédio. A precisão de Ryan não me divertia mais.

— Estou sendo um problema aqui? — A pergunta saiu mais azeda do que eu pretendia.

Os olhos de Ryan se ergueram, azuis e surpresos. Por um longo momento, eles olharam diretamente nos meus.

— Desculpe. Posso pegar alguma coisa para você? — perguntei.

Ryan balançou a cabeça.

Fui até o frigobar e abri uma Diet Coke.

— Kaplan recebeu outra ligação de Ferris no dia 19 — disse Ryan.

Ao sentar em minha cadeira, encontrei o número do armazém de Ferris.

— Vinte e quatro minutos. Planejando o grande negócio, imagino.

Os vasos em minha cabeça estavam agora martelando com pesados golpes latejantes. Ryan me viu pressionando os dedos contra as têmporas. Ele pôs a mão em meu ombro.

— Pare se estiver cansada.

— Estou bem.

Os olhos de Ryan percorreram meu rosto. Ele afastou algumas mechas da minha testa.

— Não chega a ser tão emocionante quanto vigiar um suspeito?

— Não chega a ser tão emocionante quanto uma mitose.

— Mas é um verdadeiro trabalho de detetive.

— É mesmo? — Eu já estava completamente mal-humorada. — Em cinco horas, nós descobrimos o quê? Kaplan ligou para Ferris. Ferris ligou para Kaplan. Grande coisa. Nós sabíamos disso. Kaplan nos disse.

— Nós não sabíamos que Ferris tinha ligado para Morissonneau.

Eu sorri.

— Nós não sabíamos que Ferris tinha ligado para o *mosteiro.*

Ryan ergueu a palma da mão.

— Nós somos bons.

Bati na mão dele em um *high-five* desanimado.

E derrubei minha Coca com o cotovelo. Aquilo fez uma bagunça, encharcando o tampo da mesa e cascateando o líquido alegremente para o chão.

Nós nos levantamos imediatamente. Enquanto eu corria atrás de toalhas, Ryan catou e sacudiu os registros telefônicos. Eu sequei, ele limpou, e então colocamos as folhas no chão do meu banheiro para secar.

— Desculpe — falei, sem graça.

— Hora de deixar as folhas secarem — disse Ryan. — Vamos comer.

— Não estou com fome.

— Você precisa comer.

— Não, não preciso.

— Precisa, sim.

— Você parece a minha mãe.

— A nutrição é a chave da boa saúde.

— A boa saúde é apenas a forma mais lenta possível de morrer.

— Você roubou essa.

Provavelmente roubei, sim. George Carlin?

— Você tem que comer — repetiu Ryan.

Desisti de discutir.

Jantamos no restaurante do hotel, o clima em nossa pequena mesa tenso e pouco natural. Minha culpa. Eu me sentia congestionada, os nervos à flor da pele.

Conversamos superficialmente sobre alguns assuntos — a filha dele, a minha filha. Nada de assassinato. Nada de esqueletos. Embora Ryan tenha se empenhado bastante, longos silêncios imperaram na mesa.

Subimos, e Ryan me beijou em frente à minha porta. Eu não o convidei para entrar. Ele não insistiu.

Levei muito tempo para conseguir dormir naquela noite. Não foi a dor de cabeça. Ou o muezim. Ou os gatos aprontando na rua lá embaixo.

Não sou uma pessoa de associações. Nunca entrei para a Junior League, para o clube de jardinagem, ou para a Sweet Potato Queens. Sou uma alcoólatra que nunca participou dos encontros do AA. Nada contra alianças. É só que sou o tipo de mulher que prefere a autoajuda.

Eu leio. Eu assimilo. Parte por parte, decifro meu mistério.

Como o motivo, naquele momento, de eu querer encher a cara de Merlot.

O AA nos denomina alcoólatras uma vez e para sempre. Outros, ingenuamente, nos chamam de recuperados. Estão errados. Tampar a garrafa não encerra o problema. Nada encerra. Está no DNA.

Um dia você é a rainha do baile de formatura. No seguinte, faltam razões para sair da cama. Uma noite você dorme com o sono dos recém-nascidos. Na seguinte, está acordada, ansiosa e se revirando, e sem saber ao certo por quê.

Aquela noite foi uma dessas. Hora após hora, continuei deitada, os olhos fixos no minarete do lado de fora da minha janela escura, perguntando-me quem a grande torre desejava alcançar. O Deus do Corão? Da Bíblia? Da Torá? Da garrafa?

Por que eu tinha sido tão grossa com Ryan? Era verdade; perdemos horas ali e não descobrimos quase nada. Com certeza eu preferia ter me empenhado em solucionar o mistério de Max. Mas por que descontar em Ryan?

Por que eu queria tanto uma bebida?

E por que eu tinha sido tão estabanada com a Coca? Ryan teria um dia de folga por causa disso.

Adormeci depois da meia-noite e tive sonhos desconexos. Telefones. Calendários. Números, nomes e datas. Ryan numa Harley. Jake espantando chacais de uma caverna.

Às duas, eu me levantei para beber água e me sentei cansada ao lado da cama. O que os sonhos significavam? Eram simplesmente uma reprise, trazida pela dor de cabeça e o tédio da tarde? Ou meu subconsciente estava tentando mandar uma mensagem?

Por fim, dormi.

Acordei mais uma vez, com roupa de cama enrolada com força em meus punhos.

CAPÍTULO 33

NÃO POSSO DIZER QUE acordei com o muezim. Mas foi quase.

O sol estava nascendo. Os pássaros cantavam. A dor de cabeça tinha ido embora.

Os demônios tinham ido embora.

Após tirar os papéis do chão do banheiro, tomei banho e carreguei um pouco mais no blush e no rímel. Às sete, liguei para Ryan.

— Desculpe por ontem à noite.

— Talvez você devesse fazer aulas de balé.

— Não estou falando de ter derramado a Coca. Estou falando de mim.

— Você é uma flor delicada, uma fada cativante, uma criatura cheia de encantos e..

— Por que você me aguenta?

— Não sou o mais galante e maravilhoso ser do seu mundo?

— Ah, é.

— E sexy.

— Eu posso ser um pé no saco.

— Pode. Mas você é o *meu* pé no saco.

— Vou compensá-lo.

— Calcinhas caleçon?

O cara é digno de admiração. Ele nunca desiste.

Friedman ligou durante o café da manhã. Kaplan queria falar sobre Ferris. O policial israelense se ofereceu para buscar Ryan e deixar o Tempo comigo. Eu aceitei.

De volta ao quarto, liguei para Jake, mas ele não atendeu. Supus que ainda estivesse dormindo.

Esperar? Sem essa. Eu estava esperando há dois dias.

A sede do *Jerusalem Post* fica na rua Yirmehau, uma via principal que começa na estrada para Tel Aviv e circunda o bairro religioso de Jerusalém Norte e se une a Rabbi Meir Bar Ilan, famosa por seus atiradores de pedra no Shabat. Independentemente de o motorista ser judeu ou não, esses caras não querem saber de ninguém dirigindo no dia sagrado deles. Ironicamente, quando me perdi na sexta-feira, passei a um quarteirão das portas do *Post*.

Estacionei e fui até o prédio, olhando ao redor em busca de jihadistas e de algum carro que estivesse me seguindo. Pelo mapa de Friedman, eu sabia que estava no bairro de Romema, no extremo oeste de Jerusalém. O *quartier* definitivamente não era uma destinação turística. Na realidade, estou sendo generosa. O *quartier* era feio como o diabo, repleto de oficinas e terrenos cercados com pilhas de pneus e partes de carro enferrujadas.

Entrei num retângulo comprido e baixo com JERUSALEM POST entalhado em um dos lados. Arquitetonicamente, o lugar tinha todo o charme de um hangar.

Após muita segurança e muitos *shaloms,* fui encaminhada ao porão. A guardiã do arquivo era uma mulher de uns 40 anos, com um bigode pálido e maquiagem ressecada nos cantos da boca. Seu cabelo era louro, com 3 centímetros de raiz escura

— *Shalom.*

— *Shalom.*

— Fui informada de que vocês mantêm os artigos antigos arquivados por tópicos.

— Sim.

— Há um dossiê sobre Masada?

— Há.

— Eu gostaria de vê-lo, por favor.

— Hoje? — O tom dela sugeria que ela preferia entregar arquivos para crianças de jardim da infância pintarem neles com os dedos.

— Sim, por favor.

— Minha equipe tem como função primordial colocar os arquivos on-line.

— É um trabalho muito avassalador. — Meus ombros arquearam-se em solidariedade. — Mas inestimável.

— Temos materiais que remontam à época em que o jornal era o *Palestinian Post*.

— Compreendo. — Dei o mais caloroso dos sorrisos-de-boas-vindas-ao-Wal-Mart. — E não estou com pressa.

— Você não pode levá-lo embora.

— Claro que não. — Eu me mostrei horrorizada.

— A senhora tem dois documentos de identidade?

Mostrei meu passaporte e minha identificação de professora da Universidade da Carolina do Norte. Ela olhou ambos.

— Está fazendo pesquisa para um livro?

— Humm.

Ela apontou para uma de várias mesas compridas.

— Espere aqui.

Dando a volta no balcão, Madame Arquivista foi até uma bancada de arquivos metálicos cinzentos, abriu uma gaveta e removeu uma pasta volumosa. Colocando-a em minha mesa, ela quase sorriu.

— Fique o tempo que quiser, querida.

Os recortes tinham sido colados em páginas em branco. Pilhas deles. Uma data fora escrita ao lado de cada artigo e, em muitos, a palavra "Masada" havia sido circulada na manchete ou no texto.

Por volta do meio-dia, eu sabia três coisas importantes.

Primeiro, Jake não estava exagerando. Salvo por uma breve menção numa entrevista coletiva logo depois da segunda rodada de escavações, o que se descobriu nas cavernas nunca foi noticiado pela mídia. O *Jerusalem Post* até publicou um caderno especial sobre Masada em novembro de 1964. Nele, Yadin descrevia todas as descobertas sensacionais da primeira rodada: mosaicos, manuscritos, a sinagoga, os *mikvehs*, os esqueletos do palácio. Nem uma só palavra sobre os ossos da caverna.

Segundo, Yadin sabia sobre os ossos de porco. Um artigo de março de 1969 o cita dizendo que ossos de animais, incluindo de porcos, foram encontrados em meio aos vários restos mortais humanos em Masada.

Em outro lugar, Yadin afirmava que funcionários do Ministério de Assuntos Religiosos tinham sugerido que porcos podiam ter sido levados para Masada para ajudar a resolver o problema do lixo. Aparentemente, isso tinha sido feito no gueto de Varsóvia na década de 1940.

Eu não vi sentido nisso. Se os zelotes tivessem um problema com o lixo, simplesmente o jogariam montanha abaixo e deixariam os romanos se virarem com ele.

E Yadin não voltou atrás na afirmação que fizera em 1969. Numa entrevista de 1981 ele disse a um repórter do *Post* que advertira o rabino-chefe Yehuda Unterman em 1969 que não podia dar garantias de que os restos mortais da Caverna 2001 fossem de judeus, já que estavam misturados com ossos de porcos.

Terceiro, Yadin afirmou que testes de carbono-14 nunca haviam sido feitos nos restos mortais da caverna. Na mesma entrevista de 1981 em que abordou os ossos de porcos, ele afirmou que a datação por carbono-14 não fora solicitada e que não era atribuição dele fazê-lo. Um antropólogo excluiu a possibilidade por causa do alto custo. Essa era a entrevista de que Jake lembrava.

Eu me recostei, ponderando.

Obviamente, Yadin duvidava de que o grupo da caverna fosse de zelotes judeus. No entanto, nunca enviara amostras para datação por carbono-14.

Por que não? O teste não era assim tão caro. Do que Yadin suspeitava? O que ele sabia? Teria ele ou alguém de sua equipe deduzido a identidade dos sepultados na caverna? De Max?

Comecei a devolver as páginas à pasta.

Ou será que Yadin ou alguém de sua equipe *tinha* enviado amostras para datação por carbono-14? Será que alguém poderia ter usado uma solicitação para teste por carbono-14 ou algum outro tipo de análise como disfarce para retirar do país provas perturbadoras?

Provas perturbadoras como Max?

Será que alguém tinha enviado Max a Paris para escondê-lo? Para fazê-lo desaparecer?

Eu sabia qual seria a minha próxima parada.

Como na minha primeira visita, fiquei impressionada com quanto o monte Scopus é similar a outros campi de universidade. Na tarde de domingo, estava mais morto do que uma cidade do interior de Indiana.

Ainda assim, era tão provável conseguir uma vaga em um estacionamento quanto uma audiência com o papa.

Deixei o Tempo no mesmo lugar que Jake enfiara o Honda e fui direto para a biblioteca. Depois de passar pela segurança, perguntei onde ficava a seção de periódicos, encontrei o *Radiocarbon* e peguei todos os volumes publicados no começo da década de 1960.

Sai da área das estantes, encontrei uma mesa e comecei a procurar, número por número.

Demorou menos de uma hora.

Eu me recostei, os olhos fixos em minhas anotações, uma aluna brilhante com uma descoberta fantástica e sem a menor noção do que significava.

Devolvi os periódicos à estante e saí de lá a toda.

Jake demorou uma eternidade para abrir o portão. Seus olhos estavam pesados, e as marcas na pele de sua bochecha amassada faziam-na parecer um guia rodoviário.

Segui Jake para o apartamento dele, vibrando de entusiasmo com a descoberta. Ele foi direto para a cozinha. Eu estava prestes a explodir enquanto ele enchia uma chaleira e colocava a água para ferver.

— Chá?

— Sim, sim. Você conhece o periódico *Radiocarbon*?

Jake assentiu.

— Dei uma conferida rápida na biblioteca da universidade. Entre 1961 e 1963, Yadin enviou materiais de sua escavação no sítio de Bar Kochba aqui em Israel para um laboratório em Cambridge.

— Qual sítio?

— As cavernas de Bar Kochba perto do Mar Morto. Rebelião fracassada dos judeus contra os romanos? Século II E.C.? Mas isso não é importante.

— Ahã. — Jake colocou saquinhos de chá em canecas.

— A questão é que Yadin enviou materiais de sua escavação em Bar Kochba para datação por carbono-14.

— Ahã.

— Você está me escutando?

— Estou encantado.

— Também consultei a pasta de Masada nos arquivos do *Jerusalem Post*.

— Andou ocupada.

— Numa entrevista de 1981, Yadin disse a um repórter do *Post* que não era atribuição dele providenciar testes de carbono-14.

— E daí?

— Yadin caiu em contradição.

Ele ergueu a mão para cobrir um arroto.

— Ele sempre insistiu que nada de Masada foi enviado para datação por carbono-14, certo?

— Até onde eu sei.

— Mas ele *enviou* materiais de outros sítios. E não era só Yadin que estava em Bar Kochba. Durante o mesmo período outros arqueólogos israelenses estavam usando outros laboratórios. O U. S. Geolological Survey em Washington, D.C., por exemplo.

— Creme ou açúcar?

— Creme. — Eu estava lutando contra o impulso de sacudir Jake para fazê-lo acordar. — Você disse que na década de 1960 algum membro do Knesset insistiu que esqueletos de Masada tinham sido enviados para o exterior.

— Shlomo Lorinez.

— Você não percebe? Lorinez poderia estar certo. Parte dos ossos da Caverna 2001 poderia muito bem ter sido despachada para fora de Israel.

Jake encheu as duas canecas e me entregou uma delas.

— O esqueleto articulado?

— Exatamente.

— Mas isso não passa de especulação.

— Em seu memorando, Haas informou um total de 220 ossos, certo?

Jake assentiu.

— Um adulto humano normal tem 206 ossos. De modo que Haas não poderia ter incluído Max.

— Quem é Max?

— Masada Max. O esqueleto articulado.

— Por que Max?

— Ryan gosta de aliterações.

Jake ergueu uma de suas sobrancelhas espessas, mas não fez nenhum comentário.

— Obviamente Haas nunca viu aquele esqueleto — continuei. — Por que não?

Jake parou de remexer seu saquinho de chá.

— Porque foi enviado para o Musée de l'Homme em Paris?

— Bem-vindo de volta à vida, Jake.

— Boa aliteração.

— Mas por que mantê-lo em segredo? — perguntei.

Não esperei uma resposta.

— E por que o Musée de l'Homme? Eles não fazem testes de carbono-14 lá. E por que um esqueleto completo? Só é necessária uma pequena amostra de osso. E por que isolar aquele esqueleto? Yadin nunca falou sobre ele. Haas nunca o viu.

— Eu disse desde o começo que havia mais coisas sobre esse esqueleto do que qualquer um poderia admitir.

— Você me disse que ia perguntar diretamente à Chevra Kadisha se eles tinham pegado Max. Você ligou para eles?

— Duas vezes.

— E?

— Estou esperando eles retornarem. — Sarcástico.

Enrolei o fio preso ao saquinho de chá e o apertei com a colher.

— Isso vai deixar seu chá amargo — disse Jake.

— Eu gosto dele forte.

— Você vai conseguir deixá-lo amargo. — Jake estava inteiramente acordado, com seu jeito crítico.

— Acho que prefiro você sonolento.

Ambos acrescentamos o creme e mexemos.

— O que está acontecendo com o DNA? — perguntou Jake.

— Não olho meus e-mails há dias. Ficar on-line no hotel é um pesadelo. — Verdade, mas eu não estava esperando resultados tão cedo. E para ser realista, com nada para comparar, eu suspeitava de que os dados do DNA de Max ou de seu dente espúrio seriam de uso limitado.

— Quando enviei minhas amostras do túmulo no Cédron depois de falar por telefone com você em Montreal, pedi a ambos os laboratórios para enviar os resultados para o seu e-mail. Imaginei que eu ia precisar de uma intérprete.

A paranoia de Jake de novo? Não fiz nenhum comentário.

— Não custa dar uma olhada. Use o meu computador. — Jake indicou a sala dos arquivos com o queixo. — Vou tomar um banho rápido.

Por que não? Levei minha caneca até o laptop dele e entrei na internet.

Havia e-mails em minha caixa de entrada dos dois laboratórios de DNA.

Abri primeiro os relatórios sobre os ossos no Cédron solicitados por Jake. Havia algumas informações, mas pouco significativas para mim. Pressupus que cada número de amostra correspondia a um ossuário ou pilha de ossos no chão.

Em seguida, abri os relatórios sobre DNA antigo e mitocondrial de Max e seu dente.

A princípio, fiquei surpresa. E então, confusa.

Li a seção final repetidas vezes. Eu não conseguia imaginar o que aquilo queria dizer. Mas eu sabia de duas coisas.

Eu estava completamente certa quanto a Max.

E completamente errada quanto à relevância do DNA.

CAPÍTULO 34

Eu devia estar com aquela expressão de corça assustada diante dos faróis de um carro.

— O que você está olhando?

As marcas na bochecha de Jake tinham sumido, e o rosto dele estava molhado. Em vez de moletom, ele agora usava jeans e uma camisa havaiana vermelha.

— Resultados de DNA.

— É mesmo?

Jake ligou a impressora e imprimiu uma cópia.

Ele percorreu cada relatório, a expressão neutra. Então:

— Muito interessante. — Ele arrastou uma cadeira para o lado da minha e se sentou nela. — Mas o que quer dizer?

— O DNA mitocondrial...

— Devagar.

Respirei fundo.

— E do começo.

— Começo? — Eu não estava lá muito a fim de dar uma aula de biologia.

— Bem do comecinho.

Um suspiro. Calma. Vamos.

— Você sabe o que é DNA nuclear?

— É o do tipo dupla hélice que se encontra no núcleo de uma célula.

— Sim. Pesquisadores estão trabalhando há anos para mapear a molécula de DNA. Muito desse mapeamento se concentrou numa área que codifica as proteínas específicas que compartilhamos enquanto espécie.

— Soa como a dieta de Atkins. Nada de carboidratos ou gorduras.

— Você quer ou não quer ouvir isso?

Jake ergueu as mãos.

Tentei pensar numa maneira mais simples de explicar.

— Alguns pesquisadores estão tentando mapear a parte do DNA que nos torna parecidos, os genes que nos dão duas orelhas, pouco pelo corporal, uma pélvis que nos permite caminhar. Outros ligados à área médica estão trabalhando para identificar genes que podem sofrer mutação e causar doenças, como fibrose cística ou Huntington.

— Então há quem se ocupe com o mapeamento dos genes que nos tornam iguais. Em geral pesquisadores da área médica se ocupam com genes que fazem as coisas darem errado.

— Não é um mau jeito de considerar. Cientistas forenses, por outro lado, se ocupam das partes da molécula de DNA que tornam as pessoas geneticamente diferentes. O DNA refugo que eles estudam contém polimorfismos, variações que distinguem uma pessoa da outra. Mas essas diferenças não são fisicamente óbvias. Dito isso, há aqueles na ciência forense que passaram do DNA refugo e suas variações para os genes que controlam as características físicas, as diferenças que notamos quando olhamos uma pessoa. Esses pesquisadores estão investigando o que poderia ser usado para determinar, a partir dos genes, características individuais como a cor da pele ou dos olhos.

Jake parecia confuso. E com razão. Eu tinha ficado tão entusiasmada que estava arruinando a explicação.

— Digamos que a polícia colete uma amostra deixada por um criminoso desconhecido. Sangue ou sêmen da cena do crime, talvez. Sem um suspeito em vista, eles não têm ninguém com quem comparar essa amostra. Ela existe em um vazio. Mas se essa amostra puder ser usada para limitar a população de suspeitos em potencial, ela se tornará uma ferramenta de investigação muito útil.

Jake percebeu aonde eu queria chegar.

— Determine o sexo, e a população de suspeitos cai pela metade.

— Exatamente. Já existem programas que podem determinar a ancestralidade bio-geográfica. Quando você ligou para Montreal, nós discutimos um caso em que isso foi feito.

— Então a vantagem é que não se fica limitado à comparação de uma amostra desconhecida com uma conhecida; é possível determinar que aparência um cara tem.

— Ou uma mulher.

— Uau. Um cara como Max ou o pessoal em meu túmulo?

— Exatamente. Até agora, estamos falando de DNA nuclear. Você está familiarizado com DNA mitocondrial?

— Refresque minha memória.

— O DNA mitocondrial não se localiza no núcleo, mas no resto da célula.

— O que ele faz?

— Pense nele como uma fonte de energia.

— Eu faria bom uso dele agora. Qual é o papel desse DNA no contexto forense?

— A região de codificação do DNA mitocondrial é pequena, talvez 11 mil pares de base, e apresenta pouca variação. Mas, como no DNA nuclear, há uma parte do genoma que não parece ter muita utilidade, mas apresenta muitos pontos de poliformismo.

— Qual é a vantagem em relação ao DNA nuclear?

— Só há duas cópias do DNA nuclear, mas centenas de milhares de cópias de DNA mitocondrial em cada uma de nossas células. De modo que a probabilidade de recuperar DNA mitocondrial de amostras pequenas ou degradadas é muito maior.

— Pequena e degradada como meu osso do Cédron. Ou como Max com seus 2 mil anos.

— Isso. Quanto mais velho o osso, menor a probabilidade de extrair uma amostra de DNA nuclear passível de ser testada. Outra vantagem do DNA mitocondrial é que é herdado apenas pela linhagem feminina, de modo que os genes não são misturados e recombinados toda vez que a concepção ocorre. Isso significa que se um indivíduo não estiver disponível para uma comparação direta, qualquer membro da família do lado materno pode fornecer uma amostra de referência. Seu DNA mitocondrial é idêntico ao de sua mãe, suas irmãs, sua avó.

— Mas minhas filhas teriam o DNA mitocondrial da mãe delas, não o meu.

— Exatamente.

— Deixe-me colocar isso na perspectiva do nosso túmulo, uma vez que é isso que me interessa. Com ossos antigos e degradados, é mais provável conseguir DNA mitocondrial do que nuclear.

— Sim.

— Tanto o DNA mitocondrial quanto o nuclear podem ser usados para comparar desconhecidos com conhecidos. Como quando se vincula um suspeito a uma cena de crime ou se descobre quem é o pai de uma criança em um teste de paternidade. Ambos podem ser usados para mostrar relações familiares, embora de maneiras diferentes. Mas o DNA nuclear pode agora ser usado para determinar características individuais.

— De forma muito limitada — falei. — Sexo e alguns indicadores de ascendência racial.

— Certo. Continuemos com o túmulo.

Peguei o relatório do laboratório.

— Nem todas as suas amostras produziram resultados. Mas o DNA nuclear nos diz que você tem quatro mulheres e três homens. Tenha em mente que isso não é um dogma.

— Trocadilho ruim. Explique.

— O conjunto-padrão CODIS inclui marcadores de amelogenina para os genes X e Y. Simplificando: se você encontrar os dois marcadores numa amostra, é menino. Nenhum marcador de Y, é menina. No entanto, as coisas são sempre mais complicadas com ossos antigos. Alelos, ou genes, presentes em amostras degradadas podem não mostrar sua assinatura. Mas se você repetir o teste várias vezes e obter nelas apenas X, é bastante seguro presumir que sua amostra é de uma mulher.

— O que mais? — Jake olhou de relance por cima do ombro para a porta. Meus olhos fizeram o mesmo, acompanhando o movimento dele.

— Pelo menos seis dos indivíduos do túmulo têm parentesco.

— É? — Jake se aproximou, fazendo uma dobra sobre o texto impresso.

— Mas isso é exatamente o que se esperaria do túmulo de uma família. O mais surpreendente é que....

— Quais seis? — A inconstância de Jake tinha sumido.

— Não sei. Os seis indivíduos estão relacionados apenas pelo número da amostra.

Jake pôs a mão em concha sobre a boca por um segundo ou dois. Então ele pegou o texto impresso, pôs-se de pé e atravessou a sala em três passos largos.

— Jake. Isso não é o mais importante.

Eu estava falando sozinha.

Esqueça os ossos do túmulo. Eu queria falar sobre Max. *Isso* era importante. Então me lembrei dos resultados referentes ao dente.

Não, eu disse a mim mesma. Tudo era importante agora.

Encontrei Jake no quarto dos fundos dispondo fotos numa mesa. Juntando-me a ele, pude ver que eram as fotos dos ossuários que Ryan e eu tínhamos visto. Enquanto eu observava, Jake escreveu um nome na borda inferior de cada foto. Ao lado de cada nome, ele acrescentou o número de referência do laboratório de DNA.

Entregando-me os relatórios impressos, Jake anunciou o número da primeira amostra. Conferi o resultado do DNA nuclear.

— Sexo feminino — eu li.

— Marya — disse ele. Maria.

Jake desenhou um símbolo de sexo feminino na foto do ossuário de Maria e folheou um conjunto de páginas grampeadas.

— O antropólogo físico estimou que essa mulher era idosa, mais de 65 anos. — Ele escreveu a idade e em seguida leu o número seguinte do laboratório.

— Sexo feminino — falei.

— Mariameme. Aquela chamada Maria.

Jake conferiu o relatório do antropólogo físico.

— Adulta mais velha.

Ele marcou a foto e leu o terceiro número.

— Sexo masculino — falei.

— Yehuda, filho de Jeshua.

Judas, filho de Jesus, traduzi na minha cabeça

— Entre 25 e 40 anos.

Jake leu o número seguinte.

— Sexo feminino — falei.

— Salomé. Adulta mais velha.

Um a um, fomos percorrendo os restos mortais que tinham sido associados aos ossuários com inscrições. Maria. Maria. José. Mateus. Judas. Salomé. Jesus. Em cada caso, a inscrição correspondia ao sexo previsto pelo DNA nuclear. Ou vice-versa.

Dois conjuntos de restos mortais do chão do túmulo foram determinados como sendo um do sexo feminino e outro do sexo masculino.

A amplificação do DNA nuclear não teve sucesso quanto a Jesus e Mateus e quanto às outras amostras extraídas do chão do túmulo. Nenhum resultado. Nenhuma informação quanto a esses indivíduos.

Jake e eu nos entreolhamos. Era como estar esperando uma jogada que não aconteceria. Nenhum de nós dois expressou isso em palavras. Mas mesmo com as lacunas, tudo correspondia. A família de Jesus.

— Então, quem é parente de quem? — perguntou Jake.

— Espere. — Eu passei do relatório sobre o DNA nucelar para o mitocondrial.

— Lembre-se, esses resultados mostram elos, ou falta de elos, nas linhagens femininas. Mãe-filha, mãe-filho, irmãos com a mesma mãe, primos cujas mães tinham a mesma mãe e assim por diante. Certo. Vamos lá. Mariameme e Salomé são parentes — falei em voz alta enquanto fazia a correspondência entre números de amostras e nomes. — E também Marya, a Maria mais velha.

Jake fez anotações nas três fotos.

— Yose é parte da linhagem. E Yehuda também.

Mais anotações.

— O homem no chão do túmulo também é parente.

— Isso quer dizer que ele apresenta o mesmo sequenciamento de DNA mitocondrial que Mariameme, Salomé, Marya, Yose e Yehuda?

— Sim — falei. — A mulher no chão do túmulo é incomparável. Não é um grande problema. Ela pode ter entrado na família através do casamento. Por não ser parente de sangue, ela, e os filhos dela, se é que teve algum, teriam o DNA mitocondrial da linhagem da mãe

— Nada do pai.

— O DNA mitocondrial não se recombina. A correspondência inteira vem da mamãe.

Continuei com o texto impresso.

— Mateus também é incomparável. Mas de novo, se sua mãe fosse de outra família ele teria o DNA mitocondrial *dela*, não do pai.

— Ele poderia ser um primo.

— Sim. Filho de um irmão com a esposa.

Ergui os olhos.

— O material de Jesus estava muito degradado para ser amplificado. O sequenciamento não foi possível.

Jake começou a esboçar uma árvore genealógica, a mão rápida como um beija-flor.

— Tudo se encaixa. A Maria mais velha é a mãe. — Jake desenhou um círculo, nomeou-o Maria e traçou linhas saindo para baixo dele. — Salomé.

Maria. José. Jesus. De acordo com os registros, esses são quatro dos sete filhos de Maria.

A inscrição. *Yehuda, filho de Yeshua*. Judas, filho de Jesus.

A teoria maluca de Donovan Joyce. Jesus sobreviveu à crucificação, casou e foi pai de uma criança. Estávamos de volta a ela?

Minha cabeça se recusava a aceitar isso.

— Como Judas se encaixa? — perguntei.

Jake ergueu as sobrancelhas e abriu a boca. Eu precisava dizer o óbvio?

— Jesus com irmãos, sobrevivendo e se tornando papai? Você está falando sobre as três doutrinas fundamentais da Igreja Católica: imaculada conceição, ressurreição e celibato.

Jake ergueu os ombros. Ele estava tão agitado que pareceu mais um espasmo que um gesto normal.

— Não, Jake, o que você está inferindo não é possível. Esse Judas tem DNA que o liga às outras mulheres em seu túmulo, a Maria mais velha, Salomé, e Mariameme. Se Jesus tivesse tido um filho, essa criança teria o mesmo DNA mitocondrial da família da mãe, não da família do pai.

— Muito bem. Judas poderia ser um sobrinho de Jesus. Um neto de Maria. — Jake acrescentou um círculo no fim de um traço e puxou outro abaixo dele. — Uma das irmãs poderia ter se casado com outro homem chamado Jesus e tido um filho chamado Judas.

— Donovan Joyce alega ter visto um manuscrito de alguém chamado Jesus, filho de Tiago — sugeri, quase contra a minha vontade.

— Esse não poderia ser o Tiago do ossuário, o irmão de Jesus. A mulher de Tiago não seria parente, e o filho de Tiago teria o DNA mitocondrial da mãe, não o da avó, certo?

— Sim.

Pensamentos estavam a toda em minha cabeça.

— Jake, há algo mais...

De novo ele me interrompeu.

— A mulher no chão do túmulo não é parente de sangue. Ela pode ser... — Jake se deteve quando o pensamento lhe ocorreu. — Minha nossa, Tempe. Donovan Joyce achava que Jesus tinha se casado com Maria Madalena. Outros sugeriram a mesma coisa. Aquela mulher pode ser Maria Madalena.

Jake mal estava parando para respirar.

— Mas na realidade não importa quem ela é. E Mateus não é parente, certo? Ele poderia ser um dos discípulos que, por qualquer que seja a razão, acabou sepultado no túmulo. Ou o filho de um dos filhos, outro sobrinho.

— Há muitas possibilidades. Muitos talvez. — Resisti à exaltação de Jake.

Ele ignorou minha observação.

— Tiago está faltando porque o ossuário foi roubado. E Simão morreu décadas depois. Que coisa, Tempe, é praticamente a família inteira.

O mesmo pensamento passou por nossas cabeças simultaneamente. Jake o expressou.

— Então quem é o homem crucificado na mortalha?

— *Talvez* crucificado — observei.

— Certo. O Jesus do ossuário pode ser outro sobrinho. Droga! Por que o laboratório não conseguiu sequenciá-lo?

Abruptamente, Jake foi até o armário com os ossuários. Abriu o cadeado e espiou lá dentro. Satisfeito, fechou e trancou de novo a porta.

Jesus vivo e com filhos? Jesus morto e ainda envolvido em mortalhas em um túmulo? Cada hipótese parecia pior que a seguinte.

— É tudo especulação — falei.

Quando Jake se virou, seu olhar penetrou o meu.

— Não se eu puder provar que o ossuário de Tiago veio daquele túmulo.

Peguei o relatório sobre o DNA mitocondrial. Marya, Mariameme, Salomé, Yose, Yehuda e o homem desconhecido eram membros de uma mesma linhagem materna. Mateus viera de outra linhagem, assim como a mulher desconhecida no chão do túmulo. Os ossos do ossuário com a inscrição *Yeshua, filho de Yehosef* estavam degradados demais para fornecer DNA.

Jesus, filho de José. Mas qual Jesus? Qual José?

Teria Jake realmente encontrado o sepulcro da Sagrada Família? E se sim, quem era o homem na mortalha que eu havia encontrado no *loculus* oculto?

— Há mais uma coisa, Jake.

— O quê?

Comecei a falar, mas o telefone de Jake me interrompeu.

— Milagre dos milagres. Será que é a Chevra Kadisha finalmente retornando minha ligação sobre Max? — disse ele, indo para o escritório.

Na ausência de Jake, reli os relatórios sobre Max e o dente.

O DNA nuclear me dizia que Max era do sexo masculino. Nada de mais. Eu já sabia disso pelos ossos. O mesmo para o molar enfiado na mandíbula de Max. Sexo masculino.

O DNA mitocondrial me dizia que Max não era membro da linhagem materna no túmulo de Cédron. Seu sequenciamento não tinha parâmetros de comparação. Se essa era realmente a família de Jesus, Max não fazia parte dela. Ou pelo menos, não era descendente de nenhuma dessas mulheres.

O DNA mitocondrial também me dizia que o molar espúrio pertencia a outra linhagem diferente da de Max. Tudo bem, Bergeron me dissera isso. Ele tinha certeza de que viera de um indivíduo mais jovem.

Era a afirmação seguinte que não fazia sentido. Eu estava relendo o documento pela terceira vez quando Jake voltou.

— Babacas.

— Chevra Kadisha?

Jake assentiu, um movimento tenso.

— O que eles disseram?

— *Baruch Dayan ha-emet.*

Fiz um gesto de "fala sério".

— Bendito é o único Juiz verdadeiro.

— O que mais?

— Somos as crias de satã. Eles estão cumprindo a maior *mitzvah*. Agora os filhos da mãe intolerantes planejam interromper o trabalho no meu sítio em Talpiot.

— Você desenterrou restos de esqueletos de uma sinagoga do século I?

— Claro que não. Eu disse isso, mas ele não acreditou em mim. Disse que ele e sua tropa vão aparecer lá.

— Você perguntou se eles pegaram Max?

— O bom rabino se recusou a abordar o assunto.

Jake hesitou.

— Mas ele também disse algo esquisito.

Eu aguardei.

— Ele queria que parássemos de ligar para assediá-los.

— E?

— Eu só entrei em contato com a Chevra Kadisha duas vezes.

— Então quem está fazendo todas essas ligações?

— Aparentemente o rabino não sabe.

Seguiu-se um estranho silêncio. Eu o quebrei.

— Você tinha razão, Jake. — Ergui os relatórios sobre o DNA mitocondrial de Max e seu dente. — Isso pode ser maior do que qualquer um de nós imaginou.

— Diga-me como.

Eu disse.

Agora era Jake quem parecia uma corça diante dos faróis de um carro.

CAPÍTULO 35

Repeti duas vezes. Jake ainda não estava entendendo.

— O dente e o esqueleto apresentam sequenciamentos diferentes do DNA mitocondrial. Isso significa que o dente não veio daquele esqueleto. Mas nós já sabíamos disso. O dentista que trabalha para o meu laboratório de Montreal já tinha dito isso. O dente veio de alguém mais jovem que Max. E o DNA mitocondrial de Max não apresenta parâmetros de comparação, ou seja, é diferente tanto do da pessoa do dente quanto dos membros da linhagem materna do túmulo. Se Max era membro daquela família, sua mãe era de fora.

— Uma mulher que se casou com um dos homens do túmulo.

— Possivelmente. Mas o que é realmente chocante é que o DNA mitocondrial no molar é idêntico ao DNA mitocondrial da família do Cédron.

— O DNA liga o dente, mas não o esqueleto, à linhagem de Maria?

— O sequenciamento conecta o dente encontrado com Max aos indivíduos ligados pela linhagem materna no túmulo.

— O dente foi reinserido na mandíbula de Max?

— Sim, Jake. Isso significa que o dono do dente era parente das pessoas no túmulo. Ele era um membro daquela família por parte de mãe.

— Mas o dente não pertencia àquela mandíbula. Como foi parar nela?

— Meu palpite é que isso foi resultado de um erro banal. O dente provavelmente caiu da mandíbula de um dos restos mortais misturados e foi erroneamente incorporado aos ossos do esqueleto articulado.

Talvez durante a retirada. Talvez durante o transporte. Não poderia ter acontecido no laboratório de Haas. Nós sabemos agora que Haas nunca viu Max.

— Então ao menos uma pessoa na Caverna 2001 era inequivocadamente parente das pessoas no túmulo do Cédron. O que diabos um membro da família estaria fazendo em Masada?

Jake foi até a janela, enfiou as mãos nos bolsos e olhou para baixo. Aguardei enquanto ele ficava sozinho com os próprios pensamentos.

— A reticência de Yadin em discutir os sepultados na caverna. O fato de Haas não ter relatado nada sobre eles. — A voz de Jake estava bem baixa. — É claro. Eles não eram zelotes. Um grupo de nazarenos estava vivendo naquela caverna.

Embora Jake não estivesse realmente falando comigo, tinha a minha mais completa atenção.

— Com que diabos nos deparamos aqui? Quem era esse Max? Por que esse esqueleto não foi entregue a Haas? Quem estava oculto no *loculus* no túmulo do Cédron? Por que esses ossos nunca foram coletados e postos num ossuário?

Isso soava como um raciocínio.

— Seguidores de Jesus em Masada, um deles com elos biológicos com o túmulo no Cédron. Um deles membro da Sagrada Família. E para provar isso, tenho que provar que o ossuário de Tiago veio daquele túmulo.

Jake se virou, os olhos ardendo com algo que me paralisou.

— Achei que tínhamos dois achados não relacionados do século I, cada um deles bombástico por si só. Isso não é verdade. Está tudo conectado. O esqueleto perdido de Masada e o túmulo no Cédron são parte de uma mesma história. E é algo gigante, talvez a maior descoberta do século. Que diabos, do milênio.

Jake voltou para a mesa, pegou o relatório do antropólogo físico, largou-o, tocou uma foto dos ossuários e então outra, empilhou as imagens, colocou o relatório no topo da pilha, passou o dedo pelo papel.

— Isso é maior até do que *eu* tinha imaginado, Tempe. E mais perigoso.

— Perigoso? Mas nós não temos mais Max. E ninguém sabe sobre os ossos da mortalha.

— Ainda não.

— Está na hora de contarmos a Blotnik.

Jake se virou repentinamente para mim:

— Não!

Tive um sobressalto, como se tivesse levado um choque.

Jake ergueu uma das mãos.

— Desculpe. Minha cabeça está doendo de novo. É só que... Eu... Blotnik não.

— Jake, você está permitindo que sentimentos pessoais interfiram em seu julgamento?

— Blotnik não. — Jake fez uma expressão de desdém. — Ele não é nada além de um total canalha.

— Blotnik pode ser o Calígula, mas ele dirige a AAI. O homem deve ter feito alguma coisa para merecer esse cargo.

— Ele publicou alguns artigos brilhantes lá na década de 1960, deixou o mundo acadêmico impressionado, teve um monte de propostas e então deitou na cama e nunca mais escreveu nada com algum mérito. Agora ele monta nas costas dos outros.

— Apesar de sua opinião sobre Blotnik, a AAI tem autoridade sobre as antiguidades neste país.

Lá fora, uma porta de carro foi batida. Os olhos de Jake correram para a janela, para o armário trancado, e então encontraram os meus. Suspirando, ele pegou uma caneta retrátil e ficou brincando com ela.

— Vou fazer uma visita a Ruth Anne Bloom esta tarde.

— Bloom é a antropóloga física que trabalha para a AAI?

Jake assentiu.

— Você vai contar a ela sobre os ossos na mortalha?

— Sim. — Com a mão livre, ele apertou o nariz.

— Você não está falando só por falar?

— Não, não estou. — Jake largou a caneta. — Você tem razão. É muito arriscado manter os ossos aqui.

Arriscado para quem?, eu me perguntei, observando Jake voltar à janela. Para os ossos? Para Jake? Para o futuro da carreira dele? Eu conhecia meu amigo. Ele também tinha ambições acadêmicas.

— Quer que eu vá com você ao Rockefeller?

Jake balançou a cabeça.

— Tenho que passar pela escavação para alertar meu pessoal sobre a Chevra Kadisha. Eles sabem como é, mas quero garantir que não sejam pegos de surpresa.

Olhei para meu relógio.

— Fiquei de encontrar Ryan no hotel às quatro. Mas posso cancelar.
— Não será preciso. Ligo para você daqui a umas duas horas.
— Você jantará conosco esta noite?
Jake assentiu sem pensar.

Ryan chegou ao meu quarto logo depois de mim. Eu devia estar com um ar infeliz.

— Você está bem?

Assenti, sem querer entrar em detalhes do meu debate com Jake.

— Como está o seu colega?

— Ele ainda sente dor de cabeça, mas está bem. — Bati a porta do frigobar. — Implicante, mas bem.

Ryan deixou passar.

— Ficou sabendo algo de útil no *Post*?

Abri uma Diet Coke e contei a Ryan sobre os artigos em que Yadin se contradisse quanto ao uso de datação por carbono-14.

— De modo que o sujeito de fato mandou materiais para fora do país. Por que não faria isso com os esqueletos de Masada?

— Por que não?

— Mas ouça isso. Recebi resultados de DNA. Alguns indivíduos do túmulo do Cédron têm sequenciamento idêntico.

— O quer dizer que eles são parentes.

— Sim. Mas isso não tem nada de mais. É um túmulo de família. Seria de se esperar que as pessoas enterradas ali fossem parentes. A questão é que o DNA mitocondrial liga o dente estranho de Max a essa família.

— Isso quer dizer que alguém enterrado na Caverna 2001 era membro da família enterrada no túmulo do Cédron.

Adoro a rapidez de Ryan.

— Exatamente. E como Jake está convencido de que o túmulo do Cédron abriga membros da Sagrada Família, isso colocaria cristãos em Masada na época do sítio.

— Uau.

— É. Os israelenses vão se opor a qualquer teoria semelhante a essa.

— Gente de Jesus em Masada, talvez até um membro da Sagrada Família?

— Exatamente. Mas continuo sem ter a menor ideia de quem Max é. — Tomei um gole. — Ou era. O sequenciamento do DNA foi incompatível. Se ele tinha parentesco com alguém no túmulo do Cédron, não era através de nenhuma das mulheres que Jake recuperou.

— Kaplan mencionou o assunto esta manhã.

Isso obteve minha atenção.

— Alegou que Ferris tratava Max pelo primeiro nome — continuou Ryan.

— Ele tinha prova de sua identidade?

— O mundo segundo Kaplan.

Um arrepio de excitação subiu por minha espinha. Eu tinha passado um mês tentando atribuir um nome ao esqueleto de Masada. Era tão difícil quanto encontrar uma agulha em um palheiro. Se eu fosse honesta comigo mesma, teria chegado a suspeitar de que qualquer esperança havia se evaporado com o tempo.

— Pelo amor de Deus, Ryan. Conte o que Kaplan disse.

— Ele alega que nunca descobriu. Mas o boato nas ruas era de que os ossos eram coisa grande.

— As ruas das lojas de antiguidades ilegais?

Ryan assentiu.

— E agora a má notícia. Friedman teve que soltar Kaplan.

— Você está brincando.

— Kaplan arranjou um advogado, que sugeriu, de forma muito educada, que os direitos de seu cliente estavam sendo violados por uma detenção que já se estendia além do prazo legal. Creio que o termo "constitucionalmente incompetente" foi dirigido a Friedman.

— E quanto ao furto na loja?

— Litvak retirou a queixa. E não tenho nada que ligue Kaplan ao assassinato de Ferris.

— Ele admitiu que foi contratado para atirar no cara.

— Ele diz que não cumpriu o contrato.

— Ele planejava vender um esqueleto roubado. — Minha voz soou estridente no quarto silencioso.

— Intenção não é crime. Além disso, ele agora alega que nunca pretendeu realmente vender o esqueleto. Só fez algumas ligações por pura curiosidade.

— Que inferno.

— Eis outro desdobramento interessante. Courtney Purviance bateu asas.

— A secretária de Ferris desapareceu?

— Quando Kaplan nos falou sobre o esqueleto de Masada, perguntamos porque Ferris tinha decidido vender os ossos depois de escondê-los por mais de trinta anos.

Eu havia me perguntado a mesma coisa.

— Ele alegou que o negócio de Ferris estava afundando.

— Não foi o que Purviance disse.

— De modo algum. Ou seja, alguém está mentindo. Por isso eu quis fazer a ela mais algumas perguntas. Pedi uma investigação. Um cara chamado Birch está trabalhando comigo nisso.

— O detetive louro que eu vi na necropsia de Ferris.

Ryan assentiu.

— Birch está tentando entrar em contato com Purviance há vários dias. Ela não está no armazém. Não está em casa. A dama parece ter desaparecido.

— Ninguém disse a ela para não saír da cidade?

— Ela não é um dos suspeitos. Eu não podia ordenar que ficasse na cidade. Sugeri que seria útil se pudéssemos manter contato, mas duvido que ela siga outras regras além das que estipulou para si mesma.

— Algum indício de viagem já planejada?

Ryan balançou a cabeça.

— Isso não é nada bom — falei.

— Não. Não é. Birch está cuidando disso.

Ryan veio até mim e pôs as mãos em meus ombros.

— Eu e Friedman vamos grudar em Kaplan como moscas no mel. Vamos descobrir cada lugar que esse cara frequenta, tudo o que ele faz, todos que ele encontra.

— Vão dar corda para ele.

— Estamos apostando que Kaplan vai se enrolar nela.

Ryan me puxou mais para perto.

— Você vai ter que ficar sem mim por um tempo.

— Vou ficar bem.

— Você tem o número do meu celular.

Eu me soltei e dei um sorriso fingido para Ryan.

— Pode esperar sentado, bonitão. Vou jantar com um homem alto e cortês esta noite.

— Meio careca.

— É dos carecas que elas gostam mais.

Ryan sorriu.

— Detesto quando você fica toda chorosa por minha causa.

— Vá. — Eu virei Ryan na direção da porta. — Uma vigilância superemocionante o aguarda.

Quando Ryan se foi, liguei para Jake para combinar o restaurante. Sem resposta.

Meu relógio indicava cinco da tarde. Eu estava acordada desde a madrugada e começava a apagar.

Uma soneca para me recuperar. Por que não? Jake ligaria dali a uma hora.

Segundos depois, fui acordada por um barulho em minha porta.

Uma chave? Uma maçaneta tremendo?

Desorientada, olhei o relógio.

Sete e trinta e dois.

Voei até a porta.

— Jake?

Nenhuma resposta

— Ryan?

Algo fez um ruído no piso de cerâmica aos meus pés. Olhei para baixo e vi um papel dobrado deslizando pela fresta.

Abri a porta.

Uma mulher jovem se precipitava corredor abaixo. Ela usava *hijab,* vestido escuro e sapatos tipo oxford.

— Senhorita?

Sem se deter, a mulher falou por cima do ombro.

— Esse homem profanou seu quarto.

Com isso, a mulher virou o corredor, e seus passos desceram os degraus de pedra.

Fechei e tranquei a porta. Lá fora, o som do trânsito. Dentro, o quarto estava num silêncio estridente.

Abaixei, peguei e desdobrei o papel. Nele estavam as mesmas palavras que a mulher dissera. E um único nome. Hossam al-Ahmed.

Seria a mulher uma camareira? Será que ela estava presente quando meu quarto foi invadido? Por que se apresentar agora? Por que dessa maneira?

Peguei o telefone e pedi para falar com a Sra. Hanani. Informaram-me que a gerente já tinha ido embora. Deixei um recado, pedindo que ela ligasse para mim.

Coloquei o bilhete em minha bolsa e liguei para Jake. Sem resposta. Ele ainda estaria fora? Teria tentado entrar em contato comigo? Será que ele ligou enquanto eu estava dormindo?

Tentei de novo às sete e quarenta e cinco, oito e oito e quinze. Às oito e meia desisti e desci para o Cellar Bar.

Embora meu jantar estivesse bom, eu estava agitada demais para apreciar os esforços do chef. Fiquei me perguntando por que Jake não retornara minhas ligações.

Será que ele ainda estava no Rockefeller?

Mas Jake não tinha planejado passar por seu sítio primeiro e então visitar Bloom no Rockefeller? Teria ele mudado de ideia quanto a visitar Bloom? Talvez tivesse decidido não dirigir sozinho carregando os ossos da mortalha.

Mas ele não podia estar ainda na escavação. Já era noite.

Talvez tivesse ligado para o meu quarto e, sem resposta, tivesse decidido jantar com sua equipe.

Será que eu estava tão cansada a ponto de continuar dormindo mesmo com o telefone tocando? Eu duvidava.

Quanto mais eu remoía a questão, mais preocupada ficava.

Do outro lado do bar, eu podia ver dois homens de pele escura sentados em uma mesa. Um era baixo e magro, com cabelo escorrido e dentes da frente bem separados. O outro era uma beluga, com mechas compridas, finas, puxadas num rabo de cavalo.

Pensei em Hossam al-Ahmed. Quem era ele? Será que ele havia invadido meu quarto? Por quê?

Eles tomavam sucos, sem conversar. Uma vela amarela iluminava a mesa. As sombras se projetavam para cima, transformando as feições deles em máscaras de Halloween.

Será que estavam me vigiando? Será que minha imaginação era muito fértil?

Dei uma espiada.

A beluga tirou os óculos escuros de um bolso, colocou-os e me deu um ligeiro sorriso.

Meus olhos voltaram-se imediatamente para o meu prato.

Assinei a conta, corri para o meu quarto e de novo liguei para Jake.

Sem resposta.

Talvez a dor de cabeça tenha piorado, e por isso ele tirou o telefone do gancho e foi dormir.

Por falta de um plano melhor, tomei um banho de banheira. Meu remédio habitual para a agitação. Não adiantou.

Quem eram os caras no bar?

Quem era Hossam al-Ahmed?

O que tinha acontecido com Courtney Purviance?

Onde estava Jake?

Como estava Jake? Estaria tendo uma recaída? Teria tido uma embolia? Desenvolvido um hematoma subdural?

Minha nossa! Eu estava completamente esquizoide.

Enquanto eu me enxugava, meus olhos bateram nos registros telefônicos de Ryan, secos agora, mas amarronzados e enrugados por causa da Coca-Cola.

Por que não? Manteria minha cabeça ocupada em vez de preocupada com Jake.

Ajeitei-me na cama, liguei o abajur e olhei pela janela. Ralos fiapos de neblina borravam o topo do minarete.

Embora não fosse a silhueta completa, majestosa de Jerusalém, minha vista era reconfortante. Céu noturno. O mesmo céu que cobrira esse lugar desde sempre.

Meu foco voltou para dentro do quarto.

Raios de luz brincavam no teto obscurecido. O calor do dia se dissipara, e o quarto estava agradavelmente fresco. Uma umidade perfumada permeava o ar.

Fechei os olhos e escutei, os registros telefônicos sobre meus joelhos dobrados.

Trânsito. O tilintar do sino de uma loja. Gatos encontrando outros gatos no pátio.

Um alarme de carro cortou a noite.

Abri os olhos e peguei os registros de Ryan.

Fui mais rápida que na primeira vez. Podia reconhecer padrões agora, e mais números.

O banho tinha sido mais relaxante do que eu achara. Minhas pálpebras começaram a pesar. Mais de uma vez, eu me perdi.

Eu estava prestes a apagar a luz quando um número chamou minha atenção. Era a sonolência ou havia alguma coisa errada ali?

Percorri a sequência repetidas vezes.

Senti o sangue latejando em meu cérebro.

Agarrei o telefone e liguei para Ryan.

CAPÍTULO 36

— Ryan falando.

— Sou eu, Tempe.

— Como foi o jantar? — Contido.

— Jake não apareceu.

Ligeira hesitação. Surpresa.

— Vou mandar açoitar o rapaz.

— Acabou sendo bom. Talvez eu tenha achado alguma coisa nos registros telefônicos.

— Estou ouvindo.

— Quando Ferris levou Miriam para Boca? — perguntei.

— Meados de janeiro. — Ryan mantinha as respostas breves. Visualizei Friedman e ele encolhidos num carro escuro.

— Certo. Aqui está a sequência do jeito que consegui montar. Em 28 e 29 de dezembro, ligações foram feitas do armazém em Mirabel para o Renaissance Boca Raton Hotel. Isso era Ferris providenciando acomodações.

— Ok.

— Em 4 de janeiro uma ligação foi feita para a Abbaye Sainte-Marie-des-Neiges. Isso foi Ferris informando Morissonneau de seu plano para pegar Max.

— Prossiga.

— No dia 7 de janeiro, uma ligação foi feita para a casa de Kaplan. Isso foi Ferris entrando em contato com seu intermediário. Kaplan recebeu uma nova ligação em 10 de janeiro. Então, do dia 16 ao 23, há uma acentuada queda nas ligações feitas de Mirabel.

— Ferris estava no sul com Miriam.

— Certo. Duas ligações foram feitas para o resort em Boca. Provavelmente Purviance com perguntas para o chefe. Mas ouça isso. Em 19 de janeiro, Kaplan recebeu uma ligação do armazém.

Ryan entendeu na hora.

— Ferris estava na Flórida. Não pode ter sido ele. Então, quem ligou para Kaplan?

— Purviance? — sugeri.

— Ela administrava o negócio enquanto Ferris estava ausente. Mas por que ela ligaria para Kaplan? Ele não é cliente nem fornecedor. E os negócios de Ferris com ele não eram precisamente kosher. Purviance não devia estar por dentro dessas transações. — Pausa. — Será que ela não estava respondendo a um recado?

— Pensei nisso. Não há registros de ligações da casa ou da loja de Kaplan para o armazém.

— Então, alguém ligou do armazém para a casa de Kaplan enquanto Ferris estava na Flórida. Mas Kaplan não tinha telefonado para o armazém, nem de sua casa nem de sua loja, tornando improvável que Purviance estivesse apenas deixando um recado do chefe. Então quem diabos fez a ligação? E por quê?

— Alguém mais com acesso ao armazém? Um membro da família?

— De novo, por quê?

— Perguntas astutas, detetive.

— Merda.

— Merda. Alguma notícia de Birch?

Ouvi um ruído e imaginei que era Ryan procurando uma posição mais confortável.

— Purviance continua desaparecida.

— Isso é ruim, não?

— Se ela ouviu ou viu alguma coisa, o criminoso pode tê-la apagado para impedi-la de falar.

— Jesus.

— Mas a balística descobriu a procedência da Jericho nove milímetros que matou Ferris. A arma tinha sido dada como roubada por um encanador de 74 anos chamado Ozols. Furtada de seu carro em Saint-Léonard.

— Quando?

— Vinte e dois de janeiro, menos de três semanas antes de Ferris ser baleado. Birch está pensando em gangues de rua. Descobrem um revólver, atacam um armazém, as coisas dão errado, Ferris leva chumbo.

Algo se agitou em minha mente.

— De acordo com Purviance, nada de valor foi levado — falei, distraída por um sinal emitido por meu cerebelo.

— Se forem inexperientes, podem ter entrado em pânico e fugido.

— O roubo da arma também pode sugerir planejamento prévio. Alguém queria um assassinato e precisava de uma arma. Além disso, Ferris levou duas balas na nuca. Isso sugere trabalho profissional, não tiros disparados na hora do pânico.

— Miriam estava na Flórida.

— Sim — concordei. — Ela estava.

Ouvi uma voz ao fundo.

— Kaplan está em movimento — disse Ryan e desligou.

Não mais sonolenta, voltei para os registros das ligações. Dessa vez, comecei com os da casa de Kaplan. As listas de janeiro e fevereiro eram curtas.

Quase imediatamente, tive outro choque.

Primeiro de fevereiro. Nove e vinte. Ligação internacional para Israel. Zero dois. O código de área de Jerusalém e Hebron. Eu conhecia o número.

O Rockefeller. E não era o número central dessa vez.

Kaplan tinha ligado para o escritório de Tovya Blotnik. O telefonema durara 23 minutos.

Blotnik já estava por dentro da história pelo menos dez dias antes da morte de Ferris.

Será que eu tinha visto o número de Blotnik em algum outro lugar? Era esse o sussurro que ouvira em meu id?

Voltei aos registros do armazém de Ferris para fevereiro.

Bingo. Ferris havia ligado para o número central no dia 8 de janeiro. Um mês depois ele ligou para a linha direta de Blotnik.

Era esse o sinal que o meu cerebelo estava enviando? Não fiquei satisfeita.

O que era então?

Pense.

Era como uma miragem. Quanto mais eu me concentrava, mais a imagem se dissolvia.

Para o inferno com ela.

Comecei a discar para Ryan, parei. Ele e Friedman estavam ocupados seguindo Kaplan. Um telefone tocando poderia expô-los. Ou o telefone estaria desligado.

Tentei Jake.

Ainda sem resposta.

Frustrada, bati o telefone.

Onze e dez. Onde diabos ele estava?

Tentei voltar aos registros. Minha mente não se concentrava.

Eu me levantei e andei pelo quarto, olhos percorrendo a mesa, a janela, as imagens bordadas no tapete. Que história essas imagens contavam?

Que história Max contaria?

Blotnik e Kaplan haviam se falado. Por quê? Teria Kaplan ligado para a AAI para extrair qualquer informação possível sobre o esqueleto? Não, isso seria com Ferris. Kaplan era só o intermediário. Seria Blotnik um comprador em potencial?

Será que Jake estava passando mal? Será que ele poderia estar desacordado no chão de seu quarto?

Será que estava bravo? Teria se ressentido com meus comentários sobre Blotnik mais do que dera a entender?

Será que ele estava correto em sua avaliação de Blotnik?

Um pensamento terrível.

Será que Blotnik era mais do que um homem de caráter duvidoso? Será que ele era perigoso?

Tentei Jake de novo. Secretária eletrônica de novo.

— Que inferno!

Enfiei um jeans e uma jaqueta corta-vento, peguei as chaves de Friedman e desci correndo as escadas.

Nem uma única janela estava acesa no apartamento de Jake. A neblina tinha engrossado, praticamente obliterando as casas em volta.

Ótimo.

Saí do carro e me apressei em cruzar a rua, perguntando-me como eu iria ter acesso ao apartamento de Jake. Sobre o muro eu podia ver copas de árvores, seus galhos borrados contra o céu noturno.

Eu não precisava ter me preocupado. O portão estava destrancado e ligeiramente entreaberto.

Golpe de sorte? Mau sinal?

Entrei.

No pátio, uma lâmpada solitária despejava um cone de luz de um tom amarelo doentio sobre o cercado de cabras. Ao passar, ouvi movimento. Olhando de soslaio, vi silhuetas de chifres.

— Baa — sussurrei.

Nenhuma resposta.

Odores animais se juntaram aos cheiros úmidos da cidade. Fezes. Suor. Alface e maçã apodrecidas.

A escadaria de Jake era um túnel negro e estreito. Sombras se conectavam umas às outras, criando um rosário de formas. A subida levou uma eternidade. Dei várias olhadas para trás.

Em frente à porta, bati suavemente.

— Jake?

Por que eu estava sussurrando?

— Jake — gritei, batendo com a palma da mão.

Três tentativas, nenhuma resposta.

Girei a maçaneta. A porta se abriu.

Um arrepio de medo.

Primeiro o portão, agora a porta. Será que Jake deixaria o lugar destrancado?

Não se ele tivesse saído. Mas ele trancava quando estava em casa? Não consegui lembrar.

Hesitei.

Se Jake estava em casa, por que não havia respondido? Por que não tinha me telefonado?

Imagens começaram a surgir em minha cabeça. Jake caído no chão. Jake inconsciente na cama.

Algo tocou minha perna.

Dei um salto, e a mão foi direto para a boca. Coração disparado. Olhei para baixo.

Um dos gatos vira-latas olhou para cima; seus olhos eram dois globos brilhantes na escuridão.

Antes que eu pudesse reagir, a porta se moveu. Dobradiças rangeram baixinho, e o gato se foi.

Espiei pela abertura. Do outro lado da sala pude ver objetos jogados ao lado do computador. Mesmo no escuro, eu sabia o que eram. Os óculos escuros de Jake. A carteira de Jake. O passaporte de Jake.

E o que eles significavam.

Empurrei a porta para entrar.

— Jake?

Tateei, tentando achar um interruptor, mas não encontrei nenhum.

— Jake, você está aí?

Continuei tateando para achar o caminho em meio à escuridão e cheguei à sala. Eu estava procurando pela parede quando algo caiu com um estrondo à minha esquerda.

No momento em que a adrenalina disparou em meu corpo, meus dedos encontraram o interruptor. Tremendo, eu o acionei, e a sala se encheu de luz.

O gato estava no balcão da cozinha, pernas flexionadas, músculos retesados para fugir. Um vaso estava despedaçado no chão de cerâmica, e água suja vazava dele como sangue de um cadáver.

O gato pulou e farejou a poça.

— Jake!

A cabeça do gato virou bruscamente para cima e ele se deteve, uma pata erguida e dobrada. Olhando para mim, ele fez um "prrrr" hesitante.

— Onde diabos está Jake? — perguntei.

O gato ficou mudo como um sonegador de impostos em uma auditoria.

— Jake!

Alarmado, o gato fugiu correndo, saindo por onde havia entrado.

Jake não estava no quarto. Também não estava no escritório.

Minha mente registrou detalhes enquanto eu corria pelo apartamento.

Caneca na pia. Aspirina no balcão. Fotos e relatórios tirados da mesa. Fora isso, o lugar estava exatamente como eu o deixara.

Jake chegara a levar os ossos para Ruth Anne Bloom?

Precipitei-me para a varanda fechada dos fundos e procurei o interruptor na parede. Quando o encontrei e o acionei, nada aconteceu.

Frustrada, voltei para a cozinha e remexi gavetas até encontrar uma lanterna. Depois de acendê-la, voltei para a varanda.

O armário ficava no canto. No ponto em que as portas se encontravam, eu podia ver uma faixa preta indo de cima a baixo. Meu coração se contraiu no peito.

Segurando a lanterna na altura do ombro, avancei. Senti o cheiro de cola, poeira e barro milenares. Fora do meu feixe de luz, sombras se sobrepunham e forjavam formas estranhas.

A um metro e meio do armário, fiquei paralisada.

O cadeado tinha sumido, e uma porta estava entreaberta. Com ou sem os ossos, Jake teria fechado o cadeado.

E a porta da frente.

Eu me virei rapidamente.

Escuridão.

Eu podia ouvir minha própria respiração.

Em dois passos cruzei o espaço que faltava e iluminei o interior do armário. Conferi prateleira por prateleira, a poeira se revolvendo no feixe de luz claro, forte.

Os ossuários reconstruídos estavam lá.

Os fragmentos estavam lá.

Os ossos da mortalha tinham desaparecido.

CAPITULO 37

SERÁ QUE JAKE TINHA levado os ossos para Bloom?

Sem chance. Ele nunca teria deixado o armário aberto e não teria saído sem o passaporte e a carteira, deixando a porta destrancada.

Será que os ossos tinham sido roubados?

Só passando por cima de Jake.

Meu Deus. Será que Jake tinha sido sequestrado? Ou algo pior?

O medo desperta uma corrente poderosa de emoções. Uma série de nomes passou pela minha cabeça. Chevra Kadisha. Hershel Kaplan. Hossam al-Ahmed.

Tovya Blotnik!

Um som baixinho de algo sendo esmagado penetrou meu medo.

Passos no cascalho?

Desliguei a luz, prendi a respiração e escutei.

Manga roçando na jaqueta. Galho arranhando a parede. Casco de cabra vindo do pátio.

Apenas sons benignos, nada hostil.

Ajoelhei-me e procurei o cadeado. Não estava em parte alguma.

Voltei para a cozinha e guardei a lanterna. Ao fechar a gaveta, vi a secretária eletrônica de Jake no balcão acima dela. A luz estava piscando Ele havia recebido dez ligações.

Contei meus próprios telefonemas. Oito, o primeira por volta das cinco, o último antes de sair do hotel.

Um dos outros recados poderia dar uma pista sobre o paradeiro dele

Invadir a privacidade de Jake?

Sem a menor dúvida. Aquela parecia uma situação ruim.

Apertei o botão.

A primeira ligação era, de fato, minha.

O segundo recado foi deixado por um homem que falava hebraico. Identifiquei as palavras Chevra Kadisha e *isha*, mulher. Nada mais. Por sorte, o cara foi breve. Repeti a mensagem várias vezes e fiz uma transcrição fonética.

O recado seguinte era de Ruth Anne Bloom. Ela deixou apenas o nome e a informação de que ia trabalhar até tarde.

Os sete últimos recados eram meus.

A secretária parou.

O que eu ganhei com isso? Nada.

Jake já teria saído quando liguei da primeira vez? Ele havia ignorado meu recado ou não o ouvira? Estaria prestando atenção às mensagens? Será que tinha saído depois de ouvir o recado que o homem havia deixado? Ou o de Ruth Anne Bloom? Será que saíra por vontade própria?

Olhei para o texto incompreensível em minhas mãos.

Olhei para o relógio. Passava da meia-noite. Para quem ligar?

Ryan atendeu ao primeiro toque.

Eu disse a ele onde estava e o que descobrira.

A respiração de Ryan revelava seu aborrecimento com o fato de eu ter me aventurado sozinha. Eu sabia o que estava por vir e não tinha ânimo para interrogatórios.

— Jake pode estar em perigo — falei.

— Espere um pouco.

A voz seguinte foi a de Friedman.

Expliquei o que eu queria e, um a um, pronunciei os fonemas que eu havia anotado. Foram necessárias várias tentativas, mas o hebraico de Friedman por fim reproduziu o recado na máquina.

Quem ligara fora um membro da Chevra Kadisha retornando o telefonema de Jake.

Certo. Eu adivinhara isso. A parte seguinte da tradução de Friedman me surpreendeu.

Os telefonemas para o grupo tinham sido feitos por uma mulher.

— Isso é tudo?

— O fulano desejou que as mãos de seu amigo murchem e caiam se ele profanar mais alguma sepultura.

Uma mulher telefonou várias vezes para a Chevra Kadisha?

Ouvi um ruído quando Friedman passou o telefone de volta para Ryan

— Você sabe o que eu quero que faça. — Brusco.

— Sei — respondi.

— Você vai voltar para o American Colony.

— Sim. — Eventualmente.

Ryan não engoliu.

— Mas antes?

— Vou fuçar por aqui, ver se consigo encontrar informações de contato com a equipe de Jake. Talvez eu ache uma lista de quem está trabalhando no sítio de Talpiot.

— E então?

— Ligar para eles.

— E aí?

A adrenalina tinha deixado minha mente hiperativa. O paternalismo de Ryan não estava me acalmando.

— Vou para a velha residência de Arafat mostrar as pernas e talvez conseguir um encontro para a noite de sábado.

Ryan ignorou isso.

— Se você for a algum outro lugar além do hotel, por favor me ligue.

— Tudo bem.

— Estou falando sério.

— Eu vou ligar.

Silêncio. Eu o interrompi.

— O que Kaplan está fazendo?

— Ele quer ser promovido a chefe dos escoteiros.

— Como assim?

— Foi cedo para a cama.

— Vocês vão ficar na cola dele?

— Vamos. Olha, Tempe. É bem possível que Kaplan não seja o nosso assassino. Se for esse o caso, alguma outra pessoa é.

— Ok. Não irei para Ramallah.

Ryan deu sua resposta-padrão.

— Você pode ser realmente um pé no saco, Brennan.

Dei a minha resposta-padrão.

— Faço o meu melhor.

Quando desligamos, me apressei para o escritório de Jake. Meus olhos foram atraídos pelos objetos ao lado do computador. Minha ansiedade subiu aos céus.

O sítio de Jake era no deserto. Ele não iria para lá sem os óculos de sol. Ele não iria a parte alguma sem identificação.

Chaves do carro?

Comecei a remexer nos papéis, olhar em prateleiras, abrir e fechar gavetas.

Nada de chaves.

Verifiquei o quarto, a cozinha, os outros cômodos.

Nada de chaves.

E nenhuma informação sobre a equipe. Nenhuma lista de nomes. Nenhuma planilha de revezamento de tarefas. Nenhuma lista com marcas de visto. Nada.

Voltei ao computador e percebi um Post-it amarelo aparecendo por baixo do teclado. Eu o peguei.

Os garranchos de Jake. O nome Esther Getz e um número de telefone que se diferenciava em quatro dígitos do de Blotnik no Rockefeller.

Súbita inspiração. Getzster poderia ser a mulher que telefonava para a Chevra Kadisha?

Eu não tinha nada em que me basear para sugerir isso. Nada. Nada além do sexo da pessoa. E o que telefonemas para a Chevra Kadisha tinham a ver com tudo isso, afinal?

Muito bem. Jake pretendia ver Getz ou Bloom ou ambas. Ele tinha ido encontrar com elas?

Fiquei encarando o número. Ligar a essa hora seria inútil. E falta de educação.

— Dane-se a boa educação. — Eu queria que Bloom soubesse que eu estava atrás de Jake.

Quatro toques. Secretária eletrônica. Recado.

Eu me detive um instante, dedos em volta do fone.

Getz?

Por que não?

Secretária eletrônica. Recado.

E agora? Para quem mais eu posso ligar?

Eu sabia que os telefonemas eram inúteis, mas estava frustrada e não tinha nenhuma ideia melhor.

De novo, uma luz piscando em meu id. Está ali. Sumiu. Está ali. Sumiu.

Indicando o quê? Quando nada faz sentido, costumo repetir os fatos conhecidos várias vezes na esperança de que um padrão possa surgir.

Pense.

Esqueleto de Masada. Roubado.

Ossos da mortalha. Desaparecidos.

Jake. Desaparecido.

Courtney Purviance. Desaparecida.

Avram Ferris. Morto.

Sylvain Morissonneau. Morto.

Hershel Kaplan. Contratado para um assassinato. Por uma mulher. Talvez. Agora em Israel. Estaria tentando vender ossos?

Meu quarto no hotel. Invadido.

Meu carro. Seguido.

As ligações telefônicas Ferris-Kaplan-Blotnik.

Ruth Anne Bloom. Não confio nela. Por quê? As advertências iniciais de Jake para não entrar em contato com a AAI?

Tovya Blotnik. Jake não confia nele.

Ossos da Caverna 2001 relacionados aos do túmulo no Cédron.

Havia um padrão?

Havia. Tudo levava de volta a Max.

Por que esse comichão no id? Havia alguma peça que não se encaixava?

Se havia, eu não a estava vendo.

Meu olhar se deteve em uma foto sobre o monitor. Jake sorrindo, segurando um recipiente de pedra numa das mãos.

Uma reviravolta em minha mente.

Jake. Desaparecido.

Disquei outro número. Fiquei atônita quando uma voz atendeu.

— Alô. — Voz abafada, como se a mão estivesse em concha em volta do fone.

Eu me identifiquei.

— A americana? — Surpreso.

— Desculpe estar ligando a essa hora, Dr. Blotnik.

— Eu... eu estou trabalhando até tarde. — Vacilante. Não era a minha voz que Blotnik esperava ouvir. — É um hábito meu.

Lembrei de minha primeira visita à AAI. Blotnik com certeza não tinha trabalhado até tarde naquela noite.

Pulei as amenidades.

— O senhor viu Jake Drum hoje?

— Não.

— Ruth Anne Bloom?

— Ruth Anne?

— Sim.

— Ruth Anne foi para o norte, para a Galileia.

Bloom deixara um recado para Jake dizendo que iria trabalhar até tarde. Trabalhar onde? Em casa? No Rockefeller? Num laboratório em algum outro lugar? Teria ela mudado de planos? Teria mentido? Blotnik estava mentindo? Ou Blotnik apenas entendera tudo errado?

Tomei uma decisão repentina.

— Preciso falar com o senhor.

— Esta noite?

— Agora.

— Isso é impossível. Eu estou... — Blotnik estava claramente abalado.

— Estarei aí em trinta minutos. Espere por mim.

Não ouvi a resposta de Blotnik.

No carro, pensei em Ryan. Eu devia ter ligado e comunicado meu destino, mas não tinha pensado nisso antes de sair, e eu estava sem celular. Talvez eu pudesse ligar do escritório de Blotnik.

Era uma noite de portões abertos.

Eu devia ter visto isso como um presságio. Em vez disso, presumi que Blotnik tinha antecipado a minha chegada.

Depois de entrar no complexo, contornei o pátio da frente e segui rapidamente pelo acesso a pé. A neblina estava se tornando uma névoa rala. O ar cheirava a terra e flores e folhas mortas.

O Rockefeller se erguia como uma fortaleza negra gigante, seus contornos se misturando com a noite aveludada. Contornando um dos cantos do prédio, olhei um relance para trás, para o portão pelo qual eu acabara de entrar.

Lá fora, a Cidade Velha dormia, um lugar de pedras escuras e silenciosas. Não havia mais os entregadores e donas de casa, os alunos e as pessoas fazendo compras se aglomerando ombro a ombro nas ruas estreitas. Enquanto eu observava, um carro virou da Sultan Suleiman para a Derech Jericho, seus faróis brancos percorrendo a névoa.

Eu me dirigi à porta lateral, uma entrada usada apenas por quem trabalhava no museu. Como o portão, não estava trancada. Empurrei a madeira com o ombro e entrei.

Um lustre antiquado banhava o pequeno vestíbulo numa luz ocre. Adiante, um corredor curto terminava em portas que davam para as salas de exposição. À direita, uma escada em caracol feita de madeira espiralava para cima, um acesso de uso exclusivo dos funcionários até os escritórios da equipe que Jake e eu tínhamos visitado.

Percebi um telefone numa prateleira de madeira ao lado das portas de uma das salas de exposição. Fui até ele, peguei o fone. O tom de discagem soou como uma trompa no prédio vazio à noite.

Liguei para Ryan. Nenhuma resposta. Será que Kaplan estava em movimento? Deixei um recado.

Respirei fundo e então subi, mão no corrimão, meus pés firmes. No topo, virei e segui pelo longo corredor, passos ecoando nas paredes e no chão.

Uma única luminária na parede resgatava o corredor da completa escuridão. À minha direita, balcões com corrimão tinham vista para as salas do térreo. À minha esquerda, vãos em forma de arco quase desapareciam na escuridão retinta. Adiante, o acesso que Jake e eu tínhamos usado em nossa visita a Getz.

A quarta sala se mostrava levemente iluminada. Ao entrar, vi o porquê. Luz amarelada fraca escapava das frestas, emoldurando a porta de Blotnik.

E também vozes, quase inaudíveis, mas soando bastante serenas.

Era uma da manhã. Quem em nome de Deus poderia estar ali com Blotnik? Jake? Bloom? Getz?

Atravessei o corredor e bati suavemente na porta.

As vozes não se abalaram.

Bati de novo, com mais força.

Nem uma hesitação na conversa.

— Dr. Blotnik?

Os homens continuaram falando. Eram homens?

Inclinei-me e apoiei a orelha na porta.

— Dr. Blotnik? — Mais alto. — O senhor está aí?

Engraçado como a mente grava imagens como se tirasse fotos. Ainda consigo ver a maçaneta, velha e esverdeada. E ainda posso sentir o frio do metal na palma da minha mão.

O id rápido como um relâmpago, conjurando mapas enquanto os sentidos ainda estão localizando referências no GPS.

As dobradiças rangeram e a porta abriu para dentro. As vozes. O cheiro.

Uma parte do meu cérebro já fizera um diagrama.

Sem saber, eu sabia.

CAPÍTULO 38

Assimilando a realidade. Bytes de dados entrando a toda por meus ouvidos, nariz, olhos.

Fala comedida. Vozes da BBC. Rádio num aparador ao lado da mesa de Blotnik.

Leve odor de cordite no ar. Algo mais. Cobre. Salgado.

Os pelos em minha nuca e braços se arrepiaram. Meus olhos foram para o tampo da mesa.

Uma luminária de banqueiro emitindo um insólito fulgor verde. Pilhas de papéis esparramadas sobre a mesa. Livros, canetas espalhadas. Um vaso virado, partido em dois, o pequeno cacto ainda enraizado na terra agora espalhada.

A cadeira de Blotnik estava em um ângulo estranho. Embora a luz do teto estivesse apagada, pude ver gotas de sangue, como se a parede tivesse sido mortalmente ferida.

Respingo de projétil de alta velocidade!

Deus do céu. Quem tinha sido baleado? Jake? Blotnik?

Eu não queria ver.

Eu tinha de ver.

Fui devagar até a mesa e olhei atrás dela.

Nada de cadáver.

Alívio? Confusão?

Atrás da mesa, à direita, reparei em um closet. Uma radiância tênue vazava entre a porta e a esquadria.

Passei pela mesa, fui até lá e cruzei os dedos.

Assimilei mais imagens. Madeira escura, amaciada pelo excesso de anos de verniz.

Estantes metálicas com pilhas de materiais de escritório, caixas e recipientes etiquetados. Luz fraca vindo de um recesso à frente, à esquerda.

Avancei lentamente, a mão deslizando na borda de uma das prateleiras.

Depois de cinco passos, meu pé escorregou em algo úmido e grudento.

Olhei para baixo.

Um riozinho escuro serpenteava em torno do recesso.

Como a freada antes da colisão. A sombra antes do ataque do gavião. O alarme mental soou. Eu tinha chegado tarde demais.

Tarde demais para quem?

Forcei minhas pernas a seguirem em frente.

Blotnik estava caído de barriga para baixo, solidéu encharcado de sangue afundando num buraco no crânio. Havia outro ferimento nas costas e outro no ombro. O sangue coagulava na poça em torno de seu corpo e nos afluentes que saíam dela.

Minha mão voou para a boca. Eu me senti zonza, quase nauseada.

Eu me encostei na parede, uma frase rodopiando em minha cabeça.

Jake não. Jake não. Diga-me que você não fez isso, Jake.

Então quem? Radicais ultraortodoxos? Fanáticos cristãos? Fundamentalistas islâmicos?

Um segundo. Cinco. Dez.

Meus sentidos voltaram.

Desviando do sangue, me agachei e coloquei os dedos no pescoço de Blotnik. Nenhum pulso. A pele estava fria, não gelada.

Não fazia muito tempo que ele estava morto. Claro que não. Eu sabia disso. Eu tinha falado com ele menos de uma hora antes.

O assassino ainda estaria aqui?

Tropeçando de volta para o escritório, agarrei o telefone.

Não havia tom de discagem.

Meus olhos seguiram o fio. A 10 centímetros do fone, ele terminava.

Medo em alta voltagem.

Meu olhar percorreu o tampo da mesa, parou num papel.

Por que aquele papel?

Estava bem no meio do tampo da mesa, centrado e alinhado. Apesar do caos. Debaixo do caos.

Antes do caos?

Será que Blotnik o estivera lendo? Poderia me levar até Jake?

Cena de crime! Não toque!, bradou o hemisfério esquerdo do meu cérebro.

Encontre Jake!, contra-argumentou o hemisfério direito.

Peguei o papel. Era o relatório de Getz sobre a mortalha. Dirigido a Jake.

Era para Blotnik estar com o relatório de Getz? Será que ele o roubou do escritório dela? Ou relatórios assim seriam rotineiramente encaminhados para ele? Getz trabalhava para o Rockefeller, não para a AAI. Não fora por isso que Jake a procurara, embora tenha se recusado a falar com Blotnik?

Mas será que Getz trabalhava *mesmo* para o museu? Ela havia se oferecido para tomar posse da mortalha para a AAI. Ela fazia parte da equipe de Blotnik? Será que trabalhava para o Rockefeller *e* para a AAI? Eu nunca tinha pedido a Jake para esclarecer isso.

Estaria Getz de algum modo em conluio com Blotnik? Isso envolvia os ossos da mortalha? Mas Jake não havia falado nada sobre os ossos da mortalha para ela. Ou havia?

Jake odiava Blotnik. Nunca teria dado a ele o relatório.

Um pensamento terrível.

Alguém roubara os ossos da mortalha. Suspeitando de Blotnik, Jake viera até aqui furioso para exigir que fossem devolvidos. Ele tinha uma arma. Teriam as coisas saído do controle? Jake poderia ter matado Blotnik em sua fúria?

Percorri o relatório. Três palavras se destacaram. "Restos de esqueleto".

Li o parágrafo. Getz havia encontrado fragmentos microscópicos de osso entranhados na mortalha. O relatório dela sugeria que deviam existir fragmentos maiores do esqueleto.

Blotnik sabia!

Esquadrinhei o escritório. Nada de ossos da mortalha. Eu estava verificando o closet quando ouvi um rangido baixo.

Minha respiração ficou presa na garganta.

A dobradiça da porta!

Alguém estava no escritório de Blotnik!

Passos cruzaram o chão do escritório. Papéis farfalharam. Mais passos. Junto ao aparador?

Sem pensar, recuei apressadamente para o recesso.

Um de meus sapatos acertou a poça de sangue e derrapou para o lado. Fui arremessada para a frente.

O instinto assumiu o controle. Estendi as mãos, procurando um apoio. Meus dedos se fecharam numa superfície vertical metálica.

A estante balançou.

O tempo se fragmentou.

Um maço de tolhas de papel oscilou e acabou caindo no chão.

Tump.

Silêncio repentino no escritório.

Total silêncio no closet.

Predador e presa farejaram o ar.

Então, passos apressados.

Partindo?

Alívio.

Então medo, como um punho pressionando meu peito.

Os passos estavam se movendo em minha direção.

Eu me agachei, paralisada, máxima atenção a qualquer som.

Minha cabeça soluçou alguma advertência esquecida.

Nunca ceda à vantagem da iluminação.

O visitante de Blotnik não podia me ver mais do que eu podia vê-lo.

Peguei um livro, me virei e mirei a luminária atrás de mim. A lâmpada se espatifou, vidro caindo sobre o corpo de Blotnik.

Uma silhueta preencheu a esquadria da porta, a bolsa pendurada no ombro esquerdo, braço direito flexionado, apontando um objeto escuro na altura do peito. Uma boina fazia sombra no rosto, de modo que não consegui distinguir os traços.

Pigarro, e então:

— *Mi sham?* — Quem está aí?

A voz era de mulher.

Fiquei rígida.

A mulher pigarreou de novo e tentou em árabe.

No escritório, uma voz baixa anunciou o noticiário da BBC.

A mulher recuou um passo. Na luz esmeralda que vinha de trás dela eu pude ver que minha oponente usava botas, jeans e uma blusa cáqui. Suas axilas estavam manchadas. Uma mecha loura escapara da lateral da boina.

A mulher era pesada e baixa demais para ser Getz. E loura.

Ruth Anne Bloom?

Senti suor em meu rosto. Calafrio em meu peito. Será que essa mulher tinha matado Blotnik? Será que ia me matar?

Um pensamento se ergueu em meu cérebro.

Enrole!

— Quem é você?

— Sou eu que faço as perguntas. — A mulher respondeu meu inglês com inglês.

Não era Ruth Anne Bloom. O inglês de Bloom tinha um sotaque forte.

Não respondi.

— Responda Ou você terá muito do que se arrepender. — Durona. Mas agitada. Insegura.

— Não importa quem eu sou.

— Eu decido o que importa. — Mais alto. Uma ameaça de violência.

— O Dr. Blotnik está morto.

— E eu vou disparar alguns tiros na sua cara tão rápido quanto na dele.

Papo de policial? Essa mulher estava em serviço? Ou era uma das milhões de pessoas que assistem TV demais?

Antes que eu pudesse responder, ela falou de novo.

— Espere um pouco. Conheço esse sotaque. Eu conheço você.

E eu já tinha ouvido a voz *dela*. Mas quando? Onde? Teríamos cruzado nossos caminhos aqui? No hotel? No museu? Quartel-general da polícia? Eu não havia encontrado muitas mulheres em Israel.

Súbita lembrança. O sujeito que ligara para o apartamento de Jake falara de uma mulher infernizando a Chevra Kadisha.

Os telefonemas para o grupo tinham sido feitos por uma mulher.

Poderia ser essa a mulher? Ela teria seus próprios interesses quanto a Max? Teria roubado os ossos da mortalha?

Eu não fazia ideia de suas motivações. Ela falava inglês, hebraico e árabe. Seria cristã? Judia? Muçulmana?

— Confiscando ossos em nome do Senhor? — arrisquei.

Nenhuma resposta.

— A questão é: qual Senhor? — continuei.

— Ah, me poupe.

Ela fungou. A mão livre foi até o rosto.

Eu não tinha certeza de como sondá-la.

— Eu sei sobre o esqueleto de Masada.

— Você não sabe de nada. — Fungada. — De pé.

Eu me levantei.

— Erga as mãos e coloque-as na cabeça.

Ergui os braços e cruzei os dedos no alto da cabeça. Com os sentidos a toda, tentei seguir um novo rumo.

— Por que matar Blotnik?

— Efeito colateral.

Ferris? Por que não?

— Por que atirar em Ferris?

A mulher empertigou-se.

— Não tenho tempo para isso.

Sentindo que eu havia atingido algo, fui mais fundo.

— Duas balas no cérebro. Bem frio.

— Cala a boca! — A mulher fungou, pigarreou.

— Você precisava ter visto o que os gatos fizeram com ele.

— Bichinhos idiotas fedorentos.

Quando as coisas se encaixam, costuma ser bem rápido.

Não sei dizer o que meus sentidos assimilaram. A cadência da fala dela. O nariz escorrendo. O cabelo louro. O fato de ser trilíngue. O fato de que essa mulher me conhecia. Conhecia os gatos.

Subitamente, informações desconexas se articularam.

O diálogo policial ruim.

Uma reprise de Law & Order. *Briscoe dizia a um suspeito que ele não sabia de nada.*

Uma mulher havia entrado em contato com Hersh Kaplan para matar Avram Ferris.

Kaplan disse que ela soava como uma viciada em cocaína.

As fungadas. O pigarro constante.

"Eu tenho sinusite."

Kaplan recebera um telefonema do armazém em Mirabel na semana em que o Ferris saíra de férias com Miriam.

"Então, alguém ligou do armazém para a casa de Kaplan enquanto Ferris estava na Flórida. Mas Kaplan não tinha telefonado para o armazém, nem de sua casa nem de sua loja, tornando improvável que Purviance

estivesse apenas deixando um recado do chefe. Então quem diabos fez a ligação? E por quê?"

Ferris fora baleado com uma Jericó nove milímetros semiautomática. Essa arma tinha sido dada como roubada por um homem chamado Ozols. Em Saint-Léonard.

"Esse é 'carvalho' em letão. Nós temos uma convenção internacional de arboristas bem aqui em Saint-Léonard."

Ozols. Carvalho. O nome letão que eu vira no vestíbulo em Saint-Léonard.

O vestíbulo do prédio de Courtney Purviance.

"Eis outro desdobramento interessante. Courtney Purviance bateu asas."

Um diagrama multicolorido foi formado em meu subconsciente.

Courtney Purviance tinha matado Avram Ferris. Ela não havia sumido. Estava parada na soleira da porta, apontando uma pistola para o meu peito.

É claro. Purviance sabia sobre o armazém e o que ele continha. Provavelmente sabia sobre Max. Viajar para Israel era parte regular de seu serviço. Tomar um avião para cá era rotina.

Mas por que matar Ferris? Blotnik?

Convicção religiosa? Cobiça? Alguma vendeta pessoal?

Será que ela ia me matar com igual insensibilidade?

Senti um arrepio de medo, e então raiva, e por fim uma calma quase como a de um transe. Eu só conseguiria sair dali na conversa. Não tinha como passar por aquela arma.

— O que aconteceu, Courtney? Ferris não te deu uma fatia de bolo grande o suficiente?

A pistola hesitou, mas em seguida o cano se endireitou.

— Ou você simplesmente queria mais? — prossegui.

— Fecha o bico.

— Você teve que roubar outra pistola?

De novo, Purviance retesou-se.

— Ou é mais fácil conseguir armas em Israel?

— Estou avisando.

— Pobre Sr. Ozols. Isso não é coisa que se faça com um vizinho.

— Por que você está aqui? Por que tinha que se envolver nisso?

Eu vi o dedo de Purviance alisando o gatilho. Ela estava nervosa. Decidi blefar.

— Estou com a SQ.

— Mexa-se. — A arma me mandou ir para a frente. — Devagar.

Dei dois passos. Enquanto eu me aproximava, Purviance recuou.

Nós nos avaliamos sob a tênue luz verde.

— É. Você foi até minha casa com aquele policial.

— Os policiais estão relacionando você à morte de Ferris. — Adotei o discurso policial hollywoodiano que Purviance tanto gostava.

— E você é um deles? — Sarcástica.

— Você está perdida.

— É mesmo? — Fungada. — E há um esquadrão inteiro esperando sua ligação ou eles invadirão o museu.

Ela detectara meu blefe. Certo. Mantive o estilo policial, mas tentei uma nova direção.

— Quer saber? Seria uma punição injusta. Ferris estava vendendo mercadoria que não devia. Que se dane Deus. Que se dane a história. Só a grana interessa.

Purviance umedeceu os lábios, mas nada disse.

— Você ficou esperta, certo? Disse para ele não liquidar os ossos. Ao menos não sem dar uma parte para você. Ele a enganou.

O conflito na mente dela revelou-se em seu rosto. Purviance estava com raiva e ressentida. E nervosa como o diabo. Uma péssima combinação.

— Quem somos nós para nossos patrões? Somos só a secretária. A empregada. A moça que passa as cuecas dele. O canalha provavelmente a tratava como uma reles funcionária.

— Não era assim.

Forcei a barra.

— Aquele Ferris era um canalha sem coração.

— Avram era um bom homem.

— Sei. E Hitler amava cachorros.

— Avram me amava. — Ela deixou escapar.

Algo mais fez sentido para mim.

Purviance morava sozinha. Todas aquelas ligações do armazém em Mirabel para a casa dela. Ferris e Purviance não apenas trabalhavam juntos. Eles eram amantes.

— Ele estava pedindo isso. O canalha a estava enrolando. Provavelmente veio com a velha história de que ia deixar a esposa.

— Avram me amava — repetiu ela. — Ele sabia que eu era dez vezes mais inteligente que a vaca da mulher dele.

— Foi por isso que ele foi para o sul com Miriam? Você não é burra. Você percebeu que ele nunca iria deixá-la.

— Ela não o amava. — Amarga. — Ele só era muito fraco para enfrentar a situação.

— Golpe um. Miriam está passando Coppertone enquanto você está entocada em seu apartamento frio. Ele prefere dar uns amassos em você, mas quem ficou para trás para atender os telefonemas? E o filho da mãe pão-duro nem para dar a você uma parte do esqueleto.

Purviance enxugou o nariz com o dorso da mão armada.

— Então, golpe dois: Kaplan te sacaneou. Primeiro seu amante, depois seu pistoleiro. Você estava numa maré ruim.

Purviance moveu a arma de modo a colocar o cano na altura do meu rosto. Calma. Não a antagonize.

— Ferris deixou você na mão, Kaplan deixou você na mão. Você sabia que o esqueleto a deixaria cheia da grana. Por que não ir atrás dele?

— Por que não. — Desafiadora.

— Então os ossos sumiram. Golpe três. Sacaneada de novo.

— Cala a boca.

— Você veio até Israel para roubá-los de volta. Não encontrou os ossos. Golpe quatro. Sacaneada de novo.

— Sacaneada? Acho que isso aqui vai servir.

Purviance bateu em sua bolsa. Ouvi o barulho oco de um recipiente de plástico.

— Ousada. Já tinha apagado o patrão. Por que não Blotnik?

— Blotnik era um ladrão.

— Poupou o incômodo da invasão de domicílio.

Um sorriso se insinuou no rosto de Purviance.

— Eu não sabia nada sobre esses ossos até Blotnik tagarelar. O velho idiota não ficou com eles nem duas horas.

— Como Blotnik ficou sabendo deles?

— Uma megera encontrou fragmentos dos ossos quando viu no microscópio a mortalha em que eles estavam envolvidos. Que seja. — Purviance bateu na bolsa de novo. — Isso pode ser lixo. Ou pode ser o Santo Graal. Dessa vez não vou correr riscos.

— O que você ofereceu a Blotnik? Achava que ele estava com o esqueleto de Masada?

De novo o sorriso frio

— Ladrão que rouba ladrão...

Ela havia matado Blotnik, pegado os ossos da mortalha e escapado. O que estava fazendo de volta ali?

— Você já tinha ido embora. Por que voltou?

— Nós duas sabemos que uma relíquia não vale nada sem os papéis.

Ouvimos no mesmo instante. O rangido baixo de uma sola de borracha.

O dedo de Purviance no gatilho se contraiu. Ela hesitou, indecisa.

— Anda! — sibilou ela.

Recuei para dentro do closet, os olhos fixos na arma.

A porta do closet foi fechada. Um fecho fez barulho.

Passos apressados, e então silêncio.

Coloquei a orelha contra a madeira.

O tom monótono de um repórter sobreposto ao som do mar.

Ficar quieta? Chamar atenção?

Que se dane.

Eu bati.

Eu gritei.

Segundos depois a porta do escritório foi escancarada, batendo na parede.

Com o coração disparado, recuei ainda mais em direção ao recesso.

Uma faixa de luz na fresta embaixo da porta do closet.

Solas de borracha.

O fecho foi destrancado.

A porta se abriu.

CAPÍTULO 39

Eu NUNCA TINHA FICADO tão feliz em ver alguém na minha vida.

— O que diabos você está fazendo aqui? — O tom de Jake era de choque.

— Você a viu?

— Quem?

— Purviance.

— Quem é Purviance?

— Não importa. — Passei por ele e peguei-o pelo braço. — Temos que detê-la.

Eu o puxei. Saímos os dois correndo.

— Ela não tem mais do que três minutos de dianteira.

Fora do escritório. Corredor.

— Quem é Purviance?

— A mulher com os seus ossos da mortalha.

Usando o corrimão, desci a escada de três em três degraus. Jake me acompanhou.

— Você está de carro? — perguntei por cima do ombro.

— Estou com a picape da equipe. Tempe...

— Onde? — Eu estava ofegante.

— Lá fora.

Quando saí correndo pela porta, um carro passou por nós; a cabeça da motorista mal passava da altura do volante.

— É ela. — Ofeguei.

O carro passou pelo portão.

— Vamos!

Escancaramos as portas e nos jogamos na picape.

Jake virou a chave e acelerou o motor. Ele fez barulho no ponto morto. Jake engatou a marcha e manobrou.

Quando terminamos, o carro de Purviance estava desaparecendo no portão.

— Ela entrou à esquerda na Sultan Suleiman.

Jake pisou fundo. Nossos pneus cuspiram cascalho e saímos a toda.

— Que carro é esse que ela está dirigindo?

— Um Citroën C-3, acho. Só consegui ver de relance.

Descemos a encosta. Jake virou bruscamente a direção para a esquerda. Fui lançada para a direita e meu ombro bateu na janela.

Lá na frente, as luzes traseiras do Citroën entraram de novo à esquerda.

Jake pisou no acelerador.

Estendi a mão, me segurei e coloquei o cinto de segurança.

Jake fez a curva na Derech Jericho.

O Citroën aumentara a distância. Suas lanternas traseiras eram agora dois borrões vermelhos minúsculos.

— Para onde ela está indo?

— Estamos na HaEgoz neste momento, mas lá atrás ela tem o nome de Jericho Road. Ela pode estar indo para Jericó. Que diabo, ela pode estar indo para a Jordânia.

Poucos carros se moviam no asfalto. A neblina dançava nas luzes dos postes.

Purviance acelerou para 80.

Jake se manteve atrás dela.

Purviance acelerou para 100.

— Segure-se.

Coloquei as duas mãos no painel.

Jake pisou fundo. A distância diminuiu.

O ar na picape estava úmido e viciado. A névoa formava uma película no para-brisa.

Jake ligou o limpador. Abri uma fresta na janela.

Luzes brilhavam dos dois lados da rua. Apartamentos? Garagens? Clubes noturnos? Sinagogas? Os prédios eram montes de lego no escuro. Eu não tinha certeza quanto a onde estávamos.

Uma torre tomou forma à minha direita, logotipo de néon brilhando na neblina. O Hyatt. Estávamos prestes a atravessar a Nablus Road.

Purviance entrou nela.

— Ela está indo para o norte — eu disse. Só falei por falar, tamanho o nervosismo. Jake sabia disso.

O sinal de trânsito ficou vermelho. Ignorando-o, Jake fez a curva. Derrapamos. Ele obrigou as rodas traseiras a se alinharem com as dianteiras.

As lanternas do Citroën tinham encolhido para pontos. Purviance estava com uma vantagem de mais ou menos 500 metros

Meu coração saltava no peito. As palmas das minhas mãos estavam úmidas no painel.

Vez ou outra uma placa entrava em nosso campo de visão, desaparecia. Continuávamos correndo.

Subitamente, indicações se mostraram em meio à neblina. MA'ALEH ADUMIN. JERICÓ. MAR MORTO.

— Ela está indo para a Autoestrada 1. — A voz de Jake estava tensa como uma daquelas cordas que sustentam barracas de camping.

Algo estava acontecendo. As lanternas do Citroën agora pareciam mais próximas.

— Ela está diminuindo a velocidade — falei.

— Posto de controle.

— Eles vão pará-la?

— Esse em geral só faz sinal para seguir adiante.

Jake estava certo. Após uma breve pausa, o Citroën deixou para trás a guarita.

— Vamos dizer a eles para detê-la?

— Sem chance.

— Eles podem interceptá-la.

— Esses caras são patrulha de fronteira, não polícia.

Jake colocou o pé no freio. A picape desacelerou.

— Vamos perguntar...

— Não.

— Isso é um erro.

— Não diga nem uma palavra.

Paramos. O guarda deu uma olhada em nosso veículo, entediado, e então fez sinal para seguirmos. Antes que eu pudesse falar, Jake pisou no acelerador.

Um pensamento repentino.

Lá no museu, Jake não havia perguntado sobre Blotnik.

Eu não dera tempo a ele?

Ele já sabia que Blotnik estava morto?

Olhei para o lado. Jake era uma silhueta escura, pescoço comprido corrugado pelo tubo ossudo de sua garganta.

Deus do céu. Será que Jake tinha suas próprias motivações?

Ele acelerou. A picape aumentou a velocidade.

Minhas palmas foram para o painel.

A região ao redor se tornou desolada. Meu mundo se estreitou para os dois borrões vermelhos na traseira do Citroën.

Purviance acelerou para 110, e então 130.

Passávamos a toda por um deserto mais velho que o tempo. Eu sabia o que se estendia dos dois lados da estrada. Colinas de terracota, vales que pareciam fornalhas, acampamentos beduínos com suas cabanas precárias e rebanhos dormindo. O Deserto da Judeia. Uma paisagem iluminada pela lua e composta de ossos descorados e areia em movimento estava, naquela noite, inteiramente desaparecida na neblina.

Quilômetros de silêncio. Vazio. De vez em quando um raro poste de iluminação banhava o Citroën com luz artificial. Segundos depois, nossa picape passaria por ele. Eu veria minhas mãos, de um tom salmão surreal, segurando o painel.

Purviance beirou os 140. Jake a acompanhou.

O Citroën fazia curva atrás de curva, lanternas traseiras piscando em nosso campo de visão, então sumindo, e então voltando a aparecer. Nossa picape estava no limite. Começamos a ficar para trás.

A tensão era palpável. Ninguém falava, e ambos estávamos concentrados naqueles olhos vermelhos pulsantes.

Atingimos uma lombada. Jake reduziu a marcha. As rodas dianteiras quase voaram. As traseiras as seguiram. Minha cabeça foi lançada para a frente quando a picape voltou à terra firme.

Quando ergui os olhos, as lanternas traseiras do Citroën estavam desaparecendo na neblina.

Voltando à quarta marcha, Jake pisou fundo. As luzes aumentaram. Olhei de relance para o retrovisor lateral. Ninguém atrás de nós.

Em minha memória, o que aconteceu em seguida foi em câmera lenta, como um replay num jogo. Na realidade, a coisa toda provavelmente levou um minuto e meio.

O Citroën entrou numa curva. Nós o seguimos. Lembro do asfalto iluminado. O ponteiro passando dos 140. As mãos de Jake firmes no volante.

Um carro apareceu do outro lado da estrada, os faróis borrados cortando a neblina. As luzes oscilaram, então investiram contra o Citroën.

Purviance virou bruscamente a direção. O Citroën desviou para a direita, dois pneus saindo do asfalto. Purviance deu outra guinada brusca na direção. O carro pulou de volta para a pista.

O veículo que vinha na direção contrária cruzou a divisória da pista, iluminando o Citroën. Pude ver a cabeça de Purviance para a frente e para trás enquanto ela lutava com a direção. A luz vermelha intensa me informou que o pé dela tinha pisado no freio.

O outro veículo desviou-se para longe do Citroën. Ação e reação. O Citroën também se desviou, saindo da pista de novo.

Purviance virou com tudo para a esquerda e voltou para o asfalto. Inexplicavelmente, o carro então investiu para a direita. O Citroën escapou da pista e raspou na mureta. Faíscas voaram.

Em pânico, Purviance lutou para ir para a esquerda. O Citroën atingiu uma parte molhada da pista, entrou em aquaplanagem e girou.

O outro carro estava agora bem na nossa direção, os pneus atravessando ambas as pistas. Pude ver a cabeça do motorista. Vi um dos passageiros.

Eu me preparei para o impacto.

Jake virou bruscamente a direção. Investimos para a direita, e o pneu dianteiro saiu do asfalto.

O carro passou num estrondo.

Nosso pneu traseiro saiu do asfalto.

A perna de Jake se movia, as mãos segurando com força a direção.

Fomos arremessados na mureta, pedras e cascalho salpicando o metal.

Plantei ambas as mãos no painel e tentei manter os cotovelos flexionados. Baixei o queixo na altura do peito.

Ouvi metal contra metal.

Ergui os olhos e vi os faróis do Citroën se projetarem de lado. Eles ficaram parados um momento e então mergulharam na escuridão.

Ouvi uma erupção de metal, areia e terra. Outra. Uma buzina gemendo. Constante. Terrível.

Nossa velocidade caiu. A mureta passava cada vez mais devagar.

A picape mal tinha parado e Jake já abria o celular.

— Merda.

— Sem sinal?

— Que porcaria. — Jake jogou o telefone no painel e remexeu no porta-luvas. — Lanternas.

Enquanto eu procurava as lanternas, Jake achou sinalizadores na traseira da picape. Juntos, saímos correndo pelo asfalto.

A mureta tinha uma abertura irregular e torcida. Espiamos além dela, encosta abaixo. A neblina era um oceano denso, engolindo nossos feixes de luz.

Enquanto Jake disparava os sinalizadores, pulei a barreira e desci a encosta.

Minha luz focalizou uma trilha de objetos. Uma calota. Um painel lateral. Um espelho lateral.

O Citroën era um volume preto na escuridão. Eu o sondei com a lanterna.

O carro tinha colidido, capotado e parado de cabeça para baixo. Todas as janelas estavam quebradas. Vapor ou fumaça escapava do capô amassado.

Purviance estava meio para dentro, meio para fora do carro, no lado do motorista, retorcida como um trapo jogado no chão. Tanto sangue cobria o rosto dela que eu não conseguia ver a pele. A jaqueta estava encharcada.

Ouvi um ruído, e Jake estava do meu lado.

— Jesus Cristo!

— Precisamos tirá-la de lá — falei.

Juntos, Jake e eu tentamos liberar Purviance. O corpo dela estava escorregadio com o sangue e a névoa. Escapulia de nossas mãos.

Lá em cima, um caminhão parou. Dois homens desceram e começaram a gritar perguntas. Nós os ignoramos, concentrados em Purviance.

Jake e eu mudamos de lado. Nada dava certo. Não conseguíamos obter um bom ângulo.

Ela gemeu baixinho. Peguei minha lanterna e fiz o feixe de luz percorrer seu corpo todo. Cacos de vidro reluziram em suas roupas e em seu cabelo encharcado de sangue.

— Um pé está preso entre os pedais — eu disse. — Vou entrar pelo outro lado.

— De jeito nenhum.

Não fiquei para discutir. Dei a volta no Citroën e avaliei o que tinha sobrado da janela do passageiro. Era largo o bastante.

Deixei a lanterna, me dobrei e me espremi por ela com cabeça na frente. Tomando impulso com os cotovelos, me arrastei ate o lado do passageiro.

Tateando como uma cega, confirmei que estava certa. Um dos pés de Purviance estava quebrado e entalado atrás do freio.

Usando os braços estendidos, tentei virá-lo devagar. O pé permaneceu preso. Fiz mais força. Não adiantou.

Um cheiro acre estava irritando o meu nariz. Meus olhos lacrimejaram. Borracha queimando!

Meu coração deu um salto.

Chegando mais perto, deixei meu corpo se alojar sobre o banco, puxei o zíper da bota de Purviance, agarrei o calcanhar e puxei.

Senti algum movimento.

Outro puxão forte, e o calcanhar de Purviance estava livre. Usando os dedos, posicionei o pé dela.

— Agora! — gritei quando os dedos do pé se soltaram.

Com Jake puxando, fiz o pé passar entre os pedais. Então fiz força para sair pela janela.

Fumaça subia do motor.

Vozes gritavam da estrada. Eu não precisava de um tradutor.

— Saíam daí!

— Vai explodir!

Dei a volta no Citroën e peguei Purviance sob um braço. Jake segurava o outro. Juntos nós a puxamos e a deitamos no chão.

Jake mergulhou no carro.

— Temos que nos afastar!

Jake estava envolto em fumaça. Eu podia ver seu vulto esguio se movendo para a frente e para trás no carro.

— Jake!

Ele estava ensandecido, precipitando-se de uma janela destruída para a outra.

— Não posso fazer isso sozinha!

Ele deixou o carro e me ajudou a arrastar Purviance por mais quatro metros. Então correu de volta ao Citroën e começou a chutar o porta-malas.

— Vai explodir! — Eu estava gritando agora.

O pé de Jake chutava sem parar.

Algo se soltou. O silvo ficou mais alto, a fumaça engrossou.

Ainda estávamos no raio de alcance? Uma explosão poderosa poderia transformar partes do carro em mísseis mortais.

Agarrei Purviance pelos braços, virei e comecei a me afastar lentamente. O corpo dela era um peso morto. Será que ela já estava morta? Era possível que eu estivesse fazendo mais mal do que bem a ela?

Pouco a pouco eu a arrastei.

Três metros.

Minhas mãos estavam escorregadias com o sangue. Minhas palmas e dedos tinham sido cortados por milhões de lascas de vidro.

Cinco.

Ouvi sirenes à distância.

Meus dedos formigavam. Minhas pernas estavam rígidas. Mas eu me sentia acelerada pela adrenalina. Uma força interior feroz me fez seguir em frente.

Por fim decidi que estava longe o bastante. Deixei Purviance no chão. Ajoelhei e pus as mãos no pescoço dela.

Um pulso fraco? Eu não conseguia ter certeza.

Arranquei a jaqueta dela, procurei o ferimento que sangrava mais. Um ferimento crescente e escuro atravessava a barriga de Purviance. Pressionei a palma da mão sobre ele.

Naquele momento, uma explosão ecoou pela noite. Ouvi o som terrível de metal rasgando metal.

No momento em que minha cabeça se virou, o Citroën explodia numa bola de fogo. As chamas irromperam do motor, e gêiseres brancos piscaram na neblina escura e azulada.

Meu Deus! Onde estava Jake?

Corri na direção do Citroën.

A três metros, o calor me deteve como se fosse uma muralha. Estendi o braço.

— Jake!

O carro era um inferno. Chamas lambiam o chassi e saltavam das janelas. Nenhum sinal de Jake.

— Jake!

Senti cinza e suor em meu rosto. Neblina. Lágrimas escorrendo por minhas bochechas.

— Jake!

Uma segunda explosão lançou metal e chamas para o céu.

Um soluço subiu por minha garganta.

Mãos seguraram meus ombros.

Fui puxada bruscamente para trás.

CAPÍTULO 40

VOU CONTAR LOGO. TODO mundo sobreviveu.

Uma correção. Todo mundo sobreviveu, exceto o cara na mortalha. Os ossos dele se transformaram em cinzas.

Jake queimou as mãos e chamuscou as sobrancelhas. Nada grave.

Purviance perdeu um monte de sangue e fraturou algumas costelas e um pé. Seu baço estraçalhado foi removido, e ela precisou de pinos no tornozelo. Mas vai se recuperar. E cumprir uma sentença na prisão.

O Citroën não irá se recuperar. Mal valia a pena levar os restos dele para o ferro-velho.

Purviance ficou inconsciente por um dia, e então a história foi sendo desvendada.

Lentamente. Com Ryan sugerindo variações baseadas em informações de Kaplan e Birch.

Meu mapa mental tinha acertado na mosca. Ferris e Purviance tinham um caso. Birch encontrou o de sempre no apartamento dela em Saint-Léonard. Roupão de homem no armário. Duas escovas de dentes no banheiro.

O caso teve início pouco depois de ela e começar a trabalhar para Les Imports Ashkenazim. Com o passar dos anos, ela aumentou a pressão para que Ferris se divorciasse de Miriam. Ele continuou adiando. Ela também aumentou seu domínio do negócio.

Purviance estava familiarizada com as operações no armazém. Leia-se: sabia de tudo e estava envolvida em tudo. Ela escutou a ligação de Ferris para Kaplan pedindo que fosse o intermediário do esqueleto de

Masada. Escutou as conversas dele com o padre Morissonneau e Tovya Blotnik e ficou sabendo da história do esqueleto. Ficou ressentida por Ferris estar conduzindo sozinho o negócio, deixando-a de fora.

Não muito antes, ela havia escutado as conversas de Ferris com o agente de viagens. Ele estava planejando férias na ensolarada Flórida com a mulher. Foi a gota d'água: Ferris estava fazendo um negócio grande sem ela e tentando reconstruir o casamento com Miriam. Purviance confrontou o amante, querendo saber suas prioridades.

Cansado da culpa, ou cansado de manter as aparências, Ferris decidira se livrar da amante. Les Imports Ashkenazim tinha passado por um mau momento mas, no geral, estava indo bem. A relação dele com Miriam melhorava a cada dia. Ele não precisava de Purviance. Claro, o negócio estava atravessando algumas turbulências econômicas, mas a venda do esqueleto cuidaria disso. Seria melhor se ele a despedisse. Ferris lhe prometeu seis meses de salário como indenização e disse a ela para cair fora.

A primeira ligação para Boca Raton durante a semana na praia foi Purviance implorando a Ferris que reconsiderasse. Ele encerrou o assunto secamente. Ela havia sido de fato abandonada. Ficara sem amante e sem emprego.

O segundo telefonema para Boca foi Purviance fazendo uma ameaça. Ela sabia do esqueleto e de seu valor. Queria uma parte do negócio ou iria revelar a Miriam o caso deles e informar às autoridades sobre o esqueleto. Ferris riu dela.

Quanto mais Purviance pensava nisso tudo, com mais raiva ela ficava. Fizera o negócio de Ferris crescer. Levara-o para a cama. E agora estava sendo jogada fora como o lixo da semana passada. Delatá-lo para a esposa e a polícia iria prejudicá-lo, mas ela não ganharia nada com isso. E não o prejudicaria o suficiente. Ferris teria de pagar um preço muito maior. Inspirada em *CSI*, *Law & Order* e *Nova York contra o Crime*, Purviance decidiu contratar um assassino. Livrar-se de Ferris e tomar o controle do negócio.

Boa menina judia, totalmente sem conexões desse tipo. Ela não conhecia nenhum assassino. Para quem ligaria? Kaplan era um ex-presidiário que fazia serviços ilegais. Purviance tinha o número dele no identificador do telefone do armazém.

Kaplan era um criminoso, certo, mas não um assassino. Ele viu uma oportunidade de lucro. Recebeu o dinheiro de Purviance e não forneceu nenhum serviço.

Amante desprezada. Parceira de negócios descartada. Cliente ludibriada. Purviance estava espumando de raiva. Impelida por uma fúria obsessiva, ela decidiu agir. Ciente de que seu vizinho tinha uma arma no carro, ela o roubou e matou Ferris.

Sua fúria, todavia, obstruiu seu pensamento estratégico. Depois de enfiar duas balas em Ferris, Purviance colocou a Jericho nos dedos dele e deu um tiro para cima. Mais *savoir-faire* de série policial de TV. Quando há um ferimento à bala autoinfligido, o legista encontra traços de pólvora na mão. Só que ela fez uma grande burrada. Ela deixou a arma, mas recolheu as cápsulas, eliminando qualquer chance de o crime ser considerado suicídio.

No fim, o SIJ encontrou um fragmento de bala no closet, resquício da entrada do projétil no crânio de Ferris. Outra bala foi extraída de uma parede no lado de fora. Com a bala anterior do teto do closet e os fragmentos retirados da cabeça de Ferris, isso totalizava três disparos. Uma reconstituição balística indicou que ele fora atingido quando estava de frente para a porta. Ferris provavelmente não percebera a intenção homicida de Purviance quando ela entrou no closet e se posicionou atrás dele.

O que Courtney faria em seguida? Ela havia surpreendido a si mesma com sua frieza em despachar Ferris. Agora devia sumir de vista e recuperar perdas econômicas. Purviance reservou um voo para Israel, usando o nome Channah Purviance, a versão pré-canadense de seu passaporte tunisiano. A discrepância permitiu que ela desaparecesse do radar.

Sabendo que Ferris havia telefonado para Blotnik, Purviance apareceu na AAI, alegando ser a representante do patrão e querendo acertar a forma de pagamento. Mais injustiça a aguardava. Blotnik não tinha recebido o esqueleto de Masada. Ela blefou, dizendo que sabia quem havia ficado com ele. Poderia entregá-lo a Blotnik por dinheiro ou algo de valor em troca. Ele mostrou a Purviance os ossos da mortalha. Ela concluiu que poderia ganhar muito dinheiro com aquilo e atirou de novo, embolsando os novos ossos.

A história de Kaplan era simples. Miriam Ferris sempre tinha sido gentil, uma amiga mesmo quando ele estava cumprindo a sentença. Ela lhe enviava chocolates. Escrevia cartas. O bilhete que eu havia encontrado no apartamento dele era só um dos muitos que o encorajavam a ser forte.

Kaplan ficou sabendo através de Purviance do caso dela com Ferris. Tinha sido a primeira pergunta dele quando ela entrou em contato pedindo-o para matar o patrão. Em suas negociações, Kaplan a considerou traiçoeira e inescrupulosa. Ele supôs que, se fosse encurralada, ela armaria uma cortina de fumaça para salvar a própria pele. Quem era mais vulnerável que a esposa traída? Receando que Purviance pudesse acusar Miriam, ele me passou a foto de Max para levar as investigações para outra direção.

Ele também receava que Purviance o envolvesse no crime. Ou algo pior. Ela planejara matar o amante. Se ela mesma havia entrado em ação, por que não daria cabo do trapaceiro que lhe roubara 3 mil? E o amigo de Kaplan, Litvak, estava furioso porque ele prometera o esqueleto de Masada e falhara. Como Purviance, Kaplan viu uma oportunidade. Ficar fora de alcance e consertar as coisas em Israel. De modo que ele também reservou um voo.

Por que Blotnik havia roubado os ossos da mortalha? Quanto a isso, Jake estava provavelmente certo.

Blotnik tinha sido um prodígio em seus tempos de faculdade em Nova York. Publicou artigos em periódicos de prestígio mesmo antes de terminar o doutorado. Então veio a *magnum opus*, trezentas páginas sobre o *Ecclesiastes Rabbah*, um tratado rabínico da era talmúdica. Ofertas de trabalho surgiram do nada, como o vinho em Caná. Blotnik mudou-se para Israel, casou, obteve permissões para escavar sítios. O mundo era dele.

Uma colega mais nova também decidiu ser dele. Foi um caso intenso enquanto durou, mas acabou mal. A mulher de Blotnik o deixou. A amante o deixou.

Talvez tenha sido o constrangimento. Talvez a solidão. Talvez depressão. Depois do divórcio, Blotnik deixou de se esforçar. Organizou poucas escavações, publicou alguns artigos. Um trabalho superficial sobre as antigas termas de Hammat-Gader. Então, duas décadas de nada.

O telefonema de Ferris deve ter vindo como o maná do céu. Ossos de Masada desaparecidos há décadas? Durante seus muitos anos na arqueologia israelense, Blotnik ouvira rumores sobre um esqueleto assim. Pode-se apenas especular sobre o que mais Kaplan, ou Ferris, lhe dissera, ou o que tinha sido comentado entre seus colegas. Os ossos eram de uma figura importante da Palestina Romana do século I? Um VIP bíblico? Blotnik deve ter visto seu futuro se iluminar como um letreiro de Hollywood.

Então o maná deixou de existir com a morte de Ferris. Luzes apagadas. Não muito depois, eu telefonei. Eu estava com o esqueleto de Masada. Uma novo começo! Que entrem os créditos!

Vendo uma maneira de dar novo ânimo à sua carreira em baixa ou à sua conta bancária, como Ryan acreditava, Blotnik pesquisara o esqueleto de Masada e a Caverna 2001. Então Max foi, de novo, retirado dele. Jake e eu fomos lá dizer que o esqueleto tinha sido roubado. Blotnik ficou desolado. Seu potencial retorno fora um fiasco. Como Purviance, o menino-gênio não sabia lidar bem com decepções e ficou de péssimo humor.

Então, mais maná. Um documento deixado de forma descuidada numa máquina de xerox.

Blotnik leu o relatório de Getz e fez uma cópia para si. Mortalha do século I? Com possíveis restos humanos? Descoberto por Jake Drum? Qual era a teoria daquele tal de Drum sobre o túmulo da família de Jesus?

As implicações explosivas da teoria de Jake e a mortalha que eu havia encontrado não passaram desapercebidas para Blotnik. Se ele não podia ter o esqueleto de Masada, esse iria servir. Armando-se de um cortador de cadeados, ele foi até Beit Hanina e esperou Jake sair de casa. Tinha sido fácil.

E quanto a Jake?

A verdade como me foi contada: ele fora até o seu sítio e encontrara a Chevra Kadisha causando um tumulto enorme. No fim, a polícia teve de ser chamada. Quando pôde sair de lá estava tarde demais para visitar Getz ou Bloom. A polícia no sítio arqueológico tinha pedido para ver a papelada que autorizava a escavação, e Jake a deixava guardada em casa.

Retornou ao apartamento. Ele deixou os objetos que normalmente carregava nos bolsos em seu lugar habitual e procurou cópias de suas autorizações para o sítio de Talpiot. Então descobriu o armário aberto e viu que os ossos não estavam mais lá. Enfurecido, saiu imediatamente, sem trancar nada. Tentando lidar com as duas coisas ao mesmo tempo, ele foi primeiro para o quartel-general da polícia do distrito para entregar seus documentos e depois foi direto atrás de Blotnik.

Eu tinha chegado primeiro no Rockefeller, e ele me encontrou no closet.

Então.

Os ossos da mortalha foram incinerados.

Blotnik estava morto.

Kaplan estava livre.

Purviance seria acusada do assassinato de Blotnik em Israel. Extradição mais tarde? Talvez.

E Max?

Representantes da Chevra Kadisha admitiram, sob pressão de Friedman, que haviam enterrado novamente o esqueleto de Masada. Nem anjinhos, garrotes ou ameaças de processo poderiam fazê-los informar a localização. Eles já tinham ouvido tudo isso antes. Para eles, era uma lei judaica sagrada. *Halakha*. Os pedidos de acesso temporário aos ossos sob a supervisão deles foram implacavelmente rejeitados.

Apenas três coisas restavam. A foto original de Kaplan. As amostras de ossos enviadas para testes de DNA. As fotos que eu havia tirado em meu laboratório em Montreal.

Tirando isso, Max se fora.

CAPÍTULO 41

JÁ ERA QUINTA-FEIRA, QUATRO dias depois do acidente. Ryan e eu voltaríamos a Montreal no voo da meia-noite. Antes de partirmos de Israel, decidimos fazer uma última visita.

Eu me vi de novo percorrendo a estrada para Jericó. Ryan e eu tínhamos passado por Qumran, famosa por seus essênios, cavernas e manuscritos, e por Ein Gedi, famosa por suas praias e spas. À nossa esquerda, o Mar Morto se estendia verde-cobalto em direção à Jordânia. À nossa direita, uma paisagem torturada por platôs.

Por fim, eu a divisei, de um vermelho vivo contra o céu perfeitamente azul. A cidadela de Herodes na extremidade do Deserto da Judeia.

Ryan fez uma curva. Dois quilômetros depois, paramos num estacionamento. Placas reconfortavam os turistas. Restaurantes, lojas, banheiros, por aqui.

— Teleférico ou a Trilha da Serpente? — perguntei.

— Quão difícil é a subida?

— Brincadeira de criança.

— Por que o nome?

— Porque a trilha é sinuosa como uma serpente.

Eu tinha sido avisada de que a trilha era cruel e poeirenta e de que demorava-se uma hora ou mais para percorrê-la. Eu estava empolgada.

— Que tal subirmos de teleférico e então avaliar?

— Covarde. — Sorri.

— Foram necessários sete meses para uma legião romana atingir o topo.

— Eles estavam combatendo um exército de zelotes.

— Detalhes, detalhes.

Masada é o local mais visitado de Israel. Mas não naquele dia.

Ryan comprou bilhetes, e nós entramos num teleférico vazio. Quando chegamos no topo, subimos uma escada curva, e o sítio arqueológico se espalhou a nossa frente.

Eu estava assombrada. Romanos. Zelotes. Bizantinos. Nazarenos? Eu estava ali, naquele mesmíssimo solo. Solo pisado muito antes de os europeus colocarem os olhos no Novo Mundo.

Esquadrinhei o que sobrava da muralha da casamata, na altura dos ombros agora, as velhas pedras desgastadas e desbotadas. Meus olhos absorveram o solo dentro do perímetro da muralha. Seco como o Mojave; uma trepadeira aqui e ali ainda se mantinha viva. Florações púrpura. Incrível. Beleza em meio a uma desolação brutal.

Pensei em soldados, monges e famílias inteiras. Dedicação e sacrifício. Minha mente vagou. Como? Por quê?

Ao meu lado, Ryan consultava o mapa. Acima de mim, uma bandeira israelense tremulava ao vento.

— O roteiro começa ali. — Ryan pegou minha mão e seguimos em frente.

Visitamos os depósitos, a caserna dos oficiais, o palácio ao norte onde Yadin encontrara a "família". A igreja bizantina, a *mikveh*, a sinagoga.

Passamos por poucas pessoas. Um casal falando alemão. Um grupo de estudantes protegidas por pais-guardas armados. Adolescentes com roupa de combate e Uzis penduradas nas costas.

Depois que encerramos o circuito-padrão, Ryan e eu voltamos e nos dirigimos ao lado sul do cume. Nenhum outro turista se aventurava naquela direção.

Verifiquei o diagrama em meu folheto. A cidadela ao sul e a muralha estavam indicadas. Uma cisterna. Um grande poço. Nenhuma palavra sobre as cavernas.

Parei na muralha da casamata, de novo assombrada pela planície de areia e pedra que desaparecia numa névoa brilhante. Pelas formações gigantescas, silenciosas, moldadas por éons de ventos inclementes.

Apontei para um quadrado quase invisível na paisagem lá embaixo.

— Está vendo aquele contorno?

Ryan assentiu, apoiando os cotovelos no corrimão ao meu lado.

— Era um dos acampamentos romanos

Eu me inclinei e estiquei o pescoço para a esquerda. Lá estava. Uma ferida escura cortando a carne do rochedo.

— Lá está a caverna. — Minha voz falhou.

Fiquei olhando, hipnotizada. Ryan sabia o que eu estava sentindo. Ele me puxou delicadamente para trás e colocou os braços em volta dos meus ombros.

— Alguma teoria sobre quem ele era?

Ergui as mãos num gesto de "como posso saber?".

— Palpites?

— Max era um homem que morreu quando tinha entre 40 e 60 anos cerca de 2 mil anos atrás. Ele foi enterrado com mais de vinte pessoas naquela caverna lá embaixo. — Apontei para a muralha da casamata. — O dente de alguém mais jovem foi parar em sua mandíbula. Provavelmente por equívoco. Um equívoco feliz. Caso contrário nunca saberíamos da conexão entre as pessoas na caverna e a família no túmulo do Cédron.

— O que Jake acredita ser a cripta da família de Jesus.

— Isso. De modo que Max pode muito bem ter sido um nazareno, não um zelote.

— Jake está seriamente convencido de que o sepulcro pertence à Sagrada Família.

— Os nomes batem. Os estilos decorativos dos ossuários. A idade da mortalha. — Chutei uma pedra. — Jake tem certeza de que o ossuário de Tiago veio daquele túmulo.

— E você?

— Estou intrigada.

— O que isso quer dizer?

Eu pensei por um instante. O que isso *queria* dizer?

— Ele pode estar certo. Mas é um conceito avassalador para ser assimilado. Das três grandes religiões entrelaçadas através da história da Palestina, todas dependem mais do mistério divino e da crença espiritual do que da ciência e da razão para estabelecer sua legitimidade. Os fatos históricos receberam interpretações diferentes para se encaixarem na ortodoxia predominante. Fatos inconsistentes são negados. As ideias de Jake quanto ao túmulo do Cédron têm o potencial de arruinar elementos do credo cristão. Talvez Maria não tenha permanecido virgem. Talvez

Jesus tivesse irmãos, até mesmo filhos. Talvez Jesus tenha permanecido envolvido na mortalha em seu *loculus* após a crucificação.

Eu inclinei minha cabeça para a caverna abaixo de nós.

— O mesmo vale para a Caverna 2001 e certos elementos da história judaica. Talvez Masada não fosse ocupada apenas por zelotes judeus durante a revolta do século I. Talvez cristãos primitivos estivessem aqui em cima também. Quem sabe? O que eu sei é que é trágico que não tenha sido possível obter DNA dos ossos da mortalha. Especialmente por ter ficado claro que ao menos uma das pessoas na caverna aqui em cima era parente das pessoas no sepulcro de Jake.

Ryan refletiu sobre o assunto:

— Mesmo o DNA relacionando um dente de Masada ao túmulo do Cédron, você acha que o reaparecimento de Max e a descoberta dos ossos da mortalha a poucas semanas um do outro foi pura coincidência?

— Acho. O dente era sem dúvida de alguém da Caverna 2001 e foi equivocadamente associado a Max. Mas Max pode ter sido apenas o mensageiro, não a mensagem, em toda essa saga. Engraçado. Tenho mais curiosidade de saber a quem pertencia aquele dente do que quem era Max.

— Não sei se entendi.

— Tudo isso começou com Max, mas ele pode simplesmente ter tido a sorte de ficar num espaço melhor no cemitério.

— Ainda não entendi.

— A sepultura de Max estava nos fundos da caverna, seu corpo não foi perturbado pelos animais. É possível que ele tenha permanecido intacto não por ter sido enterrado de uma maneira diferente dos outros, ou porque seu status social era mais elevado que o dos outros, mas simplesmente porque ele foi posto a uma distância maior da entrada da caverna. Mas como o corpo dele era o único esqueleto completo e articulado, as pessoas o viam como especial. Alguém o enviou para fora de Israel. Lerner o roubou. Ferris e Morissonneau o esconderam. No fim, a principal contribuição de Max pode ter sido o fato de ter sobrevivido intacto e nos levado ao molar avulso.

— Ligando o túmulo do Cédron a Masada. Jake tem alguma teoria quanto a de quem o dente pode ser?

— Havia muitos corpos naquela caverna. Jake está pensando num sobrinho de Jesus, talvez filho de uma das irmãs. O DNA mitocondrial mostra uma conexão materna.

— Não um irmão?

— Pouco provável. As inscrições dão conta de Judas, José, Tiago, se aquele ossuário for autêntico, as Marias e Salomé. Simão morreu anos depois.

De novo, ficamos em silêncio. Eu o interrompi.

— É curioso. Max começou tudo. Lerner o roubou do Musée de l'Homme porque acreditou na história de Joyce sobre o pergaminho e em sua teoria sobre Jesus ter vivido em Masada. Pode ser que Joyce talvez esteja correto quanto a Jesus, algum Jesus, mas errado quanto a Max. Max não pode ser Jesus de Nazaré, que morreu aos 30 e poucos anos de acordo com as Escrituras. Sua idade não bate, e seu DNA mitocondrial o coloca fora da linhagem materna no túmulo do Cédron. Mas Max poderia ser um sobrinho de Jesus.

— O manuscrito de Grosset foi escrito por alguém chamado Jesus, filho de Tiago.

— Exatamente. Mas o dente também pode ter sido de um sobrinho de Jesus. Segundo Bergeron, o homem do dente morreu entre os 35 e 40 anos. Se uma das irmãs de Jesus tivesse se casado com um homem chamado Tiago e tido um filho, essa criança teria o mesmo DNA mitocondrial. Se esses eventos ocorreram por volta da época da crucificação, a idade se encaixa. O dente pode ter pertencido a Jesus, filho de Tiago. Que diabo, Ryan. Qualquer homem naquela pilha podia ter tido esse nome. Nunca saberemos.

— Quem era o septuagenário na Caverna 2001 que aparece no relatório e no livro de Yadin?

— Mesma resposta. Não era Max e não era o homem do dente, mas poderia ser qualquer um naquela pilha.

O comentário seguinte de Ryan foi direto ao ponto.

— O perturbador é que, de quem quer que tenha sido o dente, se Jake estiver certo em relação ao ossuário de Tiago e, consequentemente, em relação ao sepulcro no Cédron e à Sagrada Família, a presença do dente na caverna coloca nazarenos em Masada na época do sítio. Um fato que não é coerente com o que Israel conta sobre Masada.

— Nada coerente. Teólogos israelenses vão considerar uma conexão nazarena com Masada um sacrilégio. Pense na relutância deles em discutir os esqueletos da caverna e realizar mais testes.

Eu me virei a gesticulei para o lado norte do cume.

— Há um pequeno monumento no lado oeste, nos limites do acampamento romano, onde todos os restos mortais de Masada foram enterrados novamente em 1969. Os ossos da Caverna 2001 poderiam ser exumados, mas os israelenses não farão isso.

— E os ossos da mortalha?

— Nunca saberemos. Se Jake tivesse conseguido obter o DNA ou fazer outros testes, talvez usando o microscópio eletrônico na lesão no calcâneo, poderíamos ter descoberto mais informações. Do jeito que as coisas aconteceram, tudo o que temos são as poucas fotos ruins que eu tirei no *loculus*.

— E quanto às amostras de cabelo e osso que Getz extraiu?

— O cabelo pode algum dia ainda revelar alguma coisa. As partículas de osso são pouco mais do que pó. Fiquei surpresa que Getz as tenha localizado.

— Jake não separou alguns dos ossos da mortalha?

— Ele não teve tempo.

— Ele está planejando pedir testes de DNA dos ossos do ossuário de Tiago?

— Ele fez uma solicitação. Os israelenses a negaram, e os ossos estão com eles. Conhecendo Jake, ele vai insistir.

— O ossuário de Tiago pode ser falso.

— Pode — concordei.

— A teoria de Jake pode estar errada.

— Pode.

Ryan me abraçou com força. Ele sabia que eu estava tentando esconder a culpa e a decepção. Max se fora, enterrado para sempre numa sepultura anônima. Os ossos da Caverna 2001 se foram, enterrados sob um dos monumentos mais sagrados de Israel. Os ossos da mortalha se foram, destruídos num holocausto de combustível e fogo.

Por um instante ficamos parados contemplando os limites melancólicos do universo. Vazio. Morto.

Por anos eu lera e ouvira falar sobre esse pedaço conflagrado do nosso planeta. Era impossível não ter lido nada sobre aquele lugar.

O livro dos Salmos chama Jerusalém de Cidade de Deus. Zacarias a chamou de Cidade da Verdade. Deus de quem? Verdade de quem?

— LaManche ligou hoje. — Voltei para um mundo em que parecia possível exercer algum controle sobre a minha vida.

— Como está o velhote?

— Satisfeito porque estarei de volta na segunda-feira.

— Você só ficou fora uma semana e meia.

— Ele tinha notícias. Houve uma exumação. Sylvain Morissonneau teve insuficiência cardíaca.

— O padre da abadia?

Assenti.

— Morreu de um enfarte coronário.

— Nada de jihadistas de olhos ensandecidos.

— Só um músculo do coração com problemas, provavelmente agravado pelo nível elevado de estresse trazido pelo reaparecimento do esqueleto.

— Isso me lembra que Friedman também tem notícias. Ele apresentou o recado da camareira à Sra. Hanani e finalmente resolveu a história da invasão do seu quarto. Na verdade, não houve invasão. Hossam al-Ahmed é um cozinheiro do hotel que estava dando em cima dessa garota, uma das camareiras. A dama ultrajada decidiu armar para o sujeito. Vandalize um quarto, aponte um culpado. Sua porta estava destrancada.

— É irônico. Todas as nossas megateorias para explicar o assassinato de Ferris e o roubo de Max. Judeus ultraortodoxos como responsáveis. Cristãos fanáticos. Fundamentalistas cristãos. No fim, foi vingança e cobiça. Dois dos velhos culpados de sempre. Nenhum segredo de Estado. Nenhuma guerra santa. Nenhuma questão explosiva de doutrina ou credo. Nós solucionamos a metodologia de um assassinato e identificamos o culpado. Eu devia estar contente, mas de alguma forma, no contexto das duas últimas semanas, o assassinato parece banal, quase como o de Charles Bellemare.

— O cara chapado preso na chaminé?

— É. Ao perseguir nossos pequenos atores em um grande palco, fui dominada pelo contexto maior. O assassinato parecia quase insignificante.

— Nós dois nos deixamos levar.

— Li alguma coisa chamada Pesquisa Internacional do Milênio, da Gallup. Os pesquisadores sondaram populações em sessenta países, cerca de 1,2 bilhões de almas mundo afora, tentando descobrir como as pessoas se sentiam em relação a Deus. Oitenta e sete por cento dos pesquisados se considerou parte de alguma religião. Trinta e um por cento acreditava que sua crença era a única fé verdadeira.

Ryan começou a falar. Eu não tinha terminado

— Mas eles estão errados, Ryan. Apesar dos rituais, da retórica e até mesmo das bombas, todas as religiões dizem no geral a mesma coisa. Budismo. Taoísmo. Zoroastrismo. Sikhismo. Xamanismo. Não importa. Escolha a que quiser.

— Não estou entendendo, meu bem.

— A Torá, a Bíblia, o Corão. Cada um deles oferece uma receita para o contentamento espiritual, para a esperança, para o amor e para controlar as paixões humanas básicas, e cada uma delas alega ter obtido isso direto de Deus, mas através de um mensageiro diferente. Elas estão todas apenas tentando fornecer uma fórmula para uma vida ordeira, espiritual, mas de algum modo a mensagem é distorcida, como células de um corpo que se tornam cancerosas. Porta-vozes autoproclamados declaram as fronteiras da crença correta, aqueles que não a seguem são marcados como heréticos, e os fiéis são convocados a atacá-los. Não acho que era para ser assim.

— Eu sei que você está certa, meu bem, mas esse policial que vos fala, que está em atividade há muito tempo, perdeu qualquer esperança de livrar La Belle Province do crime. Não acho que eu esteja apto a reconciliar as religiões do mundo. Lá na nossa terra há corpos no necrotério que merecem nossa atenção. Nós fazemos o que podemos. E quer saber de uma coisa? Somos muito bons nisso.

Uma última olhada para a planície. Tão assombrosamente bela, tão repleta de conflito. Então, relutantemente, deixei que Ryan me afastasse da muralha.

Adieu, Israel. Desejo-lhe paz.

DOS ARQUIVOS FORENSES DA DRA. KATHY REICHS

A MAIORIA DOS ROMANCES com Temperance Brennan surgem de uma mistura de meus casos forenses reais. Eu começo com um esqueleto de criança descoberto no campo de um agricultor, pego partes de um corpo encontrado no porão de um prédio e então os combino. Este romance começou com recortes de jornais amarelados, uma foto em preto e branco, um monte de fotocópias ruins e uma história muito estranha.

O Dr. James Tabor, um colega da Universidade da Carolina do Norte em Charlotte, atua em duas frentes. Ele é arqueólogo e estudioso bíblico, e ao mesmo tempo um especialista em movimentos religiosos apocalípticos modernos. Nessa frente, ele prestou consultoria para o FBI no conflito com o Ramo Davidiano em Waco, Texas, e me assessorou quando escrevi *Death du Jour.* Como estudioso bíblico, ele trabalhou nos Manuscritos do Mar Morto, e escavou em Qumran, onde eles foram encontrados, e na caverna "de São João Batista", a oeste de Jerusalém, e fez pesquisas investigativas sobre Masada, o sitio arqueológico mais famoso de Israel.

Monday Mourning tinha acabado de ficar para trás no outono de 2003, e eu estava começando a triagem mental que eventualmente culminaria em meu oitavo livro. Tabor me ligou uma manhã e falou de túmulos saqueados e esqueletos furtados. Ele estava escrevendo uma obra de não ficção, *The Jesus Dinasty,* na qual pretendia apresentar os fatos históricos sobre a família de Jesus, com base nas pesquisas e descobertas arqueológicas mais recentes. Será que eu gostaria de ouvir uma história para um possível enredo com Temperance Brennan?

Pode apostar! Comecei minha carreira como arqueóloga. Tempe também. Por que não envolvê-la numa intriga arqueológica? Concordei em me encontrar com ele. Num almoço, Tabor me mostrou fotos e recortes e resumiu o seguinte:

De 1963 a 1965, o arqueólogo israelense Yigael Yadin e uma equipe internacional de voluntários escavam o sítio israelense de Masada. Vinte e cinco esqueletos e um feto são encontrados numa caverna sob a muralha da casamata na extremidade sul do cume. Yadin não discute esses ossos com a imprensa, embora ele discorra sobre três esqueletos encontrados por sua equipe no principal complexo de ruínas no lado norte. Tampouco os ossos da caverna são documentados pelo antropólogo físico do projeto, Nicu Haas. Salvo por uma menção num apêndice, nem os ossos nem o conteúdo da caverna são descritos nos seis volumes da publicação final sobre a escavação, *Masada*.

Trinta anos se passam. Surge uma foto de um único esqueleto intacto que jaz na mesma caverna da qual a equipe de Yadin retirara 25 indivíduos misturados. Yadin nunca descrevera o esqueleto intacto em relatórios ou entrevistas publicadas.

Intrigado, Tabor localiza transcrições das reuniões da equipe que eram realizadas diariamente em vez dos registros de campo. As páginas que cobriam o período da descoberta e retirada do esqueleto estão faltando.

Tabor rastreia as anotações originais de Nicu Haas. Fica claro pelo inventário de ossos que Haas jamais viu o esqueleto completo, articulado.

Tabor pesquisa artigos de jornal datados do período da escavação de Masada. Ele encontra uma declaração dada por Yadin a um jornalista no final dos anos 1960 de que não é atribuição dele solicitar testes de carbono-14. Tabor verifica o periódico *Radiocarbon* e descobre que, durante a década de 1960, Yadin de fato havia mandado amostras de outros sítios para testes de carbono-14.

Olhei para a pequena foto em preto e branco do esqueleto. Vi as fotocópias das anotações de Hass e das transcrições das reuniões da equipe. Fui completamente fisgada. Mas Tabor não tinha terminado.

Ele avança para o verão de 2000. Durante uma caminhada no Vale do Hinom com estudantes, Tabor e o arqueólogo israelense Shimon Gibson deparam-se com um túmulo recém-saqueado. Eles escavam e descobrem ossuários despedaçados e restos de esqueleto envoltos numa mortalha. O teste com carbono-14 data a mortalha no século I. O sequenciamento do DNA mostra uma relação familiar entre os indivíduos enterrados no túmulo. Os fragmentos de ossuários trazem os nomes Maria e Salomé.

Outro avanço no tempo. Outubro de 2002. Um colecionador de antiguidades anuncia a existência de um ossuário do século I com a inscrição "Tiago, filho de José, irmão de Jesus". O colecionador afirma que a caixa tinha sido comprada em 1978, mas Tabor encontrou indícios circunstanciais de que ela fora pega durante o saque do túmulo que ele havia encontrado dois anos antes. A manufatura corresponde. A decoração corresponde. Boatos surgiram em Jerusalém.

Tabor acha que há a séria possibilidade de ele ter se deparado com o sepulcro da família de Jesus. Em 2003, ele solicita amostras de osso do "ossuário de Tiago" para testes de DNA mitocondrial. Sua intenção é comparar o sequenciamento desse osso com aquele revelado pela linhagem do sepulcro da mortalha. O diretor da Autoridade de Antiguidades de Israel nega seu pedido, explicando que o caso está sob investigação e nas mãos da polícia.

Esqueletos misteriosos. Páginas faltando. Túmulos saqueados. A cripta da família de Jesus? Minha nossa! Eu iria voltar às minhas raízes arqueológicas e mandar Tempe para a Terra Santa! Minha mente já estava tramando enredos enquanto eu examinava as fotos e mapas de Tabor. Mas como levar Ryan e os outros junto?

Às vezes, legistas e peritos médicos precisam pedir necropsias, apesar dos protestos de membros da família. Ocasionalmente essas objeções provêm de convicções religiosas.

Em meu trabalho no Laboratoire de Sciences Judiciaires et de Médecine Légale, algumas necropsias foram realizadas em judeus ultraortodoxos que tinham sido vítimas de violência. O protocolo havia sido modificado, na medida do possível, para atender a diretrizes religiosas.

Era isso! Eu começaria com um homicídio em Montreal e então enviaria Tempe para Jerusalém e a Cisjordânia.

Durante um ano pesquisei transcrições, catálogos e artigos de jornal. Examinei fotos de ossuários e da escavação de Masada. Li livros sobre a Palestina Romana e o Jesus histórico. Com Tabor, viajei para Israel e visitei museus, escavações, túmulos e monumentos históricos. Conversei com comerciantes de antiguidades, arqueólogos, cientistas e membros da Polícia Nacional de Israel.

E, como dizem, o resto é história.

Kathy Reichs

Para uma completa discussão dos fatos por trás de *Ossos perdidos,* recomendo o livro de James Tabor, *The Jesus Dynasty* (jesusdynasty.com).

Este livro foi composto na tipologia Berling LT Std,
em corpo 10,5/14,5, e impresso em papel off-white
no Sistema Cameron da Divisão Gráfica
da Distribuidora Record.